JOHN GALSWORTHY · DIE DUNKLE BLUME

JOHN GALSWORTHY
DIE DUNKLE BLUME

Roman

1990
Gustav Kiepenheuer Verlag
Leipzig und Weimar

Originaltitel:
The Dark Flower

Aus dem Englischen übertragen
von Christiane Agricola
Mit einem Nachwort
von Helmut Findeisen

ISBN 3-378-00014-7

I
FRÜHLING

I

Er ging die Holywell-Straße entlang an jenem Nachmittag im frühen Juni; der kurze Studententalar hing ihm über die Arme, keine Kappe bedeckte das dichte, dunkle Haar: ein mittelgroßer Jüngling, der gebaut war, als stamme er von zwei sehr verschiedenen Rassen ab, eine stämmig, die andere drahtig und zierlich. Auch sein Gesicht stellte eine sonderbare Mischung dar, denn obwohl es kräftig ausgeprägt war, zeigte es einen eher weichen, schwermütigen Ausdruck. Die Augen – dunkelgrau, von starkem innerem Leuchten, mit sehr schwarzen Wimpern – hatten eine Art, über das, was sie sahen, hinwegzublicken, daß es oft schien, als sei er mit seinen Gedanken weit fort; sein Lächeln hingegen war ungewöhnlich rasch, enthüllte Zähne so weiß wie die eines Negers, und gab seinem Gesicht etwas eigentümlich Eifriges. Die Leute starrten ihn ein bißchen an, als er vorüberging – denn im Jahre achtzehnhundertachtzig war er damit, daß er keine Kappe trug, seiner Zeit voraus. Insbesondere die Frauen betrachteten ihn interessiert; sie bemerkten, daß er keine Notiz von ihnen nahm; vielmehr schien er in die Ferne zu schauen und tief in Gedanken zu sein.

Wußte er, worüber er nachsann – wußte er das je wirklich genau in dieser Zeit seines Lebens, da für ihn alle Dinge so seltsam und anziehend waren, besonders die außerhalb seines unmittelbaren Gesichtskreises? Das, was er sehen und tun würde, sobald er Oxford hinter sich hatte, wo jedermann ›mächtig anständig und einwandfrei‹ zu ihm war, sicher, bloß eben nicht so furchtbar interessant.

Er war auf dem Weg zu seinem Tutor, um ihm einen

Aufsatz über Oliver Cromwell vorzulesen; und vor der alten Mauer, die einst die Stadt umfriedet hatte, holte er ein Tier aus der Tasche hervor. Es war eine kleine Schildkröte; ganz versunken beobachtete er, wie sie neugierig den kleinen Kopf bewegte; dabei betastete er sie die ganze Zeit mit seinen kurzen, breiten Fingern, als wolle er genau feststellen, wie sie gebaut sei. Mächtig hart am Rücken! Kein Wunder, daß sich der arme alte Aischylos ein bißchen belemmert gefühlt hatte, als ihm eine auf den Kopf geplumpst war! Die Alten hatten die Kröte dazu benutzt, um die Welt draufzustellen – vielleicht so eine Pagodenwelt von Menschen und Tieren und Bäumen wie die Schnitzerei am chinesischen Schreibschrank des Vormunds. Die Chinesen machten hübsche Tiere und Bäume; so als glaubten sie daran, daß alles eine Seele hatte und nicht nur einfach dazu da war, um von Menschen gegessen zu werden oder Wagen zu ziehen, oder daß man Häuser draus baute. Wenn ihm die Kunstschule nur erlauben wollte, statt des ewigen Kopierens die Dinge zu modellieren, so wie er selber sie sah! Es war ja geradezu, als hielten sie es für gefährlich, wenn sich jemand was selber ausdachte!

Er hielt die Schildkröte an seine Weste und ließ sie kriechen, bis er merkte, daß sie die Ecke seines Aufsatzes benagte, da steckte er sie wieder in die Tasche zurück. Was würde sein Tutor machen, wenn er wüßte, daß sie da saß? Den Kopf ein bißchen auf die Seite legen und sagen: »Ah! Es gibt Dinge, Lennan, von denen meine Schulweisheit nichts träumt!« Ja, es gab eine ganze Menge, wovon sich der alte Stormer nichts träumen ließ. Der schien sich regelrecht vor allem Ungewöhnlichen zu fürchten; und es war, als ob er andauernd über einen lachte, aus lauter Angst, man könne über ihn lachen. Solche Leute gab's haufenweise in Oxford. Blödsinnig war das. Kein Mensch könnte was Ordentliches zustande bringen, wenn er sich immerzu vor dem Ausgelachtwerden fürchtete. Mrs. Stormer war nicht so; sie tat einfach, was ihr gerade einfiel. Aber sie war natürlich auch keine Engländerin, sondern aus Österreich. Und dann war sie ja soviel jünger als der alte Stormer.

Und nun war er am Haus seines Tutors angelangt und zog die Glocke ...

2

Als Anna Stormer ins Studierzimmer kam, fand sie ihren Mann am Fenster stehen, den Kopf ein bißchen nach einer Seite geneigt – eine große, langbeinige Erscheinung in einem Anzug aus angenehmem Tweed, einem Hemd mit weichem Umlegekragen, wie er dazumal nicht üblich war, und blauseidener, von ihr gestrickter Krawatte; die trug er durch einen Ring gezogen. Er summte vor sich hin und trommelte mit seinen wohlgepflegten Fingernägeln sanft gegen die Scheibe. Er war berühmt für das Arbeitspensum, das er bewältigte, aber dabei kam es nie vor, daß sie ihn hier zu Hause dabei antraf, wie er etwas tat. Das Haus hatte er deswegen ausgesucht, weil es über eine halbe Meile entfernt von dem College mit den ›lieben jungen Tölpeln‹ lag – so nannte er sie –, deren Tutor er war.

Er wandte sich nicht um – natürlich nicht; es war nicht seine Gewohnheit, von etwas Notiz zu nehmen, wenn es nicht unbedingt notwendig war; aber sie spürte, daß er sie bemerkt hatte. Sie trat zum Fenstersitz und ließ sich nieder. Nun blickte er sich um und sagte: »Ah!«

Es war fast ein Bewunderungslaut, ungewöhnlich bei ihm, denn außer bestimmten Stellen der Klassiker pflegte er kaum etwas zu bewundern. Aber sie wußte, daß sie vorzüglich aussah, wie sie so dasaß, anmutig aufgereckt, mit ihrer unzweifelhaft schönen Figur, Sonnenschimmer auf dem braunen Haar und in den tiefliegenden, eisgrünen Augen unter den dunklen Wimpern. Manchmal empfand sie es sehr tröstlich, daß sie so hübsch blieb. Es wäre eine zusätzliche Qual zu spüren, daß sie ihres Mannes anspruchsvollen ästhetischen Sinn verletzte. Ohnehin waren ihre Backenknochen für seinen Geschmack zu breit: sie wiesen auf das Etwas in ihrem Charakter hin, das dem seinen nicht entsprach – der Anflug von Verwegenheit, von impulsivem Temperament, das Fehlen einer gewissen englischen Glätte ärgerte ihn stets.

»Harold!« Nie würde es ihr gelingen, ihre R richtig rundzuschleifen. »Ich möchte dies Jahr in die Berge.«

Die Berge! Sie hatte sie seit zwölf Jahren nicht mehr gesehen – seit dem Urlaub in San Martino di Castrozza, der damit geendet hatte, daß sie ihn heiratete.

»Nostalgia!«

»Ich weiß nicht, was das heißt. Ich hab Heimweh. Können wir hinfahren?«

»Wenn du möchtest – warum nicht? Aber was mich betrifft – ich führe niemanden wieder auf den Cimone della Pala!«

Sie wußte, was er damit meinte. Keine Romantik. Wie großartig hatte er an dem Tage geführt! Sie hatte ihn fast angebetet. Was für eine Blindheit! Was für ein Trugschluß! War das wirklich derselbe Mann, der dort stand mit den blanken, skeptischen Augen, und das Haar schon ergraut? Ja – vorbei mit der Romantik. Und sie saß stumm da und schaute auf die Straße hinaus – die kleine alte Straße, auf die sie Tag und Nacht hinausblickte. Draußen ging jemand vorüber, trat an die Tür, klingelte.

Sie sagte leise: »Das ist Mark Lennan!«

Sekundenlang fühlte sie ihres Mannes Blick auf sich ruhen, sie wußte, er hatte sich umgedreht, sie hörte ihn murmeln: »Ach, der Engeltölpel!« Und regungslos wartete sie darauf, daß die Tür sich öffnete. Da war der Junge mit seinem verwünschten dunklen Kopf und seinem scheuen, sanften Ernst und seinem Aufsatz in der Hand.

»Na, Lennan, was macht der olle Cromwell? Genialer Heuchler, was? Heraus mit ihm; bringen wir ihn hinter uns.«

Reglos beobachtete sie von ihrem Fenstersitz aus die beiden Gestalten am Tisch – den Jungen, der mit seiner sonderbaren, samtigen Baßstimme las; ihren Mann, wie er zurückgelehnt, den Kopf ein bißchen schräg, mit dem blassen, spöttischen Lächeln, das nie die Augen erreichte, die Fingerspitzen aneinanderdrückte. Ja, er döste vor sich hin, schlief allmählich ein, und der Junge merkte es nicht und las immer weiter. Und dann war er fertig und blickte auf. Was er für Augen hatte! Andre Jungen hätten gelacht, er schaute fast traurig drein. Sie hörte ihn murmeln: »Tut mir fürchterlich leid, Sir.«

»Ah, Lennan, Sie haben mich ertappt! Tatsache, das Semester hat mich mitgenommen. Wir reisen in die Berge. Je dort gewesen? Was, noch nie? Da sollten Sie mit uns kommen, nicht? Anna, was meinst du? Findest du nicht auch, der junge Mann hier sollte uns begleiten?«

Sie erhob sich und stand da und starrte die beiden an. Hatte sie recht gehört?

Dann antwortete sie – sehr ernsthaft: »Ja, das finde ich auch.«

»Gut. Mag diesmal er uns auf den Cimone della Pala führen!«

3

Als der Junge sich verabschiedet und Anna ihn hinausbegleitet hatte, blieb sie sekundenlang in dem Sonnenstrahl, der durch die offene Tür hereinfiel, stehen, die Hände an die glühenden Wangen gepreßt. Dann schloß sie die Tür und lehnte die Stirn an die Fensterscheibe, ohne etwas zu sehen. Ihr Herz schlug sehr schnell; wieder und wieder durchlief sie die Szene, die sie gerade erlebt hatte. Dies bedeutete soviel mehr, als es den Anschein gehabt hatte.

Obwohl sie immer Heimweh verspürte und besonders zu Ende des Sommersemesters, war es in diesem Jahr doch ein ganz und gar anderes Gefühl gewesen, das sie dazu getrieben hatte, ihrem Mann zu sagen: »Ich will in die Berge!«

Zwölf Jahre lang hatte sie sich in jedem Sommer nach den Bergen gesehnt und hatte doch nicht nach ihnen verlangt. Dies Jahr hatte sie nach ihnen verlangt, aber sie sehnte sich nicht nach ihnen. Sie hatte plötzlich die sonderbare Tatsache erkannt, daß sie nicht wünschte, England zu verlassen, und sie hatte begriffen, warum das so war, und deshalb war sie hingegangen und hatte um die Reise gebeten. Und warum hatte sie gesagt: »Ja, sicher soll er mitkommen«, wenn sie sich mit der Reise nur von dem Gedanken an den Jungen losreißen wollte? Ach, das Leben war für sie stets ein sonderbares Tauziehen zwischen Gewissen und verzweiflungsvoller Tollheit, eine verrückte, bunte, schmerzhafte Angelegenheit. Wie lange war es nun her seit jenem Tag, da er zum erstenmal zum Mittagessen gekommen war, schweigsam und schüchtern und dann plötzlich lächelnd, wie von innen her erleuchtet – der Tag, an dem sie nachher zu ihrem Mann gesagt hatte: »Ach, ist das ein Engel!« Knapp ein Jahr – tatsächlich, zu Beginn des letzten Wintersemesters. Er war anders als all die andern Jungen. Nicht, daß er ein Wundertier mit unordentlichem Haar, schlechtsitzendem Anzug und redegewandter Zunge gewesen wäre; aber weil ... weil ... Ach ja! anders; denn er war – er; sie sehnte sich danach, seinen Kopf in die Hände zu nehmen und zu küssen. Sie erinnerte sich so gut an den Tag, da diese Sehnsucht sie zum erstenmal überkommen hatte. Sie hatte ihm eine Tasse Tee gereicht, es war noch ganz früh im Sommersemester gewesen. Er hatte die Katze gestreichelt, die stets zu ihm ging, und dabei erzählt, daß er Bildhauer werden wollte, doch daß sein Vormund das nicht billigte, so daß er natürlich nicht beginnen konnte, bevor er mündig war. Die Tischlampe trug einen rosaroten Schirm; er hatte an dem Tag – einem sehr kalten – vorher gerudert, und sein Gesicht glühte; für gewöhnlich war es eher blaß. Und plötzlich lächelte er und sagte: »Ziemlich ekelhaft, wenn man was abwarten muß, nicht?« Da war es gewesen, daß sie um ein Haar die Hände ausgestreckt hätte, um seine Stirn an ihre Lippen zu ziehn. In dem Augenblick hatte sie gemeint, daß sie ihn gern küssen wollte, weil es so hübsch gewesen wäre, seine Mutter zu sein – sie hätte gerade eben seine Mutter sein können, wenn sie mit sechzehn geheiratet hätte. Aber nun wußte sie längst, daß es sie nicht verlangt hatte, seine Stirn zu küssen, sondern seine Lippen. Er war da in ihrem Leben – ein Feuer in einem kalten, dumpfigen Haus; ja, es war kaum noch zu begreifen, wie sie all die Jahre über ohne ihn hatte dahinleben können. Wie hatte sie ihn in diesen sechs Wochen Osterferien vermißt – und wie hatte sie sich an seinen drei wunderlichen kleinen Briefen, halb scheu, halb zutraulich, geweidet! Sie hatte sie geküßt und unter ihrem Kleid an sich getragen. Und als Antwort hatte sie ihm lange, völlig untadelige Episteln in ihrem immer noch einigermaßen kuriosen Englisch geschrieben. Sie hatte ihn nie etwas ahnen lassen von ihren Gefühlen; der Gedanke, daß er etwas ahnen könnte, erfüllte sie mit Entsetzen. Seit das Sommersemester angebrochen war, schien das Leben nur aus Gedanken an ihn zu bestehen. Wäre vor zehn Jahren ihr Baby am Leben geblieben, hätte sein grausamer Tod nach all ihrer Qual nicht jeden Wunsch nach einem andern Kind in ihr abgetötet, hätte sie nicht nun schon seit Jahren in dem Bewußtsein gelebt, daß es für sie keine Wärme zu erwarten gab und daß die Liebe für sie ganz und gar vorüber war; wäre das Leben in dieser schönsten aller alten Städte imstande gewesen, sie zu packen – dann hätte sie die Kraft besessen, dies Gefühl jetzt zu ersticken. Aber es gab nichts in der Welt, das den Strom ableiten konnte. Und sie war so randvoll von Leben, spürte mit jeder Faser, wie ihr Dasein vergeudet wurde. Manchmal war es schrecklich gewesen, dies Gefühl in ihrem Innersten, der Drang zu leben – ein Ventil für ihre Energie zu finden. Wie viele hundert Mal war sie während all dieser Jahre, immer nur für sich, spazierengegangen und hatte versucht, sich ganz in der Natur zu verlieren, indem sie allein dahinlief, durch die Wälder rannte, über Felder, auf die sonst kein Mensch kam, alles in dem Versuch, dies Gefühl des Vergeudetseins abzuschütteln und noch einmal so zu empfinden wie als Mädchen, vor dem die ganze Welt noch lag. Nicht von ungefähr hatte sie eine so prachtvolle Figur, so hellglänzendes, braunes Haar, so leuchtende Augen. Sie hatte vielerlei Arten von Zerstreuung ausprobiert, Arbeit in den Elendsstraßen, Musik, Schauspielerei, die Jagd – und eins nach dem andern wieder fallenlassen, um es dann mit Leidenschaft wieder aufzugreifen. Früher war das von Nutzen gewesen. Nur in diesem Jahr nicht ... Eines Sonntags, als sie, ohne gebeichtet zu haben, von der Beichte heimkehrte, hatte sie über sich selber zu Gericht gesessen. Sie war schlecht. Sie mußte dies Gefühl ersticken – mußte den Jungen fliehen, der sie so aus dem Geleise brachte. Wenn sie nicht schleunigst handelte, so würde sie sich fortreißen lassen. Und dann war ihr der Gedanke gekommen: Warum nicht? Das Leben war dazu da, um gelebt zu werden, nicht dazu, daß man es in dieser sonderbaren, kultivierten Stadt, wo den Leuten das Alter im Blut lag, stumpf, halb schlafend verbrachte! Das Leben war dazu gemacht, daß man liebte und sich freute. Und im nächsten Monat würde sie sechsunddreißig werden. Das schien ihr schon eine ungeheure Zahl von Jahren. Sechsunddreißig! Bald würde sie alt sein, richtig alt – und niemals Leidenschaft erfahren haben. Die Heldenverehrung für einen distinguiert aussehenden Engländer, der zwölf Jahre älter als sie und imstande war, sie und die andern unbeschadet auf den Cimone della Pala hinaufzuführen, die war nicht Leidenschaft gewesen. Vielleicht wäre welche draus geworden, wenn ihm das so beliebt hätte. Aber er war nichts als Form, Eis, Bücher. Hatte er überhaupt ein Herz, hatte er Blut in den Adern? Gab es Lebensfreude in dieser allzu schönen Stadt und in diesen Leuten, die darin wohnten – in diesem Ort, wo selbst Begeisterung noch förmlich und schwunglos schien, wo alles und jedes festgelegt war und intellektuell und blasiert, selbst die Kapellen und Klöster? Und doch, für einen Knaben so etwas zu empfinden – für einen, der beinah jung genug war, um ihr Sohn zu sein! Es war so – schamlos! Der Gedanke suchte sie heim, trieb ihr, während sie nachts wach lag, im Dunkeln das Blut in die Wangen. Und dann betete sie verzweifelt – denn fromm war sie –, betete um Reinheit, um die heiligen Gefühle einer Mutter, darum, daß sie einfach mit dem köstlichen Bewußtsein erfüllt würde, für ihn, zu seinem Besten alles erdulden zu können. Nach diesen langen Gebeten fühlte sie sich dann beruhigt, schläfrig, als hätte sie eine Droge genommen. Das hielt eine kleine Weile vor, ein paar Stunden vielleicht. Und dann überkam alles sie von neuem. Niemals dachte sie daran, daß er sie lieben könnte; das wäre – unnatürlich gewesen. Warum hätte er sie lieben sollen? In dem Punkt war sie sehr demütig. Und von dem Sonntag an, da sie die Beichte umgangen hatte, brütete sie ständig darüber, wie sie ein Ende machen, wie sie von einer Sehnsucht loskommen könnte, die zu stark für sie war. Da hatte sie diese Eingebung gehabt – um die Fahrt in die Berge zu bitten! Wieder dorthin zu reisen, wo ihr Mann in ihr Leben gekommen war, und zu versuchen, ob das andere Gefühl dort vielleicht erlöschen würde. Und wenn es das nicht tat, dann würde sie ihren Mann darum bitten, daß er sie da oben bei ihrer Familie bleiben ließ, fern von dieser Gefahr. Aber nun hatte der Narr – der blinde Narr, der überlegene Narr mit seinem Spötterlächeln, seiner immerwährenden Gönnerhaftigkeit –, er hatte sie dazu gezwungen, daß sie ihren eigenen Plan über den Haufen warf. Schön, mochte er die Folgen auf sich nehmen; sie hatte ihr Bestes getan! Dies eine Mal würde sie ausbrechen in Unvernunft und Wonne, selbst wenn das bedeutete, daß sie dort oben bleiben mußte und den Jungen nie wieder sah.

Sie stand in der düsteren Halle, wo schwacher Modergeruch die Luft durchzog, sobald Fenster und Türen geschlossen waren, und zitterte über und über vor heimlichem Glück. Mit ihm in ihren Bergen zu sein, ihm all diese wundervollen, glitzernden oder gelbbraunen Felsspitzen zu zeigen, zusammen mit ihm auf die Gipfel zu steigen und drunten die Königreiche der Welt ausgebreitet zu sehen; mit ihm durch die Föhrenwälder zu wandern und über die sonnenheißen Almen mit ihrem Duft nach Bäumen und Blumen! Am ersten Juli, und jetzt war erst der zehnte Juni! Ob sie bis dahin leben bleiben würde? Diesmal würden sie nicht nach San Martino gehen, sondern nach Cortina – an einen neuen Ort ohne Erinnerungen.

Sie trat vom Fenster zurück und machte sich an einer Vase voller Blumen zu schaffen. Sie hatte das Gesumm vernommen, das oft ihres Mannes Nahen ankündigte; es war, als mahne er die Welt, sich zusammenzureißen, bevor er anlangte. In ihrer Glückseligkeit fühlte sie sich friedfertig und freundlich ihm gegenüber. Wenn er auch nicht vorgehabt hatte, ihr Freude zu schenken, hatte er es nichtsdestoweniger doch getan! Er lief, immer zwei Stufen auf einmal nehmend, treppab in der betont unlehrerhaften Art, die sie so gut kannte; und indem er seinen Hut vom Ständer langte, drehte er sich halb nach ihr um.

»Netter Bengel, der Knabe Lennan; ich hoffe, er wird uns unterwegs nicht weiter lästig sein!«

In seiner Stimme schien Reue mitzuschwingen: eine Bitte um Verzeihung dafür, daß er so impulsiv die Einladung ausgesprochen hatte. Und da überkam sie überwältigend der Drang zu lachen. Um ihn zu verbergen, einen Vorwand dafür zu finden, rannte sie zu ihm hin, zog ihn an den Rockaufschlägen zu sich, bis sie sein Gesicht in Reichweite hatte, und küßte ihn auf die Nasenspitze. Und dann lachte sie. Und er stand vor ihr und schaute sie an, den Kopf eine Winzigkeit schräg geneigt und die Brauen eine Winzigkeit hochgezogen.

4

Als Mark das sanfte Klopfen an seiner Tür vernahm, war er zwar schon aus dem Bett, aber er kam nur sehr allmählich und verträumt voran. Es war so hübsch, die Berge zu betrachten, die in diesem Frühmorgenlicht dalagen wie riesige Tiere. Der, auf den sie steigen wollten, der seinen Kopf eben von den Tatzen hob, sah von hier sehr weit entfernt aus. Mark öffnete die Tür einen Spaltbreit und flüsterte:

»Ist es schon spät?«

»Fünf Uhr; sind Sie noch nicht soweit?«

Es war gräßlich rüde von ihm, daß er sie warten ließ! Und bald war er unten im leeren Speisesaal, wo schon eine verschlafene Kellnerin den Kaffee für sie beide brachte. Anna saß allein dort. Sie trug eine flachsblaue Hemdbluse, die am Hals offenstand, einen kurzen, grünen Rock und einen kleinen, graugrünen Velourhut mit einer schwarzen Hahnenfeder. Warum konnten sich nicht alle Leute so hübsch anziehen und so großartig aussehen? Und er sagte:

»Sie sehen wunderbar aus, Mrs. Stormer!«

Sie schwieg so lange, daß er sich fragte, ob es unmanierlich gewesen sei, das auszusprechen. Aber sie sah wirklich so kraftvoll und flink und glücklich aus.

Bergab, durch einen Lärchenwald, zum Fluß und über die Brücke, und dann sofort aufwärts, einen Wiesenpfad entlang. Wie konnte der alte Stormer bloß an so einem Morgen im Bett bleiben! Die Bauernmädchen in ihren blauen Leinenröcken waren schon dabei, in Bündel zu raffen, was die Männer gemäht hatten. Eine, die am Feldrand die Halme zusammenrechte, hielt einen Augenblick inne und nickte ihnen schüchtern zu. Sie hatte das Gesicht einer Madonna, sehr still und ernst und sanft, mit zarten, gewölbten Brauen – ein Gesicht, das anzuschauen reines Vergnügen bereitete. Der Junge drehte sich nach ihr um. Ihm, der nie zuvor aus England herausgekommen war, schien alles seltsam und zauberhaft. Die Châlets mit ihren langen, breiten, brandbraunen Holzbalkons und den tiefhängenden Dachtraufen, die weit über die Mauern vorsprangen, diese leuchtenden Kleider der Bauersfrauen; die freundlichen, kleinen, cremefarbenen Kühe mit den stumpfen, rauchgrauen Mäulern. Sogar das Gefühl, das man im Freien hatte, war neu, diese köstliche, frische, brennende Wärme, die so leicht über der eisigen Stille lag. Und der eigenartige Wohlgeruch überall unten an den Bergen – der Duft nach Tannenharz, nach heißem Lärchenholz und nach all den Wiesenblumen und Gräsern. Aber am neuesten von allem war das, was er in sich selber spürte: eine Art Stolz, ein Gefühl von Bedeutsamkeit, eine seltsame, freudige Erregung darüber, daß er mit ihr allein war, der auserwählte Gefährte einer so schönen Frau.

Sie überholten alle die andern Pilger, die denselben Weg nahmen – stämmige, unrasierte Deutsche, die ihre Jacketts zusammengerollt und auf den Rücken geschnallt hatten und schwere Wanderstöcke hinter sich herzogen, grünliche Beutel trugen, unerschütterlich in immer gleichem Tritt dahinmarschierten und brummten, als Anna und der Junge vorüberliefen: »Immer mit der Ruhe!«

Doch die beiden konnten gar nicht schnell genug gehen, wenn sie mit ihrer Begeisterung Schritt halten wollten. Dies war keine richtige Klettertour – nichts als ein Übungsspaziergang auf den Gipfel des Nuvolau; und noch vor Mittag waren sie oben angelangt und traten bald den Abstieg wieder an, sehr hungrig. Als sie den kleinen Speiseraum der Cinque-Torre-Hütte betraten, fanden sie ihn von einem Trupp Engländer besetzt, die Omeletts aßen und Anna mit schwachen Zeichen des Erkennens betrachteten, ohne sich jedoch im Reden zu unterbrechen. Sie sprachen mit Stimmen, die sich sämtlich durch eine gewisse leicht schleppende Präzision auszeichneten; diskret, doch nachdrücklich, künstlich unaffektiert, quetschten sie die Laute. Die meisten trugen Feldstecher umgehängt, ihre Kameras waren hier und da im Raum verstreut. Die Gesichter glichen einander in Wirklichkeit nicht sehr, aber sie hatten alle das gleiche eigentümliche Lächeln mit herabgezogenen Mundwinkeln und die gleiche besondere Art, die Brauen zu heben; das machte sie sämtlich zu Reproduktionen desselben Typs. Und überdies standen bei fast allen die Zähne ein wenig vor, als hätten die herabgezogenen Mundwinkel sie nach außen getrieben. Sie aßen so wie Leute, die den niederen Sinnen mißtrauen und denen es lieber ist, wenn sie nicht zum Schmecken oder Riechen genötigt werden.

»Aus unserm Hotel!« flüsterte Anna; sie bestellte Rotwein und Schnitzel, und sie und der Junge ließen sich nieder. Die Dame, die das Kommando über die englische Gesellschaft zu führen schien, erkundigte sich nun nach Mr. Stormers Befinden – er sei doch nicht etwa unpäßlich? Nein? Nur zu bequem? Ach nein, tatsächlich! Er sei aber doch wohl ein großer Bergsteiger? Dem Jungen kam es vor, als sei die Dame irgendwie nicht ganz mit ihnen einverstanden. Die ganze Unterhaltung vollzog sich zwischen ihr, einem Herrn mit zerknittertem Kragen und einer Art indischem Turban als Sonnenschutz und einem kleinen, untersetzten, graubärtigen Mann in einer bequemen dunklen Windjacke. Wenn eins von den jüngeren Mitgliedern der Gesellschaft etwas sagte, dann nahmen die drei die Bemerkung mit schalkhaft emporgezogenen Brauen und gesenkten Lidern auf, was soviel bedeutete wie: »Ah! Sehr vielversprechend!«

»Nichts ist mir schmerzlicher an der menschlichen Natur als die Neigung zur Kristallisation.« Es war die kommandierende Dame, die jetzt sprach, und die jungen Leute schwenkten ihre Gesichter zustimmend auf und ab. Der Junge fand, daß sie genau wie Perlhühner aussahen mit ihren kleinen Köpfen, den abfallenden Schultern und den fleckigen grauen Röcken.

»Ach – meine verehrte gnädige Frau« – das war der Herr mit dem zerknitterten Kragen –, »ihr Schriftsteller schmäht stets den trefflichen Zustand der Gleichförmigkeit. In diesem Geist des Zweifels liegt das ganze Elend unserer Zeit. Noch nie hat es soviel Aufruhr gegeben, speziell unter der Jugend. Fängt erst einmal jeder einzelne an, sich selber sein Urteil zu bilden, dann ist das ein bedenkliches Zeichen für den Niedergang der Nation. Aber dies ist kein Thema –«

»Bestimmt ist das Thema für alle jungen Leute äußerst interessant!« Wieder hoben all die Jungen ihre Gesichter und bewegten sie leicht hin und her.

»Meine verehrte gnädige Frau, wir neigen viel zu sehr dazu, unser Urteil blenden zu lassen: erregt etwas unser Interesse, so wünschen wir darüber zu diskutieren, ganz gleich, ob es ratsam ist oder nicht. Und wir lassen es zu, daß die Spekulation immer weiter wuchert, bis sie mit ihren klammernden Ranken unsern Glauben umschlungen und erstickt hat.«

Einer der jungen Männer warf plötzlich ein: »Madre –« und verstummte wieder.

»Ich denke doch« – jetzt sprach die Dame –, »man wird mir keine Freigeisterei nachsagen, wenn ich erkläre: Ich war stets überzeugt, daß die Spekulation nur dann gefährlich ist, wenn der rohe Verstand ihr nachhängt. Wenn uns die Kultur nichts geben kann, nun gut, dann wollen wir auch auf sie verzichten. Falls Kultur aber, und dieser Meinung bin ich, unentbehrlich ist, dann müssen wir die Gefahren hinnehmen, die sie mit sich bringt.«

Wieder bewegten die jungen Leute ihre Gesichter, und wieder hob der jüngere der beiden jungen Männer an: »Madre –«

»Gefahren? Gibt es denn Gefahren für Leute mit Kultur?«

Wer hatte das gesagt? Sämtliche Augenbrauen hoben, sämtliche Mundwinkel senkten sich, und Schweigen breitete sich aus. Der Junge starrte seine Gefährtin an. Mit was für einer seltsamen Stimme hatte sie diese Bemerkung eingeworfen. Und in ihren grauen Augen schien eine Art Flamme entzündet. Schließlich erwiderte der kleine graubärtige Mann, und seine ziemlich tonlose Stimme klang hart und scharf:

»Wir sind alle Menschen, verehrte gnädige Frau.«

Der Junge fühlte, wie ihm bei Annas Lachen das Herz laut pochte. Es war genausogut, als hätte sie gesagt: ›Ach! Aber doch nicht etwa ihr!‹ Und er stand auf, um ihr zur Tür zu folgen.

Die englische Gruppe hatte bereits angefangen zu reden – über das Wetter.

Die beiden gingen von der Hütte fort. Eine Weile schwiegen sie, dann sagte Anna:

»Nicht wahr, Sie haben mich eben nicht leiden mögen, als ich gelacht habe?«

»Ich glaube, Sie haben sie gekränkt.«

»Das hab ich auch gewollt – die ›englischen Saubermanns‹! Ach, seien Sie mir nicht bös! Es waren ›englische Saubermanns‹, jeder einzelne von ihnen – oder etwa nicht?«

Sie schaute ihm so unverwandt in die Augen, daß er spürte, wie ihm das Blut in die Wangen schoß; ihm war schwindlig, er fühlte sich vorwärts gezogen.

»Sie haben kein Blut in den Adern, diese Leute! Ihre Stimmen, die hochmütigen Augen, die einen von oben bis unten mustern! Oh! Wie viele von der Sorte hab ich schon erlebt! Diese Frau mit ihrem Liberalismus! Genauso schlimm wie alle andern. Ich hasse sie allesamt!«

Er hätte sie auch gern gehaßt, weil sie es tat, aber ihm waren sie nur spaßig vorgekommen.

»Das sind keine Menschen! Sie fühlen nicht! Eines Tages werden Sie sie kennen. Dann werden sie Ihnen keinen Spaß mehr machen!«

Mit ruhiger, fast träumerischer Stimme fuhr sie fort:

»Warum kommen sie hierher? Hier oben ist die Erde noch jung und warm und gut. Warum halten sie sich nicht an ihre Kultur, wo keiner weiß, was Schmerz heißt und Hunger und Herzklopfen. Fühlen Sie!«

Maßlos verstört, wußte der Junge nicht, ob das Blut in ihrem Herzen so pulste oder in seiner Hand. War er erleichtert oder traurig, als sie seine Hand fahrenließ?

»Ach was! Die können uns den Tag nicht verderben. Wir wollen Rast machen!«

Am Saum des Lärchenwaldes, wo sie saßen, wuchsen unzählige kleine Alpennelken mit gefransten Blütenblatträndern und dem süßesten Duft, der sich denken ließ; und bald stand sie wieder auf, um welche zu pflücken. Aber er blieb, wo er war, und sonderbare Empfindungen regten sich in ihm. Das Blau des Himmels, das fiedrige Grün der Lärchen, die Berge waren ihm nicht mehr das, was sie ihm in der Morgenfrühe gewesen waren.

Sie kehrte zurück, beide Hände voll von den kleinen Nelken, spreizte die Finger und ließ sie fallen. Sie rieselten ihm über Gesicht und Hals. Nie war ein Duft so wundervoll, nie ein Gefühl so seltsam wie das, was sie ihm einflößten. Sie setzten sich in seinen Haaren fest, hafteten an seiner Stirn, seinen Augen, eine blieb sogar auf seinen Lippen liegen, und er starrte durch all die fransigen Blütenblätter zu ihr auf. Es mußte etwas Wildes in seinen Augen stehen, etwas von dem Gefühl, das ihm das Herz zerstach, denn ihr Lächeln erstarb; sie ging von ihm weg und blieb mit abgewandtem Gesicht stehen. Verwirrt und unglücklich sammelte er die verstreuten Blumen und erhob sich erst wieder, als er jede einzelne aufgelesen hatte, dann brachte er sie ihr schüchtern dorthin, wo sie noch immer stand und ins Dunkel des Lärchenwaldes starrte.

5

Was wußte er denn auch von Frauen, um sie zu verstehen? Im Internat waren ihm keine begegnet, mit denen er hätte reden können; in Oxford kannte er nur diese eine. Zu Hause in den Ferien gab es keine einzige außer seiner Schwester Cicely. Der Vormund war vollauf mit seinen beiden Steckenpferden beschäftigt, mit dem Angeln und mit den Altertümern seiner heimatlichen Grafschaft; für Geselligkeit hatte er nichts übrig, so daß sein kleines Herrenhaus in Devonshire mit der schwarzen Eichentäfelung und dem wilden, mauerumfriedeten Park am Fluß jahraus, jahrein von Unterröcken frei war, außer jenen von Cicely und der alten Miss Tring, der Gouvernante. Und überdies war der Junge schüchtern. Nein, es gab in seiner Vergangenheit von knapp neunzehn Jahren nichts, woran er sich da hätte halten können. Er war keiner von den Jünglingen, die fortwährend Eroberungen im Kopf haben. Der bloße Gedanke an eine Eroberung erschien ihm vulgär, gemein, abscheulich. Es mußten wahrhaftig schon viele Anzeichen zusammenkommen, bevor er darauf verfiel, daß eine Frau in ihn verliebt sein könnte, zumal eine, zu der er aufblickte und die er so schön fand. Denn vor jedweder Schönheit wurde er demütig und fühlte sich tölpelhaft; sie war der Teil des Lebens, den er unbewußt heilighielt und dem er sich unter Zittern näherte. Je mehr er bewunderte, desto ängstlicher und scheuer wurde er. Und so fühlte er sich nach seinem einen wilden Augenblick, als sie diese süßduftenden Blüten gepflückt und über ihn gestreut hatte, beschämt; und während er neben ihr heimwanderte, war er stiller denn je, verlegen bis in die Tiefen seiner Seele.

Wenn sein Herz, das frei von Wirrnis gewesen, nun voller Aufruhr war, wie mußte es um ihres stehn, das sich seit so langem insgeheim nach dem Ausbrechen dieses Aufruhrs gesehnt hatte? Und auch sie blieb sehr schweigsam.

Als sie am Dorfrand an einer Kirche vorbeikamen, deren Tür offenstand, sagte sie:

»Warten Sie nicht auf mich – ich möchte ein Weilchen hier hineingehn.«

In dem leeren, dämmrigen Raum kniete wunderlich reglos eine Gestalt – eine Bäuerin in ihrem schwarzen Umschlagtuch. Er wäre gern geblieben. Die kniende Gestalt, die Sonne, die lächelnd ein paar Strahlen in die halbe Dunkelheit hineinwarf! Er verweilte noch lange genug, um zu sehen, wie auch Anna sich in der Stille auf die Knie niederließ. Betete sie? Wieder verspürte er das ungestüme Gefühl, mit dem er sie beobachtet hatte, als sie die Blumen pflückte. Sie sah so herrlich aus, wie sie da kniete! Es war niederträchtig, so zu empfinden, während sie betete; und er wandte sich schnell ab, zur Straße. Aber das schneidende, süß stechende Gefühl wich nicht von ihm. Er schloß die Augen, um sich von ihrem Bild zu befreien – und sofort erblickte er sie zehnmal so deutlich, wurde sein Gefühl zehnmal so stark. Er stieg zum Hotel hinan; auf der Terrasse stand sein Tutor. Und seltsam genug, in dem Augenblick verwirrte ihn das so wenig, als hätte er den Hotelportier vor sich gesehen. Irgendwie schien Stormer nicht mitzuzählen, schien nicht zu wünschen, daß er einem etwas bedeutete. Überdies, er war ja so alt – schon fast fünfzig!

Der Mann, der so alt war, nahm eine charakteristische Haltung ein – er hatte die Hände in die Taschen seiner Windjacke geschoben, die eine Schulter zog er ein bißchen hoch, den Kopf hielt er eine Winzigkeit auf die Seite geneigt, so als schicke er sich zu einer Prüfung an. Als Lennan heraufkam, lächelte er – aber nicht mit den Augen –; er sagte:

»Na, junger Mann, und was haben Sie mit meiner Frau gemacht?«

»In einer Kirche zurückgelassen, Sir.«

»Ach! Das sieht ihr ähnlich. Hat sie Sie gründlich abgehetzt? Nein? Na, dann wollen wir ein bißchen spazierengehn und uns unterhalten.«

So mit ihrem Mann auf und ab zu wandern und dabei mit ihm zu reden schien ganz natürlich, es störte ihn nicht einmal in diesen neuen Empfindungen, vermehrte nicht im mindesten seine Scham darüber. Nur daß er sich ein wenig – wirklich bloß eine Spur – wunderte, wie sie ihn hatte heiraten können. Sein Staunen war ganz von fern und ganz theoretisch – so wie er sich früher einmal darüber gewundert hatte, daß seine Schwester mit Puppen spielen konnte. Und wenn er sonst noch etwas verspürte, dann allein den Wunsch, zu entkommen und wieder den Berg hinunterzugehen, zu der Kirche. Es kam ihm kühl und einsam vor nach dem langen Tag mit ihr – als sei er in Wirklichkeit noch dort oben, wo er stundenlang mit ihr gewandert war oder neben ihr in der Sonne gelegen hatte. Worüber redete der alte Stormer doch? Über den Unterschied zwischen dem griechischen und dem römischen Ehrenkodex. Immer in der Vergangenheit – mußte die Gegenwart direkt unschicklich finden. Und er sagte:

»Wir haben oben auf dem Berg ein paar ›englische Saubermanns‹ getroffen, Sir.«

»Ach ja? Eine spezielle Sorte?«

»Ein paar fortschrittlich und ein paar nicht, aber ich denke, im Grunde alles eins.«

»Aha. ›Saubermanns‹, sagten Sie doch?«

»Ja, Sir, aus diesem Hotel. Mrs. Stormer bezeichnete sie so. Sie waren so überheblich.«

»Ah ja.«

Es lag etwas Ungewöhnliches im Klang dieses kleinen Wortes. Und der Junge riß die Augen auf – zum erstenmal schien da vor ihm ein richtiger Mann zu stehen. Dann schoß ihm das Blut in die Wangen, denn da kam sie! Würde sie zu ihnen herantreten? Herrlich sah sie aus, sonnenverbrannt und mit einem Gang, als bräche sie eben gerade erst auf! Aber sie schritt ins Hotel, ohne den Kopf nach ihnen zu wenden. Hatte er sie gekränkt? Verletzt? Er murmelte eine Entschuldigung und entwich in sein Zimmer.

Nun stand er wieder an dem Fenster, von dem er am selben Morgen die Berge gesehen hatte, wie sie gleich Löwen im Dämmerlicht dagelegen hatten; er starrte in die Sonne, die sich zum Horizont herabsenkte. Was war mit ihm geschehen? Er fühlte sich anders, so ganz und gar anders. Es war eine andere Welt. Und ein sehr seltsames Gefühl überkam ihn – so, als fielen ihm wieder die Blumen über Gesicht und Hals und Hände und er spüre ihre kitzelnden, weichen, fransigen Blütenblätter, sauge ihren durchdringend süßen Duft ein. Und ihm war, als höre er ihre Stimme, wie sie sagte: »Fühlen Sie!«; und er fühlte noch einmal ihren Herzschlag unter seiner Hand.

6

Als Anna mit der schwarzvermummten Frau in der Kirche allein war, betete sie nicht. Sie lag auf den Knien und empfand nichts als schmerzliche Empörung. Warum hatte ihr das Schicksal dies Gefühl ins Herz gesenkt, mit einem Male ihr Leben erhellt, wenn Gott ihr die Erfüllung verweigerte? Ein paar von den Alpennelken hingen noch zerdrückt in ihrem Gürtel, und ihr Duft kämpfte mit dem schwachen Geruch nach Vergangenheit und Weihrauch. Solange sie da waren mit ihrer Lockung und ihren Erinnerungen, würde ihr kein Gebet gelingen. Aber wollte sie denn überhaupt beten? Wünschte sie sich die Stimmung der armen Seele dort in ihrem schwarzen Schal, die sich, seit sie sie beobachtete, nicht um Haaresbreite gerührt hatte, die ihr demütiges Ich offenbar so bis aufs äußerste befriedet hatte, daß das Leben von ihr gewichen war und sie die Erlösung des Nichts spürte? Ach ja! Wie müßte es sein, solch ein Leben zu haben, so mühsam und so arm an Spannung von Tag zu Tag und von Stunde zu Stunde, daß dies hier die größte Freude war, die man kannte – einfach in wehmütiger Stumpfheit dort zu knien? Es war schön, sie zu sehen, aber es war traurig. Und plötzlich überkam Anna das Verlangen, zu ihrer Nachbarin hinzugehen und zu sprechen: »Sag mir, was dich bedrückt, wir sind beide Frauen.« Vielleicht hatte sie einen Sohn verloren, sonst jemanden, den sie liebte – oder vielleicht keinen geliebten Menschen, sondern nur irgendeinen Wahn. Ach, Liebe ... Warum nur sehnte sich jede Seele nach Liebe, warum nur welkte jeder kraft- und freudenvolle Leib langsam dahin, wenn sie fehlte? Gab es in dieser großen Welt nicht genug, so daß etwas davon für sie, Anna, abfiel? Sie würde ihm kein Leid antun, denn sie würde wissen, wann er ihrer überdrüssig war; bestimmt würde sie dann soviel Stolz und Würde besitzen, daß sie ihn gehen ließ. Denn natürlich würde er ihrer müde werden. In ihrem Alter konnte sie doch nicht hoffen, einen solchen Jungen mehr als ein paar Jahre zu halten – vielleicht nur

Monate. Aber würde er ihr überhaupt je gehören? Die Jugend war so hart – sie hatte kein Herz! Und dann kam ihr wieder die Erinnerung an seine Augen, der Blick, mit dem er aufgeschaut hatte, verstört, beinah wild, als sie die Blumen auf ihn hatte fallen lassen. Der Gedanke daran erfüllte sie mit einer Art Verzückung. Ein Blick von ihr in diesem Moment, eine Berührung, und er hätte sie an sich gerissen. Dessen war sie gewiß und wagte doch kaum zu glauben, was so viel bedeutete. Und mit einem Mal schien ihr die Folterqual, die sie durchleiden mußte, was immer geschah, zu unmenschlich und zu unverdient. Sie erhob sich. Ein Sonnenstrahl fiel noch schräg durch das Portal; die kniende Bäuerin erreichte er nicht mehr, knapp ein Meter von ihr traf er den Boden. Und Anna blieb stehen und wartete. Würde der Strahl sich weiterstehlen und sie berühren, oder würde er verlöschen, weil die Sonne hinter den Bergen unterging? Die andere ahnte nichts von dieser Frage; reglos kniete sie. Und der Strahl wanderte langsam weiter. ›Wenn er sie berührt, dann wird er mich lieben, und sei es auch nur für eine Stunde. Wenn er vorher erlischt –‹ Und der Strahl schob sich weiter. War er wirklich schicksalsträchtig, dieser unwirkliche Lichtpfad mit seinen tanzenden Stäubchen, weissagte er in Wahrheit Liebe oder Finsternis? Und langsam weiterwandernd, stieg er auf, so wie die Sonne sank, hob sich über die gebeugte Gestalt, schwebte in einem goldenen Nebel – und war plötzlich verschwunden.

Mit unsicheren Schritten verließ Anna die Kirche; sie vermochte nur undeutlich zu sehen. Weswegen sie auf der Terrasse an ihrem Mann und dem Jungen vorüberging, ohne ihnen auch nur einen Blick zuzuwerfen, hätte sie nicht recht sagen können – vielleicht deswegen, weil Gemarterte ihre Peiniger nicht begrüßen. Als sie in ihrem Zimmer anlangte, fühlte sie sich todmüde; sie ließ sich aufs Bett fallen und schlief fast im selben Augenblick ein.

Sie erwachte durch ein Geräusch, erkannte das leise

Tapptapp, mit dem ihr Mann an die Tür zu klopfen pflegte, gab aber keine Antwort; es war ihr gleichgültig, ob er hereinkam oder nicht. Er trat geräuschlos ein. Wenn sie ihm nicht zeigte, daß sie wach war – wecken würde er sie nicht. Sie lag still und beobachtete ihn, wie er sich rittlings auf einem Stuhl niederließ, die Arme über der Lehne kreuzte, das Kinn darauflegte und die Augen auf sie richtete. Unbewußt hatte sie es bewerkstelligt, daß sein Gesicht das einzige war, was sie durch den Schleier ihrer Wimpern deutlich wahrnahm – und nun, da sie es so seltsam abgesondert erblickte, erkannte sie es klarer als je zuvor. Sie schämte sich nicht im geringsten bei diesem gegenseitigen unverwandten prüfenden Beschauen, bei dem sie so sehr im Vorteil war. Nie hatte er ihr gezeigt, was in ihm steckte, nie offenbart, was sich hinter diesen hellen, spöttischen Augen verbarg. Jetzt würde sie es vielleicht sehen! Und sie lag da und betrachtete ihn angespannt, erregt, so wie man eine winzige Wildblume durch ein Vergrößerungsglas beschaut und zusieht, wie sich die Unbedeutende ausdehnt, bis sie groß und gewichtig wie eine Treibhausblüte ist. Ein Gedanke erfüllte sie: ›Was mich jetzt anblickt, ist sein wahres Ich, denn jetzt hat er keinen Grund, vor mir auf der Hut zu sein.‹ Zuerst schienen seine Augen mit ihrer üblichen Blankheit maskiert, sein ganzes Gesicht mit der gewohnten wohlanständigen Förmlichkeit; dann, allmählich, verwandelte er sich so sehr, daß sie ihn kaum wiedererkannte. Die Wohlanständigkeit, die Blankheit schmolzen ab von dem, was dahinterlag, wie Rauhreif vom Gras. Und ihr zog sich buchstäblich die Seele zusammen, als würde sie mit dem, was er sah, eins – ein Etwas, dazu da, daß man darüber hinging, ein bloßes Nichts. Ja, er hatte das Gesicht jemandes, der betrachtet, was unverständlich und deswegen bedeutungslos ist; etwas, das keine Seele hat; etwas, das einer andern und minderen Gattung angehört und einen Mann nicht weiter interessieren kann. Sein Gesicht war wie das lautlose Bekenntnis einer Überzeugung, so tief und fest verwurzelt, daß sie seinem innersten Wesen entströmen mußte – etwas, das instinktiv und unabänderlich war. Das also war sein eigentliches Ich! Ein Mann, der die Frauen verachtete. Ihr erster Gedanke war: Und er ist verheiratet – was für ein Verhängnis! Ihr zweiter: Wenn er so empfindet, dann tun das vielleicht Tausende von Männern! Bin ich, sind wirklich alle Frauen das, wofür sie uns halten? Die Überzeugung in seinem starren Blick – die massive Überzeugung – hatte sie angesteckt, und für eine Sekunde gab sie sich geschlagen, war zermalmt. Doch dann bäumte sich ihr Geist so ungestüm auf, das Blut pulsierte so heftig in ihr, daß sie kaum noch imstande war stillzuliegen. Wie konnte er sich unterstehen, so über sie zu denken – sie als Nichts anzusehen, als ein Bündel aus seelenlosen, unerklärlichen Grillen und Launen und Sinnlichkeit? Tausendmal nein! Er war der Seelenlose, der Trockene, der Gottverlassene, er, der es in seiner ekelerregenden Überheblichkeit fertigbrachte, sie und mit ihr alle Frauen zu verachten! Er starrte sie an, als habe er sie ergründet: eine mit Kleidern herausgeputzte Puppe, und die Kleider hießen Seele, Geist, Rechte, Verantwortlichkeit, Würde, Freiheit – alles nichts als Worte. Es war schändlich, es war abscheulich, daß er sie so sehen konnte! Und in ihr begann ein wirklich furchtbarer Kampf zwischen dem Verlangen, aufzustehen und dies herauszuschreien, und dem Bewußtsein, daß es dumm und würdelos sein würde, ja sogar verrückt, wenn sie ihm zeigte, daß sie verstanden hatte, was er nie zugeben würde; ja er würde nicht einmal begreifen, daß er es ihr verraten hatte. Und dann kam ihr eine Art Zynismus zu Hilfe. Was für eine spaßige Angelegenheit die Ehe doch war! All die Jahre Zusammenleben mit ihm, und dabei keine Ahnung davon, wie es bei ihm im Herzensgrund aussah! Jetzt hatte sie das Gefühl: Wenn sie zu ihm hinginge und sagte: ›Ich bin in den Jungen da verliebt‹ – es würde nichts weiter bewirken, als daß er die Mundwinkel herabziehen und sagen würde: ›Ach, wirklich? Interessant!‹ Und was er in Wahrheit von ihr dachte, würde sich dadurch nicht um ein Jota ändern; höchstens, daß es ihn in der Überzeugung bestärkte, daß sie belanglos und rätselhaft, eine minderwertige merkwürdige Art Tier und für ihn durchaus uninteressant sei.

Und dann, gerade als sie spürte, daß sie sich nicht länger beherrschen konnte, stand er auf, schlich sich auf den Zehen zur Tür, öffnete sie geräuschlos und ging hinaus.

Sowie er weg war, sprang sie auf. Sie war also an einen gekettet, für den sie, für den die Frauen sozusagen nicht existierten. Ihr schien es, als sei sie auf eine Erkenntnis von fast heiliger Bedeutsamkeit gestoßen, auf den Schlüssel alles dessen, was in ihrem Eheleben verwirrend und hoffnungslos gewesen war. Wenn er sie wirklich insgeheim von ganzem Herzen geringschätzte, dann brauchte sie selber für jemanden, der so trocken, so engherzig, so von Grund auf dumm war, nichts andres zu empfinden als eines: Verachtung. Aber sie wußte nur zu gut, daß Verachtung das nicht erschüttern würde, was sie in seinem Gesicht erblickt hatte; er war unbezwinglich hinter der Schutzmauer seines raffinierten, stumpfsinnigen Überlegenheitsdünkels. Er war für immer verschanzt, und sie würde stets nur Angreifer sein. Aber schließlich – was hatte das jetzt noch zu sagen?

War sie gewöhnlich fast gleichgültig und schnell mit ihrer Toilette fertig, so brauchte sie an diesem Abend lange dazu. Ihr Hals war sehr sonnenverbrannt, und eine Weile überlegte sie hin und her, ob sie ihn pudern oder seine Zigeunerfarbe für gut befinden solle. Sie befand sie für gut, denn sie sah, daß die Bräune ihren Farben – den Gletschereisaugen unter den schwarzen Wimpern und dem Haar mit seinen überraschend aufschimmernden Flammenlichtern – einen besonderen Reiz verlieh.

Als die Glocke zum Abendessen rief, ging sie am Zimmer ihres Mannes vorbei, ohne wie sonst anzuklopfen, und schritt allein hinunter.

In der Halle bemerkte sie ein paar Leute von der englischen Gruppe aus der Berghütte. Sie grüßten nicht, sondern zeigten auf einmal großes Interesse für das Barometer; aber sie konnte fühlen, wie sie sie anstarrten. Sie ließ sich nieder, um zu warten, und wurde sich sofort bewußt, daß der Junge da war: er kam von der andern Seite des Raums zu ihr herüber und glich dabei einem Schlafwandler. Er sprach kein Wort. Aber wie er sie anblickte! Ihr Herz fing an zu klopfen. War dies der Augenblick, nach dem sie sich gesehnt hatte? Und wenn er tatsächlich gekommen war, wagte sie ihn zu ergreifen? Dann sah sie ihren Mann die Treppe herabsteigen, sah, wie er die englische Gruppe begrüßte, hörte, wie sie ihren gedehnten Sprechsingsang anstimmten. Sie schaute zu dem Jungen auf und sagte schnell: »War der Tag schön?« Mit Entzücken sah sie, daß sie diesen Ausdruck auf seinem Gesicht zu halten vermochte, diesen Blick, als habe er alles und jedes vergessen außer ihr. Seine Augen schienen in diesem Moment etwas Heiliges zu haben, etwas von der Wundersehnsucht der Schöpfung und der Unschuldsvollen. Es war furchtbar, zu wissen, daß dieser Ausdruck in der nächsten Sekunde verschwinden mußte, daß er vielleicht nie wieder in sein Gesicht zurückkehren würde – dieser kostbare Ausdruck. Jetzt kam ihr Mann heran. Sollte er es doch sehen, wenn er mochte! Sollte er sehen, daß jemand zu hingebungsvoller Bewunderung fähig, daß sie nicht für jeden eine Art niederes Tier war. Ja, er mußte das Gesicht des Jungen wahrgenommen haben; und doch änderte sich seine Miene nicht im mindesten. Er merkte nichts! Oder verschmähte er es, etwas zu merken?

7

Nun folgte für den jungen Lennan eine sonderbare Zeit. Von einer Minute zur andern wußte er nie, ob er glücklich war – immer bestrebt, bei ihr zu sein, rastlos, wenn er das nicht konnte, verärgert, wenn sie mit anderen sprach und sie anlächelte, und doch rastlos auch in ihrer

Gegenwart: dann war er unbefriedigt und litt unter seiner eigenen Schüchternheit.

An einem regnerischen Morgen, als sie auf dem Hotelklavier spielte und er ihr zuhörte und dabei dachte, daß er sie nun endlich einmal für sich hätte, da tauchte ein junger deutscher Geiger auf: blaß und in eng tailliertem braunem Rock, mit einem kleinen Backenbart und reichlich langen Haaren – mit einem Wort, ein Widerling. Selbstverständlich bat dieser junge Widerling sie prompt, ihn zu begleiten – als ob irgendwer drauf versessen gewesen wäre, sein idiotisches Gefiedel zu hören! Jedes Wort und jedes Lächeln, das sie für ihn hatte, schmerzte ihn bitter, denn er merkte daran, wieviel mehr sie sich für diesen Ausländer interessierte als für ihn! Und das Herz wurde ihm schwerer und schwerer, und er dachte: ›Wenn sie ihn leiden kann – mir sollte das vollkommen egal sein. Bloß, es ist mir nicht egal! Und wieso kann mir's überhaupt egal sein?‹ Es war abscheulich, sie lächeln zu sehen und zu sehen, wie der junge Widerling sich zu ihr herabbeugte. Und sie redeten deutsch miteinander, so daß er nicht verstand, was sie sagten, und das machte alles noch unerträglicher. Er hatte keine Ahnung gehabt, daß es solche Folterqualen gab.

Und dann stieg in ihm der Wunsch auf, ihr auch wehe zu tun. Aber das war gemein – und außerdem, wie konnte er ihr schon weh tun? Sie machte sich ja nichts aus ihm. Er war für sie nichts – weiter nichts als ein Junge. Wenn sie ihn tatsächlich nur für einen Jungen nahm, ihn, der sich so alt fühlte – es wäre schrecklich. Ein Gedanke durchzuckte ihn: Am Ende spielte sie den jungen Geiger bloß gegen ihn aus? Nein, so etwas würde sie niemals tun. Aber der Widerling sah ganz danach aus, als wäre er imstande und bildete sich auf ihr Lächeln was ein. Wenn sich der Kerl doch nur die geringste Dreistigkeit herausnehmen würde, wie herrlich, ihn dann zu einem Waldspaziergang hinauszubitten, ihn Mores zu lehren und anschließend gründlich zu verdreschen! Er würde ihr hinterher nichts davon sagen, nicht nach Anerkennung streben. Er würde sich abseits halten, bis sie wieder nach ihm verlangte. Dann malte er sich aus, was er fühlen würde, wenn sie tatsächlich diesen jungen Mann an seiner Statt zum Freund nehmen wollte. Aber plötzlich wurde der Gedanke so wirklich, so stechend, so fürchterlich schmerzhaft, daß er jäh aufstand und zur Tür ging. Würde sie nicht ein Wort zu ihm sagen, bevor er aus dem Zimmer ging? Würde sie nicht versuchen, ihn zurückzuhalten? Wenn nicht, dann war bestimmt alles vorbei. Dann bedeutete ihr wirklich jeder x-beliebige mehr als er. Die kleine Wanderung zur Tür aber kam ihm vor wie der Weg zur Hinrichtung. Würde sie nicht nach ihm rufen? Er schaute sich um. Sie lächelte. Aber er konnte nicht lächeln, sie hatte ihn zu sehr verletzt! Er wandte den Kopf ab, ging hinaus und stürzte sich barhäuptig in den Regen. Mit einer Art düsterer Befriedigung fühlte er die Tropfen übers Gesicht rinnen. Bald würde er naß bis auf die Haut sein. Vielleicht würde er krank. Hier im Ausland, weit weg von zu Hause, würde sie sich dazu erbieten müssen, ihn zu pflegen; vielleicht würde er ihr in seiner Krankheit wieder interessanter vorkommen als der junge Widerling, und dann – ach! Wenn es ihm doch gelänge, krank zu werden!

Er wanderte im Geschwindschritt aufwärts unter den triefenden Zweigen hin bis zum Fuß des niederen Berges, der sich hinter dem Hotel erhob. Ein Pfad schlängelte sich zum Gipfel hinauf, und er schlug ihn ein mit stürmischem Schritt. Allmählich legte sich das Gefühl erlittenen Unrechts; er wünschte sich nicht mehr, krank zu werden. Es hatte aufgehört zu regnen, die Sonne kam hervor, und er stieg weiter, höher und höher. Er würde rascher auf den Gipfel kommen als irgendwer zuvor. Es gab doch etwas, das er besser konnte als der Widerling. Die Föhren wichen verkümmerten Lärchen, und die machten krüppeligem Buschwerk aus Nadelgehölz und nackten Geröllhalden Platz. Er kletterte sie hinauf, klammerte sich an das zähe Gestrüpp, fürchterlich außer Atem, mit wild schlagendem Herzen; der Schweiß rann ihm in die Augen. Jetzt fühlte er nichts mehr, war nur noch gespannt, ob er den Gipfel erreichen oder vorher vor Erschöpfung hinfallen würde. Er dachte, er müsse sterben, so wie sein Herz hämmerte; aber lieber sterben als anhalten und um ein paar Schritte sich geschlagen geben. Schließlich strauchelte er auf das kleine Gipfelplateau. Volle zehn Minuten lag er reglos dort auf dem Gesicht, dann rollte er sich auf den Rücken. Sein Herz hatte aufgehört, so beängstigend zu schlagen; er atmete frei, streckte die Arme im dampfenden Grase aus – glücklich. Es war wundervoll hier oben, jetzt, wo die Sonne heiß im Himmel brannte, der schon wieder klarblau war. Wie winzig alles dort unten aussah – das Hotel, die Bäume, das Dorf, die Almhütten. Spielzeugklein! Nie zuvor hatte er die reine Freude der Höhe gekannt. Die Regenwolken, zerrissen und in großen weißen Fetzen an den Bergen entlang nach dem Süden treibend, glichen einer Armee von Riesen, die auf Streitwagen, von weißen Pferden gezogen, fortjagten. Plötzlich dachte er: ›Und wenn ich vorhin gestorben wäre, als mein Herz so irrsinnig schlug? Hätte es auch nur das geringste ausgemacht? Alles wäre genauso weitergegangen, die Sonne hätte geschienen, das Blau hier oben wäre dasselbe gewesen und das Spielzeug im Tal.‹ Diese Eifersucht vor einer Stunde – ach, wie nichtig die war – wie nichtig er selber! Was hatte es zu besagen, ob sie zu dem Kerl im braunen Rock nett war? Was zählte überhaupt, wo das All so groß war – und er ein solch winziger Splitter davon?

Am Rande des Plateaus hatte jemand, um die höchste Stelle zu bezeichnen, ein rohes Kreuz errichtet, das starr in den blauen Himmel hineinstieß. Es sah irgendwie grausam aus, schief und krumm und ganz fehl am Platz hier oben, ein Verstoß gegen den Geschmack, als hätten es Leute herbeigeschleppt, die nur einen einzigen Gedanken im Kopf hatten und sich nicht darum scherten, ob es in diese Umgebung paßte. Genausogut, wie hier oben ein Kreuz zu errichten, hätte man einen dieser Felsen in die hübsche dunkle Kirche schleifen können, in der er sie neulich zurückgelassen hatte.

Glockengebimmel und Schnuppern und Scharren scheuchten ihn auf: eine große graue Geiß war heraufgeklettert und beschnupperte nun sein Haar, die Anführerin einer Herde; und bald umringte ihn die ganze Schar, ernsthaft und neugierig mit ihren merkwürdigen gelben Augen mit den länglichen Pupillen und ihren drolligen kleinen Bärten und Schwänzen. Kolossal ehrbare Tiere, und freundlich! Wie hübsch zum Modellieren! Er lag still – denn von seinem Vormund, dem Angler, hatte er gelernt, daß bei allen Tieren das Stillesein nötig ist –, während die Leitgeiß das Aroma seines Halses prüfte. Mit Behagen spürte er, wie die lange, rauhe Zunge über seine Haut glitt – das erweckte in ihm ein wunderbares, tiefes Gefühl der Kameradschaft. Er zügelte sein Verlangen, dem Geschöpf die Nase zu streicheln. Offenbar hegten sie nun alle den Wunsch, seinen Hals zu kosten; aber ein paar waren schüchtern, und die Berührung ihrer Zungen kitzelte nur, so daß er lachen mußte, und auf diesen merkwürdigen Laut hin fuhren sie zurück und starrten ihn an. Es schien niemand bei ihnen zu sein; dann entdeckte er in einiger Entfernung, ganz reglos im Schatten eines Felsen, den Hirten, einen Jungen, ungefähr so alt wie er selber. Wie einsam mußte er sein, den ganzen Tag hier oben! Vielleicht redete er mit seinen Ziegen. Er sah aus, als ob er dazu imstande wäre. Hier oben mußte man auf sonderbare Gedanken verfallen, mußte dahin kommen, daß man die Felsen und die Wolken kannte und die Tiere und verstand, was sie alle sagen wollten. Der Hirt stieß einen eigentümlichen Pfiff aus, und etwas, Lennan hätte nicht genau sagen können, was, vollzog sich bei den Geißen; eine Art ›Zu Befehl, Sir!‹ schien von ihnen zu kommen. Und dann trat der Hirt aus dem Schatten und hinüber an den Rand des Plateaus, und zwei von den Ziegen, die dort weideten, schoben ihm die Nasen in die Hände und scheuerten sich an seinen Beinen. Die drei sahen schön aus, wie sie dort zusammen am Rand standen und sich vom Himmel abhoben ...

Am Abend dieses Tages, nach dem Dinner, wurde der Speisesaal zum Tanzen ausgeräumt, so daß die Gäste merken konnten: Freiheit und Fröhlichkeit lagen in der Luft. Und tatsächlich, es dauerte nicht lange, und ein Paar begann, in der Entschuldigung heischenden Manier, die Hotelgästen eigen ist, über die gebohnerten Dielen hin und her zu fegen. Dann starteten plötzlich drei italienische Paare zu einem unaufhörlichen Wirbel, währenddessen die Partner einander gebannt in die Augen starrten; und durch ihr Vorbild angeregt, fingen einige Amerikaner an, sich lässig vorwärts und rückwärts zu bewegen. Zwei der ›englischen Saubermanns‹ begaben sich – mit sorgfältig amüsierten Gesichtern – als nächste auf die Tanzfläche. Lennan schien es, daß sie sehr geübt waren, viel gewandter als er. Ob er es wagte, sie aufzufordern? Dann sah er, wie der junge Geiger herantrat, sah, wie sie sich erhob und seinen Arm ergriff und in den Tanzsaal verschwand; und er blieb stehen, enttäuscht, erschöpft und mit einem Gefühl von Übelkeit, und lehnte die Stirn gegen eine Fensterscheibe; so starrte er ins Mondlicht hinaus, ohne etwas zu sehen. Er hörte seinen Namen; der Tutor stand neben ihm.

»Sie und ich müssen einander trösten, Lennan. Überlassen wir den Tanz der Jugend, was?«

Glücklicherweise hinderten den Jungen Instinkt und Erziehung, seine Gefühle zu zeigen; und er blieb freundlich, obwohl er litt.

»Ja, Sir, hübsch der Mondschein draußen, nicht?«

»Ah ja! Sehr hübsch. Als ich in Ihrem Alter war, ›wer flog wie ich in leichtem Wirbel hin?‹ Aber so nach und nach, Lennan, kommt man zu der Einsicht, daß das nicht ohne Partnerin geht – da liegt der Hase im Pfeffer! Sagen Sie mir – betrachten Sie die Frauen als zurechnungsfähige Lebewesen? Ich würde gern Ihre Meinung darüber hören.«

Natürlich war das Ironie – und doch lag etwas in diesen Worten, irgend etwas!

»Ich denke, Sir, Sie sollten mir lieber Ihre sagen.«

»Mein lieber Lennan – meine Erfahrung ist da gleich Null!«

Das war als Unfreundlichkeit gegen sie gemeint! Darauf gab er keine Antwort. Wenn Stormer bloß weggehen wollte! Die Musik war verstummt. Gewiß saßen sie irgendwo draußen und redeten! Er gab sich einen Ruck und sagte:

»Ich war heute morgen auf dem Berg hinter dem Hotel, wo das Kreuz steht. Es gab dort ein paar hübsche Ziegen.«

Und plötzlich sah er sie herankommen, allein, lächelnd, mit geröteten Wangen. Verwundert bemerkte er, daß ihr Kleid dieselbe Farbe hatte wie das Mondlicht.

»Harold, willst du tanzen?«

Er würde ja sagen, und sie würde wieder fort sein! Aber der Tutor machte ihr nur eine kleine Verbeugung und sagte mit seinem üblichen Lächeln:

»Lennan und ich sind gerade übereingekommen, daß wir das Tanzen der Jugend überlassen.«

»Zuweilen müssen sich die Alten opfern. Mark, wollen Sie tanzen?«

Hinter sich hörte er den Tutor murmeln:

»Ah! Lennan, Sie üben Verrat an mir!«

Die kleine, stumme Wanderung mit ihr in den Tanzsaal war vielleicht der glücklichste Augenblick, den er je erlebt hatte. Und er hätte sich wegen seiner Tanzkunst nicht so zu fürchten brauchen. Sie war wirklich nicht ausgefeilt, aber die ihre vermochte sie nicht zu stören: so leicht, so sicher, so schwungvoll! Es war herrlich, mit ihr zu tanzen. Nur als die Musik abbrach und sie sich hinsetzten, merkte er, daß sich ihm der Kopf drehte. Ihm war sonderbar – wirklich sehr sonderbar. Er hörte sie sagen: »Was ist los, lieber Junge? Sie sehen so weiß aus!«

Ohne daß er sich recht klar darüber war, beugte er das Gesicht über die Hand, die sie ihm auf den Ärmel gelegt hatte; dann wußte er nichts mehr, denn er hatte die Besinnung verloren.

8

Ein Junge im Wachstum – die Überanstrengung am Morgen! Das war alles. Er kam sehr schnell wieder zu sich und ging selbständig hinauf und zu Bett. So etwas Ekelhaftes! Nie hatte sich jemand einer kleinen Schwäche mehr geschämt als dieser Junge. Jetzt, da er wirklich ein bißchen unpäßlich war, konnte er den Gedanken einfach nicht ertragen, gepflegt oder auch nur umsorgt zu werden. Fast unhöflich hatte er sich losgemacht. Erst als er im Bett lag, besann er sich, wie ihr Gesicht ausgesehen hatte, als er von ihr fortgegangen war. So sehnsüchtig und unglücklich, wie um Vergebung flehend. Als ob da etwas zu vergeben wäre! Als ob sie ihn nicht vollkommen glücklich gemacht hätte, als sie mit ihm tanzte! Es verlangte ihn danach, ihr zu sagen: »Wenn ich dir so nah sein könnte, jeden Tag, wie in dieser Minute, dann wär mir alles andere gleich!« Vielleicht würde er das morgen wagen. Während er so dalag und sich nicht regte, fühlte er sich ein wenig sonderbar. Er hatte vergessen, die Jalousien zu schließen, und das Mondlicht sickerte herein; aber er war zu träge, zu schläfrig, um jetzt noch aufzustehen und es auszusperren. Sie hatten ihm Cognac eingeflößt, eine ziemliche Menge – vielleicht kam es daher, daß er sich so komisch fühlte; nicht übel, aber wie in einem Labyrinth, so, als ob er träumte und als hätte er das Verlangen danach verloren, sich je wieder zu rühren. Nichts weiter als daliegen und in das pulvrige Mondlicht starren und die ferne Musik hören, die unten dröhnte, und dabei noch ihre Berührung spüren wie im Tanz, wenn sie sich an ihn lehnte, und die ganze Zeit den Blütenduft um sich haben! Seine Gedanken waren Träume, seine Träume Gedanken, alles köstlich unwirklich. Und dann kam es ihm vor, als ziehe sich das Mondlicht zu einem einzigen blaßleuchtenden Streifen zusammen, er spürte seinen hämmernden Herzschlag, der dröhnte ihm in den Ohren, und das Mondlicht glitt auf ihn zu. Es kam so nahe, daß er es warm an seiner Stirn fühlte; dann seufzte es leise und verweilte zögernd über ihm, zog sich lautlos zurück und war verschwunden. Und dann mußte er in traumlosem Schlaf versunken sein ...

Wie spät war es wohl, als er durch das gewisse zarte Tapptapp geweckt wurde und den Tutor mit einer Tasse Tee in der Tür stehen sah?

»Na, wieder auf dem Damm, der junge Mann?« – Ja, vollkommen, er würde sofort unten sein! Es war ungeheuer gütig von Mr. Stormer, zu kommen! Aber ihm fehlte wirklich überhaupt nichts!

»Ja, ja; aber der Krüppel und der Lahmen soll man pflegen!«

Gerade in diesem Augenblick erschien dem Jungen sein Gesicht sehr freundlich – mit einer bloßen Winzigkeit Spott darin, gerade soviel, wie gut war. Überhaupt kolossal anständig von ihm, daß er gekommen war und nun stehenblieb, solange er den Tee trank. Und er war wirklich ganz in Ordnung; nichts als ein bißchen Kopfweh. Während er sich anzog, hielt er viele Male inne und versuchte sich zu besinnen. Der weiße Streifen Mondlicht? War das Mondlicht gewesen? Gehörte es zu einem Traum, oder war es ... konnte es sein, daß sie das gewesen war in ihrem Mondscheinkleid? Ach, warum hatte er auch einschlafen müssen! Er würde es nicht über sich bringen, sie zu fragen, und so würde er nie erfahren, ob das, woran er sich verschwommen erinnerte, der Hauch Wärme auf seiner Stirn, ein Kuß gewesen war.

Er frühstückte allein in dem Raum, wo sie getanzt hatten. Zwei Briefe für ihn lagen da. Einer von seinem Vormund; Geld war beigefügt; im übrigen klagte er darüber, daß die Forellen nicht anbeißen wollten; der andre stammte von seiner Schwester. Der Mann, mit dem sie verlobt war – ein angehender Diplomat, der zur Gesandtschaft in Rom gehörte –, fürchtete, daß ihm der Urlaub verkürzt würde. Sie mußten sofort heiraten. Möglicherweise würden sie sich sogar eine Sondergenehmigung besorgen müssen. Es war ein Glück, daß Mark so bald wieder heimkam. Sie brauchten ihn doch unbedingt als Brautführer. Die einzige Brautjungfer würde nun Sylvia sein ... Sylvia Doone? Aber lieber Himmel, die war doch noch ein Kind! Und die Erinnerung an ein kleines Mädchen in einem sehr kurzen Leinenkleid, mit Flachshaar und hübschen blauen Augen und einem fast durchsichtig hellhäutigen Gesicht stieg vor ihm auf. Aber natürlich, das war ja sechs Jahre her. Sie würde nicht mehr in einem Kleid herumlaufen, das die Knie sehen ließ, genausowenig, wie sie noch Glasperlketten umbinden oder vor nicht vorhandenen Stieren Angst haben würde. Brautführer sein – blöd. Dazu hätten sie sich sonstwen besorgen können, irgendeinen anständigen Kerl. Und dann vergaß er alles – denn da, draußen auf der Terrasse, war sie. In seinem Drang, zu ihr zu gelangen, stürzte er an mehreren von den ›englischen Saubermanns‹ vorüber, die ihn scheel anstarrten. Na ja, kein Wunder, wenn sie sich über ihn entrüsteten, so wie er sich gestern abend aufgeführt hatte! Ein Oxfordstudent, der in einem Hotel in Ohnmacht fiel! Da mußte doch was faul sein ...

Und dann, als er sie erreicht hatte, fand er den Mut.

»War es wirklich nur Mondschein?«

»Nichts als Mondschein.«

»Aber es war warm!«

Und als sie darauf nicht antwortete, spürte er in sich das gleiche Gefühl von Schwerelosigkeit und Rausch, wie wenn er in der Schule ein Wettrennen gewonnen hatte.

Aber nun kam ein schrecklicher Schlag. Der alte Bergführer des Tutors war plötzlich nach einem Aufstieg mit einer Gruppe Deutscher wieder aufgetaucht. In Stormer war das alte Streitroß erwacht. Er wollte am Nachmittag nach einer bestimmten Hütte aufbrechen und am nächsten Tag bei Morgengrauen einen gewissen Gipfel erklimmen. Aber Lennan sollte nicht mitkommen. Warum nicht? Wegen des Ohnmachtsanfalls gestern abend, und weil er, nicht zu glauben, irgendwas Blödsinniges nicht war – ›kein erprobter Bergsteiger‹, so nannten sie es. Als ob ...! Wo sie gehen konnte, war er auch dazu imstande! Sie behandelten ihn ja wie ein Kind. Natürlich konnte er auf diesen hundsmiserablen Berg klettern. Aber ihr war es eben im Grunde ganz egal, ob er mit war oder nicht, das war's! Sie hielt ihn nicht für Manns genug! Bildete sie sich wirklich ein, er könnte da nicht hinaufklettern, wo ihr – Mann hinaufkam? Und wenn es wirklich gefährlich war, dann hatte sie nicht hinaufzusteigen und ihn zurückzulassen! Das war ganz einfach grausam! Aber sie lächelte bloß, und er stürzte von ihr fort. Er hatte nicht gesehen, daß all sein Kummer sie nur glücklich machte.

Und am Nachmittag zogen sie ohne ihn los. Was hatte er da für nachtschwarze Gedanken! Wie leidenschaftlich haßte er seine eigene Jugend! Was für Pläne spann er! Ja, wenn sie zurückkam, dann sollte sie ihn nicht mehr vorfinden: er würde auf irgendeinem weit gefährlicheren und strapaziöseren Berg sein! Wenn die Leute fanden, er sei nicht dazu geeignet, mit ihnen eine Klettertour zu machen, dann kletterte er eben allein. Das war immerhin, wie jedermann zugab, gefährlich. Und sie würde daran schuld sein. Das würde ihr dann leid tun. Er würde aufstehen und vor Morgengrauen fort sein. Er legte sich seine Sachen bereit und füllte die Feldflasche. An diesem Abend war das Mondlicht wundersamer denn je, die Berge sahen aus wie große Geister ihrer selbst. Und sie war dort oben in der Hütte bei den andern! Es dauerte lange, bis er, über seiner Kränkung brütend, endlich entschlummerte – eigentlich hatte er überhaupt nicht schlafen wollen, damit er um drei startbereit wäre. Als er aufwachte, war es neun Uhr! Sein Zorn war verflogen, er fühlte sich nur noch rastlos und beschämt. Wenn er, statt wütend fortzurennen, sich mit guter Miene gefügt hätte, dann hätte er bis zur Hütte mit ihnen gehen und über Nacht dort bleiben können. Und nun verwünschte er sich selber dafür, daß er ein solcher Trottel, ein solcher Idiot war. Ein wenig von dieser Idiotie konnte er vielleicht noch wiedergutmachen. Wenn er sofort nach der Hütte aufbrach, dann konnte er rechtzeitig dort sein, um sie beim Abstieg zu empfangen und mit ihnen wieder zurückzukehren. Er goß seinen Kaffee hinunter und trat den Marsch an. Zuerst kannte er den Weg, dann verlor er ihn im Wald; er fand sich schließlich wieder zurecht, aber als er die Hütte erreichte, war es schon fast zwei Uhr. Ja, die Gruppe hatte morgens den Aufstieg angetreten; sie waren auch gesehen worden, gewiß doch, und man hatte gehört, wie sie vom Gipfel herüberjodelten. Aber zurück nahmen sie einen andern Weg. Doch, bestimmt! Sie würden drüben auf der Westseite und über den andern Paß herabsteigen. Sie würden eher wieder dasein als der junge Herr selber.

Sonderbarerweise vernahm er das beinah erleichtert. Machte es der lange einsame Marsch oder die Höhe hier oben, oder war es einfach sein Hunger? Oder lag es nur an diesen netten, freundlichen Leuten in der Hütte und ihrer jungen Tochter mit dem frischen Gesicht, dem kuriosen schwarzen Matrosenhütchen aus Tuch mit den langen Bändern, mit dem Samtmieder und der reinen, arglosen Schlichtheit im Wesen! Oder am Anblick der silbrig-braunen Kühe, die ihr die breiten, schwarzen Nasen in die Hand schoben? Was war es, wovor all seine Rastlosigkeit verflog, das ihn glücklich und zufrieden machte? ... Er wußte noch nicht, daß jedes Hündchen mit den höchsten und freudigsten Luftsprüngen die ganz neuen Dinge umkreist! ... Nach dem Mittagessen saß er lange und versuchte, die kleinen Kühe zu zeichnen, verfolgte das Spiel der Sonnenstrahlen auf der Wange des hübschen Mädchens, probierte, Deutsch mit ihr zu sprechen. Und als er schließlich »Adieu« sagte und sie ein »Küß die Hand. Adieu!« murmelte, da spürte er tatsächlich einen kleinen Stich im Herzen ... Das Herz eines Mannes ist doch wunderlich und nicht zu begreifen! ... Trotz alledem beschleunigte er die Schritte auf dem letzten Stück Heimweg, bis er buchstäblich rannte. Weshalb war er so lange dort oben geblieben? Sie würde zurück sein – sie würde ihn zu sehen erwarten, und statt seiner würde vielleicht dieser Widerling von einem Geiger bei ihr sein! Er langte eben rechtzeitig im Hotel an, um hinaufzustürmen und sich umzukleiden und dann wieder hinunterzustürzen zum Abendessen. Ach! Natürlich, sie waren müde und ruhten sich in ihren Zimmern aus. Er stand das Abendessen durch, so gut er konnte, verzog sich vor dem Nachtisch und rannte die Treppe hinauf. Eine Minute lang stand er unschlüssig da: an welche Tür sollte er klopfen? Dann tappte er schüchtern an ihre. Keine Antwort! Er klopfte laut beim Tutor an. Keine Antwort! Also waren sie noch gar nicht zurück. Nicht zurück? Was konnte das bedeuten? Oder war es möglich, daß sie beide schliefen? Er pochte noch einmal an ihre Tür und drückte dann verzweifelt die Klinke nieder und warf einen flüchtigen Blick in den Raum. Leer, ordentlich, unbenutzt! Nicht zurück! Er machte kehrt und jagte wieder hinunter. Sämtliche Gäste strömten aus dem Speisesaal, und er lief einem Trupp der ›englischen Saubermanns‹ in die Arme; sie debattierten gerade über ein Bergsteiger-Unglück, das sich in der Schweiz zugetragen hatte. Er lauschte; plötzlich fühlte er sich ganz elend. Einer aus der Gruppe, der untersetzte, graubärtige Saubermann mit der Flüsterstimme, sagte zu ihm: »Ganz allein heute abend? Die Stormers noch nicht zurück?« Lennan gab sich alle Mühe zu antworten, aber etwas schnürte ihm die Kehle zu; er konnte nur den Kopf schütteln.

»Ich denke, sie hatten einen Führer?« sagte der Saubermann.

Diesmal brachte Lennan glücklich ein »Ja, Sir« heraus.

»Ich glaube, Stormer ist ein ziemlich erfahrener Mann!« Und indem er sich zu der Dame wandte, die sie alle mit ›Madre‹ anredeten, fügte er hinzu:

»Für mich bestand der große Reiz der Bergsteigerei immer darin, daß man dabei fern von allen Leuten ist – vollkommen allein.«

Die Mutter der jungen Saubermanns schaute Lennan mit ihren halbgeschlossenen Augen an, während sie antwortete:

»Für mich würde das gerade das Unerfreuliche bedeuten. Ich fühl mich unter meinesgleichen wohl.«

Der graubärtige Saubermann murmelte mit unterdrückter Stimme:

»Bißchen gefährlich, das in einem Hotel laut zu sagen!«

Und sie fuhren fort zu reden, doch wovon, das nahm Lennan nicht mehr auf. Ihm war plötzlich ganz übel vor Angst. Vor diesen englischen Saubermanns, die so hoch über alle gewöhnlichen Empfindungen erhaben waren, konnte er sein Entsetzen nicht zeigen; sie sahen ihn wegen seiner Ohnmacht sowieso schon für einen an, bei dem nicht alles stimmte. Dann erfaßte er, daß sich rundum eine Art genießerischen Rätselratens darüber entsponnen hatte, was den Stormers zugestoßen sein mochte. Der Abstieg war ausgesprochen gefährlich; es galt da einen besonders üblen Hang zu überqueren. Der Saubermann, dessen Kragen jetzt nicht zerknittert war, erklärte, er halte nichts von bergsteigenden Frauen. Sie seien ein Zeichen der Zeit, und zwar eines, das er besonders mißbillige. Die Mutter der jungen Saubermanns fuhr ihm sofort in die Parade. In der Praxis stimme sie ihm zu: beim Bergsteigen seien die Frauen fehl am Platz; aber in der Theorie sehe sie durchaus nicht ein, warum? Ein Amerikaner, der dicht bei ihnen stand, löste allgemeine Verlegenheit aus durch die Bemerkung, seines Erachtens sei es unvermeidlich, daß sie davon muskulöse Untergestelle bekämen. Lennan lief zur Haustür.

Eben war im Süden der Mond über die Gipfel gestiegen; genau unter ihm konnte er ihren Berg erkennen. Was für Bilder standen da vor ihm auf! Er sah sie tot daliegen, sah sich selber, wie er im Mondlicht herabkletterte und sie, die noch Lebende, aber halb Erfrorene, von irgendeiner gefährlichen Felsbank aufhob. Selbst das war noch besser als diese Wirklichkeit: nicht zu wissen, wo sie war und was sich zugetragen hatte. Leute schritten an ihm vorbei in den Mondschein hinaus, schauten ihm dabei neugierig in das starre Gesicht mit dem unverwandten Blick. Ein oder zwei erkundigten sich, ob er sich Sorgen mache, und er gab zurück: »Ach nein, vielen Dank!« Bald würde ein Suchtrupp ausrücken müssen. Wie bald? Er würde, er mußte dabeisein! Diesmal sollten sie ihn nicht abhalten. Und plötzlich dachte er: ›Ach, das ist alles nur deswegen, weil ich den Nachmittag dort oben geblieben bin und mit diesem Mädchen geredet habe, weil ich sie vergessen habe!‹

Und dann hörte er hinter sich Schritte. Da waren sie, durch einen Nebeneingang ins Haus getreten, und kamen nun den Korridor entlang, voran sie, mit Alpenstock und Rucksack, lächelnd. Instinktiv zog er sich hinter ein paar Kübelpflanzen zurück. Sie gingen vorbei. Ihr sonnenverbranntes Gesicht mit den breiten Backenknochen und den tiefliegenden Augen sah so glücklich aus: lächelnd, erschöpft, triumphierend. Irgendwie konnte er es nicht ertragen, und als sie vorüber waren, stahl er sich hinaus in den Wald und warf sich dort im Schatten auf den Boden, barg das Gesicht in den Armen und erstickte das schreckliche trockne Schluchzen, das ihm wieder und wieder in der Kehle aufsteigen wollte.

9

Am nächsten Tag war er glücklich, denn den ganzen Nachmittag lang lag er draußen im Schatten des gleichen Waldes zu ihren Füßen und starrte durch die Lärchenäste in den Himmel. Es war so wundervoll, niemand als die Natur ringsum. Die Natur, lebendig, geschäftig und so groß!

Beim Abstieg von der Hütte am Tag zuvor hatte er eine Bergspitze entdeckt, die genau wie eine schleierverhüllte Frau aussah: die größte Statue der Welt. Schaute man weiter unten wieder hin, da war aus der Frau ein bärtiger Mann geworden, der sich den Arm vor die Augen hielt. Hatte sie das gesehen? Hatte sie gemerkt, daß alle Berge bei Mondlicht oder im Morgengrauen Tiergestalten annahmen? Das wünschte er sich am allermeisten im Leben: Bilder von Tieren schaffen zu können, Geschöpfe jeder Art, die so waren – die das in sich hatten –, von denen etwas ausging – der Geist der Natur; so daß man, wenn man sie nur ansah, ebensoviel Freude fühlte, wie man sie beim Betrachten von Bäumen und Tieren und Felsen, sogar mancher Menschen empfand, allerdings nicht bei den englischen Saubermanns!

Also hatte er ganz ernsthaft vor, Kunst zu studieren?

Aber ja, natürlich!

Dann wollte er also – von Oxford fort?

Nein, ach nein! Nur, eines Tages würde er müssen.

Sie antwortete: »Manche kommen nie los!«

Und er sagte schnell: »Natürlich werd ich nie von Oxford weg wollen, solange Sie dort sind.«

Er hörte, wie sie jäh Atem holte.

»Aber ja, gewiß werden Sie! Und nun helfen Sie mir auf!« Und sie schritt voran, zurück zum Hotel.

Er blieb, als sie hineingegangen war, draußen auf der Terrasse, ruhelos und unglücklich, sowie sie ihn verlassen hatte. Unmittelbar neben ihm sagte jemand:

»Na, Freund Lennan, was ist's – Meditation oder Katzenjammer?«

Dort, in einem von diesen hohen Korbstühlen, die ihre Insassen von der übrigen Welt abschieden, lehnte der Tutor, den Kopf ein wenig zur Seite geneigt, die Fingerspitzen gegeneinandergestellt. Wie er so träge da saß, glich er einem Götzenbild – und dabei war er gestern auf den Gipfel dort geklettert!

»Kopf hoch! Sie werden sich schon noch den Hals brechen! Ich weiß noch, als ich so alt war wie Sie, hab ich es schwer empfunden, daß mir nicht gestattet wurde, anderer Leute Leben aufs Spiel zu setzen.«

Lennan brachte stammelnd heraus:

»Daran hab ich nicht gedacht! Ich dachte bloß, wo Mrs. Stormer es schafft, würde ich's auch fertigbringen!«

»Ah ja! Trotz all unserer Bewunderung können wir's im Ernstfall doch nicht so ganz zugeben, was?«

Des Jungen Loyalität flammte auf:

»Nein! Das ist es nicht! Mrs. Stormer ist bestimmt genausogut wie jeder Mann; bloß – bloß –«

»Nicht ganz so gut wie Sie, hm?«

»Hundertmal besser, Sir.«

Stormer lächelte. Ironischer Hund!

»Lennan«, sagte er, »Vorsicht vor Übertreibungen.«

»Natürlich ist mir klar, daß ich nicht richtig klettern kann!« Wieder loderte der Junge auf. »Nur – nur – ich hab gedacht, wo sie ihr Leben wagen durfte, müßte ich's auch dürfen!«

»Brav! Das gefällt mir.« Diesmal sprach Stormer so völlig ohne Ironie, daß der Junge in Verwirrung geriet.

»Sie sind jung, Bruder Lennan«, fuhr der Tutor fort. »Nun, was meinen Sie: In welchem Alter setzt beim Mann die Besonnenheit ein? Denn eins sollte man sich immer vor Augen halten: Frauen haben keine Spur von diesem besseren Teil der Tapferkeit.«

»Ich finde, die Frauen sind das Beste von der Welt!« platzte der Junge heraus.

»Möge Ihnen diese Meinung noch lange erhalten bleiben!« Der Tutor war aufgestanden und betrachtete nun ironisch die eigenen Knie. »Bißchen steif!« sagte er. »Lassen Sie mich's wissen, wenn Sie Ihre Ansicht ändern!«

»Das werd ich niemals, Sir.«

»Ach, ach! Niemals ist ein großes Wort, Lennan. Ich geh jetzt Tee trinken.« Und behutsam, mit einem Spottlächeln über die eigne Steifheit, schritt er davon.

Lennan blieb mit brennenden Wangen zurück. Wieder hatte es geklungen, als richte der Tutor seine Worte gegen sie. Wie konnte ein Mann so über die Frauen reden! Wenn das die Wahrheit war, dann wollte er sie nicht wissen; wenn es aber nicht stimmte, dann war es eine Gemeinheit, so etwas zu sagen. Nie etwas stark und hochherzig empfinden können, immer den Zwang zum Spötteln haben – wie scheußlich mußte das sein! Gräßlich, zu sein wie die ›englischen Saubermanns‹ – abgesehen davon natürlich, daß der alte Stormer doch trotz allem viel interessanter und gescheiter war – überhaupt kein Vergleich. Bloß genauso überheblich. »Manche kommen nie los!« Hatte sie gemeint – von dieser Überheblichkeit? Gerade unterhalb von ihm war eine Bauernfamilie dabei, Gras zu mähen und zusammenzurechen. Sie hätte man sich gut dabei denken können. Schön würde sie aussehen mit einem bunten Tuch um den Kopf. Man konnte sie sich bei jeder einfachen Arbeit denken – aber der alte Stormer, unvorstellbar, daß er je was andres täte als jetzt. Und plötzlich fühlte sich der Junge elend, bedrückt von dem, was da undeutlich hervorschimmerte: zwei Leben, die nicht zusammengehört hätten. Und er beschloß, daß er selber, wenn er alt war, nicht so sein wollte wie Stormer.

Als er, um sich fürs Abendessen umzukleiden, in sein Zimmer ging, fand er da in einem Wasserglas eine große Gartennelke. Wer hatte die hingestellt? Wer anders als sie? Die Blume hatte den gleichen Duft wie die Alpennelken, die sie über ihn gestreut hatte, nur schwerer, üppiger – einen dunklen, süßen, erregenden Duft. Er berührte die Blüte mit den Lippen, eh er sie ins Knopfloch steckte.

An diesem Abend gab es wieder Tanz, diesmal mit mehr Paaren und einer Violine zum Klavier; und sie trug ein schwarzes Kleid. Er hatte sie noch nie in Schwarz gesehen. Sie hatte die Sonnenbräune auf Gesicht und Hals überpudert, und im ersten Moment versetzte ihm der Anblick dieses Puders einen leichten

Schock. Er hatte es irgendwie nicht für möglich gehalten, daß Damen je Puder auflegten. Aber wenn sie das tat, dann mußte es richtig sein. Und sein Blick löste sich keine Sekunde von ihr. Er sah, wie der junge deutsche Geiger seine Kreise um sie zog, sogar zweimal mit ihr tanzte; er beobachtete, wie sie mit anderen tanzte, doch alles ohne Eifersucht, ohne Unruhe, alles in einer Art Traum. Was war das: War er in diesen seltsamen Zustand hineingehext worden, verzaubert durch das Geschenk, die Blume an seinem Rockaufschlag? Und als er mit ihr tanzte, was war es, das ihn beglückend einbettete in ihr Schweigen und seins? Er wartete nicht auf irgend etwas, das sie sagen oder tun sollte, erwartete nichts, verlangte nach nichts. Selbst als er mit ihr auf die Terrasse hinausschlenderte, selbst als sie den Hang hinuntergingen und sich auf einer Bank über den Feldern niederließen, wo die Bauern gemäht hatten, selbst da empfand er noch nichts anderes als diese stille, träumerische, hingebungsvolle Verehrung. Auch die Nacht war still und träumerisch, denn der Mond stand noch ganz unten hinter den Bergen. Die kleine Kapelle spielte eben den nächsten Walzer; aber er saß da, regte sich nicht, dachte nichts, so als sei alle Fähigkeit zu handeln und zu denken von ihm genommen. Und von seiner Jacke stieg der Blumenduft auf, denn es rührte sich kein Wind. Plötzlich stockte ihm der Herzschlag. Sie hatte sich an ihn gelehnt, er spürte, wie ihre Schulter seinen Arm drückte, ihr Haar seine Wange berührte. Da schloß er die Augen und wandte ihr das Gesicht zu. Er fühlte, wie ihre Lippen seinen Mund in einem flüchtigen, brennenden Kuß preßten. Er seufzte, streckte die Arme nach ihr aus. Aber da war nichts als die Luft. Nur ihr Kleid raschelte noch über das Gras. Die Blume – auch die war weg.

10

Die ganze Nacht schlief Anna keine Minute. War es Reue, die sie wachhielt, oder der Rausch der Erinnerung? Wenn sie fühlte, daß ihr Kuß ein Verbrechen gewesen war, dann keines gegen ihren Mann oder sie selber, sondern gegen den Jungen – ein Mord an der Illusion, an irgend etwas Heiligem. Aber trotzdem konnte sie nicht anders: sie verspürte gleichzeitig ein aberwitziges Glück, und der Gedanke an einen Versuch, wieder auszulöschen, was sie getan hatte, kam ihr überhaupt nicht.

Also war er bereit, ihr ein wenig Liebe zu schenken! Und wenn es noch so wenig war, verglichen mit ihrer eigenen: doch Liebe! Wie er ihr mit geschlossenen Augen das Gesicht zugewandt hatte, als wolle er es an ihre Brust schmiegen – die Bewegung konnte nichts anderes meinen.

Schämte sie sich der kleinen Kniffe und Tricks dieser letzten paar Tage, schämte sie sich, weil sie den jungen Geiger angelächelt, weil sie den Abstieg so verzögert, weil sie ihm die Blume geschenkt hatte? Die ganze bewußte Belagerung seit dem Abend, da ihr Mann hereingekommen war und beobachtend neben ihr gesessen hatte, ohne zu ahnen, daß sie ihn sah – schämte sie sich ihrer? Nein, im Grunde nicht. Ihre Gewissensbisse galten einzig dem Kuß. Der Gedanke an ihn schmerzte deshalb, weil er für das Muttergefühl in ihr den Tod, den endgültigen Untergang bedeutete; und wer konnte wissen, was in dem Jungen damit erweckt worden war! Denn stellte sie für ihn schon ein Geheimnis dar, wie sehr er für sie mit seinem Eifer und seiner Verträumtheit, seiner jugendlichen Heftigkeit, seiner Unschuld! Wenn sie durch den Kuß nun das Vertrauen in ihm getötet hatte, den Tau abgestreift, einen Stern in den Staub heruntergerissen? Konnte sie sich das vergeben? Wenn er durch sie wurde wie so viele andere junge Leute, wie der junge Geiger, nichts weiter als ein zynischer Knabe, der die Frauen als das ansah, was sie ›Freiwild‹ nannten?

Aber konnte sie ihn zu so einem machen – würde er sich je zu so etwas auswachsen? Ach! Bestimmt nicht. Sonst hätte sie ihn gewiß nicht vom ersten Augenblick an geliebt und von ihm als einem ›Engel‹ gesprochen.

Sie wußte nicht, was er nach diesem Kuß im Dunkel – dem Verbrechen, wenn es denn eines war – getan hatte. Vielleicht war er draußen umhergelaufen, vielleicht direkt in sein Zimmer gegangen. Warum hatte sie sich zurückgehalten, ihn dort allein gelassen, war aus seinen Armen entschwunden? Das begriff sie selber kaum. Scham, nein; und ebensowenig Furcht; vielleicht Ehrfurcht, wovor? Vor der Liebe, vor der Illusion, dem Geheimnis, all dem, was Liebe zu etwas Schönem machte; vor der Jugend und ihrer Poesie; einfach um der schwarzen Nacht selber willen und dem Duft der Blume zuliebe – der dunklen Blume der Leidenschaft, die ihn ihr gewonnen und die sie sich zurückgestohlen hatte und nun die ganze Nacht dicht am Hals hielt und am Morgen verwelkt unter ihrem Kleid barg. Sie hatte so lange gehungert und so lange auf diesen Augenblick gewartet – kein Wunder, daß sie nicht deutlich wußte, weshalb sie ebendies und nicht etwas anderes getan hatte!

Und nun – wie sollte sie ihm entgegentreten, wie ihm zuerst wieder in die Augen blicken? Würden die sich verwandelt haben? Würden sie nicht mehr den geraden Blick zeigen, den sie so liebte? An ihr würde es sein, zu entscheiden, über die Zukunft zu bestimmen. Und sie sagte wieder und wieder vor sich hin: »Ich werde keine Angst haben. Es ist geschehen. Ich will nehmen, was das Leben bietet!« An ihren Mann dachte sie überhaupt nicht.

Aber im selben Augenblick, da sie den Jungen sah, begriff sie, daß seit dem Kuß etwas eingetreten war, das sich ihr in den Weg stellte, etwas von außen. Ja, er kam sogleich auf sie zu, aber er sagte nichts, stand am ganzen Leibe zitternd vor ihr und reichte ihr ein Telegramm, das diese Worte enthielt: ›Komm sofort zurück. Hochzeit unverzüglich. Erwarte Dich übermorgen Cicely.‹

Die Worte verschwammen vor ihrem Blick, noch während sie sie las, und des Jungen Gesicht sah sie wie durch einen Nebel. Dann riß sie sich zusammen und sagte ruhig:

»Natürlich müssen Sie fahren. Sie können nicht die Hochzeit Ihrer einzigen Schwester versäumen.«

Ohne Widerspruch schaute er sie an, und sie konnte diesen Blick kaum ertragen – so wenig Begreifen schien darin zu liegen und so viel Frage. Sie sagte: »Es ist ja nichts – nur ein paar Tage. Sie werden zurückkommen, oder wir kommen zu Ihnen.«

Sofort erhellte sich sein Gesicht.

»Werden Sie wirklich bald zu uns kommen – sofort, wenn sie Sie einladen? Dann mach ich mir nichts draus – ich – ich –«, und er brach atemlos ab.

Wieder sagte sie: »Laden Sie uns ein. Wir werden kommen.«

Er ergriff ihre Hand, preßte und preßte sie in seinen beiden, streichelte sie dann sanft und sagte: »Oh! Ich tu ihr weh!«

Sie lachte, um nicht zu weinen.

In ein paar Minuten mußte er aufbrechen, wenn er den Zug erreichen wollte – den einzigen, der ihn rechtzeitig heimbringen konnte. Sie ging mit ihm hinauf und half ihm packen. Das Herz lag ihr wie ein Bleiklumpen in der Brust. Aber sie hätte es nicht ertragen, noch einmal diesen Ausdruck in seinem Gesicht zu sehen, und so plauderte sie ununterbrochen fröhlich von der Heimkehr, fragte ihn nach seinem Zuhause, erkundigte sich nach dem Weg dorthin, sprach von Oxford und dem nächsten Semester. Als seine Koffer fertig waren, schlang sie ihm die Arme um den Hals und preßte ihn sekundenlang an sich. Dann flüchtete sie. Als sie von der Tür her noch einmal zurückblickte, sah sie ihn regungslos stehen, noch genauso wie in dem Moment, als sie die Arme von ihm gelöst hatte. Ihre Wangen waren naß; sie wischte sie trocken, während sie die Treppe hinunterging. Als sie sich ihrer selbst wieder sicher fühlte, trat sie auf die Terrasse. Dort saß ihr Mann; sie sagte zu ihm:

»Kommst du mit in die Stadt? Ich will ein paar Sachen kaufen.«

Er zog die Brauen hoch, lächelte schwach und folgte ihr. Langsam wanderten sie bergab und bogen in die Hauptstraße der kleinen Stadt ein. Die ganze Zeit über redete sie, ohne zu wissen, was, und die ganze Zeit dachte sie: ›Sein Wagen wird vorbeifahren – sein Wagen wird vorbeifahren!‹

Mehrere Kutschen rasselten an ihnen vorüber. Schließlich kam er. Er saß da und starrte unverwandt vor sich hin und sah sie nicht. Sie hörte ihren Mann sagen:

»Hallo! Unser Freund Lennan mit seinem Gepäck und einer Miene wie ein bekümmertes Löwenjunges – was hat der denn vor?«

Sie mühte sich, ihre Stimme klar und fest klingen zu lassen, während sie antwortete:

»Da muß was schiefgegangen sein – oder aber seine Schwester heiratet.«

Sie spürte, daß ihr Mann sie anstarrte, und fragte sich, wie ihr Gesicht wohl aussah, aber in dem Augenblick drang ihr das Wort ›Madre‹ in die Ohren, und sie waren dicht umringt von einem kleinen Trupp der ›englischen Saubermanns‹.

II

Diese zwanzig Meilen im Wagen waren für den Jungen vielleicht das schlimmste Stück der Heimreise. Stillsitzen und leiden ist immer schwer.

Als Anna ihn am Abend zuvor verlassen hatte, war er durch die Finsternis gelaufen, ohne recht zu wissen, wohin. Dann stieg der Mond am Himmel auf, und er fand sich unter dem vorspringenden Dach einer Scheune sitzen, dicht bei einer Sennhütte, wo alles still und dunkel war; und weiter unten im Tal lag weiß im Mondlicht das Dorf mit seinen Dächern und Türmen und kleinen, blendwerkhaft unwirklichen Lichtern.

Hätten ihn die Besitzer der Hütte zufällig erblickt, wie er so auf dem mit Heuhalmen bestreuten Bankbrett an ihrer Scheune saß und in sehnsüchtiger Verzückung vor sich hinstarrte, im Abendanzug, das dunkle, zerzauste Haar unbedeckt – er hätte ihnen einen sonderbaren Anblick geboten. Aber sie waren Leute, für die der Schlaf kostbar war …

Und nun war ihm alles entrissen, in irgendeine ungeheuer ferne Zukunft verbannt. Würde er es tatsächlich erreichen können, daß sein Vormund sie nach Hayle einlud? Und würden sie wirklich kommen? Sicher hatte der Tutor nicht die mindeste Lust, einen Besuch auf dem Lande zu machen, weitab von Büchern und allem übrigen! Er runzelte die Stirn, als er an seinen Lehrer dachte, aber nur aus Ratlosigkeit, etwas anderes verspürte er nicht. Und trotzdem! Wie sollte er denn die zwei Monate bis zum Semesterbeginn überstehen, wenn er sie beide nicht dort haben konnte? So gingen seine Gedanken immerfort im Kreise, während die Pferde dahinzockelten und ihn weiter und weiter von ihr fortzogen.

Im Zug war es besser. Die Masse von sonderbaren Ausländern, das Interesse an neuen Gesichtern, neuer Landschaft lenkte ab; und dann überfiel ihn der Schlummer: eine lange Nacht verschlief er, gründlich erschöpft, in seiner Ecke. Und am nächsten Tag – mit noch mehr neuer Landschaft und wieder neuen Gesichtern – wandelte sich langsam seine Stimmung von Schmerz und Ratlosigkeit zu einem Gefühl von Verheißung, der er mit Freude entgegensah. Und schließlich Calais und die nächtliche Überfahrt auf einem nassen kleinen Dampfer; ein Sommersturm, der ihm Gischt ins Gesicht fegte, Wellen, die weiß im schwarzen Meer aufsprangen, und der wild heulende Wind. Und wieder weiter nach London, die frühe Wagenfahrt durch die Stadt, die noch schläfrig im Augustdunst lag; ein englisches Frühstück – Porridge, Koteletts, Orangenmarmelade. Und zuletzt der Zug nach Hause. Auf alle Fälle konnte er ihr schreiben.

Er riß eine Seite aus seinem kleinen Skizzenbuch und begann:

›Ich schreibe im Zug, bitte verzeihen Sie deshalb mein verwackeltes Geschreibsel –‹

Dann wußte er nicht weiter, denn alles, was zu sagen es ihn drängte, war so beschaffen, daß er nie auch nur davon geträumt hätte, es aufzuschreiben. Was er empfand – in Worte gefaßt, hätte es sich schrecklich ausgenommen. Und außerdem, er konnte doch nichts ausdrücken, das nicht jedermann hätte lesen dürfen – was also war da zu sagen?

›Eine unheimlich lange Fahrt war das von Tirol‹, schrieb er schließlich, ›fort von Tirol‹; er wagte nicht einmal zu sagen: ›von Ihnen‹. ›Ich hab gedacht, sie würde nie aufhören. Aber nun ist es doch endlich soweit – oder wenigstens beinah. Ich habe sehr viel an Tirol gedacht. Es war eine wunderbare Zeit – die schönste, die ich jemals erlebt habe. Und nun ist sie vorbei. Ich versuche mich damit zu trösten, daß ich an die Zukunft denke, aber nicht an die unmittelbare – die ist nicht sehr erfreulich. Ich möchte wissen, was die Berge heut für ein Gesicht machen. Bitte grüßen Sie sie von mir, besonders die wie Löwen aussehen – Löwen, die kommen und draußen im Mondschein liegen – Sie werden sie wohl hiernach nicht erkennen –‹; und dann folgte eine Skizze. ›Und das hier ist die Kirche, in die wir gegangen sind und in der jemand kniete. Und das hier soll die englischen Saubermanns darstellen, wie sie jemand mit Alpenstock anstarren, der sehr spät kommt. Nur daß ich die Saubermanns besser hinkriege als die Gestalt mit dem Alpenstock. Jetzt wünschte ich mir, ich wäre einer von den Saubermanns und wäre noch in Tirol. Ich hoffe, ich erhalte bald einen Brief von Ihnen und Sie sagen darin, daß für Sie die Heimreise auch schon herangerückt ist. Mein Vormund wird sich riesig freuen, wenn Sie uns besuchen und eine Weile bleiben. Wenn Sie ihn erst mal kennen, ist er gar nicht so übel; und außerdem wird nach der Hochzeit noch seine Schwester, Mrs. Doone, mit ihrer Tochter im Hause sein. Es wäre einfach scheußlich, wenn Sie und Mr. Stormer nicht kommen würden. Ich wünschte, ich könnte Ihnen alles sagen, was ich über die schöne Zeit in Tirol empfinde; bitte, Sie müssen es sich eben selber denken.‹

Und ebensowenig, wie er die rechte Anrede für sie gefunden hatte, wußte er nun, mit welcher Formel er unterschreiben sollte; so setzte er nur ›Mark Lennan‹ hin.

Er warf den Brief in Exeter in den Kasten, wo er eine Weile Aufenthalt hatte; dabei wanderten seine Gedanken weiter von der Vergangenheit zur Zukunft. Nun, da er sich seinem Zuhause näherte, begann er an seine Schwester zu denken. In zwei Tagen würde sie nach Italien fahren. Es würde lange dauern, bis er sie wiedersah. Eine ganze Schar von Erinnerungen streckte mit einemmal die Hände nach ihm aus. Es fiel ihm ein, wie er und sie immer in dem mauerumfriedeten Garten spazierengegangen waren, über den Krocketplatz mit seiner Senke; sie hatte ihm, den Arm um seinen Nacken, Geschichten erzählt, denn sie war zwei Jahre älter und damals größer als er. Ihr erstes Gespräch, jedesmal zu Ferienbeginn, wenn er zu ihr heimkehrte; der erste Tee – mit Unmengen Marmelade – in dem alten Schulzimmer mit den geteilten Fenstern und den geblümten Baumwollvorhängen und -decken, nur er und sie und die alte Tingle (Miss Tring, die betagte Gouvernante, mit deren Beschützeramt es nun vorbei war), manchmal die kleine Sylvia, wenn sie zufällig mit ihrer Mutter dort war. Cicely hatte ihn immer verstanden, wenn er ihr erklärt hatte, wie blöd die Schule war, weil sich kein Mensch dort für Vögel oder andere Tiere interessierte – außer, um sie zu töten; und ebensowenig hatte jemand Spaß dran zu zeichnen oder zu modellieren oder sonst was Vernünftiges zu tun. Sie zogen miteinander los, streiften am Fluß entlang oder liefen in den Park, wo alles so herrlich wild aussah – die knorrigen alten Eichen und die riesigen Felsblöcke, von denen der alte Godden, der Kutscher, gesagt hatte: »Bestimmt sind die von der Sintflut hierhergeschwemmt worden, junger Herr! Anders kann ich mir die Sache nicht erklären.« Diese und tausend andere Erinnerungen drangen ihm nun ins Bewußtsein. Und als der Zug sich allmählich dem Bahnhof näherte, raffte er ungeduldig seine Sachen zusammen, bereit, hinauszuspringen und Cicely zu begrüßen. Am Zaun längs des Bahnsteigs und über die Wartehalle rankte sich Geißblatt, voll erblüht und köstlich, noch reicher als sonst in diesem Jahr – und da stand sie ganz allein auf dem Bahnsteig. Aber nein – das war ja nicht Cicely! Verdutzt, verlegen, mit dem Gefühl, die Erinnerungen hätten ihn genarrt, stieg er aus. Ja, wirklich, ein Mädchen war es, aber sie sah aus wie höchstens sechzehn und trug einen Sonnenhut, der Haar und Gesicht halb verbarg. Sie trug ein blaues Kleid und hatte sich ein paar Geißblattranken in den Gürtel gesteckt. Sie lächelte ihn an und schien zu erwarten, daß er zurücklächelte: also tat er es. Da trat sie auf ihn zu und sagte:

»Ich bin Sylvia!«

Er antwortete: »Ach, tausend Dank – furchtbar nett von dir, mich abzuholen.«

»Cicely hat so schrecklich viel zu tun. Ich hab nur den Dogcart mit. Hast du viel Gepäck?«

Sie ergriff die eine Reisetasche, und er nahm sie ihr wieder ab; sie bemächtigte sich der andern, und er nahm ihr die wieder ab; dann gingen sie zusammen zum Dogcart. Ein Stallbursche stand davor und hielt einen zierlichen Rotschimmel mit schwarzer Mähne und schwarzem Schweif; der peitschte nach rechts und links.

Sie sagte: »Macht's dir was, wenn ich fahre? Ich lern es nämlich grade.«

Und er antwortete: »Ach, keine Spur.«

Sie kletterte auf den Bock; er bemerkte, wie aufgeregt sie die Augen aufriß. Dann wurde sein Handkoffer vom Bahnsteig herausgebracht; er verstaute ihn hinten beim übrigen Gepäck und schwang sich neben sie auf den Bock.

Sie sagte: »Laß ihn los, Billy.«

Der Rotschimmel fegte an dem kleinen Stallburschen vorbei; dessen Stulpenstiefel funkelten, als er hinten aufsprang. Sie sausten um die Bahnhofsecke. Er sah, daß sie den Mund eine Winzigkeit geöffnet hatte, als sei ihr die Sache doch nicht so ganz behaglich; er sagte:

»Der zieht ganz schön.«

»Ja – aber ist er nicht einfach süß?«

»Klar ist er in Ordnung.«

Ach! Wenn *sie* kam, dann würde er sie fahren; sie würden sich allein aus dem Staub machen, und er würde ihr mit dem Dogcart die ganze Gegend zeigen.

Ihre Worte brachten ihn wieder aus seinen Träumen zurück.

»Ach! Jetzt scheut er sicher gleich!« Im selben Augenblick tat der Rotschimmel einen Satz zur Seite und fiel in einen leichten Galopp.

Sie waren an einem Schwein vorübergekommen.

»Sieht er jetzt nicht herrlich aus? Hätte ich ihm eins überziehen sollen, als er scheute?«

»Aber nicht doch!«

»Wieso nicht?«

»Weil Pferde eben Pferde sind und Schweine Schweine. Ganz natürlich, daß die Pferde vor ihnen scheuen.«

»Ach!«

Er schaute sie von der Seite an. Wange und Kinn waren weich gerundet, recht hübsch eigentlich.

»Weißt du«, sagte er, »ich hab dich gar nicht gleich erkannt. Du bist ja mächtig erwachsen geworden!«

»Ich habe dich sofort erkannt. Du hast immer noch so eine Stimme wie Plüsch.«

Wieder herrschte Schweigen, bis sie sagte: »Er zieht tüchtig, nicht?«

»Soll ich lieber fahren?«

»Ach bitte, ja.«

Er stand auf, nahm die Zügel, und sie schlüpfte vor ihm darunter durch. Sie verlor das Gleichgewicht und fiel leicht gegen ihn; ihr Haar roch genauso wie Heu.

Nun, da sie des Lenkens enthoben war, betrachtete sie ihn unverwandt mit ihren großen blauen Augen.

»Cicely hat schon Angst gehabt, du würdest nicht kommen«, sagte sie plötzlich. »Was sind das für Leute, die alten Stormers?«

Er spürte, wie er glühend rot wurde, und verschluckte etwas. Dann antwortete er:

»Alt ist bloß er. Sie ist höchstens fünfunddreißig.«

»Das ist alt.«

Er unterdrückte die Worte: ›Klar, für so ein Kücken wie dich!‹ Statt dessen blickte er sie prüfend an. War sie tatsächlich ein Kücken? Sie schien für ein Mädchen ziemlich groß und auch nicht allzu dünn, und in ihrem Gesicht lag ein Ausdruck von Offenheit und Sanftmut, als fordere sie einen auf, freundlich zu ihr zu sein.

»Ist sie sehr hübsch?«

Diesmal wurde er nicht rot, so sehr verstörte ihn die Frage. Wenn er ja sagte, dann war das so gut, als posaunte er seine Bewunderung in alle Welt hinaus; aber etwas anderes zu sagen wäre treulos und gemein. Also sagte er »Ja« und lauschte angestrengt dem Klang seiner eigenen Stimme.

»Das hab ich mir gedacht. Hast du sie sehr gern?«

Wieder kämpfte er mit dem, was ihm im Halse saß, und wieder antwortete er: »Ja.«

Er hätte das Mädchen hassen mögen, aber irgendwie brachte er es nicht fertig – sie sah so sanft und zutraulich aus. Jetzt starrte sie vor sich hin, die Lippen eine Spur geöffnet; daran also trugen nicht Bolero und sein Ungestüm die Schuld. Trotzdem waren die Lippen hübsch, und die kleine, gerade Nase und das Kinn nicht minder; und sie war unheimlich blond. Seine Gedanken flogen zurück zu dem andern Gesicht, das so wunderbar lebendig war. Plötzlich konnte er es sich nicht mehr richtig vorstellen. Zum erstenmal, seit er die Heimreise angetreten hatte, wollte es nicht vor ihm aufsteigen.

»Ach! Schau doch!«

Ihre Hand hatte seinen Arm gepackt. Dort auf dem Feld hinter der Hecke ließ sich ein Habicht wie ein Stein zu Boden fallen.

»Oh, Mark! Oh, oh – er hat es erwischt!«

Sie hielt sich beide Hände vor das Gesicht, und der Habicht stieg mit einem jungen Kaninchen in den Fängen wieder auf. Es sah so schön aus, wie er dahinsegelte, daß es Mark irgendwie um das Kaninchen nicht leid tat; aber er hätte sie gern gestreichelt und getröstet. Er sagte:

»Schon gut, Sylvia, wirklich. Siehst du, das Kaninchen ist jetzt schon tot. Und das ist alles ganz natürlich.«

Sie nahm die Hände vom Gesicht und sah aus, als sei sie drauf und dran zu weinen.

»Das arme kleine Kaninchen! Es war noch so klein!«

12

Am Nachmittag des folgenden Tages saß er mit einem Gebetbuch in der Hand im Rauchzimmer und mühte sich stirnrunzelnd mit den Formeln der Trauzeremonie ab. Das Buch war mit Erfolg darauf berechnet, daß es einem nicht die Figur verdarb, wenn man's in der Tasche trug. Aber das spielte keine Rolle; denn selbst wenn Mark die Worte deutlicher erkannt hätte, ihren Sinn hätte er auch dann nicht erfaßt, denn er grübelte darüber nach, wie er bei einer gewissen Persönlichkeit ein gewisses Gesuch anbringen konnte. Der Betreffende saß gerade an einem großen Schreibpult mit Rolldeckel und besichtigte künstliche Fliegen.

Endlich entschloß sich Mark zu folgender Methode:

»Gordy!« (Warum ›Gordy‹, wußte heut keiner mehr genau – kam es daher, weil er Georg hieß, oder war es ein verstümmeltes ›Guardian‹, ›Vormund‹?) »Wird ziemlich gräßlich sein, wenn Cis weg ist, nicht?«

»Keine Spur.«

Mr. Heatherley mochte etwa vierundsechzig sein – falls Vormünder überhaupt ein Alter haben – und glich eher einem Arzt als einem Landedelmann. Sein Gesicht war breit und gedunsen; die Augen hielt er stets halbgeschlossen, den Mund gekraust, und aus seiner barschen Stimme klang verfeinerte Grobheit – Kennzeichen von Leuten aus alter Familie.

»Aber hör – bestimmt wird es gräßlich!«

»Na und?«

»Ich hab bloß gedacht, ob dir's was ausmachen würde, Mr. und Mrs. Stormer für ein paar Tage herzubitten – sie waren dort im Ausland riesig nett zu mir!«

»Ein fremder Mann und eine fremde Frau! Mein lieber Junge!«

»Mr. Stormer angelt gern.«

»Tatsache? Und was macht sie?«

Der Junge war froh, daß Gordy ihm den Rücken zuwandte. Er sagte: »Ich weiß nicht genau. Alles mögliche. Sie ist furchtbar nett.«

»Aha. Hübsch?«

Er antwortete zaghaft: »Ich weiß nicht, was du hübsch nennst, Gordy.«

Er fühlte mehr, als er es sah, wie sein Vormund ihn mit seinen halbgeschlossenen Augen unter den gedunsenen Lidern forschend betrachtete.

»Schön – mach, was du willst. Laß sie kommen, basta!«

Tat sein Herz einen Sprung? Nein, das nicht gerade. Aber es schlug warm und glücklich, und er sagte:

»Tausend Dank, Gordy. Das ist enorm anständig von dir.« Und er wandte sich wieder den Trauformeln zu. Einen Teil davon konnte er entziffern; einige Stellen schienen ihm schön, andere wieder sonderbar. Zum Beispiel das übers Gehorchen. Wenn man jemanden liebhatte, dann war's einfach niederträchtig, Gehorsam von ihm zu verlangen. Wenn man wen liebte und wiedergeliebt wurde, dann war doch der Gehorsam überhaupt kein Problem, weil dann beide immer alles freiwillig taten. Und wenn einen der andere nicht liebte und man den andern auch nicht, dann – ach! –, dann war es einfach unvorstellbar ekelhaft, mit jemandem weiterzuleben, den man nicht liebte oder der einen nicht liebte. Aber freilich – sie liebte seinen Tutor nicht. Ob sie es früher mal getan hatte? Diese blanken, skeptischen Augen, der betont spöttische Mund tauchten ganz deutlich vor ihm auf. Nichts, was man lieben konnte. Und doch – er war schon ein anständiger Kerl. Ein Anflug von Mitleid, beinah von Zuneigung für seinen fernen Lehrer stieg in ihm auf. Sonderbares Gefühl; denn das letzte Mal, als sie miteinander gesprochen hatten, dort auf der Terrasse, hatte er nichts dergleichen verspürt.

Der Pultdeckel rollte herunter, und das Geräusch störte ihn auf. Mr. Heatherley schloß die übrigen künstlichen Fliegen weg. Demnach würde er zum Angeln fortgehen. Im selben Moment, da er die Tür schließen hörte, sprang Mark auf, schob den Deckel wieder hoch und fing an, seinen Brief zu schreiben. Das war ein schwerer Brocken Arbeit.

›Sehr verehrte Mrs. Stormer,
mein Vormund hat mich gebeten, Sie zu fragen, ob Sie und Mr. Stormer uns nicht die Freude Ihres Besuches machen wollen, sowie Sie aus Tirol zurück sind. Bitte sagen Sie Mr. Stormer, nur die allerbesten Angler, solche wie er, seien imstande, unsere Forellen zu fangen; die übrigen angeln nur unsere Bäume. Das hier bin ich beim Angeln unserer Bäume (hier folgte eine Skizze). Morgen hat meine Schwester Hochzeit, und hinterher wird es hier gräßlich sein, außer Sie kommen. Also bitte – kommen Sie. Mit den besten Empfehlungen bin ich Ihr sehr ergebener

M. Lennan.‹

Als er dieses Produkt mit einer Briefmarke versehen und in den Kasten geworfen hatte, überkam ihn das kurioseste Gefühl: Ihm war, als sei er der Schule entronnen, es verlangte ihn danach loszustürmen, herumzutollen. Was anfangen? Cis war natürlich beschäftigt – sie waren alle beschäftigt mit der Hochzeit. Er würde in den Stall gehen, Bolero satteln und ihn im Park springen lassen. Oder sollte er am Fluß langbummeln und die Eichelhäher beobachten? Das eine wie das andere schien ihm ein einsamer Zeitvertreib. Er stand am Fenster und fühlte sich niedergeschlagen. Als er fünf gewesen und mit dem Kindermädchen spazierengegangen war, hatte man ihn erklären hören: »Du, ich will ein Bisquit essen! Den ganzen Weg über will ich Bisquit essen!« Vielleicht war das mit ihm immer noch so – den ganzen Weg über wollte er Bisquit essen. Dann besann er sich auf sein Modellieren und ging hinaus in das kleine, leere Gewächshaus, in dem er seine Meisterwerke bewahrte. Jetzt erschienen sie ihm ganz fürchterlich, und über zwei von ihnen, das Schaf und den Truthahn, verhängte er die sofortige Vernichtung. Ihm schoß der Gedanke durch den Kopf, daß er versuchen könne, den Habicht zu formen, wie er mit dem kleinen Kaninchen davonflog; aber als er daranging, gelang es ihm nicht, in Fahrt zu kommen; er warf alles hin, ging wieder hinaus und rannte den unkrautüberwachsenen Weg zum Tennisplatz lang – Tennis war damals gerade im Kommen. Das Gras sah recht ungepflegt aus. Aber freilich, alles, was das kleine Herrenhaus umgab, war mehr oder weniger sich selber und dem Zufall überlassen; niemand wußte recht, warum, und offenbar störte es niemanden. Er stand da und betrachtete forschend die Bodenbeschaffenheit. Da klang ihm eine Stimme an die Ohren. Er kletterte auf die Mauer. Draußen auf dem Feld saß Sylvia, summte vor sich hin und flocht einen Kranz aus Geißblattranken. Er stand ganz still und lauschte. Hübsch sah sie aus, ganz in ihre Melodie vertieft. Dann ließ er sich von der Mauer gleiten und sagte sanft:

»Hallo!«

Sie schaute sich mit großen Augen nach ihm um.

»Du hast eine hübsche Stimme, Sylvia!«

»Ach, nicht doch!«

»Doch, wirklich. Komm, wir klettern zusammen auf einen Baum!«

»Wo denn?«

»Im Park natürlich.«

Nun suchten sie eine Weile zusammen nach dem richtigen. Viele waren zu einfach für ihn, viele zu schwierig für sie; doch schließlich fanden sie ihn: eine uralte Eiche, in der Krähen saßen. Nun bestand er darauf, daß sie an ihn angeseilt werden müsse, und lief ins Haus, um ein Stück Vorhangschnur zu holen. Um vier Uhr begann die Kletterei – von ihm ›der Aufstieg auf den Cimone della Pala‹ genannt. Er übernahm die Führung der bedeutsamen Expedition, indem er über ihr immer ein Ende der Vorhangschnur um einen Ast verknotete, bevor er ihr erlaubte, sich vom Fleck zu rühren. Zwei – oder dreimal war er genötigt, das Seil festzumachen und dann wieder ein Stück abwärts zu klimmen, um ihr zu helfen, denn sie war kein ›erprobter Bergsteiger‹; ihre Arme waren offenbar schwach, und wiederholt konnte sie sich nicht entschließen, welchen Fuß sie auf einen Ast setzen wollte. Aber schließlich hockten sie doch, grün von Moosflecken, auf dem drittobersten Ast. Dort blieben sie, schwiegen und lauschten dem Protestgeschrei der schwer in ihrer Würde gekränkten Krähen. Nach und nach beruhigten sich die Vögel, und nun war es wunderbar friedvoll und einsam hier oben, nah dem blauen Himmel, der durch den leichten Schleier der braungrünen, gezackten Blätter leuchtete. Wenn sie mit Händen oder Füßen die Borke nur leicht berührten, stieg der eigentümliche Eichengeruch, der Duft nach trockenem Moos auf. Sie konnten den Erdboden kaum erkennen, und ringsum verstellten ihnen andere knorrige Bäume den Blick.

Er sagte: »Wenn wir bis zur Dunkelheit hier oben bleiben, sehen wir vielleicht Eulen.«

»Ja nicht! Eulen sind gräßlich.«

»Was! Schön sind sie, besonders die weißen.«

»Ich kann ihre Augen nicht ausstehen, und sie quietschen immer so, wenn sie jagen.«

»Ach! Das ist doch lustig. Und ihre Augen sind wunderbar.«

»Immerzu fangen sie Mäuse und Kücken und alle möglichen kleinen Tiere.«

»Aber doch nicht, weil sie böse sind. Sie suchen einfach was zu fressen. Findest du nicht auch, daß in der Nacht alles am schönsten ist?«

Sie schob den Arm in seinen.

»Nein. Ich mag die Dunkelheit nicht.«

»Aber warum nicht? Es ist doch herrlich, wenn alles so geheimnisvoll wird.« Liebevoll dehnte er das Wort.

»Ich mag nichts Geheimnisvolles. Man kriegt bloß Angst davon.«

»Aber Sylvia!«

»Nein, ich hab den frühen Morgen gern – am liebsten im Frühling, wenn allmählich die Blätter herauskommen.«

»Ja, ja, natürlich.«

Um sicherer zu sitzen, lehnte sie sich an ihn, nur ein wenig, und er streckte den Arm aus, packte kräftig den Ast und bereitete ihr so eine Rückenstütze. Sie schwiegen. Dann sagte er:

»Wenn du bloß einen einzigen Baum haben könntest, welchen würdest du dir aussuchen?«

»Keine Eichen. Linden – nein, Birken. Und du?«

Er überlegte. Es gab so viele vollkommen schöne Bäume. Birken und Linden natürlich, aber doch auch Buchen und Zypressen und Eiben und Zedern und Steineichen, ja, und Platanen. Dann sagte er plötzlich:

»Kiefern. Ich meine die großen mit dem rötlichen Stamm, bei denen die Äste erst ziemlich weit oben anfangen.«

»Und warum die?«

Wieder überlegte er. Es war sehr wichtig, genau zu erklären, warum; denn das betraf alles, was er überhaupt empfand, mit. Und während er sann, starrte sie ihn an, als staune sie, jemanden so gründlich nachdenken zu sehen. Schließlich sagte er:

»Weil sie unabhängig sind und voller Würde und niemals ganz erstorben, und sie strecken ihre Äste aus, als ob sie brüteten; aber vor allem weil die, die ich meine, immer was Besonderes sind, wenn man sie findet. Weißt du, es stehen immer nur eine oder zwei da, die heben sich dann mächtig und schwarz vom Himmel ab.«

»Sie sind zu dunkel.«

Plötzlich fiel es ihm ein, daß er die Lärchen vergessen hatte. Die, ja, die konnten wunderbar sein, wenn man unter ihnen lag und in den Himmel blickte wie er an dem Nachmittag dort oben. Dann hörte er sie sagen:

»Wenn ich bloß eine einzige Blume haben dürfte, dann würde ich mir Maiglöckchen aussuchen, die kleinen, die wild wachsen und so schön riechen.«

Plötzlich war ihm, als sähe er eine sehr andere, eine dunkle Blume vor sich; er schwieg.

»Welche würdest du dir aussuchen, Mark?« Ihre Stimme klang ein wenig gekränkt. »Du denkst doch an eine, nicht?«

Ehrlich sagte er: »Ja.«

»Und an welche?«

»Die ist auch dunkel; sie würde dir kein bißchen gefallen.«

»Woher willst du das wissen?«

»Eine dunkelrote Nelke.«

»Die mag ich schon – bloß – nicht so sehr.«

Er nickte ernsthaft. »Das hab ich gewußt.«

Ein Schweigen wuchs zwischen ihnen auf. Sie lehnte sich nicht mehr an seinen Arm, und er vermißte die warme, zutrauliche Berührung. Nun, da sie selber stumm blieben und die Krähen nicht mehr krächzten, war nichts mehr zu hören als das trockene Rascheln der Blätter und der klagende Schrei eines Habichts, der über den spitzen Hügel jenseits des Flusses jagte. Fast immer waren es zwei, die dort oben den Himmel durchschnitten. Für den Jungen war sie schön, diese Stille – ihm war, als spräche jetzt die Natur zu ihm; immer sprach die Natur dann, wenn alles still war. Die Tiere, die Vögel, die Insekten, wie sie wirklich waren, zeigten sie sich einem nur dann, wenn man schwieg und sich ruhig hielt. Ganz still mußte man auch bei den Pflanzen sein, bei den Blumen, sonst konnte man nichts von dem erkennen, was in ihnen steckte und in Wirklichkeit ihr Eigenleben ausmachte. Sogar die Felsbrocken dort unten, von denen der alte Godden dachte, die Sintflut habe sie hergespült, zeigten einem nur dann richtig ihre seltsamen Umrisse, ließen zu, daß man sich ihnen vertraut fühlte, wenn man alle andern Gedanken aussperrte. Und Sylvia war immerhin besser, als er angenommen hatte. Sie brachte es fertig, den Mund zu halten (er hatte immer gedacht, in dem Punkt seien alle Mädchen hoffnungslos); sie war sanft, und es war recht hübsch, sie zu beobachten. Durch die Blätter drang leise von ganz fern das Klingeln der Teeglocke zu ihnen her.

Sie sagte: »Wir müssen runter.«

Wahrhaftig, es war viel zu schön, um hineinzugehen. Aber wenn sie unbedingt ihren Tee haben mußte – immerzu wollten die Mädchen Tee! Also wand er das Seil sorgsam um den Ast und begann, ihren Abstieg zu überwachen. Im Begriff, ihr zu folgen, hörte er, wie sie aufschrie:

»Oh, Mark, ich kann nicht weiter! Ich kann nicht weiter! Ich komm mit dem Fuß nicht runter auf den Ast! Ich hänge in der Luft!« Und er sah, daß sie tatsächlich am Seil und an den Händen hing.

»Laß los! Laß dich auf den Ast runterfallen! Das Seil trägt dich ganz bestimmt, bis du den Stamm packen kannst.«

Ihre Stimme klang jämmerlich.

»Ich kann nicht – wirklich nicht – ich rutsche bestimmt ab!«

Er machte das Seil fest und glitt hastig auf den Ast unter ihr; dann lehnte er sich fest an den Stamm und packte sie um Taille und Knie. Aber das straffe Seil hielt sie oben fest, so daß sie nicht imstande war, Fuß zu fassen. Er konnte nicht gleichzeitig sie auf den Armen tragen und das Tau lösen, das fest um ihre Taille geknotet war. Ließ er sie mit der einen Hand fahren und holte das Messer aus der Tasche, so würde er es doch niemals fertigbringen, gleichzeitig zu schneiden und sie zu halten. Einen Augenblick dachte er: ›Besser, ich klettere wieder hinauf und löse das Seil‹ – aber er sah ihrem Gesicht an, daß sie nun allmählich in Panik geriet; und er spürte es daran, wie sie zitterte.

»Wenn ich dich raufhebe«, sagte er, »kannst du dich dann oben wieder festhalten?« Er wartete die Antwort nicht ab, sondern stemmte sie nach oben. Krampfhaft umklammerte sie den Stamm.

»Halt fest, bloß eine Sekunde.«

Sie antwortete nicht, aber er sah, daß ihr Gesicht sehr blaß geworden war. Er riß das Messer aus der Tasche und schnitt das Tau durch. Genau diesen Augenblick lang hielt sie sich noch fest, dann löste sich ihr Griff, und sie sank ihm in die Arme. Er zog sie zu sich an den Stamm. Nun in Sicherheit, barg sie das Gesicht an seiner Schulter. Er sprach ihr leise, beruhigend zu und streichelte sie sanft; dabei hatte er das Gefühl, es sei durchaus seine Aufgabe, sie zu beschwichtigen und zu beschützen. Er wußte, daß sie weinte, aber sie ließ sich keinen Laut entschlüpfen, und er hütete sich wohl, sie etwas merken zu lassen, denn er fürchtete, daß sie sich sonst schämen könnte. Er fragte sich, ob er sie küssen sollte. Am Ende tat er es, auf den Scheitel und sehr sanft. Da hob sie den Kopf und sagte, sie sei ein Biest. Und er küßte sie wieder, diesmal auf eine Augenbraue.

Danach schien sie ganz so wie immer, und sie kletterten miteinander vorsichtig zu Boden. Unten fielen schon lange Schatten über die Farne, und die Sonne stach ihnen schräg in die Augen.

13

In der Nacht nach der Hochzeit stand der Junge am Fenster seines hübschen Schlafzimmers, einer Mansarde mit schräger Wand und schwachem Mäusegeruch. Er war müde und erregt und sein Kopf voller Bilder. Es war die erste Hochzeit, die er miterlebt hatte, und nun konnte er den Anblick seiner Schwester nicht vergessen: die kleine, weiße Gestalt, das Gesicht mit den strahlenden Augen. Sie war fort – gehörte nicht mehr ihm! Wie schrecklich der Hochzeitsmarsch auf der Orgel geklungen hatte – das röchelnde alte Ungetüm. Und die Predigt! Daß man sich so etwas noch anhören mußte, wenn man am liebsten weinen würde. Sogar Gordy war offenbar ziemlich außer Fassung gewesen, als er die Braut übergeben hatte. Er sah die Gruppe noch bis in jede Einzelheit vor den Altarschranken, ganz so, als habe er selber nicht auch mit den andern dort gestanden: Cis in ihrem weißen Kleid, Sylvia in duftigem Grau; die hochgewachsene Gestalt seines gelassenen Schwagers; Gordy, seltsam anzuschauen in seinem schwarzen Rock, das Gesicht so gelb, die Augen halbgeschlossen. Das schlimmste bei der ganzen Sache war, daß man eigentlich nur wünschte zu fühlen, dabei aber an vieles denken mußte: an den Ring, die Handschuhe, und ob auch bei der weißen Weste ordnungsgemäß der unterste Knopf offengelassen war? Mädchen brachten offenbar beides zusammen fertig. Cis schien die ganze Zeit über vor sich etwas Wunderbares zu erblicken, und Sylvia hatte geradezu heilig ausgeschaut. Er selber war sich der Stimme des Pfarrers zu kritisch bewußt gewesen und der berufsmäßigen Manier, mit der er die Zeremonie vornahm, nicht anders, als schreibe er ein Rezept aus und gebe die Anweisung zum Einnehmen. Und doch war alles auf eine Art auch wieder schön gewesen, alle Gesichter in eine Richtung gewandt, dazu die ungeheure Stille – abgesehen davon, daß der arme alte Godden sich in sein riesiges rotes Taschentuch geschneuzt hatte –; und die sanfte Dunkelheit oben im Gewölbe und unten im Gestühl; und in den Südfenstern der Sonnenglanz. Aber trotz alledem – es wäre viel hübscher gewesen, wenn die beiden sich einfach irgendwo bei der Hand genommen und vor Gott ausgesprochen hätten, was sie wirklich empfanden – denn schließlich war Gott doch alles, war überall, nicht nur in dumpfigen Kirchen. So wünschte er später einmal Hochzeit zu halten – draußen, in einer Sternennacht wie dieser, wenn alles ringsum einem wie ein Wunder vorkam. Gott war bestimmt nicht so klein, wie ihn die Leute immer machen wollten – eine Art überlegener Mann, ein bißchen größer als sie selber! Sogar die allerschönsten und herrlichsten und gewaltigsten Dinge, die man imstande war auszudenken oder zu schaffen, mußten ein bloßes Nichts vor einem Gott sein, der einen Tempel besaß wie diese Nacht hier draußen. Aber natürlich, man konnte ja nicht ohne andre Leute heiraten, und kein Mädchen würde eine Hochzeit ohne Ringe und Blumen und weißes Kleid mögen und ohne solche Worte, die alles überschaubar und gemütlich machten! Cis vielleicht, die ja – aber die hätte es wieder nicht getan, um die andern nicht zu kränken. Aber Sylvia niemals; die würde Angst davor haben. Aber sie war ja auch noch so jung! Und dann riß ihm der Faden seiner Gedanken, und die sprangen in alle Richtungen davon wie Perlen von einer Schnur.

Er lehnte sich weit hinaus, stützte das Kinn auf die Hände und sog die Nachtluft in die Lungen. Geißblatt – oder war das noch Lilienduft? Alle Sterne am Himmel, und massenhaft Eulen unterwegs – mindestens vier. Was wäre die Nacht ohne Eulen und Sterne? Aber das war es ja – man konnte sich nie vorstellen, wie alles aussähe, wenn die Dinge nicht genau das waren, was sie waren, und genau dort waren, wo sie waren. Man wußte ja auch nie, was kam, und doch, wenn es kam, dann schien es so, als hätte überhaupt nichts anderes kommen können. Komisch war das – man konnte machen, wozu man Lust hatte, bis man es gemacht hatte; aber wenn man es gemacht hatte, dann wußte man natürlich, daß man es von Anfang an hatte tun müssen ... Was war das unten für ein Licht? Aus dem Zimmer links – wer wohnte da drin? Die alte Tingle? Nein – es war das kleine Gastzimmer: Sylvias! Also mußte sie wach sein. Er beugte sich weit hinaus und flüsterte mit der Stimme, von der sie gesagt hatte, daß sie noch immer wie Plüsch sei:

»Sylvia!«

Das Licht zuckte, er konnte gerade noch erkennen, wie ihr Kopf mit aufgelöstem Haar zum Vorschein kam, das Gesicht aufwärts ihm zugewandt, geheimnisvoll, verschwommen; er ahnte ihre Züge mehr, als er sie sah. Er flüsterte:

»Ist das nicht phantastisch?«

Sie wisperte zurück: »Wundervoll.«

»Bist du noch nicht müde?«

»Nein. Und du?«

»Keine Spur. Hörst du die Eulen?«

»Sicher.«

»Riecht es nicht herrlich?«

»Wunderbar. Kannst du mich sehen?«

»Nur ein bißchen, nicht richtig. Und du?«

»Ich kann deine Nase nicht sehn. Soll ich die Kerze holen?«

»Nein – das wär schade. Worauf sitzt du denn?«

»Auf der Fensterbank.«

»Mußt du dir den Hals sehr verdrehen?«

»Na ja – nur ein bißchen.«

»Hast du Hunger?«

»Ja!«

»Moment! Ich laß im Badetuch eine Tafel Schokolade runter! Paß auf! Du mußt sie festhalten, wenn sie zu dir rüberbaumelt!«

Ein matt schimmernder weißer Arm streckte sich aus.

»Festhalten! Hör mal, ist dir auch nicht kalt?«

»Ach wo!«

»Es ist viel zu schön zum Schlafen, nicht?«

»Mark!«

»Ja!«

»Welches ist dein Stern? Meiner ist der weiße über dem obersten Ast der großen Platane, von hier aus gesehen!«

»Und meiner ist der glitzernde rote über der Laube – Sylvia!«

»Ja!«

»Fang auf!«

»Ach! Ich hab's nicht erwischt – was war's denn?«

»Nichts!«

»Nun sag schon, was es war!«

»Bloß mein Stern. Er ist in deinem Haar hängengeblieben!«

»Ach!«

»Horch nur!«

Schweigen. Dann ihr ehrfürchtiges Wispern:

»Worauf?«

Und seins, das kaum hörbar zu ihr drang:

»Cave!«

Hatte sich etwas geregt – hatte jemand ein Fenster geöffnet? Vorsichtig tastete er die Fassade des dunklen Hauses mit den Blicken ab. Nirgends ein Licht, und auch an ihrem Fenster unten kein huschender weißer Schimmer. Alles dunkel, verlassen – nur noch der süße Duft nach etwas Köstlichem. Und dann sah er, was das Köstliche war. Die ganze Mauer entlang unter seinem Fenster stand weißer Jasmin in voller Blüte – Sterne, nicht nur am Himmel. Vielleicht war der Himmel in Wirklichkeit eine Wiese mit weißen Blumen, und Gott schritt darüber hin und pflückte die Sterne ...

Als er am nächsten Morgen zum Frühstück herunterkam, lag auf seinem Teller ein Brief. Auf der einen Seite Sylvia, auf der andern die alte Tingle – so konnte er ihn unmöglich öffnen. Dann überkam ihn eine Art Zorn, und er tat es doch. Er hatte sich umsonst gescheut. Der Brief war so abgefaßt, daß jedermann ihn hätte lesen dürfen; von einer Klettertour war darin die Rede, von schlechtem Wetter, von der bevorstehenden Heimkehr. War er erleichtert, verwirrt, erfreut, daß sie zurückkamen, oder nur unruhig und verlegen? Sie hatte seinen zweiten Brief noch nicht erhalten. Er spürte, daß die alte Tingle ihm ihre sonderbaren, scharfen, zwinkernden Augen zuwandte und daß Sylvia ihn ganz unverhohlen musterte. Er merkte, daß er rot wurde, und befahl sich: ›Nicht!‹ Tatsächlich, es half. In drei Tagen würden sie in Oxford sein. Ob sie sofort herkommen würden? Die alte Tingle sagte etwas. Er hörte, wie Sylvia antwortete: »Nein, ich kann Katzenbacken nicht ausstehen. Sie sind so hart!« Das war ihr alter Name für breite Backenknochen. Die hatte Sylvia allerdings nicht. Bei ihr wölbten sich die Wangen sanft bis zu den Augen.

»Magst du sie, Mark?«

Er sagte langsam: »Bei manchen.«

»Leute, die sie haben, sind willensstark, nicht wahr?«

War sie – Anna – willensstark? Plötzlich ging ihm auf, daß er nicht das mindeste von ihr wußte.

Als das Frühstück vorbei und er in sein altes Gewächshaus entkommen war, fühlte er sich sonderbar unglücklich. Er war ein Scheusal, er hatte längst nicht genug an sie gedacht! Er zog den Brief hervor, und die Tränen schossen ihm in die Augen. Warum konnte er nicht mehr fühlen? Was war mit ihm? Warum war er so hundsgemein und dachte nicht bei Tag und bei Nacht an sie? Lange stand er untröstlich in dem kleinen, dunklen Gewächshaus zwischen seinen Tiergestalten, den Brief in der Hand.

Bald stahl er sich fort und ging unbeobachtet zum Fluß hinunter. Beruhigend war das helle, sanfte Plätschern des Wassers; wunderbar beruhigend, ganz still auf einem Stein zu sitzen und nur darauf zu warten, was rund um einen geschah. Auf die Art verlor man sich, wurde selber ganz Zweig und Stein und Wasser und Vogel und Himmel. Und man kam sich nicht so gemein vor. Gordy würde nie kapieren, warum er sich nichts aus dem Angeln machte – ein Geschöpf suchte das andere zu fangen, statt zu beobachten und zu begreifen, worin sein Wesen bestand. Nie konnte man genug ins Wasser oder ins Gras, ins Farnkraut blicken; immer gab es etwas Neues und Merkwürdiges. Und genauso bei einem selber. Man brauchte sich nur hinzusetzen und richtig in sich hineinzugucken – einfach toll, was man da für Beobachtungen machte.

Es hatte leise zu regnen begonnen, die Tropfen rauschten nun sanft auf den Blättern; aber er war noch Junge genug, sich mit Freude naßregnen zu lassen, und blieb auf seinem Stein sitzen. Manche Leute erblickten im Wald und im Wasser Elfen, oder zumindest behaupteten sie es; das schien ihm gar nicht so furchtbar unterhaltend. Nein, wirklich interessant war, festzustellen, daß sich jedes Ding vom andern unterschied und auf welche Art; das mußte man erkennen, oder man konnte nicht anständig zeichnen und modellieren. Es war spannend, wie die Geschöpfe, die man machte, allmählich Gestalt annahmen – ohne daß man eigentlich wußte, wie. Aber in diesen Ferien war er miserabel, er brachte keinen Strich und nicht die einfachste Plastik zustande!

Ungefähr vierzig Yards entfernt hatte sich ein Eichelhäher niedergelassen und blieb so, sein buntes Gefieder ordnend, deutlich sichtbar sitzen. Von allen Geschöpfen am meisten reizten ihn die Vögel! Lange beobachtete er diesen, und als er fortflog, folgte er ihm, die hohe Mauer überkletternd, in den Park. In der Ferne hörte er zum Mittagessen läuten; aber er ging nicht hinein. Solang er da draußen in dem sanften Regen bei den Vögeln und Bäumen und anderen Kreaturen war, blieb er von der Bedrücktheit des Morgens frei. Erst gegen sieben kehrte er ins Haus zurück, naß bis auf die Haut und mit Bärenhunger.

Das ganze Abendessen über bemerkte er, daß Sylvia ihn immerfort anblickte, als wolle sie ihn etwas fragen. Sie sah sehr lieblich aus in ihrem weißen Kleid, das den Hals frei ließ, mit dem blaßgoldenen, mondscheinfarbenen Haar. Daß sie nur ja nicht dachte, sie habe ihm was getan, weil er den ganzen Tag allein draußengeblieben war! Nach dem Essen, als sie den Tisch fürs Kartenspielen herrichteten, flüsterte er ihr zu:

»Hast du gestern nacht geschlafen – danach?«

Sie nickte heftig.

Der Regen war nun wirklich zum Wolkenbruch geworden und rauschte durch die Dunkelheit. Er flüsterte:

»Heut nacht würden unsere Sterne ertrinken!«

»Glaubst du wirklich, wir haben welche?«

»Vielleicht. Aber meiner ist auf alle Fälle in Sicherheit. Du hast schöne Haare, Sylvia.«

Sie starrte ihn wortlos an, überrascht und sehr lieblich.

14

Der Brief des Jungen erreichte Anna nicht mehr in Tirol, er folgte ihr nach Oxford. Sie stand eben im Begriff auszugehen, als er kam. Sie nahm ihn und spürte dabei, was jede Liebende mit des Liebsten Brief in den Händen spürt: Seligkeit und dazu verzehrende Bangnis, daß ihr fast übel wurde. Sie mochte den Brief nicht auf der Straße aufreißen, sondern trug ihn so den ganzen Weg bis zum Garten eines bestimmten Universitätsgebäudes; dort stand unter einer Zeder eine Bank, sie setzte sich, um ihn zu lesen. Der kleine Brief, so kurz, so jungenhaft, so trocken, versetzte sie nahezu in den Himmel. Sofort sollte sie ihn wiedersehen, nicht erst Wochen durchwarten voller Furcht, daß er sie inzwischen ganz vergäße! Ihr Mann hatte beim Frühstück gesagt, Oxford sei ja ohne die ›lieben jungen Tölpel‹ ausgesprochen reizend, aber, ›voll von Touristen und andern sonderbaren Käuzen‹, das genaue Gegenteil von angenehm. Wohin solle man flüchten? Gott sei Dank, der Brief war so, daß sie ihn zeigen konnte. Trotz alledem durchzuckte sie ein leiser Stich: Schmerz darüber, daß nicht ein einziges Wort dastand, das das Vorzeigen verbot. Dennoch war sie glücklich. Nie war ihr der Garten – ihr liebster im Universitätsbereich – so schön vorgekommen, jeder Baum, jede Blume so umsorgt, selbst vor dem Winde beschirmt; nie waren ihr die Vögel so zahm und freundlich erschienen. Die Sonne strahlte sanft, und sogar die Wolken leuchteten freudig. Lange saß sie so und träumte vor sich hin, und als sie wieder heimkehrte, hatte sie alles vergessen, wozu sie ausgegangen war. Da sie sowohl Mut als Entschlossenheit besaß, ließ sie den Brief nicht erst ein Loch in ihr Korsett brennen, sondern überreichte ihn beim Mittagessen ihrem Mann. Sie schaute ihm dabei ins Gesicht und sagte obenhin:

»Du siehst, das Schicksal beantwortet dir deine Frage.«

Er las, hob die Augenbrauen, lächelte und murmelte, ohne aufzublicken:

»Also wünschst du diese romantische Episode fortzusetzen?«

Wollte er ihr damit etwas zu verstehen geben – oder war es einfach seine Art, sich auszudrücken?

»Natürlich bin ich an jedem Ort lieber als hier.«

»Vielleicht führest du gern allein?«

Natürlich wußte er sehr gut, daß sie nicht einfach sagen konnte: Ja. Und sie antwortete mit einem schlichten »Nein«.

»Also dann laß uns beide am Montag fahren. Ich werf die Angel nach des jungen Mannes Forellen aus, du wirfst die Angel – hm. Und er, was angelt er? Bäume? Gut, das wäre geregelt.«

Und drei Tage später brachen sie auf, ohne daß zwischen ihnen noch ein weiteres Wort über das Thema gefallen wäre.

War sie ihm dankbar dafür? Nein. Fürchtete sie sich vor ihm? Nein. Verachtete sie ihn? Nein, eigentlich auch das nicht. Aber vor sich selber hatte sie entsetzliche Angst. Sich unter Kontrolle halten, vor diesen Leuten verbergen, daß sie ihren Jungen liebte, wie konnte sie das? Die eigne unbändige Verzweiflung fürchtete sie. Aber da sie ihm so sehr alles Beste vom Leben wünschte, würde sie doch sicher stark genug sein, würde nichts tun, was ihm schaden konnte. Dennoch hatte sie Angst.

Er war am Bahnhof, um sie abzuholen, trug Reithosen und Stiefel und eine hübsche, grobgewebte Windjacke, auf die sie sich nicht besann, obwohl sie doch geglaubt hatte, alle seine Sachen auswendig zu kennen; und als der Zug allmählich zum Halten kam, überwältigte sie fast die Erinnerung an ihren letzten Augenblick mit ihm oben in seinem Zimmer inmitten der Koffer, die sie ihm hatte pakken helfen. Es schien so hart, daß sie ihm kühl und förmlich begegnen, daß sie auf eine Minute Alleinsein mit ihm warten mußte – wer mochte wissen, wie lang! Und er war so höflich, so bewundernswert aufmerksam, der vollendete Gastgeber, hoffte, daß sie nicht müde war, hoffte, daß Mr. Stormer seine Angelrute mitgebracht hatte, obwohl sie natürlich eine ganze Masse dahatten, die sie ihm borgen konnten; hoffte, das Wetter würde schön sein, hoffte, es würde ihnen nichts ausmachen, daß sie noch drei Meilen fahren müßten, und bemühte sich um ihr Gepäck. Und das alles, während sie weiter nichts wünschte, als ihn in die Arme zu nehmen und ihm das Haar aus der Stirn zu streichen und ihn anzusehn!

Er stieg nicht zu ihnen in den Wagen – er hatte gedacht, sie würden zu beengt sein –, sondern folgte auf einem ›Zelter‹, wie ihr Mann den Rotschimmel mit dem schwarzen, peitschenden Schweif nannte, wobei er sich ganz dicht hinter ihnen im Staub hielt, um ihnen die Umgebung zu erklären.

Für jemanden, der an Oxford gewöhnt war und an London und sonst wenig von England kannte, war diese ländliche Gegend, so fruchtbar und doch ein wenig wild, mit den selbstbewußt dreinschauenden Gehöften und dem alten, dunklen, behaglichen Herrenhaus, etwas ganz Neues. Und alles war hinreißend. Selbst Marks Vormund schien ihr hinreißend; denn wenn Gordy unbedingt gezwungen war, einer unbekannten Dame gegenüberzutreten, dann vermochte er eine gewisse rauhborstige Liebenswürdigkeit ins Treffen zu führen. Und auch seine Schwester, Mrs. Doone, kam ihr in ihrer bläßlichen Sanftheit beruhigend vor.

Als Anna über eine unvermutete kleine Treppe in ihr Zimmer gelangt und darin allein war, stand sie und betrachtete das geschnitzte Himmelbett und das breite Gitterfenster mit den bunten Kattunvorhängen und die Blumen in der blauen Schale. Ja, all das war zauberhaft. Und doch! Was war es, was hatte sie vermißt? Ach, es war idiotisch, daß sie sich grämte! Er mühte sich darum, es ihnen behaglich zu machen, er fürchtete, sich zu verraten, das war es, nichts anderes. Die letzten paar Tage dort oben, seine Augen! Und nun! Angestrengt grübelte sie darüber nach, welches Kleid sie anziehen sollte. Sie, die so schnell braun wurde, hatte in der letzten Woche – während der Heimreise und dann in Oxford – fast alle Farbe verloren. Heute sahen ihre Augen müde aus, und sie war blaß. Nein, sie würde keinen Kunstgriff verschmähen, der helfen konnte. Im vergangenen Monat war sie sechsunddreißig geworden, und er feierte morgen seinen neunzehnten Geburtstag! Sie entschied sich für Schwarz. Denn Schwarz, das wußte sie wohl, ließ ihren Hals weißer erscheinen und unterstrich die Farbe von Augen und Haar. Sie legte keinen Schmuck an, steckte sich nicht einmal eine Rose an die Brust, streifte nur weiße Handschuhe über. Da ihr Mann nicht in ihr Zimmer kam, stieg sie das Treppchen hinauf zu seinem. Sie ertappte ihn, wie er, bereits fertig angezogen, am Kamin stand und leise vor sich hin lächelte. Woran dachte er, wie er da stand und so lächelte? Hatte er überhaupt Blut in den Adern?

Er neigte leicht den Kopf und sagte:

»Gut! Keusch wie die Nacht! Schwarz steht dir. Sollen wir uns den Abstieg in diese barbarischen Hallen suchen?«

Und sie gingen hinunter.

Es waren schon alle versammelt und warteten. Ein unverheirateter Gutsherr und Friedensrichter aus der Nachbarschaft namens Trusham war gebeten worden, damit die Paare vollzählig waren.

Der Butler meldete, daß angerichtet sei, und sie traten

in das Eßzimmer; es war ganz und gar mit schwarzer Eiche getäfelt und möbliert, von vielen Kerzen erleuchtet, die Wände voll von fürchterlichen Ahnenporträts. Am runden Tisch saß Anna zwischen dem Friedensrichter und Gordy. Mark hatte seinen Platz gegenüber zwischen einer wunderlich aussehenden alten Dame und einem jungen Mädchen, das ihr nicht vorgestellt worden war, einem Mädchen in Weiß mit sehr hellem Haar und farbloser Haut, blauen Augen und mit Lippen, die ein wenig offenstanden, wohl einer Tochter der verwelkten Mrs. Doone. Ein Wesen wie eine silbrige Motte, wie ein Vergißmeinnicht! Es fiel Anna schwer, den Blick vom Gesicht des Mädchens zu lösen. Nicht eben aus Bewunderung; hübsch, ja, das war sie schon, aber schwächlich mit diesen geöffneten Lippen und dem weichen Kinn und dem beinah wehmütigen Blick; es schien, als paßten die tiefblauen, nahezu begierigen Augen gar nicht recht zu ihr. Aber jung war sie – so jung! Und deswegen war es ihr unmöglich, sie nicht zu beobachten. »Sylvia Doone?« Wahrhaftig! Ja. Ein sanfter, ein hübscher Name, wie gut er ihr entsprach! Jedesmal, wenn ihr die Höflichkeitspflicht Richter Trusham und Gordy gegenüber (auf beide machte sie merklich Eindruck) einen raschen Blick fort von ihnen nach drüben erlaubte, sah sie zu dem Mädchen hin, das neben dem Jungen saß; und immer, wenn die beiden jungen Geschöpfe miteinander lächelten und redeten, spürte sie, wie sich ihr Herz schmerzhaft zusammenkrampfte. War das der Grund dafür, daß etwas aus seinen Augen verschwunden war? Ach, sie war eine Gans. Wenn jedes Mädchen und jede Frau, die der Junge kannte, solche Empfindungen in ihr aufrührten, was für ein Leben sollte das werden? Und sie stemmte sich mit ihrem ganzen Willen gegen die Angst. Sie selber sah glänzend aus, und sie merkte wohl, dem Mädchen ging es nicht anders als ihr; es starrte zu ihr herüber, gespannt, nachdenklich, ein wenig bestürzt – hassenswert jung. Und der Junge? Anna spürte, wie sie ihn langsam wieder in ihren Bann zog, so stetig wie ein

Magnet; sie sah, wie er verstohlen die Gelegenheit suchte, sie anzublicken. Einmal ertappte sie ihn dabei. Was für verstörte Augen! Nicht mehr das schwärmerisch verehrungsvolle Gesicht; und doch las sie darin, daß sie noch immer die Macht besaß, ihn mit Verlangen zu erfüllen, mit Eifersucht – daß sie, wenn sie wollte, ihn noch immer mit ihren Küssen zum Glühen brächte.

Das Dinner ging zu Ende. Der Augenblick nahte, in dem das Mädchen und sie einander gegenübertreten mußten, und unter den Augen der Mutter und dieser gewitzten, absonderlichen alten Gouvernante. Das würde Anstrengung kosten. Und der Augenblick kam, bitter mühsam, und dehnte sich erbarmungslos, denn Gordy blieb geruhsam sitzen und genoß ausgiebig seinen Wein.

Aber Anna hatte nicht umsonst ihre Zeit unter den Blicken der Oxforder Gesellschaft abgedient; sie brachte es fertig, Charme zu entfalten und mit ihrem immer noch etwas fremden Akzent liebenswürdig interessierte Fragen zu stellen. Miß Doone – Anna ging bald zu ›Sylvia‹ über – mußte ihr all die Erbstücke und Altertümer zeigen! Ob es wohl schon zu dunkel sei, rasch einmal hinauszugehen und das alte Haus bei Nacht anzusehen? – Aber nein, keine Spur. – Draußen in der Halle standen Überschuhe. Und sie gingen hinaus, das Mädchen voran; es sprach, Anna wußte nicht, was, so ausschließlich erfüllte sie der Gedanke, wie sie es fertigbringen könnte, einen Augenblick, nur einen einzigen Augenblick mit dem Jungen allein zu sein.

Es war nichts Besonderes, dies alte Gebäude, aber es war sein Zuhause; vielleicht würde es eines Tages ihm gehören. Und bei Nacht waren Häuser seltsam lebendig mit ihren Fensteraugen.

»Das dort ist mein Zimmer«, sagte das Mädchen. »Wo der Jasmin steht – Sie können es gerade noch sehen. Marks liegt darüber – schauen Sie, dort weiter links, wo das Dach so vorspringt. Neulich abend –«, sie stockte.

»Ja? neulich abend?«

»Ach, nichts weiter ... Hören Sie? Das ist eine Eule. Wir haben massenhaft Eulen. Mark mag sie; ich nicht so sehr.«

Immer Mark!

»Er ist nämlich ganz wild auf alle Tiere, wissen Sie, vor allem auf die Vögel. Er modelliert sie. Soll ich Ihnen seine Werkstatt zeigen? Er hat sie in einem alten Gewächshaus. Hier, Sie können reingucken.«

Wirklich erkannte Anna durch die Glasscheiben undeutlich des Jungen sonderbare Schöpfungen, wie sie sich im Dunkel auf dem nackten Fußboden zusammenduckten, ein grotesker Trupp kleiner Ungeheuer. Sie murmelte: »Ja, ich sehe sie; aber ich möchte sie lieber nicht richtig anschauen, außer er bringt mich selber her.«

»Ach, das tut er bestimmt. Für ihn sind sie wichtiger als alles auf der Welt.«

Trotz aller Vorsätze, auf der Hut zu sein, sagte Anna: »Was, mehr als Sie?«

Das Mädchen blickte sie mit großen Augen ernsthaft an, bevor es antwortete: »Ach! Ich bin ihm ziemlich egal.«

Anna lachte und nahm ihren Arm. Wie zart und jung er sich anfühlte! Ein Stich fuhr ihr durchs Herz, halb Eifersucht, halb Gewissensbiß.

»Wissen Sie«, sagte sie, »daß Sie ausgesprochen süß sind?«

Das Mädchen gab keine Antwort.

»Sind Sie seine Cousine?«

»Nein. Gordy ist bloß Marks angeheirateter Onkel; meine Mutter ist Gordys Schwester – ich bin also nichts.«

Nichts!

»Ich verstehe – das, was Ihr Engländer eine Konnexion nennt.«

Sie schwiegen, beide in die Betrachtung des Nachthimmels versunken; dann sagte das Mädchen:

»Ich hab mir so sehr gewünscht, Sie kennenzulernen. Sie sind gar nicht so, wie ich dachte.«

»Oh! Und welche Vorstellung hatten Sie sich denn von mir gemacht?«

»Ich hab gedacht, Sie hätten dunkle Augen und tizianrote Haare, und daß Sie nicht ganz so groß wären. Aber ich hab natürlich überhaupt keine Phantasie.«

Sie waren schon wieder an der Tür, als Sylvia das sagte; aus der Halle fiel ein Lichtstreif auf sie, daß sich ihre schmächtige weiße Gestalt hell aus der Finsternis hervorhob. Jung – wie jung sie aussah! Und jedes Wort, das sie sagte, so jung!

Und Anna murmelte: »Und Sie – Sie sind auch mehr, als ich dachte.«

Gerade kamen die Herren aus dem Eßzimmer; ihr Mann mit der Miene, die anzeigte, daß man ihm sattsam zugehört hatte; Richter Trusham mit dem Gelächter eines Mannes, dem der Sinn für Humor abgeht; Gordy sah rot aus, halb erstickt, und der Junge blaß, brütend, als habe er die Beziehung zu seiner Umgebung verloren. Er tat einen unsicheren Schritt auf sie zu, dann schien er sich loszureißen, wandte sich ab und setzte sich neben seine alte Lehrerin. Weil er sich nicht zu ihr wagte? Oder weil er gesehen hatte, daß die alte Dame allein saß? Ja, das mußte es sein.

Und der Abend, so anders als der, den sie sich erträumt hatte, ging zu Ende. Richter Trusham war davongefahren in seinem hohen Dogcart mit der berühmten Stute, deren Heldentaten sie das ganze Dinner über unterhalten hatten. Nun hatte sie ihre Kerze bekommen und hatte allen gute Nacht gesagt – außer Mark. Was sollte sie tun, wenn sie seine Hand in ihrer hielt? In diesem Händedruck, dessen Innigkeit kein anderer wahrnehmen konnte, würde sie allein mit ihm sein. Und sie wußte nicht, sollte sie die Hand leidenschaftlich umklammern, oder sollte sie sie kühl aus der ihren gleiten lassen; sollte sie Anspruch auf ihn erheben oder abwarten. Aber sie war außerstande, sich zurückzuhalten, und drückte die Hand fiebrisch. Sofort erblickte sie in seinem Gesicht wieder den verstörten Ausdruck; es gab ihr einen Stich durchs Herz. Sie ließ seine Hand fahren, und um nicht sehen zu müssen, wie er dem Mädchen gute Nacht sagte, wandte sie sich ab und stieg die Treppe zu ihrem Zimmer hinauf.

Ohne sich auszukleiden, warf sie sich aufs Bett und blieb reglos liegen, das Taschentuch vor den Mund gepreßt, die Zähne fest darein verbissen.

15

Marks neunzehnter Geburtstag stieg in grauem Nebel auf, ließ seine Schleier allmählich ins Gras sinken und stand klar und strahlend da. Der Junge erwachte früh. Von seinem Fenster konnte er in dem steil ansteigenden Park nichts außer den sanft blaugrauen Eichen unterscheiden, die, eine über der andern, wie Luftballons zwischen den runden Felsblöcken schwebten. Ihn überkam der Drang zum Modellieren am stärksten immer am frühen Morgen, dann und nach dem Einbruch der Dunkelheit, wenn es wegen des fehlenden Lichts sinnlos war. Diesen Morgen verspürte er die Begier noch heftiger als sonst, und das Bewußtsein der Unfähigkeit bedrückte ihn schwer. Seine Zeichnungen, seine kleinen Plastiken waren alle so schlecht, so stümperhaft. Wenn nur dies sein einundzwanzigster Geburtstag gewesen wäre und er sein Geld hätte und machen könnte, was er wollte. Er würde nicht in England bleiben. Er würde nach Athen oder Rom gehen oder gar nach Paris und arbeiten, bis er wirklich was zustande brachte. Und in den Ferien würde er Tiere studieren, Vögel, in Ländern, die noch unzivilisiert waren und wo es viele gab und man sie in ihrer eigenen Umgebung beobachten konnte. Es war idiotisch, daß er an einem Ort wie Oxford bleiben mußte; aber bei dem Gedanken an Oxford und das, was Oxford bedeutete, flatterte seine schweifende Phantasie plötzlich unruhig wie ein Vogel, den ein Habicht hypnotisiert, blieb noch einen Augenblick reglos in der Luft hängen und fiel dann im Sturzflug zur Erde herab. Und jäh verließ ihn auch sein Schöpferdrang. Es war, als sei er für Augenblicke zu seinem wahren Ich erwacht und habe sich nun wieder verloren. Sehr behutsam schlich er die Treppe hinunter. Vor der Seitentür, die in den Garten führte, war der Rolladen aufgezogen, sie war nicht einmal verschlossen, sicher war das gestern abend vergessen worden. Gestern abend! Nie hatte er gedacht, daß er sich so fühlen würde, wenn sie kam – so wirr und verstört, zu ihr gezogen und gleichzeitig von irgend etwas zurückgehalten. Und er empfand Ungeduld und Zorn gegen sich selber, doch fast auch gegen sie. Warum konnte er nicht an einem so heiteren Morgen einfach bloß glücklich sein? Er nahm seinen Feldstecher auf und suchte die Wiese ab, die zum Fluß hinunterführte. Ja, da waren Kaninchen, drei, vier. Die ganze Wiese war weiß von Margeriten und voller betauter Spinnweben – mondscheinweiß, sternfunkelnd, und daß die Kaninchen dort hockten, machte das Bild vollkommen. Er brauchte unbedingt eins zum Modellieren, und einen Augenblick lang fühlte er sich versucht, seine Vogelflinte zu holen. Aber was sollte ihm ein totes Kaninchen! Und außerdem – sie sahen so glücklich aus. Er ließ den Feldstecher sinken und ging zu seinem Gewächshaus, um sich einen Zeichenblock zu holen. Er wollte sich auf die Mauer setzen und eine Art Sommernachtstraum-Skizze von Blumen und Kaninchen machen. Aber da war schon jemand drinnen, beugte sich nieder und hantierte an seinen Geschöpfen herum. Wer hatte die Unverschämtheit? Aber das war ja Sylvia, und im Morgenrock! Vor Wut überlief es ihn erst heiß, dann kalt. An seinem geheiligten Ort duldete er niemanden. Schon daß ein anderer seine Sachen betrachtete, war ihm abscheulich; und sie – sie fingerte offenbar an ihnen herum. Jäh riß er die Tür auf, er sagte: »Was machst du da?« In seinem gerechten Zorn war er so erregt, daß er tatsächlich kaum wahrnahm, wie sie einen keuchenden kleinen Schrei ausstieß und vor Schreck an die Wand taumelte; dann rannte sie an ihm vorbei und verschwand ohne ein Wort. Er trat zu seinen

Gestalten hin, und nun sah er, daß sie jeder einzelnen einen kleinen Jasminblütenzweig auf den Kopf gelegt hatte. Was sollte denn das? Das war ja hirnverbrannt! Im ersten Augenblick war er außerstande, etwas anderes zu erfassen als die groteske Albernheit: Blumen auf den Köpfen seiner Tiere! Dann rührte ihn plötzlich dieser verzweifelte Versuch, sich etwas Anmutiges auszudenken, etwas, das ihm Freude machen sollte; denn jetzt begriff er, daß dies eine Geburtstagszierde darstellte. Und in der nächsten Sekunde war er über sich selber entsetzt. Arme kleine Sylvia! Was war er für ein brutaler Kerl! All diese Jasminästchen hatte sie mühsam erreicht, beim Pflücken gefährlich weit aus ihrem Fenster gereckt, war in aller Herrgottsfrühe aufgewacht und im Morgenrock heruntergekommen, bloß um etwas zu tun, wovon sie dachte, es würde ihm gefallen! Scheußlich, wie hatte er sich bloß aufgeführt! Nun, da es zu spät war, stand ihm nur zu deutlich ihr entsetztes weißes Gesicht vor Augen, der zitternde Mund und wie sie zur Wand zurückgewichen war. Wie hübsch hatte sie im Morgenrock, mit den offenen Haaren und in ihrem Schreck ausgesehen! Jetzt würde er alles tun, um wiedergutzumachen, daß er sich so gemein zu ihr benommen hatte. In ihm lebte stets eine Art Beschützerinstinkt für sie – zweifellos stammte der noch aus den Zeiten, da er sie vor den nicht vorhandenen Stieren behütet hatte –; dazu das Bewußtsein, wie lieb und nett sie immer zu ihm war; ja, und noch ein anderes Gefühl war dabei – all das wogte plötzlich brennend in ihm auf. Er mußte sie einfach versöhnen! Er rannte ins Haus zurück und stahl sich die Treppe hinauf. Vor ihrem Zimmer lauschte er angestrengt, aber er konnte nichts hören; dann pochte er sanft mit einem Fingernagel an, legte den Mund ans Schlüsselloch und flüsterte: »Sylvia!« Wieder und wieder flüsterte er ihren Namen. Er versuchte sogar, den Griff zu drehen, um die Tür einen Spalt zu öffnen; aber sie war verriegelt. Einmal war ihm, als höre er etwas wie Schluchzen, und das machte ihn noch unglücklicher.

Schließlich gab er es auf; sie wollte nicht herauskommen, wollte sich nicht trösten lassen. Er wußte, das hatte er verdient, aber es war doch arg hart. Und schwer niedergeschlagen ging er hinauf in sein Zimmer, nahm ein Blatt Papier und versuchte zu schreiben:

›Liebste Sylvia,
es war furchtbar lieb von Dir, daß Du Deine Sterne auf meine Tiere gelegt hast – etwas Lieberes hättest Du überhaupt nicht tun können. Und ich bin natürlich ein Scheusal. Aber wenn ich doch bloß geahnt hätte, was Du da machtest, ich hätte mich so gefreut! Verzeih mir. Ich weiß, ich verdiene, daß Du mir böse bist. Aber heute ist doch mein Geburtstag!

Dein bekümmerter Mark.‹

Dies Briefchen trug er hinunter, schob es unter der Tür hindurch, klopfte leise an, damit sie es bemerkte, und stahl sich fort. Ein wenig leichter war ihm zumute, und er ging wieder hinunter, ins Gewächshaus.

Dort setzte er sich auf einen Hocker und betrachtete reuig die bekränzten Tontiere: eine Krähe, ein Schaf, einen Truthahn, zwei Tauben, ein Pony und diverse Fragmente. Sie hatte ihnen die Jasminzweiglein mit einem winzigen Brocken feuchten Tons auf den Köpfen festgeklebt, und offenbar hatte er sie in dem Augenblick überrascht, da sie versuchte, einer der Tauben einen Sproß im Schnabel zu befestigen, denn er hing noch halb daran. Mark löste ihn und schob ihn sich ins Knopfloch. Arme kleine Sylvia! Sie nahm sich alles so sehr zu Herzen. Er würde den ganzen Tag so nett zu ihr sein, wie er nur irgend konnte. Und indem er auf seinem Hocker balancierte, starrte er unverwandt auf die Mauer, an die sie zurückgetaumelt war; die Linien ihres weichen Kinns, ihres Halses hatten alle andern Erinnerungen in ihm ausgelöscht. Es war sehr sonderbar – er konnte jetzt nichts sehen als das, wie sich ihre Kehle beim mühsamen Schlucken zuckend bewegte, so weiß und weich. Und daran war er schuld! Die Zeit bis zum Frühstück dehnte sich scheinbar endlos.

Als es endlich soweit war, drückte er sich in der Halle herum; er hoffte, sie würde als erste herunterkommen. Endlich hörte er Schritte und wartete, hinter der Tür des leeren Eßzimmers versteckt: er fürchtete, sie könnte kehrtmachen, sowie sie ihn erblickte. Wieder und wieder hatte er sich ausgemalt, was er tun wollte: sich niederbeugen, ihre Hand küssen und sagen: ›Dulcinea del Toboso ist die allerschönste Dame der Welt, und ich bin der unseligste Ritter auf Erden –‹, das war seine Lieblingsstelle in seinem Lieblingsbuch ›Don Quixote‹. Dann würde sie ihm bestimmt vergeben, und ihm würde nicht länger das Herz weh tun. Ganz gewiß würde sie ihn nicht weiter so quälen, wenn sie merkte, wie ihm zumute war! Dazu war sie viel zu sanft und gut. Aber ach! Nicht Sylvia kam, sondern Anna, frisch, ausgeschlafen, mit ihren eisgrünen Augen und ihrem leuchtenden Haar; und in einer jähen, unbegreiflichen Abneigung gegen sie, die Kraftvolle, Lebensprühende, stand er reglos und stumm. Und dieser erste Augenblick des Alleinseins mit ihr, den er in der Phantasie so viele Male von ihren Armen umschlossen zugebracht hatte, verstrich ohne auch nur einen Kuß. Denn nun tauchten rasch nacheinander auch die übrigen Hausbewohner auf – außer Sylvia; von ihr berichtete Mrs. Doone, daß sie Kopfweh habe und im Bett bleibe. Ihr Geschenk lag auf der Anrichte, ein Buch mit dem Titel ›Sartor Resartus‹ und der Widmung: ›Mark – von Sylvia. 1. August 1880‹; daneben Gordys Scheck, Mrs. Doones Schlipsnadel mit einer Perle, die ›Bausteine von Venedig‹ – sie stammten von der alten Tingle – und ein anderes, in Seidenpapier gewickeltes Päckchen: vier handgestrickte seidene Krawatten in wechselnden Schattierungen von Grün, Rot und Blau. Wie viele Stunden steckten in der Gabe: Stunden voll leisen Nadelgeklappers, verkürzt durch den Gedanken, daß er ihr Ergebnis tragen würde. Er ließ es an äußerlicher Dankbarkeit nicht fehlen; begriff er auch, was in diese Krawatten hineingestrickt worden war? Nicht in diesem Augenblick.

Geburtstage waren wie Weihnachten, dazu bestimmt zu enttäuschen. Immer die falsche Lustigkeit, die vorgeplante, festgesetzte, immer die Pistole vor dem Kopf: ›Verdammt noch mal, nun freu dich gefälligst!‹ Wie konnte er sich freuen bei dem Gedanken an Sylvia, die in ihrem Zimmer lag, krank gemacht durch seine Brutalität! Wie sie ihren Kummer heruntergewürgt hatte! Das Bild ihrer zuckenden Kehle verfolgte ihn wie ein kleines, weißes, sanftes Gespenst während der ganzen, langen Fahrt zum Hochmoor, während sie in der Heide picknickten und weiter während der Rückfahrt – verfolgte ihn so, daß er nicht imstande war, Annas Blicke, eine leise Berührung zu erwidern, ja er brachte es nicht einmal über sich, eine Gelegenheit zum Alleinsein mit ihr zu suchen – fast fürchtete er die.

Und als sie schließlich wieder zu Hause waren und sie flüsterte:

»Was ist geschehen? Was hab ich getan?« – da konnte er nur murmeln:

»Nichts! Ach, gar nichts! Bloß, daß ich mich benommen habe wie ein Scheusal!«

Kein Wunder, daß sie auf diese rätselhafte Antwort in seinem Gesicht forschte. »Ist es wegen meinem Mann?«

Darauf wenigstens konnte er antworten. »O nein!«

»Also was ist es dann? Sag mir's.«

Sie standen innen neben der Haustür und gaben vor, die altererbte Seekarte zu studieren, die seit je dort hing, wimmelnd von Delphinen und winzigen Galeonen, die mit vollen Segeln in die Häfen strebten.

»Sag mir, was ist, Mark; ich mag nicht so leiden!«

Was konnte er sagen, da er sich selber doch nicht kannte? Er stammelte, versuchte zu sprechen, brachte nichts hervor.

»Ist es das Mädchen?«

Bestürzt blickte er weg und sagte: »Natürlich nicht.«

Sie fröstelte und ging nach drinnen.

Aber er blieb stehen und starrte in furchtbarem Gefühlsaufruhr die Karte an – Scham und Gereiztheit, Mitleid, Ungeduld, Angst, alles durcheinander. Was hatte er getan, gesagt, verloren? Es war das schreckliche Gefühl, das einen überkommt, wenn man nicht freundlich gewesen ist und auch nicht ganz ehrlich, aber vielleicht hätte freundlicher sein können, wenn man noch weniger ehrlich gewesen wäre. Ach, das war alles ein unentwirrbarer Knäuel. Und alles in ihm düster und winterlich; ihm war, als habe er mit einem Mal jedermanns Liebe verloren. Dann wurde er sich bewußt, daß sein Tutor neben ihm stand.

»Ah! Freund Lennan, wie er aus der weniger romantischen Gegenwart einen tiefen Blick in die Vergangenheit tut? Hübsche Dinger, diese alten Karten. Die Delphine sind ausgesprochen lustig.«

Lennan fiel es in diesem Augenblick schwer, nicht seine guten Manieren zu vergessen. Warum spottete Stormer so? Mit Mühe antwortete er:

»Ja, Sir; ich wünschte, wir hätten jetzt ein paar.«

»Wir wünschen uns so oft den Mond vom Himmel, Lennan – aber deshalb bleibt er trotzdem dort oben.«

Seine Stimme klang fast ernst, und des Jungen Groll schmolz dahin. Er empfand Reue, aber er wußte nicht, warum.

»Unterdessen«, hörte er den Tutor sagen, »wollen wir uns zum Dinner umkleiden.«

Als er in den Salon herunterkam, saß da Anna in ihrem Mondscheingewand auf dem Sofa und unterhielt sich mit – Sylvia. Er blieb abseits von den beiden; keine von ihnen konnte auf seine Gegenwart erpicht sein. Aber ihm, der nicht allzuviel von den Frauen verstand, kam es sonderbar vor, daß Anna so heiter plaudern konnte, wenn sie vor kaum einer halben Stunde gesagt hatte: »Ist es das Mädchen?«

Beim Dinner saß er neben ihr. Und wieder verwirrte es ihn, daß sie so fröhlich über Gordys Geschichten lachen konnte. Hatte dann das Geflüster an der Haustür nichts zu bedeuten? Und Sylvia mied beharrlich seinen Blick. Er war ganz sicher, daß sie die Augen nur deswegen abwandte, weil sie wußte, daß er zu ihr hinüberschaute. Und das rief ein wehes Gefühl in ihm wach – wie alles heute abend; er fühlte sich ungerecht behandelt, ausgeschlossen und hätte doch nicht sagen können, wieso. Er hatte doch keine von ihnen kränken wollen – warum nur kränkten sie jetzt beide mit Absicht ihn? Und bald überkam ihn eine ganz andere Regung: Mochten sie ihn doch behandeln, wie sie Lust hatten – ihm war's egal! Es gab noch anderes als die Liebe. Wenn sie ihn nicht brauchten – er brauchte sie auch nicht! Und er hätschelte diese verwegene, unglückliche Wurstigkeit mit der ganzen Hingabe der Jugend.

Doch selbst Geburtstage nehmen ein Ende. Und Stimmungen und Gefühle, die so verzweifelt wirklich scheinen, gehen unter in der Unwirklichkeit des Schlafes.

16

Hatte für den Jungen der Geburtstag nur aus Verwirrung und Enttäuschung bestanden – für Anna war er eine lang ausgedehnte Folter gewesen. Sie fand keine Erleichterung in dem Gedanken, daß es im Leben noch anderes gab als die Liebe. Aber der nächste Morgen rückte die Dinge wieder zurecht; er sagte ihr, daß gestern ein Tag des Übertreibens gewesen sei; er weckte neuen Mut in ihr. Sie konnte doch nicht in zwei kurzen Wochen all das verloren haben, dessen sie so sicher gewesen war. Sie mußte nur entschlossen sein, nur fest ergreifen, was ihr gehörte. Stand ihr nach all diesen leeren Jahren nicht eine Erfüllung zu? Bescheiden stillsitzen und zusehen, wie er ihr von einem schmächtigen, sanften kleinen Mädchen weggenommen wurde? Tausendmal nein! Und sie hielt gespannt Ausschau nach ihrer Gelegenheit. Gegen Mittag sah sie ihn mit einer Angelrute zum Fluß hin aufbrechen. Ein wenig mußte sie sich noch gedulden, denn Gordy und sein Verwalter hielten sich dort unten am Tennisplatz auf; aber bald gingen sie weiter. Da rannte sie hinaus zum Parktor. Einmal hindurch, fühlte sie sich sicher. Sie wußte, daß ihr Mann in seinem Zimmer arbeitete; das Mädchen war irgendwo untergetaucht, die alte Erzieherin vom Haushalt beansprucht, und Mrs. Doone schrieb Briefe. Sie war ganz von Mut und Hoffnung erfüllt. Dies alte, wildverwucherte Dickicht von einem Park war schön! Sie sah ihn zum erstenmal. Moosgrüne Bäume und Felsblöcke und hohes Farnkraut – wahrhaftig der rechte Ort für Faune und Nymphen! Sie schritt an der Mauer entlang in der Richtung zum Fluß, konnte aber kein Tor entdecken und fürchtete bald, daß sie den falschen Weg eingeschlagen hatte. Jenseits der Mauer hörte sie den Fluß plätschern. Sie schaute sich um und suchte nach einer Stelle, wo sie hinaufsteigen und sehen konnte, wo sie war. Ein alter Eschenbaum lockte sie. Sie arbeitete sich hinauf bis in seine Gabelung und konnte gerade über die Mauer blicken. Ungefähr zwanzig Yards weiter schlängelte sich zwischen dichtbelaubten Bäumen der kleine Fluß mit seinem klaren, dunklen Wasser dahin. Am einen Ufer lag, leise schaukelnd, ein großer Steinblock auf einem noch gewaltigeren. Und an dem lehnte der Junge, neben sich die Angelrute. Und vor ihm auf dem Boden, die Ellenbogen auf den Knien, das Kinn in der Hand, saß das Mädchen und schaute zu ihm auf. Wie eifrig sein Blick jetzt war! Wie sehr anders als gestern der brütende!

»Siehst du, das war die ganze Geschichte. Du könntest mir wahrhaftig verzeihen, Sylvia!«

Und vor Anna verschmolzen diese beiden jungen Gesichter plötzlich zu einem einzigen – dem Antlitz der Jugend.

Und wenn sie in alle Ewigkeit dort geblieben wäre und hingestarrt hätte, unauslöschlicher hätte sich ihr das Bild nicht ins Herz gebrannt. Das Bild des Frühlings, all dessen, was ihr für immer entglitten war. Leise stieg sie aus der Gabelung der alten Esche wieder hinab und hastete, über Steine und Farne strauchelnd, fort, flüchtete wie ein verwundetes Tier. So rannte sie vielleicht eine Viertelmeile, dann riß sie die Arme herauf und fiel zwischen die Farne nieder und blieb auf dem Gesicht liegen. In den ersten Minuten schlug ihr das Herz so heftig, daß sie nichts als den physischen Schmerz spürte. Hätte sie nur sterben können! Aber sie wußte, es war nichts als Atemlosigkeit. Die wich, und das, was an ihre Stelle trat, suchte Anna zu verjagen, indem sie die Brust an die Erde preßte, die Farnstengel umkrallte: zerreißender Schmerz, fürchterliche Leere. Jugend zu Jugend! Er hatte sie verlassen – und sie war wieder allein! Sie weinte nicht. Was hätte Weinen genutzt? Aber Scham und Zorn fegten über sie hin in immer neuen tobenden Wogen. Also mehr war sie nicht wert! Die Sonne brannte ihr auf den Rücken auf ihrem Lager von wildwuchernden Farnen, wo sie hingestürzt war; sie fühlte sich schwach und elend. Bis zu diesem Augenblick war ihr noch nicht bis ins letzte bewußt gewesen, was die Leidenschaft zu dem Jungen für sie bedeutet hatte; wieviel von ihrem innersten Selbstvertrauen damit verquickt war, und wieviel von dem Drang, sich an die eigne Jugend zu klammern. Welche Bitternis! Ein unreifes, schmächtiges, harmloses Ding – ein *junges* Ding – und sie wurde zum Nichts. Aber war das denn wirklich so? Konnte sie ihn nicht selbst jetzt noch an sich reißen mit einer Leidenschaft, von der dies Kind nichts ahnte? Sicher, oh, sicher! Wenn er nur einmal den Taumel gespürt hatte, in den sie ihn stürzen konnte! Und bei dem Gedanken löste sie den klammernden Griff um die Farnstengel und lag so still wie die Steine um sie her. Konnte sie nicht? Sollte sie nicht, selbst jetzt noch? Und alle Empfindung, außer einer Art Beben, wich von ihr – als wäre sie entrückt. Warum das Mädchen schonen? Warum zögern? Sie war die erste gewesen! Dort oben hatte er ihr gehört. Und noch hatte sie die Macht, ihn an sich zu fesseln. An dem ersten Abend beim Dinner hatte sie seinen Blick auf sich gezogen, weg von dem Mädchen, weg von der Jugend, wie ein Magnet den Stahl anzieht. Noch konnte sie ihn an sich fesseln mit Ketten, die er wenigstens eine kleine Weile lang nicht würde brechen wollen. Fesseln? Abscheuliches Wort. Ihn besitzen, während er sich nach dem sehnte, was sie ihm nicht zu geben vermochte – Jugend, reine Unschuld, Frühling? Das wäre schändlich, schändlich! Sie sprang aus den Farnen auf und rannte den Hang entlang, auf keinen Weg achtend, durch das Pflanzendickicht stolpernd, zwischen den Felsbrocken hin und dann wieder ins Freie, bis sie, zum zweitenmal, auf einen Stein sank. Hier standen keine Bäume, sie konnte das Tal überblicken und sah jenseits des Flusses den hohen, lärchengekrönten Hügel. Der Himmel war klar, die Sonne hell, ein Habicht kreiste hoch über dem spitzen Gipfel drüben, weit oben, sehr nahe dem Blau. Schändlich! Sie konnte das nicht tun! Konnte ihn nicht betäuben, ihn durch seine Sinne, durch alles, was am wenigsten gut in ihm war, an sich locken, da sie doch für ihn vom Leben alles Schönste und Beste erbat, als wäre sie seine Mutter. Sie konnte es nicht, unmöglich. Verworfen wäre das! In diesem Augenblick heftigster Seelenqual schienen die beiden dort unten in der Sonne, an dem grauen Stein und dem schwarzen Wasser, vor ihr sicher, beschirmt. Des Mädchens weißes Blumengesicht bebend aufwärtsgewandt, der Blick des Jungen zu ihm niederspringend. Sonderbar, daß ein Herz, das so empfand, gleichzeitig imstande war, dieses Blumengesicht zu hassen, und darauf brannte, jene Leidenschaft in den Augen des Jungen mit Küssen zu ersticken. Allmählich legte sich der Aufruhr in ihr. Und sie betete darum, nur nichts mehr fühlen zu müssen. Es war ganz natürlich, daß sie um diese Erfüllung kam, natürlich, daß ihr Durst ungestillt blieb, daß ihre Leidenschaft nie aufblühen durfte; natürlich war es, daß Jugend zu Jugend wollte und dieser Junge zu seinesgleichen, so schrieb das Gesetz der Liebe es vor. Der leichte Wind, der durch das Tal blies, fächelte ihr die Wangen und brachte ihr ein schwaches Gefühl der Erleichterung. Edelmut! War das bloß ein Wort? Oder fühlten sich die edel, die das Glück aufgegeben hatten?

Lange streifte sie durch den Park. Es war schon später

Nachmittag, als sie durch das Tor wieder hinausging, durch das sie so voller Hoffnung hineingegangen war. Sie begegnete niemandem auf dem Weg zu ihrem Zimmer; und um dort ungestört zu bleiben, flüchtete sie sich in ihr Bett. Nur davor fürchtete sie sich, daß die betäubende Erschöpfung wieder von ihr wiche. Sie wünschte sich keine Seelen-, keine Körperkraft, bis sie von hier fort war. Sie wollte weder essen noch trinken, nur schlafen, wenn sie konnte. Wenn morgen ein Frühzug fuhr – dann konnte sie fort sein, bevor sie irgendwen zu sehen brauchte; ihr Mann mußte das arrangieren. Was er sich dabei denken, was sie ihm sagen sollte – Zeit genug, das zu entscheiden. Und was lag schon daran? Einzig und allein wichtig war für sie jetzt, daß sie dem Jungen nicht begegnen mußte, denn diese Stunden verzweifelten Ringens ertrug sie kein zweites Mal. Sie klingelte und sandte das bestürzte Stubenmädchen mit einer Botschaft zu ihrem Mann. Und während sie wartete, daß er kam, empörte sich jäh ihr Stolz. Sie durfte sich ihm nicht verraten – das wäre fürchterlich. Und sie schlüpfte aus dem Bett, griff sich ein Taschentuch und die Eau-de-Cologne-Flasche und wickelte sich einen Verband um die Stirn. Er kam fast augenblicklich, trat ein in seiner raschen, geräuschlosen Art, blieb stehen und sah sie an. Er fragte nicht, was los war, sondern wartete einfach ab. Und nie zuvor hatte sie so deutlich erkannt, daß er gleichsam da begann, wo sie aufhörte, begann in einem Bezirk, aus dem Instinkt und Empfinden so gründlich verbannt waren, als seien sie lästerlich. Sie raffte all ihren Mut zusammen und sagte: »Ich war im Park; wahrscheinlich ist mir die Sonne zu heiß gewesen. Wenn es dir nichts ausmacht, möchte ich morgen abreisen. Es ist mir unerträglich, in fremder Leute Haus krank zu sein.«

Sie gewahrte das Lächeln, das über sein Gesicht flakkerte; gleich darauf war er wieder ernst.

»Ah ja«, sagte er, »natürlich. Sonnenstich. Das wird ein paar Tage dauern. Aber bist du denn damit reisefähig?«

Plötzlich war sie überzeugt, daß er alles wußte. Aber

alles zu wissen hieß für ihn, sich selber lächerlich zu finden, und deshalb vermochte er sich glauben zu machen, daß er nichts wußte. War das großartig von ihm oder verabscheuenswert?

Sie schloß die Augen und sagte:

»Ich habe schauderhafte Kopfschmerzen, aber ich kann fahren. Ich will bloß nicht, daß erst viel Aufhebens gemacht wird. Können wir so früh fahren, daß wir weg sind, bevor sie herunterkommen?«

Sie hörte ihn sagen:

»Ja. Das hat seine Vorteile.«

Nicht das leiseste Geräusch war nun zu vernehmen, aber natürlich war er noch da. In dieser stummen, reglosen Nähe lag nun ihre ganze Zukunft beschlossen. Ja, das würde ihre Zukunft sein – ein fühlloses, regloses Wesen. Eine fürchterliche Neugier überfiel sie, dies Wesen anzusehen. Sie schlug die Augen auf. Er stand noch genauso da wie zuvor, den Blick auf sie geheftet. Aber da am Rande der Rocktasche ein nervöses Eigenleben. Seine Hand öffnete und schloß sich unaufhörlich. Und plötzlich verspürte sie Mitleid. Nicht für ihre eigene Zukunft – mit ihr mußte sie sich abfinden; aber für ihn. Wie grauenvoll, so zu werden, daß alle Gemütsbewegung verbannt war – wie grauenvoll! Und sanft sagte sie:

»Es tut mir leid, Harold.«

Er riß seltsam die Augen auf, als habe er etwas Sonderbares und Bestürzendes gehört; dann schob er die nervöse Hand in die Tasche, wandte sich um und ging hinaus.

17

Als der junge Mark Sylvia beim Schaukelstein traf, überraschte ihn das nicht, denn er hatte gewußt, daß sie dort war; er hatte sie hinausgehen sehen. Sie hockte, ganz in sich zusammengeschmiegt, und starrte gedankenversunken ins Wasser. Den breitkrempigen Strohhut hatte sie nach hinten geschoben, und das Haar, in dem sich sein Stern gefangen hatte, leuchtete blaßgolden in der Sonne.

Er ging leise durchs Gras auf sie zu, aber als er nur noch ein paar Schritte entfernt war, dachte er, es sei besser, stehenzubleiben. Wenn er sie erschreckte, rannte sie vielleicht weg, und ihr dann nachjagen – das würde er nicht fertigbringen. Wie still sie saß, ganz verloren in ihre Grübelei. Hätte er nur ihr Gesicht sehen können! Schließlich sagte er sanft:

»Sylvia! Darf ich?«

Und als er merkte, daß sie sich nicht rührte, trat er zu ihr heran. Bestimmt konnte sie auf ihn nicht mehr zornig sein!

»Tausend Dank für das Buch, das du mir geschenkt hast – sieht großartig aus!«

Sie antwortete nicht. Er lehnte seine Angelrute an den Stein und seufzte. Ihr Schweigen erschien ihm ungerecht. Was sollte er denn noch sagen oder tun? Wenn jeder seinen Groll so auf Flaschen zog, dann lohnte sich das Leben wahrhaftig nicht!

»Ich hab dir doch nicht weh tun wollen. Es ist mir scheußlich, wenn ich jemandem weh tue. Es ist doch nur, weil meine Tiere so miserabel sind – da kann ich's nicht aushalten, wenn die Leute sie ansehen – und besonders du. Ich möchte, daß dir meine Sachen gefallen – wirklich. Siehst du, das war die ganze Geschichte. Du könntest mir verzeihen, Sylvia!«

Jenseits der Mauer ein Rascheln, etwas bewegte sich zwischen den Farnen, hastete weg – sicher ein Reh. Und abermals sagte er eifrig, sanft:

»Wirklich, Sylvia, du könntest wieder nett zu mir sein!«

Sie wandte das Gesicht ab und sagte schnell:

»Das ist es jetzt gar nicht mehr. Es ist – etwas anderes.«

»Was anderes?«

»Nichts – bloß, daß du dir aus mir nichts mehr machst – jetzt –«

Er kniete neben ihr nieder. Was meinte sie damit? Aber er wußte es sehr gut.

»Natürlich mach ich mir was aus dir! Und wie! Ach bitte, sei nicht so traurig. Es ist mir furchtbar, wenn wer traurig ist. Sei nicht traurig, Sylvia!« Und er streichelte sanft ihren Arm. Er fühlte sich ratlos und verstört; nur eins war ihm klar – er durfte nichts zugeben. Es schien, als habe sie diesen Gedanken in ihm gelesen; sie sah ihn mit ihren blauen Augen durchdringend an. Dann rupfte sie ein paar Grashalme ab und fing an, sie zusammenzuflechten.

»Aus ihr machst du dir was.«

Ach! Nein, er würde nicht sagen: Das ist nicht wahr – denn das wäre eine Gemeinheit. Selbst wenn es ihm jetzt gar nicht mehr auf sie ankäme – und kam es ihm noch auf sie an? –, wäre das niederträchtig. Und in seine Augen trat wieder der Blick, der den Tutor dazu veranlaßt hatte, ihn mit einem bekümmerten Löwenjungen zu vergleichen.

Sylvia berührte seinen Arm.

»Mark!«

»Ja.«

»Nicht!«

Er richtete sich auf und griff nach seiner Angelrute. Was sollte das alles? Er konnte nicht hier bei ihr bleiben, denn er konnte – durfte nicht sprechen.

»Willst du fort?«

»Ja.«

»Bist du böse? Bitte sei nicht böse auf mich.«

Er spürte ein Würgen in der Kehle, bückte sich über ihre Hand und küßte sie; dann schulterte er seine Angelrute und marschierte davon. Als er sich einmal nach ihr umschaute, sah er sie noch neben dem großen Stein; verloren saß sie da und starrte ihm nach. Da war ihm, als könne er nirgend hingehen – nirgendhin außer zu den Tieren, den Vögeln und den Bäumen, die störten sich nicht dran, wenn man durch und durch verwirrt war und sich scheußlich fühlte. Am Ufer legte er sich ins Gras. Er konnte erkennen, wie die winzigen Forellen die Steine umkreisten; ringsum strichen die Schwalben in niedrigem Flug durch die Luft; und auch eine Hornisse leistete ihm ein Weilchen Gesellschaft. Aber nichts von allem gewann ihm Teilnahme ab, es war, als läge seine Seele im Kerker. Es wäre bestimmt schön, das Wasser dort zu sein, nie stehenzubleiben, immer weiterzufließen. Oder der Wind: der berührte alles, und nichts hielt ihn fest. Daß man nichts tun konnte, ohne damit jemand anders Schmerz zuzufügen, gräßlich war das. Wenn man nur wäre wie eine Blume; die sproß einfach auf, lebte ihr Leben für sich selbst und starb. Er aber konnte jetzt tun und sagen, was er wollte, immer würde er entweder lügen müssen oder grausam sein. Die einzige Rettung war, sich den Leuten fernzuhalten. Aber wie sollte er sich von seinen eigenen Gästen fernhalten?

Er ging zum Haus zurück zum Mittagessen. Aber seine beiden Gäste waren nicht zugegen, offenbar wußte niemand etwas über ihren Aufenthalt. Ruhelos, unglücklich und nach einer Erklärung grübelnd, streifte er den ganzen Nachmittag draußen herum. Unmittelbar vor dem Abendessen erfuhr er von Mrs. Stormers Unpäßlichkeit und davon, daß die beiden morgen abreisen wollten. Abreisen – nach drei Tagen! Das stürzte ihn noch tiefer in seine sonderbare, kummervolle Verwirrung, und er verfiel nun ganz in brütendes Schweigen. Er wußte, daß er dadurch auffiel, aber er konnte nicht anders. Ein paarmal während des Abendessens begegnete er Gordys unter verquollenen, halbgeschlossenen Lidern fest auf ihn gerichtetem Blick von angestrengter Nachdenklichkeit. Aber er konnte einfach nicht reden – alles, was ihm in den Sinn kam, schien unwahr zu sein. Ach! Es war ein trauriger Abend mit der trübe aufschimmernden Ahnung von einem andern wehem Herzen, mit dem wirren, nagenden Gefühl, daß etwas zerbrochen, Treue verraten sei; und daneben immerfort das ratlose Staunen: ›Wie hätte ich's verhindern sollen?‹ Und immerfort Sylvias sehnsüchtiges Gesicht, das er versuchte nicht anzusehen.

Er stahl sich hinaus, verließ Gordy und den Tutor, die noch bei ihrem Wein saßen. Lange streifte er durch den Garten und lauschte traurig den Eulenschreien. Es war eine Wohltat, endlich hinaufgehen zu dürfen, obwohl er natürlich nicht schlafen würde.

Aber er schlief doch, eine ganze Nacht voller Träume. Im letzten lag er an einem Berghang, Anna schaute ihm in die Augen und beugte ihr Gesicht zu seinem herab. In dem Augenblick, da ihre Lippen seine berührten, erwachte er. Noch befangen von diesem beunruhigenden Traum, erfaßte er ein Geräusch von Rädern und Pferdegetrappel auf Kies, und er sprang aus dem Bett. Da rollte vor der Haustür soeben der Jagdwagen ab, der alte Godden kutschierte, neben ihm war Gepäck aufgetürmt, und im Wagen saßen die Stormers einander gegenüber. So fortzugehen, und nicht einmal ein Abschiedswort! Einen Augenblick war ihm so zumute, wie es jemandem sein muß, der unwillentlich jemanden getötet hat – niedergeschmettert, elend. Dann fuhr er in wilder Hast in die Kleider. So würde er sie nicht gehen lassen! Er würde – er mußte sie wiedersehen! Was hatte er getan, daß sie so fortging? Er stürzte die Treppe hinunter. Die Halle war leer – neunzehn Minuten vor acht! Um acht Uhr fuhr der Zug. Blieb ihm soviel Zeit, daß er Bolero satteln konnte? Er jagte zum Stall, aber das kleine Pferd war fort, zum Beschlagen. Er wollte – er mußte sie noch erreichen! Dann sah sie wenigstens, daß er kein absoluter Schuft war. Bis zur Biegung der Auffahrt ging er, dann rannte er los. Eine Viertelmeile – und schon fühlte er sich besser, nicht mehr so elend und schuldbewußt. Es war was wert zu spüren, daß man ein schweres Stück Arbeit zu bewältigen hatte, eins, das einem das Letzte abforderte, wobei man bedacht sein mußte, mit der Kraft hauszuhalten, die beste Bahn auszusuchen, die Sonne zu meiden, bergauf den Atem zu sparen und jeden Hang hinunterzufliegen. Es war noch kühl, und der Tau hatte den Staub gebunden; es gab keinen Verkehr und kaum jemand, der sich umsah und ihm hinterhergaffte, als er vorüberrannte. Was er tun würde, wenn er rechtzeitig anlangte – wie diesen verrückten Dreimeilenlauf erklären, darüber dachte er nicht nach. Er lief an einem Gehöft vorbei, er wußte, daß es genau auf halbem Wege lag. Seine Uhr hatte er daheim liegenlassen. Tatsächlich war er nur in Hemd und Hosen und in seine Windjacke gefahren; keine Krawatte, kein Hut, nicht einmal Socken in den Tennisschuhen; und dabei glühte er wie Feuer unter dem zurückwehenden Haar – allerdings eine seltsame Erscheinung für jeden, der ihm begegnete. Aber er hatte jetzt jedes Empfinden verloren, nur der Wille, sie zu erreichen, war geblieben. Eine Schafherde trappelte aus einem Feld auf den Weg; irgendwie drängte und stieß er sich durch, aber sie kosteten ihn ein paar Sekunden. Immer noch über eine Meile, und er war außer Atem, und seine Beine begannen zu versagen. Bergab freilich liefen sie wie von selbst; aber dann kam noch eine lange, ganz ebene Strecke; und jetzt konnte er den Zug hören, wie er langsam durch das Tal dahinkeuchte. Da überkam ihn trotz der Erschöpfung neuer Mut. Er wollte nicht zerrauft wie eine Vogelscheuche, völlig ausgepumpt auf dem Bahnhof ankommen und eine Szene machen. Er mußte sich am Schluß zusammenreißen und lässig auf den Bahnsteig schlendern – als sei er zum Spaß gekommen. Aber wie sollte er das anstellen? Ihm war, als müsse er jeden Augenblick lang hinschlagen in den Staub und dort liegenbleiben für immer. Und während er weiterrannte, machte er kleine, verzweifelte Anstrengungen, sich das Gesicht abzuwischen, die Jacke abzuklopfen. Dort, endlich, war der Eingang – noch zweihundert Yards entfernt. Der Zug – er hörte ihn nicht mehr. Er mußte schon eingefahren sein. Und ein Schluchzen entrang sich seiner abgejagten Lunge. Am Eingang angelangt, hörte er die Pfeife des Schaffners schrillen. Statt zum Fahrkartenschalter zu laufen, rannte er am Zaun entlang, wo eine Pforte zum Güterschuppen offenstand; er stürzte hindurch und sank zurück an das Geißblattgerank. Die Lokomotive stand unmittelbar vor ihm; er rieb sich mit dem Ärmel das Gesicht, um den Schweiß wegzuwischen. Alles verschwamm ihm vor den Augen. Er mußte sehen – schließlich war er nicht deshalb rechtzeitig hergekommen, damit er nicht mehr sah. Er fuhr sich mit beiden Händen über Stirn und Haar und spähte benommen den langsam vorüberrollenden Zug entlang. Da stand sie, dort am Fenster: sie stand und blickte hinaus. Er wagte keinen Schritt vorwärts, denn er hatte Angst hinzutaumeln, aber er streckte die Hand aus. Sie sah ihn. Ja, sie sah ihn. Wollte sie ihm denn kein Zeichen geben – nicht ein einziges? Und plötzlich erkannte er, wie sie an ihrem Kleid nestelte, etwas hervorzog, hinauswarf. Es fiel ihm dicht vor die Füße. Er hob es nicht auf, er wollte ihr Gesicht sehen bis zum letzten Augenblick. Es sah wundervoll aus – sehr stolz und sehr blaß. Sie hob die Hand an die Lippen. Dann verschwamm abermals alles vor ihm, und als er wieder imstande war, etwas wahrzunehmen, war der Zug verschwunden. Aber das, was sie ihm zugeworfen hatte, lag vor seinen Füßen. Er hob es auf. Eine vertrocknete, schwärzliche Blüte – die Blume, die sie ihm in Tirol geschenkt und ihm dann aus dem Knopfloch gestohlen hatte.

Er schleppte sich am Güterschuppen vorbei, hinaus, bis er an ein Feld gelangte; dort warf er sich hin, das Gesicht auf das verwelkte Ding gepreßt, dem immer noch ein leiser Duft entstieg …

Die angestrengte Nachdenklichkeit in seines Vormunds Augen war nicht ohne Bedeutung gewesen. Mark kehrte nicht nach Oxford zurück. Statt dessen fuhr er nach Rom, um im Hause seiner Schwester zu wohnen und eine Akademie für Bildhauer zu besuchen. Damit begann für ihn eine Zeit, in der nichts außer seiner Arbeit für ihn galt.

An Anna schrieb er zweimal, erhielt aber keine Antwort. Ein paar Zeilen kamen von seinem Tutor:

›Lieber Lennan,

So! Also Sie verlassen uns der Kunst zuliebe? Ach ja – sie war Ihr Mond, wenn ich mich recht erinnere – einer wenigstens. Ein würdiger Mond, zwar leicht angestaubt heutzutage, ein bißchen im Abnehmen begriffen – aber für Sie ohne Zweifel eine jungfräuliche Göttin, deren Saum – na und so weiter.

Trotz Ihrer Abtrünnigkeit werden wir Ihnen ein freundliches Gedenken bewahren.

Dereinst Ihr Lehrer und noch immer Ihr Freund
Harold Stormer.‹

Nach diesen Ferien dauerte es lange – sehr lange, bis er Sylvia wiedersah.

II
SOMMER

I

Unzählige funkelnde Lichter, murmelndes Gewirr von unzähligen Stimmen, Plaudern und Gelächter, Schritte; Lokomotivengezisch, dröhnendes Rollen: Züge nach Nizza oder Mentone mit ihrer Fracht von Spielern; fieberhaftes Violinengejammer der vier zigeunerbraunen Geiger draußen vor dem Café; und darüber, darum herum, jenseits der dunkle Himmel, die dunklen Berge, das dunkle Meer: eine große, dunkle Blume, in deren Kelch sich ein glitzernder Käfer festklammert. So war Monte Carlo in dieser Mainacht des Jahres 1887.

Aber Mark Lennan, der an einem der kleinen Marmortische saß, war viel zu verwirrt und aufgewühlt in Geist und Seele, um Gefunkel und Gelärm, ja selbst um die Schönheit zu erfassen. Er saß so reglos still, daß seine Nachbarn ihn zuerst durchbohrend anstarrten und danach – denn was der eignen Stimmung allzu fern liegt, ist dem menschlichen Instinkt zuwider – die Blicke abwandten wie von etwas Lächerlichem, fast Anstößigem.

Tatsächlich war er untergetaucht in der Erinnerung an die letzten Minuten. Denn nun, nach all diesen Wochen des Aufruhrs, nach dieser ganzen seltsamen Zeit der Verstörung, war es endlich geschehen.

Unmerklich war es über ihn gekommen, schon am ersten Tag beim zufälligen Kennenlernen vor nun fast einem Jahr – bald nachdem er die sechs Jahre Rom und Paris abgeschlossen und sich in London niedergelassen hatte. Zuerst nichts weiter als freundschaftliche Zuneigung, weil sie ein so feines Verständnis für seine Arbeit zeigte; dann respektvolle Bewunderung, weil sie so schön, dann Mitleid, weil sie in ihrer Ehe so unglücklich war. Wäre sie glücklich gewesen, so hätte er sie gemieden. Aber er wußte, unglücklich war sie schon vor der Begegnung mit ihm gewesen, deswegen blieb sein Gewissen ruhig. Und schließlich, eines Nachmittags, hatte sie gesagt: »Ach! Wenn Sie doch auch hinkämen!« Unglaublich, wie das in ihm gearbeitet hatte, dieser kleine, unbedachte Satz – so als ob ihm ein eigenes Leben innewohnte, wie ein fremder Vogel, der in den Garten seines Herzens geflogen war und sich dort eingerichtet hatte mit seinem unbekannten Lied, mit seinem Geflatter und seiner fremden Flugfährte, mit seinem sehnsüchtigen, immer deutlicheren Ruf. Ein Wort und, ein paar Tage später, ein Augenblick in ihrem Salon in London: da hatte er ihr gesagt, daß er wirklich kommen würde, und dabei gespürt, sie sah ihn nicht an, weil sie nicht konnte. Seltsam, es war nichts Folgenschweres gesagt, getan oder auch nur unterlassen worden – und doch hatte sich die ganze Zukunft verändert.

Und so war sie abgereist, zusammen mit ihrem Onkel und ihrer Tante und unter deren Fittichen, so daß sie nach menschlichem Ermessen vor allen ausländischen Verkehrtheiten gefeit war. Und er hatte von ihr diesen kleinen Brief erhalten:

›Hôtel Cœur d'Or, Monte Carlo.

Lieber Mark,
Wir sind angelangt. Die Sonne tut so gut. Und die Blumen sind herrlich. Gorbio und Roquebrune heb ich mir noch auf, bis Sie da sind.

Ihre Olive Cramier.‹

Dieser Brief bildete seine einzige klare Erinnerung aus der Zeit zwischen ihrer Abreise und seinem Aufbruch. Er hatte ihn an einem Nachmittag empfangen, als er in der Frühlingssonne auf einer niedrigen, alten Gartenmauer saß, über sich die Zweige eines blühenden Apfelbaums; da war ihm zumute, als läge alle Lust der Welt vor ihm und er brauche nur die Arme auszustrecken und sie zu fassen.

Und dann wirre Unrast, alles verschwommen, bis er am Ende seiner Fahrt in Beaulieu mit wildklopfendem Herzen aus dem Zug stieg. Warum nur? Er hatte doch gewiß nicht erwartet, daß sie aus Monte Carlo herkäme, um ihn abzuholen!

Seitdem war eine Woche vergangen in der einen ununterbrochenen Anstrengung, bei ihr zu sein und andern den Eindruck zu machen, daß ihm nicht sonderlich daran läge; zwei Konzerte, zwei Spaziergänge mit ihr allein, bei denen alles, was er sagte, nichtig schien und alles, was sie sagte, ein Schemen dessen, das zu hören ihn verlangte; eine Woche der Wirrnis, Tag und Nacht – bis vor ein paar Minuten ihr Taschentuch aus ihrem Handschuh auf die staubige Straße gefallen war und er es aufgehoben und an die Lippen gedrückt hatte. Nichts konnte ihm den Blick wieder nehmen, mit dem sie ihn dabei angeschaut hatte. Nichts würde ihn je wieder ganz von ihr trennen können. In diesem Blick hatte sie sich zu der gleichen süßen, schrecklich bangen Unruhe bekannt, die er selber verspürte. Sie hatte kein Wort gesprochen, aber er hatte gesehen, wie ihre Lippen sich öffneten, wie ihre Brust sich hob und senkte. Und er hatte sowenig gesagt wie sie. Was sollten Worte?

Er tastete in seiner Rocktasche. Da spürte er zwischen den Fingern das winzige Stück Stoff, Batist und Spitze, schlaff und doch irgendwie lebendig; und verstohlen holte er es hervor. Ihr ganzes Ich, ihr Duft schien ihn anzurühren mit diesem Batistsaum, dem starren Rand von kleinen, weißen Sternen, den er an sein Gesicht preßte. Und heimlicher noch barg er es wieder in der Tasche. Dabei blickte er sich zum erstenmal um. Diese Leute! Sie gehörten zu einer Welt, die er verlassen hatte. Sie flößten ihm das nämliche Gefühl ein wie gerade eben ihr Onkel und ihre Tante, als sie mit einem Gutenachtgruß hinter ihr ins Hotel marschiert waren. Der wackere Oberst, die gute Mrs. Ercott! Inbegriff der Welt, in der er aufgewachsen war, der personifizierte englische Standpunkt; symbolische Gestalten: Gesundheit, Vernunft, der gerade Weg, dem er offenbar im Augenblick den Rücken gewandt hatte. Des Obersten Gesicht im Profil: rötlich unter der Sonnenbräune, mit grauem Schnauzbart, der von keiner Wichse wußte; sein heiter tenorales »Gute Nacht, Lennan, mein Junge!« Das lippenkräuselnde Lächeln seiner Frau, ihre weiche, eintönige, vertraulich gedämpfte Stimme – wie fremd und fern waren sie ihm plötzlich geworden! Und all diese Leute hier, schwatzend, trinkend – wie sonderbar und weit weg! Oder war er selber es, der sonderbar und ihnen entrückt war?

Er stand vom Tisch auf, ging an den Geigern mit den zigeunerbraunen Gesichtern vorüber und hinaus auf den Platz.

2

Durch Seitenstraßen wanderte er bis zur Rückfront ihres Hotels, dort blieb er am Zaun vor dem Garten stehen – einem jener Hotelgärten, die mit ihren paar dürren Palmen und den grellweißen Wegen zwischen verstaubten Fliederbüschen und Mimosen nur dazu da sind, um in den Annoncen eine Rolle zu spielen.

Und da überkam ihn das sonderbarste Gefühl. Ihm war, als sei er hier schon früher einmal gewesen, habe durch Blüten auf diese grellen Pfade und auf die geschlossenen Fensterläden geblickt. Der Geruch von brennendem Holz lag in der Luft, und in dem leisen Wind raschelte kaum hörbar irgendein vertrockneter Strauch. Was für eine Erinnerung hing in dieser Nacht, diesem Garten? Dunkel, süß, unsichtbar – etwas, das Entzücken wachrief und gleichzeitig ein unstillbares Verlangen.

Und er lief weiter. Häuser über Häuser! Endlich war er ihnen entronnen, allein jenseits des Stadtrandes von Monaco auf der Landstraße. Und während er so durch die Nacht schritt, kamen ihm Gedanken, die, meinte er, nie jemand vor ihm gedacht hatte. Die Erkenntnis, daß sie ihn liebte, ließ alles sehr heilig und verantwortungsschwer erscheinen. Was auch immer er tat, ihr durfte er kein Leid zufügen. Frauen waren so hilflos!

Denn trotz seiner sechs Kunst-Lehrjahre in Rom und Paris hatte er sich eine delikate Achtung vor Frauen bewahrt. Hätte sie für ihren Mann Liebe empfunden, sie wäre vor ihm ganz sicher gewesen. Aber daß sie zu einer mit Widerwillen geduldeten Gemeinschaft gezwungen war – das hatte er abscheulich gefunden, noch ehe er sie liebte. Wie konnte ein Ehemann das fordern, so wenig Stolz, so wenig Mitleid haben? Das war unverzeihlich. Was war an einer solchen Heirat, das man hätte achten sollen? Nur, er durfte ihr kein Leid zufügen. Aber jetzt, da ihre Augen gesagt hatten: Ich liebe dich! – was nun? Es war einfach wunderbar, das zu wissen, unter den Sternen dieser warmen südlichen Nacht, die ihren Weihrauchduft aus Bäumen und Blumen verströmte.

Er kletterte die Böschung hinan und warf sich zu Boden. Wenn sie nur hier neben ihm wäre! Der Duft der immer noch nicht abgekühlten Erde legte sich um sein Gesicht, und einen Augenblick lang war ihm, als sei sie wirklich gekommen. Wenn er sie für immer halten könnte in dieser Umarmung, die keine Umarmung war – in dieser geisterhaften Verzückung, auf diesem freien duftenden Gräserbett, das noch nie Liebende getragen hatte – nur Blüten und Bienen und Sonne und Mond mit ihren Schatten, und der Wind hatte die Erde geküßt …

Und dann war sie verschwunden. Seine Hände berührten nichts als dürre Piniennadeln und die im Schlaf geschlossenen Blüten des wilden Thymians.

Er stand am Rande der kleinen Klippe über der Straße zwischen den dunklen Bergen und dem Meer, das schwarz war vor Tiefe. So spät würde niemand herumstreifen; er war dem, was die Menschen dachten und sagten und taten, fern wie die Nacht selber mit ihrer flüsternden Wärme. Und er beschwor ihr Antlitz herauf, um es sich zu vergegenwärtigen: die Augen, klar, braun, weit auseinanderstehend; den verschwiegenen, sanften Mund, das dunkle Haar, ihre ganze schwebende Anmut.

Dann sprang er auf die Straße hinunter und rannte – man konnte nicht langsam gehen mit diesem Wunder in sich, das kein Mensch je zuvor so gespürt hatte – dem Wunder der Liebe.

3

In ihrem bestens renommierten Hotel, dem ›Cœur d'Or‹ – es ist inzwischen längst umgebaut und umbenannt worden –, lag Mrs. Ercott in ihrem Messingbett und schaute beim Sternenlicht zu dem Obersten in seinem Messingbett hinüber. Sie hatte die Ohren vorsorglich aus der Umklammerung des Kissens befreit, denn sie glaubte einen Moskito zu hören. Sie war seit dreißig Jahren Gefährtin eines Mannes, dessen Leben durch die Aufmerksamkeit dieser kleinen Biester seine Zäsuren in Gestalt von Fieberanfällen erhielt, und sie hatte nicht das mindeste für sie übrig. Sie bildeten das eine Thema, bei dem möglicherweise ihre Einbildungskraft den gesunden Menschenverstand besiegte. Denn tatsächlich war kein Moskito da, es konnte auch gar keiner da sein, denn das erste, was der Oberst bei der Ankunft in jedem Ort südlich des sechsundvierzigsten Breitengrades tat, war, daß er die Fenster weit aufsperrte und mit zahlreichen Reißzwecken ein Moskitonetz über die labsalbringende Öffnung spannte, während sie ihn mit festem Griff bei den Rockschößen hielt. Die Tatsache, daß andere Leute ihre Fenster nicht auf die Art sicherten, störte den Oberst nicht im geringsten: er war ein Engländer von echtem Schrot und Korn, folglich handelte er nach eigenem Ermessen und dachte nach dem anderer. Nachdem das Netz gespannt war, warteten sie dann die Nacht ab; darauf brannten sie ein sonderbares Lämpchen an, das einen sonderbaren Geruch verströmte, und standen beim vollen Schein des Gaslichts in Pantoffeln auf den Stühlen herum, die Augen fest auf echte oder eingebildete Insekten gerichtet. Dann folgten leise Klatschlaute, kleine Blutflecke an den Wänden, und kleine Freuden- oder Kummerschreie wurden laut: »Den hab ich!« – »Ach John, ich hab ihn nicht erwischt!« Und dann stand der Oberst mitten im Zimmer im Pyjama und mit der Brille auf der Nasenspitze (er trug sie nur in sehr bedeutungsvollen Momenten), drehte sich langsam um die eigne Achse, ließ den Blick über jeden Zoll von

Wand und Decke streichen, mit jenem Ausdruck von Todesverachtung, den seine Augen schon vor so langer Zeit angenommen hatten, bis er dann schließlich sagte: »Schön, Dolly, das waren sie!« Und darauf pflegte dann sie zu sagen: »Gib mir einen Kuß, Schatz!« Und er gab ihr einen Kuß und stieg in sein Bett.

Es war also kein Moskito vorhanden, abgesehen von dem allgegenwärtigen gespenstischen, der sich im Geist der treu ergebenen Ehefrau festgesetzt hatte. Sie spähte nach des Obersten Profil hinüber – denn er lag auf dem Rücken – und verschluckte mit genauer Not ein: ›John, bist du noch wach?‹ Ein blasendes Geräusch kam von seiner Nase her, die, ursprünglich gerade, bei der Ausübung militärischer Pflichten eine leichte Krümmung davongetragen hatte, und zwar etwa einen halben Zoll unterhalb der Linie der ergrauten Augenbrauen; die waren leicht hochgezogen wie im Staunen über die Laute weiter unten. Sie konnte ihn kaum erkennen, aber sie dachte: ›Wie lieb er aussieht!‹ Und das tat er wirklich. Er hatte das Gesicht eines Mannes, der unfähig zum Bösen ist, und jetzt im Schlaf zeigte es die Aufrichtigkeit von jemand, der im Herzen Kind geblieben ist – die naive Aufrichtigkeit derer, die von der Suche nach geistigen Abenteuern nie etwas geahnt, dafür aber stets den körperlichen zugestrebt haben. Und dann sagte sie unwillkürlich doch:

»John! Schläfst du schon?«

Wie in den alten Tagen bei einem Angriff war der Oberst augenblicklich hellwach und antwortete: »Ja!«

»Der arme junge Mann!«

»Wer?«

»Mark Lennan. Hast du nicht gesehen?«

»Was?«

»Mein Lieber, es ist unmittelbar vor deiner Nase passiert. Aber solche Dinge entgehen dir ja stets.«

Der Oberst wandte langsam den Blick nach ihr um. Er hatte eine ausgesprochen phantasiebegabte Frau! So war sie immer gewesen. Dunkel wurde ihm bewußt, daß sie im Begriff stand, irgend etwas Romantisches von sich zu geben. Aber mit der nahezu unerschütterlichen Milde eines Mannes, der seinerzeit den Leuten Köpfe und Arme abgesäbelt hat, antwortete er:

»Was für Dinge?«

»Er hat ihr Taschentuch aufgehoben.«

»Wessen?«

»Olives. Er hat es eingesteckt. Ich hab es deutlich gesehen.«

Schweigen; dann wurde Mrs. Ercotts Stimme wieder hörbar unpersönlich, weit entfernt.

»Was mich bei den jungen Leuten immer wieder verwundert: sie bilden sich ein, man sieht sie nicht, die armen Dinger.«

Wieder herrschte Schweigen.

»John! Denkst du nach?«

Denn nun drang vom Obersten kein bloßes Blasen mehr zu ihr herüber, sondern ein beachtliches Schnaufen – ein untrügliches Zeichen für seine Frau.

Und er dachte tatsächlich nach. Dolly war eine sehr phantasiebegabte Frau, aber irgend etwas sagte ihm, daß sie in diesem Fall womöglich doch nicht übers Ziel hinausschoß.

Mr. Ercott richtete sich auf. Er sah gutmütiger aus denn je; eine kleine, bestürzte Falte war mit den Augenbrauen zusammen in die Höhe gewandert und verfing sich nun in den Querrunzeln über der Stirn.

»Ich hab Olive sehr gern«, sagte er.

Mrs. Ercott sank in ihre Kissen zurück. Sie verspürte leise Gereiztheit – nur soviel, wie natürlich ist bei einer Frau über fünfzig, deren Mann eine Nichte hat.

»Zweifellos«, murmelte sie.

Etwas Unbestimmtes regte sich beim Obersten in der Tiefe seiner Seele; er streckte die Hand aus. In dem Streifen Dunkel zwischen den Betten traf sie eine andere Hand, die seine heftig preßte.

Er sagte: »Schon gut, altes Mädchen!« Und wieder herrschte Schweigen.

Mrs. Ercott dachte ihrerseits nach. Ihre Gedanken plätscherten flink und flach dahin wie ihre Stimme, aber sie führten die Art Gefühl mit sich, das bei Frauen mit gutem Herzen die Seelenregungen begleitet. Der arme junge Mann! Und die arme Olive! Aber war Mitleid wirklich angebracht bei einer Frau, die so hübsch war! Außerdem war sie immerhin mit einem stattlichen Mann verheiratet; einem, der im Parlament saß, mit einer erfolgreichen Laufbahn, und der sie ganz entschieden liebte. Und das kleine Haus in London, so nah bei Westminster, war ausgesprochen reizend, und etwas Entzückenderes als das Sommerhaus am Fluß ließ sich überhaupt nicht denken. Gab es wirklich einen Grund, Olive zu bedauern? Und doch – glücklich war sie nicht. Es hatte keinen Sinn, sich vorzumachen, daß sie glücklich wäre. Und zu behaupten, daß man solche Dinge selber in der Hand habe – alles schön und gut, aber wenn man schon Romane las, dann wußte man, daß das nicht stimmte. Das kam schon vor, daß zwei Leute nicht zusammenpaßten. Ach ja – und dann die Geschichte mit dem Altersunterschied. Olive war sechsundzwanzig, Robert Cramier zweiundvierzig. Und jetzt hatte sich dieser junge Mark Lennan in sie verliebt. Was, wenn sie ihn wiederliebte? Dann würde John vielleicht begreifen, daß Jugend zu Jugend wollte. Denn die Männer waren putzig – selbst ein so großartiger wie John. Nicht im Traum würde ihr's einfallen, für irgendeinen von ihren Neffen solche Gefühle zu hegen wie John offensichtlich für Olive.

Des Obersten Stimme unterbrach sie in ihrem Gedankengang.

»Netter Junge, der Lennan! Ein Jammer. Sollte lieber die Kurve kratzen, wenn er wirklich –«

Unerwartet hitzig gab sie zurück: »Und wenn er nun nicht kann?«

»Nicht kann?«

»Hast du noch nie was von einer ›grande passion‹ gehört?«

Der Oberst richtete sich auf dem Ellenbogen auf. Da

sah er wieder einmal, daß Dolly in London eine merkwürdige Betrachtungsweise angenommen hatte – Mrs. Ercott war in des Obersten letzten Dienstjahren der Hitze in Madras und Ostburma nicht mehr gewachsen gewesen. Als könne man nicht so wie er eine Sache einfach gut oder schlecht finden. Und er wiederholte die beiden französischen Worte auf seine Weise und fügte hinzu:

»Sag ich das nicht grade? Soll Leine ziehn, je eher, desto besser.«

Aber Mrs. Ercott setzte sich ebenfalls im Bett auf.

»Sei kein Unmensch«, sagte sie.

Dem Obersten war so zumute wie jemandem, der plötzlich merkt, daß er etwas Unverdauliches zu sich genommen hat. Weil der junge Lennan in Gefahr war, sich in eine unehrenhafte Geschichte hineinzureiten, bekam er gesagt, er solle kein Unmensch sein! Also wahrhaftig, Dolly war –! Plötzlich drang ihm ein verschwommener, weißer Fleck unbehaglich ins Bewußtsein – ihre neue Nachthaube. Sie fing doch wohl nicht an, unenglisch zu werden? In ihrem Alter!

»Ich denke an Olive«, sagte er. »Ich wünsche nicht, daß sie durch so eine Angelegenheit belastet wird.«

»Möglicherweise ist Olive imstande, selber für sich zu sorgen. Es ist heutzutage nicht mehr angebracht, sich in Liebesaffären einzumischen.«

»Liebe!« knurrte der Oberst. »Sonst noch was? Pah!«

Wenn die eigne Frau diese – diese Art Geschichten – Liebe nannte, warum war er ihr dann eigentlich all die Jahre treu geblieben, und obendrein in recht heißen Klimaten? Das Gefühl, sich vergeudet zu haben und Ungerechtigkeit zu erleiden, wollte das Haupt erheben gegen den Teil seines Ichs, der mit bestimmten Worten bestimmte Bedeutungen verband und ihn veranlaßte, entsprechend zu handeln. Und diese Revolte verursachte ihm eine sonderbare und äußerst unangenehme Empfindung. Liebe! Das war kein Wort, mit dem man so leichtfertig umging! Liebe führte zur Ehe; das hier konnte zu keiner Ehe führen, außer – über das Scheidungsgericht. Und plötzlich hatte der Oberst eine Vision von seinem toten Bruder Lindsay, Olives Vater, wie er da im Dunkel stand mit seinem ernsten, scharf geschnittenen, elfenbeinblassen Gesicht unter dem schwarzen Haar, wohl dem Erbe einer französischen Ahnfrau, die dem Blutbad der Bartholomäusnacht entronnen war. Immer ein rechtschaffener Kerl gewesen, Lindsay, schon bevor sie ihn zum Bischof gemacht hatten. Irgendwie komisch, daß Olive seine Tochter sein sollte. Nicht daß sie nicht auch rechtschaffen gewesen wäre – das bestimmt! Aber weich war sie. Lindsay nicht! Sich vorzustellen, Lindsay hätte zugesehen, wie der junge Mensch das Taschentuch einsteckte! Aber hatte das der junge Lennan denn wirklich gemacht? Dolly bildete sich so leicht was ein. Möglicherweise hatte er es für sein eigenes gehalten; hätte er sich zufällig die Nase putzen müssen, so hätte er es gemerkt. Denn im Obersten paarte sich mit der fast kindlichen Aufrichtigkeit echte Verwaltungsbegabung, ein zuverlässiger Sinn für praktische Werte. Für ihn war eine Unze Anschauung jederzeit ein Pfund Theorie wert. Dolly neigte dazu, sich in Theorien zu versteigen. Gott sei Dank, daß sie nie nach ihnen handelte!

Er sagte sanft: »Mein Liebes! Der junge Lennan ist ja vielleicht ein Künstler, aber er ist auch ein Gentleman! Ich kenne seinen Vormund, den alten Heatherley. Meine Güte, ich hab ihn ja Olive selber vorgestellt!«

»Was hat das damit zu tun? Er ist in sie verliebt.«

Der Oberst gehörte zur riesigen Legion derer, die ihre Überzeugung vom Augenschein ableiten – nicht im Traum denken sie dran, dem auf den Grund zu gehn, was sie verfechten. Jetzt war er verunsichert. Wie ein Inselbewohner, der sein Leben lang mit einer gewissen verachtungsvollen Scheu auf die trüben Wogen rings um sein Eiland gestarrt hat, ohne je einen Fuß hineinzusetzen, war er durch diese Forderung, das Ufer zu verlassen, aus der Fassung gebracht. Und noch dazu von seiner eigenen Frau!

Mrs. Ercott hatte eigentlich gar nicht beabsichtigt, so weit zu gehen. Aber wie bei allen Frauen, die über einen regeren Geist verfügen als ihre Männer, steckte etwas in ihr, das sie immer wieder dazu anstachelte, ein bißchen über ihr Ziel hinauszuschießen. Voll ehrlicher Reue hörte sie, wie der Oberst sagte:

»Ich steh auf, ich muß einen Schluck Wasser trinken.«

Im Nu war sie aus dem Bett. »Kein ungekochtes!«

Also hatte sie ihn ernstlich beunruhigt! Nun würde er nicht schlafen – das Blut stieg ihm so schnell zu Kopfe. Er würde wach bleiben, nur still daliegen und sich Mühe geben, sie nicht zu stören. Es peinigte sie, daß er solche Rücksicht auf sie nahm. Sie kam sich so selbstsüchtig vor! Sie hätte wissen sollen, daß das ganze Thema für nächtliche Debatten zu gefährlich war.

Sie merkte, daß er dicht hinter ihr stand; er wirkte sehr mager in seiner dünnen Hülle, und sein Gesicht sah seltsam erschöpft aus.

»Ich wollte, du hättest mir nicht diesen Gedanken in den Kopf gesetzt!« sagte er. »Ich mag Olive.«

Wiederum verspürte Mrs. Ercott den Eifersuchtsstich; aber diesmal ging er unter in der Mütterlichkeit, die eine kinderlose Frau für ihren Mann hegte. Er durfte sich keine Sorgen machen! Er sollte sich nicht quälen. Und sie sagte:

»Das Wasser kocht! Nun trink ganz langsam ein ordentliches Glas voll, und dann leg dich wieder hin, oder ich meß deine Temperatur.«

Gehorsam nahm ihr der Oberst das Glas ab, und während er schlückchenweise trank, streckte sie die Hand aus und strich ihm übers Haar.

4

Im Zimmer unter ihnen lag das Objekt ihrer Debatte hellwach. Sie wußte, daß sie sich verraten, daß sie Mark Lennan offenbart, was sie bis jetzt noch nicht einmal sich selber eingestanden hatte. Aber nicht um ihr Leben wäre sie imstande gewesen, den liebeleuchtenden Blick zurückzuhalten; und nun folgte ihm das Gefühl, daß sie das Gesicht verloren hatte. Denn bisher hatte sie die Welt der Frauen streng eingeteilt: hier die einen, die solche Dinge taten, dort die andern, die solche Dinge nicht taten; und daß sie jetzt nicht mehr ganz sicher war, zu welcher Hälfte sie gehörte, erschreckte sie. Aber was nützte Grübeln und Erschrecken? Es führte zu nichts. Gestern hatte sie nicht geahnt, daß dies kommen würde; was wußte sie heute von morgen? Genug, diese Nacht zu spüren – diese Nacht mit ihrem flutenden Entzükken! Sie auskosten, nichts sonst! Lieben und geliebt werden!

Das war für sie ein ganz neues Gefühl – so anders als die Aufregungen ihrer Mädchenzeit, wenn einer sie umwarb, oder bei ihrer Heirat – so verschieden wie Tag und Nacht. Denn sie war noch nie verliebt gewesen, nicht einmal in ihren Mann. Jetzt begriff sie es. In einer Welt, die sie für lichtlos gehalten hatte, schien auf einmal die Sonne. Es konnte zu nichts führen. Aber die Sonne schien, und in diesem Sonnenschein mußte sie sich ein wenig wärmen.

Ganz ruhig begann sie zu überlegen, was er und sie miteinander unternehmen wollten. Sechs Tage waren noch übrig. Gorbio und Castellar standen noch aus – das waren die großen Ausflüge zu Fuß oder beritten, die sie geplant hatte, weil sie so schön waren. Würde er morgen schon früh kommen? Was konnten sie zusammen anfangen? Es sollte keiner ahnen, was diese sechs Tage für sie bedeuteten – nicht einmal er. Mit ihm zusammen sein und sein Gesicht beobachten, auf seine Stimme lauschen, ihn dann und wann nur so berühren, streifen! Sie durfte ihrer selbst sicher sein, niemandem würde sie sich verraten. Und dann – war es vorbei. Obwohl – sie würde ihn natürlich in London wiedersehen.

Und während sie so im Dunkeln lag, dachte sie an ihre erste Begegnung an einem Sonntagmorgen im Hyde Park. Der Oberst besuchte gewissenhaft jede Kirchenparade und nahm sogar den ganzen langen Weg von seiner Wohnung in der Nähe von Knightsbridge nach Westminster auf sich, um seine Nichte dazu abzuholen. Sie erinnerte sich, wie er bei ihrem Umherschlendern plötzlich vor einem alten Herrn mit gedunsenem gelbem Gesicht und halbgeschlossenen Augen stehengeblieben war.

»Ah! Mr. Heatherley – haben Sie sich mal aus Ihrem Devonshire aufgemacht? Wie geht's Ihrem Neffen, dem – äh – Bildhauer?«

Und der alte Herr – ihr schien, als hätten dabei unter seinen hängenden Lidern und dem grauen Zylinder seine Augen ein bißchen gefunkelt – hatte geantwortet: »Oberst Ercott, nicht wahr? Hier ist der Bursche selber – Mark!« Und ein junger Mann hatte den Hut gezogen. Zuerst war ihr nur sein dunkles, nicht langes, aber sehr dichtes Haar aufgefallen, und daß seine Augen sehr tief lagen. Aber dann hatte sie gesehn, wie er lächelte und wie dabei sein Gesicht lebhaft und eifrig wurde, ohne daß die Scheu ganz daraus wich, und sie hatte festgestellt, daß er nett war. Bald darauf war sie mit den Ercotts aufgebrochen, um sich ›seine Sachen‹ anzuschauen, denn natürlich war es, und besonders damals, eine kleine Sensation, einen Bildhauer zu kennen – etwa so, als habe man in seinem Park ein Zebra. Der Oberst war entzückt und ein wenig erleichtert gewesen bei der Entdeckung, daß ›seine Sachen‹ fast ausschließlich aus Vierbeinern und Vögeln bestanden. ›Mächtig interessant‹ für jemanden, der voller merkwürdiger Kenntnisse über derlei steckte, der in jungen und mittleren Jahren so viele Tiere erlegt hatte und nun am Ende einen merkwürdigen Widerwillen gegen das Töten in sich spürte – ohne das je in Worte zu fassen.

Nach diesem ersten Besuch im Atelier war die Bekanntschaft schnell weitergediehen, und nun war es an ihr, erleichtert darüber zu sein, daß sich Mark Lennan fast ausschließlich den Vierbeinern und den Vögeln widmete und nicht der menschlichen, der sogenannten göttlichen Gestalt. Ach ja! Sie hätte darunter gelitten – nun, da sie ihn liebte, erkannte sie das. Auf alle Fälle konnte sie seine Arbeit beobachten und ihm durch ihre Anteilnahme helfen. Dabei war gewiß nichts Böses.

Endlich sank sie in Schlaf und träumte, sie säße allein in einem Boot auf dem Fluß bei ihrem Landhaus, triebe zwischen spitzigen Blumenblättern wie denen von Asphodelien hin, und um sie her flatterten zwitschernde Vögel. Sie konnte weder Kopf noch Glieder regen, aber das Gefühl der Hilflosigkeit war nicht quälend, bis sie erkannte, daß sie immer näher auf etwas zutrieb, das weder Wasser war noch Land, weder Licht noch Dunkelheit, sondern etwas, wofür es keine Worte gab. Und dann sah sie, daß aus den Binsen am Ufer ein großes Stierhaupt sie anstarrte. Es bewegte sich wie sie weiter, es war gleichzeitig zu beiden Seiten und war dabei doch immer nur der eine Kopf. Sie suchte die Hände zu heben und die Augen zu verdecken, aber sie konnte nicht – und wachte mit einem Schluchzen auf. Es war heller Tag.

Schon fast sechs Uhr! Nach diesem Traum scheute sie sich, noch einmal einzuschlafen. Und jetzt, in diesen paar Tagen, war der Schlaf ein Räuber – und wenn er nur Minuten nahm. Sie erhob sich und blickte hinaus. Es war ein schöner Morgen, die Luft schon warm, duftend von Tau und von dem Heliotrop an der Mauer vor dem Fenster. Sie brauchte nur die Läden zu öffnen und in die Sonne zu treten. Sie zog sich an, nahm ihren Sonnenschirm, schob heimlich die Läden zurück und stahl sich hinaus. Sie ging durch den Hotelgarten auf die Straße, auf das Kasino zu; den Garten mied sie, weil sie fürchtete, man könne aus ihrem absonderlich frühen Spaziergang auf ihren Gemütszustand schließen. Vielleicht unbewußt strebte sie dorthin, wo sie gestern nachmittag mit ihm zusammen gesessen und der Musikkapelle gelauscht hatte. Ohne Hut, doch vom Sonnenschirm geschützt, erregte sie das Wohlgefallen der wenigen Connaisseurs, die bereits auf den Beinen waren und in ihren blauen Blusen gemächlich zur Arbeit gingen; und diese schlichte Bewunderung bereitete ihr Vergnügen. Dies eine Mal war sie sich der Anmut der eigenen Gliedmaßen wirklich bewußt, spürte tatsächlich die zarte Lebendigkeit ihres eigenen Gesichts mit seinem elfenbeinweißen Teint zu den fast schwarzen Augen und Haaren. Ein seltsames und sehr erquickliches Gefühl!

Im Kasinopark schritt sie langsamer dahin, sog mit Genuß den würzigen Geruch der Bäume ein, hielt fast bei jeder Blume an und beugte sich darüber, um sie zu betrachten; dann ruhte sie auf der Bank aus, auf der sie gestern mit ihm gesessen hatte. Ein paar Schritte weiter war die Treppe zur Bahnstation hinunter. So viele liefen Tag für Tag und Abend für Abend eifrig die Stufen hinauf und stiegen sie munter oder kummervoll wieder hinab. Über ihr mengten zwei Pinien, ein Pfefferbaum und eine Palme ihre Schatten ineinander – wie wunderlich dies bunte Gemisch der Bäume und der Menschen an diesem seltsamen Ort! Sie schloß den Sonnenschirm und lehnte sich zurück. Ihr Blick glitt frei und freundschaftlich von Ast zu Ast. Noch unangefochten von Hitze und Staub, hoben sie sich wie Geisterarme vom hellen Himmel ab und streckten sich scharf umrissen und flach in die Luft. Sie pflückte ein Büschel rötlicher Beeren von dem Pfefferbaum, zerdrückte und zerrieb sie zwischen den Fingern, damit sie ihren Duft hergaben. Ihr schien es, als gehöre all dies Schöne, süß Duftende zu ihrer Freude darüber, daß sie geliebt wurde, als wäre es ein Teil dieses unerwarteten Sommers in ihrem Herzen. Der Himmel, die Blumen, das Meer mit seinem grünblauen Edelsteinschimmer, die hellen Akazien – alles nichts anderes als Liebe.

Und die paar, die vorübergingen und sie da unter dem Pfefferbaum sitzen sahen, wunderten sich gewiß über die Reglosigkeit dieser *dame bien mise*, die so früh aufgestanden war.

5

Vor Morgengrauen, in einer der Stunden, die sich so mancher kürzer wünscht, war der Oberst erwacht; und die Affäre mit dem Taschentuch gewann für ihn zusehends an Bedeutung. Der Mann seiner Nichte war nicht der Typ, für den er viel übrig hatte: Ein wortkarger Kerl; möglicherweise steckte ein Stück Brutalität in ihm; einer, der mit den Leuten rücksichtslos umsprang. Aber Dolly und er hatten Olive unter ihre Fittiche genommen; die Vorstellung, daß sich der junge Lennan direkt vor ihrer beider Nase in sie verliebt haben sollte, war für den von Natur peinlich gewissenhaften Oberst beängstigend. Erst nachdem er wieder entschlummert und bei vollem Morgenlicht erwacht war, kam ihm der rettende Einfall: Man mußte sie auf andere Gedanken bringen! Dolly und er waren zu nachlässig gewesen, zu sehr mit dieser sonderbaren Stadt beschäftigt, mit diesem Haufen von merkwürdigen Leuten! Sie hatten sich zuwenig um sie gekümmert, es ihr überlassen ... Junges Volk! Das mußte man sich immer vor Augen halten. Aber noch war es nicht zu spät. Sie war Lindsays Tochter und würde sich nicht vergessen. Der arme alte Lindsay – feiner Kerl; hatte möglicherweise ein bißchen zuviel vom – Hugenotten in sich gehabt. Komisch, wie so etwas immer wieder durchschlug – bei Pferden hatte er es oft genug erlebt. Weiße Haare um den Schwanz, eine bestimmte Kopfhaltung – ganze Generationen übersprang's und tauchte dann plötzlich wieder auf. Und Olive hatte etwas von ihm – die gleiche elfenbeinfarbene Haut, dieselbe Augen- und Haarfarbe. Nur daß sie nicht so streng war wie ihr Vater – nein, das wirklich nicht. Und abermals durchzuckte den Obersten eine unbestimmte Furcht, als habe er sein Vertrauensamt nicht gehörig wahrgenommen. Doch sie verlor sich, während er badete.

Noch vor acht Uhr war er draußen, hager, kerzengerade, mit steifem Strohhut und in grauem Flanell; so schritt er dahin mit der nicht zu beschreibenden, lockeren Sicherheit des englischen Soldaten, anders als Franzosen und Deutsche und wer immer sonst: Schultern, die durch allen Drill hindurch das Recht aufs Zivil behaupteten; vollendet ruhige und anspruchslose Haltung, die besagt, daß es ungeachtet jeder möglichen Widerrede nur eine einzige Art gibt, Kleider zu tragen und die Beine zu bewegen. Und im Gehen strich er sich den weich herabhängenden, grauen Schnurrbart glatt, während er sich überlegte, wie er seine Nichte wohl am besten auf andere Gedanken brächte. Als er an der Terrasse vorüberkam, blieb er einen Augenblick stehen und blickte über den Taubenschießplatz auf das Meer hinab. Dann schlenderte er unterhalb des Kasinos weiter, schlug einen Bogen darum und betrat den Park auf der Rückseite. Ein herrliches Fleckchen Erde! Sie hatten sich mit den Pflanzen eine großartige Mühe gegeben. Das hier erinnerte ihn ein wenig an Tushawore, wo sein alter Freund, der Radscha – prachtvoller alter Halunke! –, um seinen Palast einen ähnlichen Park hatte. Er schritt wieder zur Vorderseite herum. Es war hübsch und ruhig hier am frühen Morgen, mit dem Meer dort unten und ohne Leute, die einander den Rang abzulaufen suchten. Es gab Kerls, die fühlten sich nur wohl, wenn sie jemanden übers Ohr hauen konnten. Er hatte Männer gekannt, die nahmen's mit dem Teufel selber auf, ließen sich's zur Ehre angedeihn, einem Freund ein paar Pfund abzugaunern. Komischer Ort, dies ›Monte‹ – eine Art schiefgegangenes Paradies. Und all die echte, aber nie in Worte gefaßte Liebe zur Natur, die den Obersten durch Wüsten und Dschungel getragen, auf Seetransporten und in Gebirgs-Zeltlagern gestärkt hatte, erwachte vor der Anmut dieses Parks. Seine liebe Mutter! Er hatte nie ihre Worte vergessen. Da war er neun gewesen, und sie hatte ihm gezeigt, wie hinter dem Wäldchen die Sonne unterging, unten im alten Withes Norton: »Das ist schön, Jack! Empfindest du das, mein Liebling?« Damals hatte er das keineswegs empfunden, er: ein dummer Bengel und Springinsfeld. Selbst als er zum erstenmal nach Indien gegangen war, hatte er noch kein Auge für einen Sonnenuntergang gehabt. Da war die junge Generation jetzt anders. Zum Beispiel das Pärchen dort unter dem Pfefferbaum – die beiden saßen da, redeten kein Wort, starrten nur in die Bäume. Wie lange mochten die wohl schon so sitzen? Und plötzlich durchzuckte es den Obersten – in seine stahlfarbenen Augen trat wieder der Ausdruck mannhafter Todesverachtung. Einen Husten erstickend, machte er kehrt und ging zurück, dorthin, wo er vorhin über dem Taubenschießplatz gestanden hatte ... Olive und der junge Mensch! Ein Stelldichein! So früh am Morgen! Die Erde schwankte unter ihm. Das Kind seines Bruders – seine Lieblingsnichte! Die Frau, die er am meisten bewunderte – die Frau, für die er die meiste Zärtlichkeit empfand. Er lehnte sich über die steinerne Brüstung, aber jetzt sah er weder das sanfte Grün des Taubenschießplatzes noch das sanfte Meeresblau dahinter; er war bewegt, besorgt, bestürzt über alle Worte hinaus. Vor dem Frühstück! Da lag der Hase im Pfeffer. Damit war gleichsam alles eingestanden. Und was noch mehr war, er hatte gesehen, wie sich die Hände der beiden auf der Bank berührten. Das Blut schoß ihm ins Gesicht; er hatte gesehen, ausspioniert, was nicht für seine Augen bestimmt gewesen war. Wahrhaftig eine hübsche Situation! Dolly hatte es gestern abend auch gesehen. Aber das war was anderes. Frauen durften so etwas sehen; von ihnen erwartete man das. Aber für einen Mann – einen – einen Gentleman ... Nach und nach wurde ihm die Schwierigkeit seiner Lage in ihrem ganzen Ausmaß bewußt. Die Hände waren ihm gebunden. Selbst Dolly – durfte er sie zu Rate ziehen? Ihm war, als sei er abgeschlossen von allen andern, völlig allein. Niemand – kein Mensch auf der Welt konnte sein geheimes, heftiges Unbehagen verstehn. Stellung zu nehmen – und zwar so, wie er es mußte als Olives nächster Verwandter und Beschützer und – wie nannte man's doch – Anstandswauwau, und das gestützt auf eine Kenntnis, die er auf diese Art erlangt hatte, wenn auch noch so ungewollt! Während seiner gesamten Regimentszeit hatte er sich mit so etwas nicht herumschlagen müssen – und er war mit genug heiklen Ehrensachen konfrontiert worden. Armes Kind! Aber er hatte keinen Grund, so an sie zu denken. Weiß Gott nicht. Sie hatte sich nicht benommen wie – und da stockte er. Sonderbar, er brachte es nicht fertig, sie zu verdammen. Wenn sie nun aufstanden und hier entlangkamen!

Er nahm die Hände von der steinernen Brüstung und trat den Rückweg zum Hotel an. Seine Handflächen waren weiß, so fest hatte er das Geländer umklammert. Während er dahinging, redete er sich selber zu: »Ich muß die ganze Geschichte mit Ruhe betrachten. Ich muß alles gründlich überdenken.« Das brachte ihm Erleichterung. Auf den jungen Lennan jedenfalls konnte er seinen Zorn richten. Aber zu seiner Bestürzung kam er selbst da zu keinem endgültigen Urteil. Und diese Unentschiedenheit, die er so gar nicht gewohnt war, peinigte ihn fürchterlich. In der Art, wie der junge Mann dort neben ihr gesessen hatte – so still, fast schüchtern –, lag etwas, das den Obersten gerührt hatte. Eine schlimme Geschichte, weiß der Kuckuck – sehr schlimm! Irgendwie hatten die beiden zusammengepaßt – ein schönes Paar. Oh, verdammt! Das ging doch nicht! Im selben Augenblick schritt der Pfarrer der kleinen englischen Kirche an ihm vorüber und rief ihm zu: »Schöner Morgen, Herr Oberst!« Der Oberst erwiderte durch eine Handbewegung, ohne zu antworten. Ein solcher Gruß in einem solchen Augenblick schien ihm die reine Niedertracht. Ein Morgen, der eine solche Entdekkung in sich trug, konnte nicht schön sein. Er trat ins Hotel, ging in den Speisesaal und ließ sich nieder. Kein Mensch weiter da. Sie frühstückten alle oben auf den Zimmern, sogar Dolly. Nur Olive leistete ihm sonst Gesellschaft, während er ein englisches Frühstück zu sich nahm. Und plötzlich begriff er, daß er dieser gräßlichen Situation bereits gegenüberstand. Wenn er frühstückte, ohne wie sonst auf sie zu warten, sah das zu provozierend aus. Sie konnte jeden Augenblick zur Tür hereinkommen. Aber auf sie warten und mit ihr zusammen frühstücken, ohne das geringste merken zu lassen – wie sollte er das anfangen?

Er gewahrte ein leichtes Rascheln hinter sich. Da war sie, und zu nichts hatte er sich entschieden. In diesem Augenblick hoffnungsloser Verwirrung folgte der Oberst allein seinem Instinkt; er stand auf, tätschelte ihr die Wange und rückte ihr einen Stuhl zurecht.

»Na, mein Liebling«, sagte er, »hungrig?«

Sie sah sehr reizend aus und sehr sanft. Das cremefarbene Kleid hob die dunklen Haare und Augen hervor; und die Augen schienen irgendwie – ja, es klang verrückt, aber man konnte es nur so ausdrücken: sie schienen irgendwo anders zu sein. Ihr Anblick beruhigte, tröstete ihn ganz und gar nicht. Und langsam zog er die Schalenstreifen von der Banane ab, mit der er sein Frühstück stets begann. Man hätte ebensogut von ihm verlangen können, eine zahme Taube abzuschießen oder eine schöne Blume zu zerpflücken, als zu erwarten, daß er sie ins Gebet nahm, selbst wenn er es in Ehren gekonnt hätte. Und er flüchtete sich in die Frage:

»Spazieren gewesen?« Im nächsten Augenblick hätte er sich die Zunge abbeißen mögen. Wenn sie nun ›Nein‹ antwortete?

Aber das tat sie nicht. Ihre Wangen röteten sich zwar, doch sie nickte. »Es ist so schön!«

Wie hübsch sie dabei aussah! Jetzt hatte er sich selbst außer Gefecht gesetzt – nach dieser Frage, dieser Falle gleichsam, konnte er ihr nun und nimmer erzählen, was er gesehen hatte. Und bald erkundigte er sich:

»Schon Pläne für heute?«

Ohne mit der Wimper zu zucken, antwortete sie:

»Mark Lennan und ich hatten vor, Maultiere zu mieten und von Mentone aus nach Gorbio hinaufzureiten.«

Er staunte über ihre Gelassenheit. Seines Wissens war er noch nie einer Frau begegnet, die sich so von Kopf bis Fuß gepanzert hatte, um eine der ganzen Welt trotzende Liebe zu bewahren. Wer konnte wissen, was sich unter ihrem Lächeln verbarg! Und in einer schon an Qual grenzenden Gefühlsverwirrung hörte er sie sagen:

»Wollt ihr mitkommen, du und Tante Dolly?«

Zwischen Verantwortungsgefühl und Abscheu gegen Spielverderberei; zwischen dem Wissen um die Gefahr, in der sie sich befand, und halb mitleidiger Bewunderung für ihre Schönheit; zwischen entschiedener Mißbilligung einer unzulässigen heimlichen Affäre (was anders war es schließlich?) und der verschwommenen Einsicht, daß es hier etwas gab, das zu ergründen er nicht imstande war, etwas, das vielleicht nur diese beiden anging – zwischen all diesen Gegensätzen stand er tatsächlich hilflos. Und er stammelte:

»Ich muß deine Tante fragen – sie ist – sie fühlt sich nicht besonders glücklich auf einem Maultier.«

Und dann, in plötzlich aufwallender lauterer Zuneigung, sagte er unvermittelt: »Mein Liebling, ich hab dich schon oft fragen wollen: bist du zu Hause glücklich?«

»Zu Hause?«

Es lag etwas Düsteres in der Art, wie sie das wiederholte, als ob das Wort ›zu Hause‹ ihr fremd wäre.

Sie trank ihren Kaffee aus und erhob sich; und der Oberst fürchtete sich, wie sie so dastand, fürchtete sich vor dem, was sie ihm jetzt gleich sagen würde. Er lief sehr rot an. Aber schlimmer als jedes Wort – sie blieb stumm und hob nur die Schultern mit einem kleinen Lächeln, das dem Obersten zu Herzen ging.

6

Die beiden saßen unter Oliven im wilden Thymian; über ihnen lag das Felsendorf Gorbio; sie hatten ihr Mittagessen verzehrt und lauschten den Kuckucksrufen; ein wenig entfernt weideten ihre Maultiere. Seit ihrer mysteriösen Zufallsbegegnung am Morgen im Park, als sie staunend und freudig erregt über ihr Glück nebeneinandergesessen und nur ihre Hände sich berührt hatten, brauchten sie nicht mehr zu sagen, was sie fühlten. Unnötig, diese Verzückung des Einandergehörens mit Worten zu zerbrechen, so scheu, so außer sich, so gleichsam losgelöst von der Wirklichkeit. Sie glichen Genießern, die alten Wein in ihren Gläsern hielten und nicht müde wurden, seinen Duft und den Zauber der Vorfreude auszukosten.

Und so sprachen sie nicht von Liebe, sondern in der ergreifenden Art unglücklich Liebender über das, was sie liebten – sich selber ließen sie dabei aus.

Daß sie ihren Traum erzählte, führte schließlich herbei, daß er die Worte aussprach; aber sie wich zurück und antwortete:

»Es kann nicht – es darf nicht sein.«

Da hielt er nur ihre Hand fest; gleich darauf sah er, daß sie feuchte Augen hatte, faßte sich ein Herz und küßte sie auf die Wange.

Zitternd und flüchtig, dieser erste Austausch von Liebkosungen. In ihm steckte nicht viel vom männlichen Eroberer, sowenig wie in ihr von der landläufigen berükkenden Frau.

Und dann ritten sie ganz sachlich ihre Maultiere die steinigen Hänge hinab, zurück nach Mentone.

Aber in dem grauen, staubigen Eisenbahnwagen glich er, nachdem sie ausgestiegen war, einem Betäubten, wie er so auf den Platz gegenüber starrte, wo sie gesessen hatte.

Zwei Stunden später, beim Abendessen im Hotel, zwischen ihr und Mrs. Ercott und dem Obersten gegenüber, begriff er zum erstenmal, was ihm bevorstand. Jeden seiner Gedanken unter Kontrolle halten, damit er sich nicht durch das geringste Zeichen verriet; jeden Blick und jedes Wort, das er zu ihr sprach, verstellen und verschleiern; nie auch nur eine Sekunde lang vergessen, daß diese andern Leute zugegen und gefährlich waren und nicht bloß die bedeutungslosen, grotesken Schatten, die sie schienen. Vielleicht würde es für immer Teil seiner Liebe zu ihr sein, zu tun, als liebe er sie nicht. Von Erfüllung wagte er nicht zu träumen. Er hatte ihr Freund zu sein, mußte versuchen, sie glücklich zu machen – mußte brennen, sich nach ihr sehnen und durfte an Belohnung nicht denken. Dies war seine erste wirkliche, überwältigende Leidenschaft – so anders als die Frühlingsverliebtheit; und er brachte seine ganze Naivität darin ein, diese rührende Eigenschaft junger Engländer, deren innerster Instinkt vor der Naturkraft der Liebe zurückscheut, ja leugnet, daß ihr diese Naturkraft überhaupt innewohnt. Sie beide waren dazu bestimmt zu lieben – und doch nicht zu lieben! Zum erstenmal ahnte er, was das bedeutete. Dann und wann ein paar erschlichene, hingebungsvoll glückselige Minuten, und im übrigen die Gegenwart von Leuten, die betrogen werden mußten. Schon jetzt empfand er fast Haß gegen diesen friedlichen, braungesichtigen Oberst, dessen Augen so gelassen dreinblickten und nichts sahen, gegen diese fade, freundliche Dame, die während des Abendessens so heiter plauderte und Dinge sagte, auf die er Antwort geben mußte, ohne zu erfassen, was sie bedeuteten. Mit Entsetzen begriff er, daß für ihn im Leben nichts mehr wichtig war außer dem einen; nicht einmal seine Arbeit hatte ohne sie einen Sinn. Er geriet nicht in Hitze, als er Mrs. Ercott ein paar abscheuliche Gemälde in der Königlichen Akademie der Künste loben hörte, die sie am Tag vor der Abreise gewissenhaft besucht hatte. Und während die Mahlzeit sich endlos hinzog, begann er sogar Kummer und Erstaunen zu spüren, daß Olive so lächeln, so fröhlich und gelassen sein konnte; so gleichgültig, schien es ihm, gegenüber diesem Unerträglichen – der Unmöglichkeit, auch nur einen einzigen Liebesblick auszutauschen? Liebte sie ihn wirklich – konnte sie ihn lieben, ohne ihm das geringste Zeichen zu geben? Und plötzlich spürte er, wie ihr Fuß den seinen berührte. Ein ganz leiser, bittender Druck von der Seite, nur einen Augenblick lang, aber er sagte: »Ich weiß, was du leidest, ich tu's auch. Aber ich liebe dich.« Und bezeichnend für ihn: Er empfand, daß es ihr schwerfiel, diesen primitiven kleinen Behelf gewöhnlicher Liebe zu gebrauchen; die Berührung weckte nur Ritterlichkeit in ihm. Eher wollte er sich für immer nach ihr verzehren als ihr Schmerz zufügen durch den Gedanken, daß er nicht glücklich sei.

Nach dem Dinner saßen sie draußen auf einem Balkon. Über den Palmen strahlten die Sterne; ein Frosch quakte. Er brachte es fertig, seinen Stuhl so zu rücken, daß er sie heimlich ansehen konnte. Wie tief und sanftdunkel ihre Augen waren, wenn ihr Blick sekundenlang in seinem ruhte! Ein Nachtfalter ließ sich auf ihrem Knie nieder – ein schlaues Geschöpfchen mit seinem vermummten, gehörnten Eulengesicht und den winzigen, schwarzen Augenschlitzen! Würde es zu jemand anders so vertrauensvoll gekommen sein? Der Oberst kannte seinen Namen – er hatte es in seiner Sammlung. Durchaus nichts Seltenes, sagte er. Das Interesse an dem kleinen Ding flaute ab; aber Lennan beugte sich noch immer vor und schaute unverwandt auf das seidenbedeckte Knie.

Mrs. Ercott fragte – und ihre Stimme klang dabei schärfer als sonst: »Was hat Robert gesagt, wann er dich zurückhaben will, meine Liebe?«

Er brachte es fertig, weiter den Falter anzustarren, ihn sogar sanft von ihrem Knie zu nehmen, während er auf ihre ruhige Antwort lauschte.

»Dienstag, glaub ich.«

Da stand er auf und ließ den Falter in die Dunkelheit fliegen; Hände und Lippen zitterten ihm, und er fürchtete, man könne es sehen. Er hatte nicht gewußt, nie geahnt, daß es ein so wildes, Brechreiz erregendes Angstgefühl gab. Daß dieser Mann sie so, wie es ihm paßte, zu sich zurückzerren konnte! Es war lächerlich, unglaubhaft, entsetzlich, aber – es war wahr! Am nächsten Dienstag würde sie zurückfahren, fort von ihm, um sich ihrem Verhängnis wieder auszuliefern. Unter der Folter dieser Vorstellung umklammerte er das Geländer und biß die Zähne zusammen, um nicht aufzuschreien. Und noch ein anderer Gedanke überkam ihn: ›Mit diesem Gefühl muß ich nun Tag und Nacht herumgehen und muß es verbergen.‹

Sie sagten einander gute Nacht, und er war gezwungen, albern freundlich zu lächeln und sich zu stellen – vor allem ihr gegenüber –, als sei er glücklich; und er merkte wohl, daß sie wußte: er heuchelte.

Dann war er allein, fühlte sich, als habe er sie gleich beim ersten Schuß im Stich gelassen, und wurde hin- und hergerissen zwischen dem Grauen vor dem, was er plötzlich vor sich sah, und dem Verlangen danach, wieder bei ihr zu sein, gleichviel um welchen Preis ... Und all das am Tage jenes ersten Kusses, von dem er gemeint hatte, durch ihn werde sie ganz sein eigen.

Er setzte sich gegenüber vom Kasino auf eine Bank. Weder die Lichter noch die ein und aus gehenden Leute, nicht einmal die Klänge der Zigeunerkapelle lenkten seine Gedanken auch nur eine Sekunde lang ab. War es wirklich noch keine vierundzwanzig Stunden her, daß er kaum dreißig Yards von hier ihr Taschentuch aufgehoben hatte? In diesen vierundzwanzig Stunden hatte er, so schien es ihm, jedes Gefühl erfahren, das ein Mann durchleben kann. Und keinem Menschen auf der ganzen Welt konnte er nun noch sagen, was er wirklich dachte, nicht einmal ihr, denn vor allem ihr mußte er um jeden Preis sein Unglück verbergen. Das also war verbotene Liebe – wie man es nannte. Alleinsein und Folterqual! Nicht Eifersucht, denn ihr Herz gehörte ihm; aber Staunen, Schmach, Furcht. Endloses einsames Leiden! Und wenn sie es wüßten – keinen würde es kümmern, keiner würde auch nur einen Funken Mitleid mit ihm haben!

Gab es denn wirklich, wie die Alten gemeint hatten, einen Dämon, der sein Vergnügen dran hatte, mit den Menschen zu spielen, so wie die Menschen Spaß dran hatten, einen Ohrwurm mit einem Stöckchen hin und her zu wenden und schließlich den Fuß darauf zu setzen?

Er stand auf und ging zum Bahnhof. Dort stand die Bank, auf der sie gesessen hatte, als er sie an diesem Morgen zufällig traf. Da war es ihnen erschienen, als lenkten die Sterne mit ihrem Lauf freundlich ihr Geschick; jetzt war er sich nicht mehr gewiß, ob zum

Glück. Und dort auf dem Sitz lagen noch die Pfefferbeeren, die sie zerdrückt und verstreut hatte. Er brach ein anderes Büschel ab und zermalmte sie. Geisterhaft schwebten in dem Duft die Minuten, in denen ihre Hand an seiner gelegen hatte. Die Sterne mit ihrem Lauf – zum Glück oder zum Leid!

7

Oberst Ercott und seine Frau hatten nun keine Ruhe mehr. Sie fühlten sich als Verschwörer; und Komplotte hatten nie zu ihren Gewohnheiten gehört. Aber wie konnten sie offen über Besorgnisse reden, die allein dem entsprangen, was sie durch Zufall heimlich mit angesehn hatten? Was nicht für jemandes Augen und Ohren bestimmt war, existierte nicht; das war das oberste Gebot des Anstands. Wenn man es für statthaft erklären wollte, Gebrauch von zufällig erlangten Kenntnissen zu machen, konnte man ebensogut das Öffnen fremder Briefe verteidigen. Soweit waren sie sich in ihren Grundsätzen und sogar dem Charakter nach durchaus einig. Aber in einer tiefer liegenden Seelenschicht gingen ihre Meinungen auseinander. Zwar hatte Mrs. Ercott *gesagt*, daß hier etwas war, dem man nicht steuern konnte, aber der Oberst hatte es *gespürt*, und das ist etwas ganz anderes. Weniger duldsam in der Theorie, war er im Innersten gerührt; Mrs. Ercott billigte die Angelegenheit theoretisch beinahe – sie las diese gefährliche Autorin George Eliot –; aber im Innersten stand sie ihres Mannes Nichte kalt gegenüber. Aus diesen Gründen konnten sie tatsächlich nicht miteinander beraten, ohne am Ende plötzlich zu sagen: »Ach, es bringt nichts, drüber zu reden!« – und fast unmittelbar darauf von neuem zu beginnen.

Als der Oberst ihr jenes Maultier vorschlug, hatte er keine Zeit gehabt oder, besser gesagt, war sich über seinen Aktionsplan nicht genügend im klaren gewesen, um ihr sofort die ungewohnte Notwendigkeit zum Aufsitzen begreiflich zu machen. Erst als sie die Expedition verweigert hatte – sonderbarerweise zu seiner Erleichterung – und als Olive ohne sie beide aufgebrochen war, hatte er ihr von dem Stelldichein im Park berichtet, dessen Zeuge er gewesen war. Da hatte sie sofort gesagt, daß sie selbstverständlich, wäre ihr das bekannt gewesen, alles auf sich genommen hätte, um mitzukommen, nicht, weil sie es schätze, sich einzumischen, sondern weil sie an Robert denken müßten! Und der Oberst hatte geknurrt: »Zum Teufel mit dem Kerl!« Und dabei war die Sache für den Augenblick geblieben; denn sie fragten sich beide im stillen, welchen Kerl er da eigentlich verwünscht hatte. Wahrhaftig, da lag der Hase im Pfeffer. Hätte der Oberst nicht so sehr an seiner Nichte gehangen und hätte er Cramier gemocht, statt daß er ihn nicht ausstehen konnte; hätte Mrs. Ercott nicht Lennan für ›einen netten Jungen‹ gehalten und insgeheim gespürt, daß ihres Mannes Nichte ihrem Seelenfrieden recht unzuträglich war; mit andern Worten: wären diese drei hölzerne, ordentlich funktionierende Marionetten gewesen, dann hätten alle Beteiligten es sehr viel leichter gehabt. Die Entdeckung, daß in solchen Angelegenheiten eine individuelle Gleichung vorlag statt der gewöhnlichen Regeldetri, brachte den Obersten außer sich, ja geradezu in Zorn; sie bedrückte Mrs. Ercott und ließ sie beinah verstummen ... Die beiden guten Seelen waren von ungefähr auf ein Problem gestoßen, das die Welt von Urbeginn an entzweit hat. Soll man Rechtsfälle unter individuellen Gesichtspunkten entscheiden oder nach dem Gesetzbuch?

In Miene und Wort gab sich der Oberst orthodoxer denn je; aber unter dieser Oberfläche war seine Bindung an staatliche Autorität und die Gesetze guter Sitten wirklich erschüttert; er konnte einfach den Anblick der beiden jungen Leute nicht vergessen, wie sie da Seite an Seite gesessen hatten, und ebensowenig den Klang von Olives Stimme, als sie seine bedauerlichen Worte über das Glück daheim wiederholt hatte.

Wenn die Geschichte nur nicht so menschlich gewesen wäre! Wäre sie nur die Nichte von jemand anders gewesen – dann hätte sie klar die Pflicht gehabt, unglücklich zu bleiben. So, wie die Dinge lagen, wußte er, je mehr er nachdachte, um so weniger, was er denken sollte. Als Mann, der nie ein nennenswertes Konto besessen hatte und auch, das rührte von seinem Nomadenleben her, keinen übersteigerten Respekt vor der gesellschaftlichen Position (die Gesellschaft fand er im Grunde lästig), übertrieb er die weltlichen Gefahren der Affäre durchaus nicht; ebensowenig glaubte er im Ernst, sie müsse auf ewig in der Hölle brennen, wenn sie ›dem großen schwarzen Kerl‹, wie er Cramier insgeheim nannte, nicht treu bleiben konnte. Er empfand einfach, daß das Ganze ein großer Jammer war, traurig durchdrungen von der Überzeugung, daß sonst in seiner Familie die Frauen nicht auf solche Wege gerieten, daß sein toter Bruder sich im Grabe umdrehen würde; mit einem Wort, daß man so etwas eben nicht tat. Aber er gehörte keineswegs zu denen, die den Frauen im allgemeinen Freiheit zubilligen und mit der Peitsche über die der eignen Familie herfallen, die sie sich nehmen. Im Gegenteil. Sosehr er davon überzeugt war, daß ›die Frau im allgemeinen‹ vor den Augen der Welt fleckenlos dastehen sollte, so sehr war er geneigt, gegen jede einzelne Frau, die er kannte und mochte, Nachsicht zu üben. Möglicherweise beeinflußte ihn auch unvermerkt ein wenig der Verdacht, den er immer gehegt hatte: daß nämlich mit Cramiers Herkunft nicht alles stimmte. Tatsächlich hatte er gehört, er sei nicht einmal berechtigt, den Namen Cramier zu führen, sondern von einem kinderlosen Mann adoptiert und großgezogen worden, der ihm dann eine Masse Geld hinterlassen habe. Darin lag irgend etwas, das dem kinderlosen Obersten gegen den Strich ging. Er selber hatte nie wen adoptiert oder war adoptiert worden. Bei einem Mann, der als Kind adoptiert worden war, fehlte einem gewissermaßen die Gewähr – er war wie ein Wein, von dem man weder Jahrgang noch Kellerei kannte, oder wie ein Pferd ohne

Stammbaum. Man konnte nie wissen, wozu er imstande war, wenn er keine ererbten Prinzipien im Blut hatte. Seine Erscheinung und seine Art, sich zu geben, vertieften dieses Mißtrauen. Vermutlich ein paar Tropfen Negerblut, halsstarrig und maulfaul dazu, Kerl wie eine Dampfwalze. Warum um alles in der Welt hatte Olive ihn geheiratet! Aber Frauen waren eben unberechenbar, die armen Dinger. Und der alte Lindsay mit seinem Bischofsornat und seinen Vorstellungen von Gehorsam mußte ein barbarischer Vater gewesen sein. Armer alter Knabe! Nebenbei gesagt, zweifellos fanden die meisten Frauen Cramier sogar schön – zog viel mehr die Augen auf sich als so ein stiller Bursche wie der junge Lennan mit seinem ziemlich unscheinbaren, wenn auch sehr sympathischen Gesicht – ein nettes Lächeln hatte er! So einer, den man gern haben mußte und der bestimmt keiner Fliege was zuleide tat. Und plötzlich überfiel ihn der Gedanke: Warum sollte er nicht zum jungen Lennan gehn und es ihm auf den Kopf zusagen? Daß er in Olive verliebt war? Das nicht gerade – aber er würde schon die richtigen Worte finden. Lange grübelte er über diese Idee nach, und am nächsten Morgen teilte er sie seiner Frau mit, während er sich rasierte. Ihre Antwort verscheuchte seinen letzten Zweifel: »Mein lieber John, was für ein Stuß!«

Ohne zu sagen, wohin er ging, schlenderte er sofort nach dem Frühstück hinaus – und nahm einen Zug nach Beaulieu. Im Hotel des jungen Mannes wollte er seine Karte hinaufschicken und erfuhr, daß dieser Monsieur schon ausgegangen war, für den ganzen Tag. Da nun seinem Gelüst, geradenwegs ins feindliche Feuer zu marschieren, Einhalt geboten war, stand er nachdenklich und verwirrt. Er kannte Beaulieu noch nicht, von dem man damals behauptete, daß es im Kommen sei; so schlug er den Weg auf eine Anhöhe ein. Der ganze Hang war mit Rosenstöcken bewachsen. Tausende von Blüten hingen in der Luft wie Sterne, und der helle Erdboden war bedeckt von verstreuten, verwehten Blütenblättern. Der Oberst steckte die Nase hier und dort in eine Rose, aber sie dufteten nur wenig, als wüßten sie, daß die Saison schon vorüber war. Ein paar Bauern in blauen Blusen waren zwischen ihnen noch an der Arbeit. Und plötzlich stieß er auf den jungen Lennan selber: er saß auf einem Stein und fingerte eifrig an einem kittartigen Klumpen herum. Der Oberst zögerte. Abgesehen von seinem sehr begreiflichen Unbehagen überhaupt, hatte er der Kunst gegenüber ein Empfinden, das so vielen seiner Klasse gemein ist. Natürlich war das keine Arbeit, aber ungemein geschickt – ihm ein Rätsel, wie jemand so was fertigbrachte! Als Lennan ihn erblickte, stand er auf und warf sein Taschentuch über das, was er da formte – doch nicht ganz rechtzeitig: der Oberst hatte einen undeutlichen Eindruck von etwas Vertrautem empfangen. Der junge Mann war stark errötet, und auch dem Obersten kam plötzlich die Hitze zu Bewußtsein. Er streckte die Hand aus.

»Hübscher ruhiger Ort«, stammelte er, »bin noch nie hiergewesen. Ich hab in Ihrem Hotel nach Ihnen gefragt.«

Nun, da er die Gelegenheit hatte, verließen ihn alle Worte. Der Anblick des Gesichts, das da aus dem Klumpen kittähnlichen Zeugs aufgetaucht war, hatte ihn vollständig entwaffnet. Die Vorstellung, daß der junge Mann ganz allein hier oben daran gearbeitet hatte, nur weil er dem Urbild auf ein oder zwei Stunden fern war, rührte ihn. Wie um alles in der Welt sollte er ihm sagen, was ihn hergebracht hatte? Er hatte sich das ganz anders gedacht. Und plötzlich durchfuhr es ihn: Dolly hatte recht! Zum Henker, sie hatte immer recht!

»Sie sind beschäftigt«, sagte er, »ich darf Sie nicht stören.«

»Aber durchaus nicht, Sir. Es ist furchtbar nett von Ihnen, daß Sie mich besuchen.«

Der Oberst starrte ihn an. Der junge Lennan hatte etwas an sich, das er bisher noch nicht bemerkt hatte; etwas, das sagte: ›Untersteh dich, mir zu nahe zu treten!‹ Das machte die Lage schwierig. Dennoch zögerte er zu gehen und starrte den jungen Mann, der so höflich abwartend dastand, nachdenklich an. Gleich darauf schoß ihm eine unverfängliche Frage durch den Kopf:

»Hm! Und wann fahren Sie nach England zurück? Wir reisen am Dienstag ab.«

Während er sprach, hob ein Windstoß das Taschentuch von dem modellierten Gesicht. Würde der junge Mann es wieder darüberziehen? Er tat es nicht. Und der Oberst dachte:

›Das wäre auch ungehörig gewesen. Er hat gewußt, daß ich das nicht ausnützen würde. Ja! Er ist ein Gentleman!‹

Er hob die Hand zum Gruß und sagte: »Na schön, ich muß zurück. Vielleicht seh ich Sie beim Abendessen?« Und er machte auf dem Absatz kehrt und marschierte davon.

Die Erinnerung an das Gesicht in dem ›kittartigen Zeug‹ dort oben am Straßenrand begleitete ihn heim. Das war schlimm – es war gefährlich! Und mehr und mehr wuchs in ihm das Bewußtsein, daß er bei alledem nichts ausrichten konnte. Er erzählte keinem, wo er gewesen war …

Als sich der Oberst nach höflichem Abschiedsgruß umgewandt und ihn verlassen hatte, setzte sich Lennan wieder auf den flachen Stein, nahm sein ›Kittzeug‹ und verwischte sogleich jenes Abbild. Lange saß er reglos und beobachtete scheinbar die kleinen blauen Schmetterlinge, die um die roten und gelbbraunen Rosen spielten. Dann begannen seine Finger zu arbeiten, formten in fieberhafter Hast einen Kopf, nicht den eines Mannes, nicht den eines Tieres, sondern eine Art gehörntes, wuchtiges Zwischending. Etwas Wildes, Tolles lag in der Bewegung dieser ziemlich kurzen, stumpf zulaufenden Finger, so als ob sie das Wesen, das sie schufen, erwürgen wollten.

8

Dazumal reisten solche, die ihrem Lande gedient hatten, so, wie das Spartanern zukam, in gewöhnlichen Erste-Klasse-Wagen und erwachten am Morgen in La Roche oder sonst einem ausländisch klingenden Ort zu bläßlichen Brioches und noch bläßlicherem Kaffee. So saßen auch Oberst und Mrs. Ercott und ihre Nichte, umgeben von Büchern, die sie nicht lasen, Lebensmitteln, die sie nicht aßen, und in Gesellschaft eines schläfrigen Iren, der aus dem Orient zurückkehrte. Es gab die übliche Schwierigkeit beim Unterbringen der Beine; niemand konnte sich recht entschließen, sie hochzulegen, und schließlich taten es doch außer Olive alle. Der Oberst, der auf dem Platz gegenüber lag, wachte die Nacht über ein paarmal auf und sah sie stets in ihre Ecke geschmiegt und mit stets offenen Augen sitzen. Und wenn er dann den kleinen Kopf anstarrte, der sich mit der schwarzen Strohtoque aufrecht und regungslos vom Kissen abhob und den er so sehr bewunderte, wurde er jedesmal hellwach. Er setzte mit einiger Anstrengung die Füße auf den Boden, wobei der Ire stets einen leichten Tritt abbekam, beugte sich durch die Dunkelheit zu ihr hinüber, wurde sich eines schwachen Duftes wie von Veilchen bewußt und flüsterte heiser: »Kann ich was für dich tun, mein Liebes?« Hatte sie dann gelächelt und den Kopf geschüttelt, zog er sich wieder zurück, hielt erst noch den Atem an, um zu erforschen, ob Dolly schlief, und hob dann, den Iren streifend, die Füße wieder auf den Sitz. Nach einer dieser Erkundungsreisen blieb er ganze zehn Minuten lang wach und wunderte sich, wie unermüdlich sie in ihrer Reglosigkeit war. Denn tatsächlich verbrachte sie die ganze Nacht in einer Verzückung; sie fühlte Lennan neben sich sitzen, fühlte, wie er ihre Hand hielt. Sie glaubte tatsächlich seinen Finger an dem winzigen Stück Handfläche zu spüren, das der Handschuhverschluß frei ließ. Sie war wunderbar, diese unheimliche Verbundenheit in der dunklen, vorüberjagenden Nacht. Nicht um die Welt hätte sie schlafen wollen!

Nie zuvor war er ihr so nahe gewesen, nicht einmal bei jenem einen Kuß unter den Oliven; nicht einmal gestern im Konzert, als er mit seinem Arm den ihren gedrückt und Worte geflüstert, die sie so durstig aufgesogen hatte. Und diese goldenen vierzehn Tage glitten immer wieder durch ihre Erinnerung, wie ein endloses Band. Die Erinnerungen waren wie Blumen, duftend und warm und bunt; und von allen war vielleicht keine so eindringlich wie die an den Augenblick, als er an der Wagentür so leise sagte, daß sie es eben noch hören konnte: »Leb wohl, mein Liebling!« So hatte er sie vorher nie genannt. Nicht einmal die Berührung ihrer Wange unter den Oliven kam dem schlichten Reichtum dieses Wortes gleich. Und über dem Dröhnen und Rattern des Zuges und dem Schnarchen des Iren klang es ihr fortwährend in den Ohren, Stunde auf Stunde in der Dunkelheit. Vielleicht war es kein Wunder, daß sie während der ganzen Nacht nicht ein einziges Mal der Zukunft ins Gesicht schaute, nichts plante, sich nicht Rechenschaft über ihre Lage gab, sondern sich allein der Erinnerung überließ und dem halb geträumten Gefühl, daß er da war, dicht neben ihr. Was immer später kommen mochte: in dieser Nacht gehörte sie ihm. Und diese Verzückung gab ihr die seltsame, sanfte, nicht ermüdende Reglosigkeit, die ihren Onkel so sehr rührte, wann immer er aufwachte.

In Paris fuhren sie von einem Bahnhof zum andern in einem Vehikel, das nicht dazu eingerichtet war, wie der Oberst sagte, ›daß drei Leute ihre Beine drin ausstrecken konnten‹. Denn da er an seiner Nichte kein Zeichen von Niedergeschlagenheit, von Kummer wahrnahm, hob sich seine Stimmung; und am Büfett der Gare du Nord vertraute er, als Olive in den Waschraum gegangen war, Mrs. Ercott an, seiner Ansicht nach könne die Sache im Grunde nicht viel auf sich haben, so, wie sich Olive bei der Reise verhalte.

Aber Mrs. Ercott gab zurück: »Hast du noch nie bemerkt, daß Olive niemals etwas zeigt, was sie nicht zeigen will? Sie hat nicht umsonst diese Augen.«

»Was für Augen?«

»Augen, die scheinbar nichts und in Wirklichkeit alles sehen.«

Der Oberst merkte, daß etwas sie verletzt hatte, er griff nach ihrer Hand.

Aber Mrs. Ercott erhob sich schnell und ging, wohin er ihr nicht folgen konnte.

Somit plötzlich verlassen, brütete der Oberst vor sich hin und trommelte auf den kleinen Tisch. Was sollte das! Dolly war ungerecht! Arme Dolly! Er hatte sie so lieb wie je! Natürlich! Was konnte er dafür, daß Olive jung war – und hübsch? Wie konnte er anders, als sich um sie zu kümmern und zu wünschen, daß er sie vor dieser Schererei bewahren könnte? So saß er da und wunderte sich, einigermaßen betreten, über den Unverstand der Frauen. Es kam ihm nicht in den Sinn, daß Mrs. Ercott kaum mehr geschlafen hatte als seine Nichte und mit geschlossenen Augen jede seiner kleinen Exkursionen beobachtet und sich dabei gesagt hatte: ›Ach! Wie ich die Nacht verbringe, danach fragt er nicht!‹

Sie kehrte hinlänglich heiter zurück, verbarg ihren ›Gram‹, und bald sausten sie weiter auf England zu.

Aber die Zukunft streckte schon die Hand nach Olive aus; der Zauber der Vergangenheit verlor bereits seine Macht; mit jeder Minute verstärkte sich das Gefühl, daß alles ein Traum gewesen sei. In ein paar Stunden würde sie das kleine Haus im Schatten der alten Wren-Kirche wieder betreten, die sie irgendwie an die Kindheit und an den strengen Vater mit den scharf gemeißelten Zügen erinnerte. Die Begegnung mit ihrem Mann! Wie sollte sie die überstehen! Und die Nacht! Aber sie wollte nicht an heute nacht denken. Und nicht an all die kommenden Tage, in denen sie nichts zu tun haben würde, worüber man sich vernünftigerweise beklagen konnte, aber auch nichts würde tun können, ohne zu empfinden, daß alle Wärme, alle Freude, alle Farbe aus dem Leben fort und daß sie selber eine Gefangene war. Sie begriff, daß sie aus ihrem Traum heraus- und wieder in solche Tage hineingleiten würde, ohne Halt und vielleicht kaum widerstrebend. Bisher war das Haus am Fluß, in das ihr Mann nur am Wochenende kam, ihre Zuflucht gewesen; aber dort würde sie Mark nicht sehen, außer –. Und dann, bei dem Gedanken, daß sie ihn manchmal doch sehen würde, sehen mußte, dämmerte wieder ein leiser Glanz über allem auf. Wenn sie ihn nur sah – was würde das übrige noch bedeuten? Nie wieder soviel wie zuvor.

Der Oberst hob ihr den Handkoffer herunter; sein heiteres »Sieht nach einer stürmischen Überfahrt aus!« weckte sie aus ihrer Versunkenheit. Froh darüber, allein sein zu können, und nun auch recht müde, suchte sie die Damenkabine auf und verschlief die Überfahrt, bis sie durch die Stimme der alten Stewardess geweckt wurde: »Sie haben aber schön geschlafen! Wir legen an, Miss.« Ach! Wenn sie das nur noch wäre! Sie hatte geträumt, daß sie auf einer Blumenwiese saß und daß Lennan sie an den Händen faßte und emporzog und dabei sagte: »Wir sind da, mein Liebling!«

Auf Deck stand der Oberst, mit Gepäck beladen, und schaute sich nach ihr um, bemüht, zwischen sich und seiner Frau Platz für sie zu lassen. Er gab ihr ein Zeichen mit dem Kinn. Während sie sich den Weg zu ihm bahnte, schaute sie zufällig auf. Über sich am Landungsplatz erblickte sie ihren Mann. Auf das Geländer gelehnt, äugte er gespannt herab; neben seiner hochgewachsenen, stämmigen Gestalt nahmen sich die Leute rechts und links von ihm unbedeutend aus. Das glattrasierte, kantig breite Gesicht mit diesen fast starren, zwingenden Augen hatte eine Ruhe und eine Kraft, neben der die benachbarten Gesichter verschwanden. Sie sah ihn ganz deutlich, so daß sie sogar den Anflug eines Silberschimmers in seinem dunklen Haar zu beiden Seiten des Strohhutes wahrnahm und bemerkte, daß der elegante blaue Anzug nicht recht zu seiner wuchtigen Gestalt paßte. Sein Gesicht entspannte sich; er hob leicht die Hand. Plötzlich durchzuckte es sie: Wenn nun

Mark, wie er es gewollt hatte, mit ihnen gefahren wäre? Dieser dunkle, wuchtige Mensch, der dort zu ihr herablächelte, war nun für immer und ewig ihr Feind, vor dem sie sich schützen und hüten mußte, wenn sie konnte; und vor allem mußte sie jeden wirklichen Gedanken, jede Hoffnung verbergen! Sie hätte sich winden und aufschreien mögen; statt dessen umkrampfte sie den Griff ihrer Reisetasche und lächelte. Obwohl sie so geübt darin war, seine Stimmungen zu erkennen, spürte sie in seiner Begrüßung, dem Ungestüm, mit dem er sie bei den Schultern faßte, etwas Schwelendes, das sie nicht ganz ergründen konnte. »Froh, daß du wieder da bist – hab schon gedacht, du kommst nie zurück!« Nun, da sie seiner Obhut wieder unterworfen war, befiel sie eine solche physische Schwäche, daß sie mit Mühe das von ihm reservierte Abteil erreichte. Sie spürte, daß sie trotz aller bösen Ahnungen bis zu diesem Augenblick nicht den leisesten Schimmer davon gehabt hatte, was nun vor ihr lag; und als er murmelte: »Müssen wir denn die Alten mit reinnehmen?« – da schaute sie zurück, um sich zu vergewissern, daß Onkel und Tante ihnen auch folgten. Um sich nicht unterhalten zu müssen, schützte sie vor, die Überfahrt schlecht überstanden zu haben, und lehnte sich mit geschlossenen Augen in ihre Ecke zurück. Könnte sie sie doch öffnen und nicht dies Gesicht mit dem rechteckigen Unterkiefer und dem gierigen Besitzerblick vor sich sehen, sondern das andere mit den sehnsüchtigen Augen voll demütiger Bewunderung! Die endlose Fahrt endete nur zu schnell. Auf dem Bahnsteig von Charing Cross hielt sie verzweifelt des Obersten Hand umklammert. War erst sein freundliches Gesicht entschwunden, dann war sie wahrhaftig verloren! Dann, in der Droschke, hörte sie ihren Mann sagen: »Willst du mich denn nicht küssen?« und ergab sich in seine Umarmung.

Sie suchte mit aller Kraft zu denken: ›Was tut's? Nicht ich bin's, nicht meine Seele, mein Geist – nur meine erbärmlichen Lippen!‹

Sie hörte ihn sagen: »Übermäßig glücklich scheinst du mir ja nicht zu sein, daß du mich wieder hast!« Und dann: »Wie ich höre, war der junge Lennan mit euch dort. Was hat denn der da gewollt?«

Sie fühlte jähe Furcht in sich aufspringen, fragte sich, ob ihr die anzumerken sei, und spürte, wie sie unnatürlich schnell wieder von ihr wich, alles in der einen Sekunde, bevor sie antwortete: »Ach! Er hat eben Urlaub gemacht.«

Ein paar Sekunden vergingen, und dann sagte er: »Du hast ihn in deinen Briefen nicht erwähnt.«

Sie erwiderte kühl: »Wirklich nicht? Wir sind ziemlich viel mit ihm zusammengewesen.«

Sie wußte, daß er sie betrachtete – forschend, halb drohend. Warum – ach, warum konnte sie nicht auf der Stelle herausschreien: ›Und ich liebe ihn! Hörst du? Ich liebe ihn!‹ Es schien ihr so scheußlich, mit diesen halben Lügen ihre Liebe zu verleugnen. Aber alles war noch viel grausamer und hoffnungsloser, als sie es sich vorgestellt hatte. Wie unfaßbar, daß sie sich je diesem Mann fürs ganze Leben hatte ausliefern können! Wenn sie nur von ihm fort und auf ihr Zimmer entkam und dort nachdenken, Pläne fassen konnte! Denn sein Blick ließ sie nicht los, wanderte über sie hin, drohend, forschend, in erbarmungswürdiger Gier. Schließlich sagte er: »Na schön, geschadet hat dir's nicht. Du siehst glänzend aus.« Aber seine Berührung war sogar für ihre Selbstbeherrschung zuviel, und sie zuckte zurück, als habe er sie geschlagen.

»Was ist los? Hab ich dir weh getan?«

Ihr schien es, als spottete er, doch sogleich erkannte sie, daß es ihm Ernst war. Und plötzlich wurde ihr die ganze Gefahr bewußt, der sie sich und vielleicht Mark aussetzte, wenn sie vor diesem Mann zurückwich; unter dem jämmerlichen Zwang der Erkenntnis überwand sie sich mühsam, schob die Hand unter seinen Arm und sagte: »Ich bin sehr müde. Du hast mich erschreckt.«

Aber er schob die Hand beiseite, wandte das Gesicht ab und starrte aus dem Fenster. Und so langten sie daheim an.

Als er sie allein gelassen hatte, blieb sie, wo sie gestanden hatte, neben dem Kleiderschrank, stumm und regungslos; sie dachte: ›Was soll ich tun? Wie soll ich weiterleben?‹

9

Als Mark Lennan – er hatte die Reise von Beaulieu nicht unterbrochen – in seiner Wohnung in Chelsea angelangt war, ging er sofort zu dem kleinen Stapel seiner Briefe, sah sie hastig zweimal durch und stand dann sehr still; er war wie betäubt und fühlte sich elend. Warum hatte sie ihm den versprochenen Gruß nicht geschickt? Und nun begriff er, wenngleich noch immer nicht ganz, was es bedeutete, eine verheiratete Frau zu lieben. Er mußte mindestens achtzehn Stunden in dieser Ungewißheit ausharren, bis er sie aufsuchen und herausfinden konnte, was geschehen war und sie hinderte, bis er von ihr hören konnte, daß sie ihn noch liebte. Der kälteste rechtmäßige Liebhaber hatte Zugang zu seiner Liebsten; aber er mußte seine Seele, die in Feuer stand, zu dieser tödlichen Geduld zähmen, aus Furcht, etwas zu tun, das sie gefährden könnte. Telegrafieren? Das wagte er nicht. Schreiben? Sie würde den Brief mit der ersten Post erhalten; aber was konnte er sagen, das nicht gefährlich war, falls Cramier das Blatt zufällig zu sehen bekam? Vorsprechen? Noch unmöglicher. Allerfrühestens morgen um drei Uhr. Mit großen Augen blickte er im Atelier um sich. Waren diese vertrauten Dinge, waren diese seine Arbeiten wirklich noch dieselben, die er vor zwanzig Tagen verlassen hatte? Jetzt schien es, als hätte ihr Dasein nur darum Sinn, weil vielleicht sie kommen würde, um sie zu betrachten; kommen und in dem Sessel dort sitzen, aus der Tasse dort trinken und ihm erlauben würde, ihr das Kissen dort in den Rücken zu schieben und den Schemel da unter die Füße. Und so lebhaft sah er sie vor sich, wie sie im Sessel lehnte und zu ihm herüberschaute – kaum vermochte er zu glauben, daß sie noch nie dort gesessen hatte. Es war sonderbar, wie sich alles verändert hatte – ohne daß sie einen Entschluß gefaßt hatten, ohne das Eingeständnis, daß ihre Liebe nicht platonisch bleiben konnte; ohne jede Veränderung in ihrer Beziehung, abgesehen von einem demütigen Kuß und ein paar geflüsterten Worten. Vor ungefähr einem Monat wäre er, wenn er es gewollt hätte, augenblicks ganz gelassen in ihr Haus gegangen. Es wäre ihm harmlos und ganz natürlich vorgekommen. Jetzt war es unmöglich, offen auch nur das Geringste zu tun, was der strengen Konvention nicht als wünschenswert galt. Früher oder später würden die Leute feststellen, daß er die gesellschaftlichen Regeln übertrat, und ihn für das halten, was er nicht war – für ihren Geliebten. Ihren Geliebten! Er kniete vor dem leeren Sessel nieder und streckte die Arme aus. Kein Körper, keine Wärme, kein Duft – nichts! Nur Sehnsucht, die durch den Raum strich wie der Wind durch das Gras.

Er ging zu dem kleinen, runden Fenster, durch das man den Fluß überblickte. Der letzte Maiabend; Zwielicht über dem Wasser, Dämmerung zwischen den Bäumen, und die Luft warm! Besser draußen sein, durch die Nacht laufen, draußen in der Ebbe und Flut aller Dinge, zwischen andern, deren Herzen schlugen, als hier bleiben, wo ohne sie alles so kalt und sinnlos war.

Die Lampen – diese Passionsblumenfrüchte der großen Städte – verloren ihre Blässe und strahlten in leuchtendem Orange, und die Sterne tauchten auf. Halb zehn! Um zehn Uhr, keine Minute früher, würde er an ihrem Haus vorübergehen. Da hatte er ein Ziel, worauf er seine Erwartung richten konnte, so heimlich, so dürftig es war: das half. Aber an einem Samstagabend würde sie nicht daheim sitzen. Cramier würde zu Hause sein; vielleicht waren sie auch zusammen ausgegangen, oder sie waren draußen in ihrem Landhaus am Fluß. Cramier! Was für ein grausamer Teufel hatte den Vorsitz geführt, als ihr Leben so zuschanden gemacht worden war! Warum nur war er ihr nicht begegnet, bevor sie sich an diesen Mann gebunden hatte! Zunächst hatte er ihn mit gleichgültiger Geringschätzung betrachtet, ihn, der weder hinreichend sensibel war, um zu merken, daß seine Ehe ein Fehlschlag war, noch ritterlich genug, um seine Frau diesen Fehlschlag möglichst wenig spüren zu lassen; jetzt haßte er Cramier schon eifersüchtig als ein Ungeheuer. Ihm Auge in Auge gegenüberzustehen, mit ihm zu kämpfen auf Leben und Tod, das allein hätte seiner Leidenschaft Genüge getan ... Dabei war er von Natur sanftmütig!

Das Herz schlug ihm wild, als er sich ihrer Straße näherte – einer der schönen, alten Gassen, die einem verschwundenen London angehören. Sie war sehr schmal, bot keine Deckung und führte nicht weiter, und unklar fuhr es ihm durch den Kopf, was er wohl sagen sollte, wenn er in diesem abgelegenen Winkel ertappt würde. Irgendeine Lüge, sicher. Lügen würden von nun an zu seinem täglichen Brot gehören. Lügen und Haß, diese zerstörerischen Kräfte im Leben, würden ihm in dem Ungestüm seiner Liebe bald ganz natürlich sein.

Einen Augenblick hielt er am Gitterzaun der alten Kirche an, er zögerte. Schwarz, weißgeädert, der First schattenhaft, stand sie in dem Halbdunkel wie eine ungeheure Vision, Gestalt gewordenes Geheimnis. Er machte kehrt und schritt rasch, dicht an den Häusern der anderen Straßenseite, wieder zurück. Die Fenster ihres Hauses waren erleuchtet! Also war sie nicht fort! Mattes Licht im Eßzimmer, Lichter im Raum darüber – das mußte ihr Schlafzimmer sein. Gab es kein Mittel, sie ans Fenster zu bringen, keine Möglichkeit für seine Seele, dort hinaufzuklimmen und die ihre zu sich herauszulocken? Vielleicht war sie gar nicht da, vielleicht brachte nur ihr Mädchen heißes Wasser hinauf. Er war nun am Straßenende angelangt, aber fortzugehen, ohne noch einmal an ihrem Haus vorüberzuwandern, das war ihm unmöglich. Und diesmal schritt er langsam, mit gebeugtem Kopf und scheinbar gedankenverloren dahin, geizte mit jedem Zoll Pflaster und spähte dabei die ganze Zeit verstohlen nach dem Fenster mit dem Licht hinter den Vorhängen. Nichts. Abermals stand er dicht am Kirchenzaun, und abermals brachte er es nicht über sich wegzugehen. Niemand rührte sich auf der kleinen, engen, verlassenen Straße, nicht einmal eine Katze oder ein Hund; nichts Lebendiges außer den vielen verschwiegenen, erleuchteten Fenstern. Wie Gesichter hinter Schleiern, die kein Gefühl verraten, schienen sie ihm in seiner Unentschlossenheit zuzusehen. Und er dachte: ›O ja! Bestimmt gibt es eine Unmenge von solchen wie ich. Dem andern nah und fern zugleich. Unzählige Menschen, die leiden müssen!‹ Doch was hätte er nicht drum gegeben, daß sich die Vorhänge dort unversehens weit öffneten. Dann plötzlich schrak er auf: jemand bog in die Gasse ein. Er wandte sich und ging fort.

10

Am nächsten Tag um drei Uhr ging er zu einer Visite hin.

In der Mitte ihres weißen Salons, dessen vergitterte Fenster eine ganze Wand einnahmen, stand ein kleiner Tisch und darauf ein Silberkrug mit frühem Rittersporn, offenbar aus ihrem Garten an der Themse. Und Lennan wartete, die Augen unverwandt auf die Blüten an den blaßgrünen Stengeln gerichtet, die so sehr kleinen blauen Schmetterlingen und seltsam gefärbten Grillen glichen. In diesem Zimmer verbrachte sie, vor ihm bewahrt, ihre Tage. Einmal in der Woche, wenn's hoch kam, würde es ihm möglich sein, hierherzukommen – einmal in der Woche auf ein oder zwei von den hundertundachtundsechzig Stunden, in denen er sich sehnte, bei ihr zu sein.

Und plötzlich spürte er, daß sie da war. Geräuschlos war sie eingetreten und stand nun neben dem Flügel, so blaß in ihrem cremeweißen Kleid, daß ihre Augen pechschwarz wirkten. Kaum erkannte er das Gesicht wieder, das verschlossen war wie eine Blume gegen die Kälte.

Was hatte er getan? Was war in diesen fünf Tagen geschehen, daß sie so vor ihm stand? Er nahm ihre Hände und versuchte sie zu küssen; aber sie stieß rasch hervor:

»Er ist im Haus!«

Da stand er stumm und schaute ihr in das Gesicht, das in einer schrecklichen Gefaßtheit erstarrt war; ihm war, als hinge sein Leben davon ab, daß diese Starrheit brach. Schließlich sagte er:

»Was hast du? Bin ich dir am Ende doch nichts?«

Doch sowie er das ausgesprochen hatte, sah er, daß er nicht hätte zu fragen brauchen, und schlang die Arme um sie. Verzweifelt klammerte sie sich an ihn; dann riß sie sich los und sagte:

»Nein, nein! Komm, wir wollen uns ruhig hinsetzen.«

Er gehorchte; halb ahnte er, halb wollte er nicht wahrhaben, was alles hinter dieser sonderbaren Kälte und dieser verzweiflungsvollen Umarmung lag: das ganze Mitleid mit sich, der ganze Abscheu vor sich selber, Scham, Wut und Sehnsucht einer verheirateten Frau, die zum ersten Mal in ihres Mannes Haus ihrem Geliebten gegenübersteht.

Offenbar mühte sie sich nun, ihn ihr seltsames Benehmen vergessen zu machen und sich so zu geben wie während der vierzehn Tage im Sonnenschein. Doch plötzlich sagte sie, indem sie nur eben die Lippen bewegte:

»Schnell! Wann können wir uns sehen? Ich komme zum Tee zu dir – morgen.« Und als er ihrem Blick folgte, sah er, wie sich die Tür öffnete und Cramier eintrat. Ohne Lächeln, sehr groß in dem niedrigen Raum, schritt er zu ihnen herüber und streckte Lennan die Hand hin; dann zog er sich einen niedrigen Sessel heran zwischen ihre beiden Stühle und ließ sich nieder.

»Sie sind also wieder zurück«, sagte er. »Schöne Ferien gehabt?«

»Ja, danke, sehr.«

»Olive hat Glück gehabt, daß Sie dort waren; diese Orte sind langweilige Kaffs.«

»Ich habe Glück gehabt.«

»O gewiß.« Und damit wandte er sich seiner Frau zu. Seine Ellbogen ruhten auf den Armlehnen, so daß seine geballten Hände nach oben gekehrt waren; es war, als wüßte er, daß er diese beiden da im Griff hatte, jedes in einer Faust.

»Merkwürdig«, sagte er langsam, »daß Leute wie Sie, die auf der ganzen Welt nichts haben, was sie bindet, sich ausgerechnet in einer Stadt wie London ansiedeln. Ich hätte gedacht, Ihr Revier wäre Rom oder Paris.«

In seiner Stimme, in seinen leicht blutunterlaufenen Augen mit ihrem machtbewußten Blick, in seiner ganzen Haltung lag eine Art verhüllter Drohung, lag Verachtung, als wolle er sagen: ›Wag dich mir in den Weg, und ich zermalm dich!‹

Und Lennan dachte: ›Wie lange muß ich noch hier sitzen bleiben?‹ Dann fing er einen Blick von ihr auf, vorbei an der Gestalt, die sich so wuchtig zwischen sie beide hingepflanzt hatte, und noch einen, wieder und wieder, pfeilschnell, sicher, haargenau paßte sie den richtigen Moment ab, als ob sie eben durch die Gefahr angespornt würde. Einen dieser Blicke würde Cramier doch auffangen, ganz gewiß! Doch muß man fürchten, daß die Schwalbe an die Mauer prallt, die sie überfliegt? Aber er ertrug es nicht länger und stand auf.

»Schon?« Dies eine verbindliche Wort klang unnachahmlich unverschämt.

Er nahm kaum wahr, wie seine Hand Cramiers schwere Faust berührte. Dann merkte er, daß sie so stand, daß ihrer beider Gesichter beim Abschied nicht gesehen werden konnten. Ihre Augen lächelten, doch sie beschworen; ihre Lippen formten das Wort: »Morgen!« Er preßte verzweifelt ihre Hand und ging.

Nie hatte er sich träumen lassen, daß es so furchtbar war, sie in der Anwesenheit des Mannes zu sehen, dem sie gehörte. Einen Augenblick lang dachte er, daß er sie aufgeben müßte, diese Liebe aufgeben, ehe sie ihn in den Wahnsinn trieb.

Er stieg in einen Omnibus, der in Richtung Westen fuhr. Die nächsten vierundzwanzig Stunden des Hungerns hatten begonnen. Es kam nicht im geringsten darauf an, was er mit ihnen anfing. Sie waren einfach ein Quantum Schmerz, das er irgendwie zu durchstehen hatte – vierundzwanzig Stunden Schmerz; und am Ende, welche Erlösung? Ein oder zwei Stunden mit ihr, in denen er sich mit aller Gewalt zurückhalten mußte.

Wie die meisten Künstler und nur wenige Engländer lebte er eher von Gefühlen als von Tatsachen; so vermochte er nicht, sich in endgültige Entschlüsse zu retten. Aber er faßte viele – den Entschluß, sie aufzugeben; dem Ideal dienender Huldigung ohne Lohn treu zu bleiben; sie anzuflehen, daß sie Cramier verlassen und zu ihm kommen sollte – und jeden faßte er viele Male.

An der Hyde Park Corner stieg er ab und ging in den Park; er meinte, daß Laufen ihm Erleichterung brächte.

Eine Menge Leute saßen dort und nahmen das geheimnisvolle Beruhigungsmittel Natur ein, und sie taten recht daran. Um ihnen aus dem Wege zu gehn, hielt er sich längs des Gitters; da lief er Oberst Ercott und seiner Gemahlin fast in die Arme, die leicht erhitzt von Knightsbridge herüberkamen; denn sie hatten im Haus eines gewissen Generals zu Mittag gegessen und dabei von ›Monte‹ geplaudert.

Sie begrüßten ihn mit nicht ganz echter Überraschung – viele Male hatten sie zueinander gesagt: »Der junge Mann wird nur zu schnell wieder hier sein.« Wie hübsch, sagten sie, ihm so unerwartet zu begegnen! Wann er angekommen sei? Sie hätten gedacht, er wolle nach Italien weiterfahren? Er sehe ziemlich abgespannt aus. Ob er sie gesehen habe, fragten sie nicht – dazu waren sie zu gütig, und vielleicht fürchteten sie sich auch davor, daß er ›Ja‹ sagen würde; das wäre peinlich; oder er sagte ›Nein‹, und das würde dann noch peinlicher sein, falls sich später herausstellte, daß er eigentlich hätte ›Ja‹ sagen müssen. Ob er sich nicht ein Weilchen mit ihnen auf eine Bank setzen wolle? Sie wollten gleich weiter und zu Olive, sehen, wie es ihr ging. Lennan begriff, daß sie ihn warnten. Und er zwang sich dazu, ihnen schnurgerade in die Augen zu sehen, während er sagte: »Ich war soeben dort.«

Am Abend faßte Mrs. Ercott ihre Eindrücke in die Worte: »Er sieht wie gejagt aus, der arme Junge. Ich fürchte, es gibt noch eine schlimme Bescherung. Hast du gemerkt, wie er von uns weggestürzt ist? Dünn ist er auch; wenn er nicht so braungebrannt wäre, würde er ganz krank aussehn. Der Junge hat so was Mitleiderregendes in den Augen; und sonst hatte er immer ein so hübsches Lächeln darin.«

Der Oberst, der ihr das Kleid zuhakte, unterbrach seine Arbeit, denn die verlangte Konzentration.

»Ein Riesenjammer«, knurrte er, »daß er keine Arbeit hat. Dies Herumgemansche mit Lehm, oder was immer er sonst tut, taugt zu gar nichts.« Und während er langsam einen Haken in seine Öse hängte, machte er ein paar andere wieder los.

Mrs. Ercott sprach weiter:

»Und ich hab Olive gesehn, als sie dachte, daß ich nicht zu ihr hinblickte; es war genauso, als hätte sie plötzlich eine Maske abgenommen. Aber Robert Cramier wird sich das nie gefallen lassen. Er ist immer noch in sie verliebt; ich habe ihn beobachtet. Es ist tragisch, John.«

Der Oberst ließ die Hände von den Haken sinken.

»Wenn ich das dächte«, sagte er, »würd ich was unternehmen.«

»Wenn du das könntest, dann wär es eben nicht tragisch.«

Der Oberst sah sie mit großen Augen an. Etwas ließ sich doch immer tun.

»Du liest zuviel Romane«, sagte er, doch ohne Überzeugung.

Mrs. Ercott lächelte und erwiderte nichts auf diese Bezichtigung, die sie schon des öfteren gehört hatte.

II

Als Lennan nach der Begegnung mit den Ercotts wieder in seiner Wohnung anlangte, fand er im Briefkasten eine Visitenkarte vor: ›Mrs. Doone‹, ›Miss Sylvia Doone‹, und mit Bleistift daraufgeschrieben die Worte: ›Komm uns doch besuchen, eh wir nach Hayle fahren. Sylvia.‹ Er starrte verdutzt auf die flüssige Schrift, die er so gut kannte.

Sylvia! Wohl nichts hätte ihm so deutlich machen können, wie in diesem Wirbelsturm der Leidenschaft für ihn die ganze Welt versunken war. Sylvia! Er hatte fast vergessen, daß es sie gab, und doch war er erst vor einem Jahr, nachdem er sich endgültig in London niedergelassen hatte, wieder viel mit ihr zusammengewesen und hatte sogar von neuem zärtlich an sie gedacht, an ihr blaßgoldenes Haar, ihren redlichen Blick, ihre Sanftheit. Dann waren sie für den Winter nach Algier gereist, weil der Gesundheitszustand ihrer Mutter das nötig machte.

Als sie zurückkamen, hatte er schon ein Wiedersehen vermieden, obwohl das gewesen war, bevor Olive nach Monte Carlo fuhr und bevor er selber sich seine Neigung eingestanden hatte. Und seitdem – hatte er nicht ein einziges Mal an sie gedacht. Nicht ein einziges Mal! Die Welt war ihm wahrhaftig versunken. ›Komm uns doch besuchen. Sylvia.‹ Schon die bloße Vorstellung reizte ihn. Auf die Art war keine Ruhe von Schmerz und Ungeduld zu erlangen.

Und dann überfiel ihn der Gedanke: Warum nicht die Wartestunde bis zum Wiedersehen morgen mit einer Bootsfahrt auf der Themse totschlagen, vorbei an ihrem Haus? Es ging noch ein Zug, den er erreichen konnte.

Er kam nach Einbruch der Dunkelheit im Dorf an und übernachtete im Gasthof; am andern Morgen stand er zeitig auf, mietete ein Boot und ruderte flußab. Auf den steilen Vorsprüngen des gegenüberliegenden Ufers standen hohe Bäume. Die Sonne schien mild auf ihre Blätter, und eine Brise bog die Schilfstengel, schaukelte langsam die Wasserblumen und kräuselte den hellen Strom. Der Wind hatte einen strichdünnen Wolkenstreifen über den blauen Himmel gefegt. Lennan zog die Ruder ein und ließ sich treiben, lauschte den Ringeltauben, beobachtete die Schwalben bei der Jagd. Wenn sie doch nur hier wäre! Einen langen Tag so, mit dem Strom treibend, zu verbringen! Nur einmal so von der Sehnsucht ausruhen! Er wußte, ihr Landhaus lag auf derselben Seite wie das Dorf und gerade hinter einer Insel. Sie hatte ihm von einer Eibenhecke erzählt und von einem weißen Taubenhaus dicht am Ufer. Er langte bei der kleinen Insel an und ließ sein Boot in den Seitenarm gleiten, der ganz von Weiden und Erlen überwachsen lag, dunkel selbst in diesem strahlenden Frühmorgenlicht und wunderbar still. Zum Rudern war nicht Raum genug; Lennan nahm den Bootshaken und versuchte zu staken, aber dazu war das grüne Wasser zu tief und zu sehr mit einem Dickicht großer Wurzeln durchsetzt; so mußte er mit dem Haken in die Zweige langen, um vorwärts zu kommen. Die Vögel schienen diese grüne Düsternis zu meiden, nur eine einzelne Elster überquerte den kleinen freien Fleck Himmel und flog tief hinter die Weiden. Die Luft roch hier unter dem allzu üppigen Blattwerk süßlich dumpf; alle Helle schien begraben. Er war glücklich, unter einer riesigen Pappel vorbei wieder in das flackernde Gold und Silber des Morgens hinauszugelangen. Und fast im selben Augenblick sah er die Eibenhecke am Rand eines hellgrünen Rasenplatzes und hoch auf einem Pfahl das cremeweiß gestrichene Taubenhaus. Lachtauben und ein paar schneeweiße Pfauentauben saßen davor oder flogen darüberhin; und jenseits des Rasens konnte er ein niederes Haus mit einer dunklen Veranda erkennen, von gerade verblühenden Glyzinen verdeckt. Der Wind trug den Duft des späten Flieders und den Geruch von frischgemähtem Gras zu ihm herüber, zusammen mit dem Geräusch der Mähmaschine und dem Gesumm zahlloser Bienen. Schön war es hier, und trotz der Ruhe schien es ihm, als spüre er über allem etwas von der flüchtigen Beweglichkeit, die er an ihrem Gesicht so sehr liebte, an dem weichen Schwung ihres Haares, an ihrem lebhaften sanften Blick. Oder waren es nur die Eiben in ihrer Düsterkeit und das Weiß des Taubenhauses darüber und die fliegenden Tauben selbst?

Lange blieb er dort ruhig unterhalb des Ufers liegen, wohl darauf bedacht, daß er nicht die Augen des alten Gärtners auf sich lenkte, der systematisch und geduldig die Maschine über den Rasen hin und her schob. Wie sehr er sie zu sich wünschte! Seltsam, daß es im Leben solche Schönheit gab und solch eine wilde Sanftheit, daß einem das Herz vor Entzücken weh tat, und in dem gleichen Leben graue Gesetze und starre Schranken – Särge für das Glück. Die Türen dort sollten Liebe und Freude aussperren! Es gab nicht viel davon in der Welt. Sie, die wahre Seele dieses flüchtigen, nymphengleichen Sommers, war vorzeitig in kummerdüstere Winterhüllen vermummt. Ein hassenswerter Widersinn lag in dem Gedanken; er schien so grausam und gewalttätig, so leichenhaft schauerlich, so beschränkt und so überspannt! Zu welchem Zweck sollte ihr Unglück dienen? Selbst wenn er sie nicht geliebt hätte, wäre von ihrem Geschick gleichermaßen der Zorn in ihm aufgewallt; all solche Geschichten von eingekerkerten Menschenleben hatten seinen Grimm erregt, schon als er noch ein Junge gewesen war.

Sanfte weiße Wolken – diese schimmernden Engel des Flusses, die nie auf lange ausbleiben – breiteten nun ihre Fittiche über die Wälder, und der Wind hatte sich gelegt, so daß sich die schläfrige Wärme und das Murmeln des Sommers schwer auf das Wasser senkten. Der alte Gärtner war mit dem Mähen fertig und kam mit einem kleinen Korb voll Körner, um die Tauben zu füttern. Lennan beobachtete, wie sie auf ihn zutrippelten, wie sich die Lachtauben zierlich und mutwillig zusammen und von den andern abseits hielten. Und er sah statt des alten Mannes in Wirklichkeit sie, wie ihr die

Vögel der Venus die Körner aus den Händen pickten. Was für eine Gruppe hätte er machen können, sie und die Tauben, die sich auf ihr niederließen und sie umflatterten. Wenn sie sein wäre, was könnte er nicht vollbringen! Sie unsterblich machen, so wie die alten Italiener mit ihren Kunstwerken ihre Liebsten der Zeit entrissen hatten! ...

Zwei Stunden, bevor er wagen durfte, sie zu erwarten, war er wieder in seiner Londoner Wohnung. Er lebte allein dort und hatte nur eine Aufwartefrau, die jeden Morgen für ein oder zwei Stunden kam, Staub aufwirbelte und dann wieder verschwand; so brauchte er keine Vorsichtsmaßnahmen zu treffen. Und als er Blumen hingestellt hatte, dazu Früchte und Teekuchen, die sie bestimmt nicht essen würden; als er den Teetisch gedeckt und mindestens zwanzigmal alles besichtigt und überprüft hatte, setzte er sich mit einem Buch an das kleine runde Fenster, um auf ihr Nahen zu warten. Sehr still saß er da, las kein Wort, befeuchtete nur immer wieder die trockenen Lippen und seufzte, um sich vom Druck auf seinem Herzen zu befreien. Endlich sah er sie kommen. Sie schritt dicht an den Zäunen der Häuser entlang und blickte weder rechts noch links. Sie trug ein Batistkleid und einen Strohhut vom blässesten Kaffeebraun mit einem schmalen schwarzen Samtband. Sie überquerte die Seitenstraße, hielt sekundenlang an, schaute sich rasch um, dann kam sie entschlossen heran. Weswegen liebte er sie eigentlich so? Worin bestand ihr Zauber? Gewiß nicht in bewußter Lockung. Niemand konnte weniger bemüht sein zu bestricken. Er konnte sich nicht der belanglosesten Kleinigkeit entsinnen, durch die sie versucht hätte, ihn anzuziehen. War es dann vielleicht eben ihre Passivität, der angeborene Stolz, der nie etwas bot oder erbat, eine Art von sanftem Stoizismus, der sie durchdrang? Das und irgendein verborgener Reiz, so unbegreiflich und wesenhaft ihr zugehörig wie einer Blume der Duft?

Er wartete mit dem Öffnen, bis er ihre Schritte unmittelbar vor der Tür hörte. Sie trat ein ohne ein Wort, sah ihn nicht einmal an. Und auch er sprach kein Wort, bis er die Tür geschlossen und sie sicher geborgen hatte. Dann wandten sie sich einander zu. Ihre Brust hob sich ein wenig unter dem dünnen Kleid, aber sie war ruhiger als er in der wunderbaren Gelassenheit, die schönen Frauen in allen Liebesbeziehungen eigen ist und die besagt: Dies ist mein Element!

Sie standen und schauten einander an, als könnten sie sich nie satt sehen, bis er schließlich sagte:

»Ich hab gedacht, ich müßte sterben, bevor dieser Augenblick kommt. Es gibt keine Minute, in der ich mich nicht so furchtbar nach dir sehne, daß ich kaum leben kann.«

»Und denkst du, ich hab keine Sehnsucht nach dir?«

»Dann komm zu mir!«

Sie schaute ihn traurig an und schüttelte den Kopf.

Ach ja, er hatte gewußt, daß sie's nicht tun würde. Er hatte sie nicht verdient. Mit welchem Recht konnte er von ihr verlangen, jetzt schon, daß sie alle Welt herausforderte, allem trotzte und ihm so sehr vertraute? Er hatte nicht das Herz, heftig mit Worten in sie zu dringen, denn er begann die lähmende Wahrheit zu begreifen, daß es das nun eben nicht mehr gab: dies oder jenes beschließen. Wer so liebte wie er, hörte auf, ein Einzelgeschöpf mit einem eigenen Willen zu sein. Er war nun zu einem Zwillingswesen mit ihr zusammengewachsen und konnte nur handeln, wenn ihr und sein Wille eins waren. Nie würde er imstande sein, zu ihr zu sagen: »Du mußt!« Dazu liebte er sie zu sehr. Und sie wußte es. So blieb nichts andres übrig, als den Schmerz zu vergessen und alles zu tun, damit es eine glückliche Stunde wurde. Aber was war mit jener andern Wahrheit – daß es für die Liebe kein Stillstehn, keine Rast gibt? ... Jedesmal, wenn die Blume begossen wird, und sei es noch so spärlich, wächst sie, bis die Zeit zum Pflücken da ist ... Durch diese Oase in der Wüste, durch diese paar Minuten mit ihr allein fuhr unruhig und heiß der

Wind. Einander näher sein! Wie sollte er nicht danach trachten? Wie nicht nach ihren Lippen verlangen, wenn er nur ihre Hand zum Küssen hatte? Und wie nicht vergiftet sein von dem Gedanken, daß sie ihn in ein paar Minuten verlassen und zu dem andern zurückgehen würde, der, auch wenn sie ihn verabscheute, sie sehen und berühren konnte, wann es ihm gefiel? Sie lehnte in ebendem Sessel, in dem er sie in seinem Wachtraum gesehen hatte, und er wagte nur zu ihren Füßen zu sitzen und zu ihr aufzusehen. Und das, was eine Woche zuvor Seligkeit gewesen wäre, war nun fast Qual, so weit blieb es hinter seinem Verlangen zurück. Und Qual war es auch, seine Stimme im Einklang mit der ihren zu halten, die maßvoll und sanft blieb. Bitter dachte er: ›Wie kann sie da sitzen und nicht nach mir verlangen, so wie ich nach ihr?‹ Dann, als sie leise sein Haar anrührte, verlor er die Beherrschung und küßte sie auf den Mund. Sie ließ ihn nur sekundenlang gewähren.

»Nein, nein – du darfst nicht!«

Eine traurige Bestürzung ernüchterte ihn sogleich.

Er erhob sich, trat von ihr fort, bat um Vergebung.

Und als sie gegangen war, saß er in dem Sessel, in dem sie gesessen hatte. Die Umklammerung, der Kuß, den zu vergessen er sie gebeten hatte – zu vergessen! – nichts konnte ihm das wieder nehmen. Er hatte unrecht getan, hatte sie erschreckt, war unritterlich gewesen. Und doch – das glückselige Lächeln wich nicht von seinen Lippen. Sein heikler Stolz, seine Einbildungskraft überredeten ihn fast, daß dies alles war, wonach ihn verlangte. Wenn er jetzt nur die Augen schließen und verlöschen könnte, bevor ihm dieser Augenblick halber Erfüllung entglitt!

Und immer noch mit dem Lächeln um die Lippen, lehnte er sich zurück und schaute den Fliegen zu, wie sie die Hängelampe umkreisten und sich jagten. Sechzehn waren es, kreisend und jagend, unermüdlich.

12

Als Olive von Lennans Atelier zurückkam und wieder ihre dunkle, kleine Halle betrat, ging sie nah am Garderobenraum vorbei und inspizierte als erstes den Hutständer. Da waren sie alle – der Zylinder, die Melone, der Strohhut. Also war er zu Hause! Und ihr schien, daß sie nacheinander in jedem Hut den Kopf ihres Mannes sähe, mit abgewandtem Gesicht; so deutlich, daß ihr auffiel, wie lederartig die Haut von Wange und Hals wirkte. Und sie dachte: ›Ich bete, daß er stirbt! Es ist böse, aber ich bete, daß er stirbt!‹ Dann stieg sie leise, damit er sie nicht hörte, zu ihrem Schlafzimmer hinauf. Die Tür zu seinem Ankleidezimmer stand offen, sie ging hin, um sie zu schließen. Da stand er drinnen am Fenster.

»Ah! Wieder zu Hause! Irgendwo gewesen?«

»In der Nationalgalerie.«

Es war das erstemal, daß sie ihn direkt anlog, und sie war überrascht, daß sie dabei weder Scham noch Furcht empfand, sondern eher so etwas wie Vergnügen darüber, daß sie seinen Angriff abgeschlagen hatte. Er war der Feind, und desto mehr Feind, weil sie noch gegen sich selber kämpfte und, wie sonderbar war das, in seinem Interesse.

»Allein?«

»Ja.«

»Ziemlich langweilig, nicht? Ich hätte gedacht, um dich dorthin zu bringen, hast du den jungen Lennan.«

»Warum?«

Der Instinkt gab ihr die kühnste Antwort ein; und von ihrem Gesicht war nichts abzulesen. Wenn er ihr schon an Stärke überlegen war, so hatte sie ihm die Beweglichkeit voraus.

Er senkte den Blick und sagte:

»Fällt in sein Fach, nicht?«

Achselzuckend wandte sie sich ab und schloß die Tür. Sehr still setzte sie sich auf die Kante ihres Bettes. In diesem kleinen Wortgefecht hatte sie gesiegt, sie konnte noch viele ähnliche gewinnen; aber plötzlich war ihr die ganze Scheußlichkeit der Lage bewußt geworden. Lügen, Lügen! Daraus sollte nun ihr Leben bestehen! Entweder das; oder sie mußte fahrenlassen, was allein noch für sie zählte; mußte sich in Verzweiflung stürzen und ihren Geliebten mit – und wofür? Damit ihr Körper weiterhin dem Mann im andern Zimmer drüben zur Verfügung stand, nachdem ihre Seele auf immer von ihm geflohen war. Zwischen diesen beiden Möglichkeiten hatte sie zu wählen, außer, die Worte ›Dann komm zu mir‹ waren mehr als nur Worte gewesen. Waren sie das? Konnten sie das sein? Sie würden ein so unvorstellbares Glück bedeuten, wenn – wenn seine Liebe zu ihr mehr war als nur eine flüchtige Sommerliebe. Und ihre Liebe zu ihm? War die mehr als eine Sommerliebe? Wie sollte sie das wissen? Und ohne es wirklich zu wissen, wie konnte sie soviel Kummer über alle bringen? Wie ein Gelübde brechen, das sie selber immer für absolut unantastbar gehalten hatte? Wie sollte sie sich so verwegen losreißen von allen Überlieferungen und Überzeugungen, in denen sie aufgewachsen war? Aber im innersten Wesen der Liebe gibt es etwas, das sich aufgezwungenen harten und schnellen Entschlüssen widersetzt ... Und plötzlich dachte sie: ›Wenn unsere Liebe nicht bleiben kann, was sie ist, und wenn ich noch nicht für immer zu ihm gehen kann, gibt es dann nicht noch einen andern Weg?‹

Sie stand auf und begann sich fürs Abendessen umzukleiden. Als sie vor dem Spiegel stand, sah sie überrascht, daß ihr Gesicht nichts von den Ängsten und Zweifeln verriet, die von nun an ihre Gefährten waren. War das deshalb, weil sie liebte und geliebt wurde, ganz gleich, was noch kam? Sie versuchte sich vorzustellen, wie sie ausgesehen haben mochte, als er sie so leidenschaftlich geküßt hatte. Ob sie ihm ihre Freude verraten hatte, bevor sie zur Ordnung rief?

In ihrem Garten am Fluß standen gewisse Blumen, die trotz aller sorgfältigen Pflege jäh und mißfarben aufschossen, weil sie einen anderen Boden brauchten. Ging es ihr wie ihren Blumen? Ach! Bekäme sie doch ihren rechten Boden, dann wollte sie schon gerade und zuverlässig aufwachsen!

Dann sah sie ihren Mann in der Tür stehen. Bis zu diesem Tag hatte sie ihn noch nie wirklich gehaßt, aber jetzt tat sie es, blindlings und wütend. Was wollte er von ihr, daß er dort stand und sie anstarrte mit diesem nötigenden Blick aus blutunterlaufenen Augen, die zu drohen, zu verlangen und zu flehen schienen, alles auf einmal! Sie zog den Umhang fest um die Schultern. Da trat er dicht vor sie hin und sagte:

»Sieh mich an, Olive!«

Wider Instinkt und Willen gehorchte sie, und er sprach weiter:

»Sieh dich vor! Ich sage dir, sieh dich vor!«

Dann faßte er sie bei den Schultern und zog sie an sich. Und sie, völlig kraftlos, widerstrebte nicht.

»Ich will dich!« sagte er, »und ich gedenke, dich zu behalten.«

Dann, plötzlich, ließ er sie los und bedeckte die Augen mit den Händen. Das erschreckte sie mehr als alles andere – es sah ihm so gar nicht gleich. Und erst in diesem Augenblick begriff sie, zwischen welchen furchtbaren Gewalten sie schwankte. Sie sprach nicht, doch ihr Gesicht wurde blaß. Hinter seinen Händen drang ein Laut hervor, nicht wie der einer Menschenstimme; er drehte sich jäh um und ging hinaus. Sie sank in den Sessel vor dem Spiegel, überwältigt von einem Empfinden, so seltsam, wie sie es noch nie erlebt hatte: Ihr war, als habe sie alles und jedes verloren, selbst ihre Liebe zu Lennan und ihre Sehnsucht nach seiner Liebe. Welchen Wert hatte das alles, welchen Wert hatte irgend etwas in einer Welt wie dieser? Alles war abscheulich, sie selbst war abscheulich. Alles war sinnlos. Verhaßt, verhaßt, verhaßt. Es war, als habe sie kein Herz mehr. Und am selben Abend, nachdem ihr Mann zur Parlamentssitzung gegangen war, schrieb sie an Lennan:

›Unsere Liebe darf sich nie in etwas Irdisches verwandeln, wie es diesen Nachmittag hätte geschehen können. Alles ist schwarz und hoffnungslos. Er hat Verdacht geschöpft. Es ist unmöglich, daß du herkommst – und auch zu schrecklich für uns beide. Und ich kann Dich nicht bitten, daß Du heimlich kommst, ich ertrag es nicht, Dich mir so vorzustellen, und mich auch nicht. Ich weiß nicht, was ich tun oder sagen soll. Versuch nicht, mich trotzdem zu besuchen. Ich brauche Zeit, ich muß nachdenken.‹

13

Oberst Ercott war kein Rennbahnstratege, aber er teilte mit vielen seiner Landsleute eine fast religiöse Verehrung für das Derby. Seine Erinnerungen daran gingen bis in seine frühe Jugend zurück, denn er war fast in Hörweite der Chaussee nach Epsom geboren und aufgezogen worden. An jedem Derby- und Oaksrenntag war er auf seinem Pony hinausgeritten, um zu beobachten, wie da die hohen Hüte und die Federn der Vornehmen und die niedrigen Hüte und die Federn der Geringen vorüberfuhren; und hinterher hatte er daheim mit dem alten Lindsay Rennen über die Felder geritten, bei denen sie zwischen einer Kuh als Schiedsrichter und einem Büschel Binsen anstelle der Großen Tribüne durchs Ziel gingen.

Aber aus irgendeinem Grund hatte er noch nie das große Rennen gesehen, und nun hatte er es sich in den Kopf gesetzt, es sei seine Pflicht, das endlich zu tun. Er trug Mrs. Ercott seinen Plan vor, und zwar mit einiger Schüchternheit. Sie las so viele Bücher – er war sich nicht recht sicher, ob sie einverstanden sein würde. Als er entdeckte, daß sie es war, fügte er beiläufig hinzu:

»Und wir könnten Olive mitnehmen.«

Mrs. Ercott antwortete trocken: »Du weißt doch, daß das Unterhaus Ferien hat?«

Der Oberst brummte: »Ach! Auf den Kerl leg ich keinen Wert!«

»Vielleicht«, sagte Mrs. Ercott, »wär dir Mark Lennan angenehm.«

Der Oberst schaute sie an, als traue er seinen Ohren nicht. Dolly sprach sonst in diesem Zusammenhang von einer ›Tragödie‹ und ›grande passion‹, und nun machte sie einen solchen Vorschlag! Aber dann kam allmählich Leben in seine Runzeln, er faßte sie um die Taille und drückte sie herzhaft.

Mrs. Ercott widersetzte sich dieser Behandlung nicht.

»Geh du allein mit Olive«, sagte sie. »Ich hab eigentlich doch nicht soviel Lust.«

Als der Oberst seine Nichte abholte, fand er sie aufbruchbereit und erkundigte sich nur sehr lau nach Cramier. Offenbar hatte sie ihm nichts gesagt.

Erleichtert, doch einigermaßen verlegen, murmelte er: »Es wird ihm doch wohl nichts ausmachen, daß er nicht mitgeht, wie?«

»Wenn er ginge, würde ich nicht gehn.«

Bei dieser ruhigen Antwort fielen all seine Ängste wieder über den Obersten her. Er stellte seinen weißen Zylinder hin und nahm sie bei der Hand.

»Mein Liebes«, sagte er, »ich will mich ja nicht in deine Herzensangelegenheiten eindrängen; aber – aber kann ich irgendwas für dich tun? Es ist schrecklich, mit ansehn zu müssen, daß bei dir die Dinge keinen glücklichen Lauf nehmen!« Er fühlte, wie seine Hand aufgehoben wurde, wie sie ihr Gesicht daran preßte, und empfand einen scharfen Schmerz; mit der andern Hand, die in einem hellen, neuen Handschuh steckte, streichelte er ihren Arm. »Wir wollen uns einen richtig vergnügten Tag machen, Schatz«, sagte er, »und überhaupt nicht dran denken.«

Sie drückte einen Kuß auf seine Hand und wandte sich ab. Und der Oberst schwor sich, daß sie nicht unglücklich sein sollte – dies entzückende Geschöpf, so zart und so aufrecht, und so elegant in ihrem perlmuttfarbenen Kleid. Und er riß sich zusammen und strich mit dem Ärmel kräftig über den weißen Zylinder, wobei er ganz vergaß, daß diese Art von Hüten kein Seidenhaar hat.

Und so war er auf der Fahrt zur Rennbahn die Zartheit selbst, erfüllte all ihre Wünsche, noch bevor sie ihr gekommen waren, erzählte ihr Geschichten vom Leben in Indien und beriet sich reiflich mit ihr, auf welches Pferd sie setzen sollten. Natürlich kam zunächst das des Herzogs in Frage, aber es gab da auch ein anderes Tier, das ihn sehr reizte. Sein Freund Tabor hatte ihm den Tip gegeben – Tabor, der die besten arabischen Vollblüter von ganz Indien besaß –, und die Quote war vielversprechend. Der Oberst, ein Mann, der praktisch nie wettete, empfand Vergnügen bei dem Gedanken, daß ihm seine Vorliebe etwas wirklich Greifbares einbringen würde, falls das Pferd gewann; der Gedanke, daß er verlieren könnte, kümmerte ihn nicht groß. Immerhin wollten sie sich das Tier auf dem Sattelplatz ansehen und sich selbst ihr Urteil bilden. Auf dem Sattelplatz war es am besten, abseits von all dem Staub und Trubel – dort würde es Olive gefallen!

An der Rennbahn angelangt, versäumten sie das erste Rennen; der Oberst war der Meinung, wichtiger sei es, Mittag zu essen. Es verlangte ihn danach, mehr Farbe auf ihren Wangen zu erblicken, er wünschte sich, sie lachen zu sehen. Seine alten Regimentskameraden hatten ihn an ihren Wagen eingeladen; man konnte sich darauf verlassen, daß dort der Champagner gut war. Und er war so stolz auf sie. Nicht um die Welt hätte er sich die bewundernden Blicke der jungen Burschen dort entgehen lassen, obwohl es genaugenommen nicht ganz korrekt war, eine Dame mitzubringen. So kam es, daß sie sich erst, als der Start zum zweiten Rennen unmittelbar bevorstand, zum Sattelplatz begaben. Hier wurden die Derbypferde feierlich herumgeführt, jedes begleitet von einem kleinen Trupp Leute, die seine Beine von unten nach oben und seine Rippen von oben nach unten überprüften, um festzustellen, ob es einer Unterstützung würdig sei, und von einigen wenigen anderen, die Freude daran hatten, ein Pferd als Ganzes zu sehen. Bald entdeckten sie das Tier, das dem Obersten empfohlen worden war. Es stolzierte in einer abgelegenen Ecke auf und ab, ein dunkler Fuchs mit einer Blesse auf der Stirn. Der Oberst, ein echter Pferdefreund, war begeistert. Kopf und Fesselgelenke gefielen ihm, vor allem aber die Augen. Prachtvolle Kreatur, ganz Nerv und Feuer – vielleicht für den Abwärtsgalopp eine Spur zu gerade in der Schulter. Aber mitten in seiner Untersuchung ertappte er sich dabei, daß er seine Nichte anstarrte. Wieviel Rasse das Kind zeigte mit den zartgewölbten Brauen, den kleinen Ohren und den feinen, schmalen Nasenflügeln; und die Art, wie sie sich bewegte – so sicher und elastisch! Sie war zu hübsch, um zu leiden! Ein Jammer! Wär sie nicht so hübsch gewesen, dann hätte sich der Bengel nicht in sie verliebt. Wär sie nicht so hübsch gewesen, dann würde dieser Kerl, ihr Mann, nicht –! Und der Oberst senkte den Blick, bestürzt über die Entdeckung, über die er plötzlich gestolpert war. Wär sie nicht so hübsch gewesen! War das der Grund für das ganze Dilemma? Der Zynismus seiner eigenen Betrachtung versetzte ihm einen Schlag in die Magengrube. Und doch schien etwas in ihm selber sie zu bestätigen. Ja, was nun? Sollte er zusehen, wie die beiden sie zwischen sich zerrissen, sie zugrunde richteten, weil sie so hübsch war? Und irgendwie verstörte ihn diese seine Entdeckung, daß aus der Verehrung von Schönheit und Wärme, von Form und Farbe die Leidenschaft entspringt; denn er gab sich sonst mit Philosophie nicht ab. Der Gedanke erschien ihm seltsam kraß, fast unmoralisch. Daß sie so zwischen zwei lechzenden Begierden hängen sollte, ein Vogel zwischen zwei Habichten, eine Frucht zwischen zwei Mäulern! Das war eine Art, die Dinge zu betrachten, auf die er noch nie zuvor verfallen war. Die Vorstellung von einem Mann, der seine Frau in den Klauen hielt, das Bild, wie dieser sanftblikkende junge Mensch raubvogelgleich auf sie herabstieß, und der Gedanke, daß ihrer beider Gier dahinsterben würde wie bei jedem anderen Mann auch, wenn sie verblühte, ihre Schönheit verlor, verfiel – all diese scheußlichen Vorstellungen setzten ihm um so stärker zu, als sie plötzlich über ihn herstürzten. Eine tragische Geschichte! Dolly hatte es ja gesagt. Die Weiber! Kurios und gewitzt in einem. Aber bald kam ihm sein Entschluß, daß es ein vergnügter Tag werden sollte, wieder zum Bewußtsein, und hastig nahm er die Inspektion seines Günstlings wieder auf. Vielleicht sollten sie eine Zehnpfundnote auf ihn setzen; besser, sie suchten jetzt die Tribüne auf! Und als sie hinübergingen, erblickte der Oberst in einiger Entfernung unter einem Baum einen jungen Mann, von dem er hätte schwören können, daß es Lennan war. Nicht gerade sehr wahrscheinlich, daß so ein Kunstmensch hier herumstand. Aber kein Zweifel, es war der junge Lennan, geschniegelt und mit Zylinder. Bloß ein Glück, daß er nicht in ihre Richtung blickte. Zu Olive sagte der Oberst nichts; er verspürte keine Neigung – besonders nicht nach diesen unerfreulichen Gedanken –, sich Verantwortung aufzuladen; er beglückwünschte sich zu seinen scharfen Augen und führte sie ohne Umweg zum Tor. In dem Gedränge, das dort herrschte, wurde er ein paar Augenblicke von ihr abgetrieben; aber bald war sie wieder neben ihm, und er beglückwünschte sich abermals und noch dankbarer, daß nichts vorgefallen war, das sie verstimmte und den Tag verdarb. Ihre Wangen waren jetzt nicht mehr blaß, ihre dunklen Augen strahlten. Natürlich war sie aufgeregt beim Gedanken an das Rennen und den Zehner, den er für sie setzen wollte.

Hinterher berichtete er die Sache Mrs. Ercott. »Dieser dunkle Fuchs, auf den Tabor getippt hat, ging überhaupt nicht durchs Ziel – kam nicht heil bergab. War auf den ersten Blick völlig klar. Aber das Kind hat sich glänzend amüsiert. Ein Jammer, daß du nicht mit warst, Liebes!« Von seinen geheimen Gedanken und von dem flüchtigen Auftauchen des jungen Lennan sprach er nicht, denn auf dem Heimweg hatte ihn ein häßlicher Verdacht überfallen. Hatte der junge Mensch sie am Ende doch erspäht und es fertiggebracht, im Gedränge am Koppeltor an sie heranzukommen?

14

Ihr Brief fachte die Flamme in Lennan an, wie noch nichts bisher sie angefacht hatte. Irdisch! War das irdisch, so zu lieben, wie er es tat? Wenn ja, dann wollte er um nichts in der Welt etwas anderes als irdisch sein. In der Erschütterung, die der Brief in ihm ausgelöst hatte, überquerte er seinen Rubikon und verbrannte die Boote hinter sich. Jetzt schwebte ihm nicht mehr das blasse Gespenst ritterlicher Verehrung vor. Er wußte nun, er mußte den Weg bis zum Ende gehn. Natürlich, da sie ihn darum bat, durfte er sie im Augenblick nicht zu sehen versuchen. Aber wenn er es tat, dann würde er kämpfen mit aller Kraft; der Gedanke, sie könne ihm entgleiten wollen, war ihm ganz und gar unerträglich. Aber das konnte sie nicht wollen! Niemals würde sie so grausam sein! Ach! Sie würde, sie mußte am Ende zu ihm kommen! Die Welt, das Leben selbst gab er leicht für ihre Liebe hin.

Nachdem er so mit sich ins reine gekommen war, brachte er es sogar wieder fertig zu arbeiten, und den ganzen Dienstag modellierte er eine großformatige Fassung der phantastischen, stiergleichen Gestalt, die vor seinem innern Auge erstanden war, nachdem ihn der Oberst am Berghang in Beaulieu verlassen hatte. Er arbeitete mit einer Art böser Freude daran. Dies Geschöpf sollte die Verkörperung des Besitzertriebes werden, der sie von ihm fernhielt, als hielte er Cramiers Hals umklammert. Und doch verspürte er nicht mehr ganz denselben Haß gegen den andern, jetzt, da er entschlossen war, sie an sich zu reißen, wenn er es vermochte. Schließlich liebte der Mensch sie auch; er konnte nichts dagegen tun, daß sie ihn verabscheute, und er konnte nichts dafür, daß er sie, Leib und Seele, zu seiner Verfügung hatte!

Der Juni war angebrochen mit einem Himmel von einem Blau, das nicht einmal Londons Staub und greller Glanz entfärben konnte. Über jedem Platz, jedem Park, jedem Flecken Grün brodelte die Luft von Leben und von der Musik der Vögel, die auf den Zweigen schaukelten. Die Leierkastenmänner auf den Straßen dachten nicht mehr sehnsüchtig an den Süden; und die Liebenden saßen nun schon im Baumschatten.

Im Hause zu bleiben, wenn er nicht arbeitete, war die reine Folter, denn er konnte nicht lesen und hatte alles Interesse an den kleinen Aufregungen, dem Zeitvertreib, den Beschäftigungen verloren, aus denen sich das normale Leben eines Mannes zusammensetzt. Alles Äußerliche schien von ihm abgefallen, hingewelkt; geblieben war ihm nur eine Geistesverfassung, ein Seelenzustand.

Während er wach lag, dachte er an Einzelheiten aus der Vergangenheit, und sie waren bedeutungslos geworden; alles war zerschmolzen, zerstoben unter der Glut dieses Gefühls. So stark war die Empfindung, von allem losgelöst zu sein – er konnte tatsächlich kaum glauben, daß er die Dinge erlebt hatte, die sein Gedächtnis bewahrte. Er war nichts mehr als eine einzige Flamme.

Nur draußen, zumal zwischen Bäumen, verspürte er einige Linderung.

Und an jenem Abend saß er lange auf einem Hügel oberhalb der Serpentine unter einem Lindenbaum. Kaum ein Windhauch regte sich, gerade noch soviel, um eine Art Blattgeflüster wachzuhalten. Wie, wenn aus Männern und Frauen, nachdem sie ihr ungestümes Leben ausgelebt hatten, Bäume würden? Breitete vielleicht jemand, der vordem unter Qualen in Liebesflammen gestanden hatte, jetzt über ihm diesen Blätterfrieden aus, diesen blauschwarzen Schatten vor den Sternen? Oder waren etwa die Sterne Seelen von Männern und Frauen, die der Liebe und Sehnsucht auf immer entronnen waren? Er brach einen Zweig von der Linde und fuhr sich damit über das Gesicht. Der Zweig trug noch keine Blüten, aber er duftete frisch und zitronig selbst hier in London. Wenn er doch nur für einen Augenblick von seinem Herzen loskommen und ruhen könnte mit den Bäumen und Sternen!

Der nächste Morgen brachte keinen neuen Brief von ihr, und bald vermochte er nicht mehr zu arbeiten. Es war der Derbytag. Er beschloß hinzufahren. Vielleicht würde sie dort sein. Und wenn nicht, dann fand er wenigstens vielleicht einige Ablenkung durch die Menschenmenge und die Pferde. Er hatte sie auf dem Sattelplatz entdeckt, längst bevor des Obersten scharfe Augen ihn erspähten; und indem er ihnen in der Menge folgte, brachte er es im Gedränge am Eingang fertig, ihre Hand zu berühren und zu flüstern: »Morgen um vier in der Nationalgalerie, vor Bacchus und Ariadne. Um Gottes willen, komm!« Ihre behandschuhte Hand preßte heftig die seine, dann war sie verschwunden. Und er blieb in der Koppel zurück, so glücklich, daß es ihm fast den Atem verschlug.

Als er am nächsten Tag vor dem Bild wartete, betrachtete er es mit Staunen. In diesem dunkelnden, sternengekrönten Himmel und in den Augen des springenden Gottes hatte, so schien ihm, seine eigene Leidenschaft Gestalt angenommen. Stürzte er in Gedanken nicht immerfort so zu ihr? Die Minuten verstrichen, und sie kam nicht. Was sollte er tun, wenn sie ausblieb? Bestimmt vor Enttäuschung und Verzweiflung sterben ... Was die Zähigkeit des menschlichen Herzens anlangt, hatte er bisher noch recht wenig Erfahrung und wußte nicht, daß es unentwegt weiterschlägt, ganz gleich, wieviel Stöße und Wunden ihm das Leben versetzt ... Dann sah er sie plötzlich aus einer unvermuteten Richtung kommen.

Schweigend gingen sie zu den stillen Räumen hinunter, wo die Turnerschen Aquarelle hingen. Kein Mensch außer zwei Franzosen und einem alten Aufseher beobachteten sie, wie sie langsam an diesen kleinen Bildern vorüberschritten, bis sie an die letzte Wand kamen und er, von niemandem als von ihr gehört, beginnen konnte!

Die Argumente, die er sich so sorgfältig zurechtgelegt hatte, waren alle vergessen; nichts blieb als zusammenhanglose flehentliche Bitten. Ohne sie war das Leben kein Leben, und sie hatten doch nur dies eine, um zu lieben, nur einen Sommer. Wo sie nicht war, war alles dunkel; sogar die Sonne selber war dunkel. Lieber sterben als solch ein verkehrtes, zerbrochenes Leben, getrennt voneinander. Besser noch in diesem Augenblick sterben, als leben und immerfort nach dem andern verlangen, Sehnen und immer Sehnen, wobei einer des andern Qual zusehen mußte. Und wofür das alles? Es machte ihn wahnsinnig, brachte ihn auf, wenn er sich vorstellte, daß dieser Mann sie anrührte, da er doch wußte, daß sie ihn nur haßte. Es war eine Schande für alle Männer; es konnte nicht gut sein, so etwas bestehen zu lassen. Ein Gelübde, das seinen Sinn verloren hatte, war nichts als Aberglauben; es war sündhaft, sein Leben dafür zu vergeuden. Die Gesellschaft – das wußte sie, das mußte sie wissen – kümmerte sich nur um die Formen, die Außenseite der Dinge. Und spielte es denn eine Rolle, was die Gesellschaft dachte? Sie hatte keine Seele, kein Herz, nichts. Und wenn es hieß, man solle sich für andere opfern, damit es in der Welt besser würde, sie wußte doch, daß das nur dann galt, wenn die Liebe oberflächlich und selbstsüchtig war, aber nicht, wenn Menschen einander so liebten wie sie beide, mit ganzem Herzen, von ganzer Seele, so daß sie jede Minute füreinander sterben könnten, so daß für sie ohne einander nichts mehr Sinn hatte. Es würde keinem einzigen Menschen etwas helfen, wenn sie ihre Liebe und ihr ganzes Lebensglück mordeten und gleichsam als lebendige Tote weitervegetierten. Und selbst wenn es unrecht war, dann wollte er lieber dieses Unrecht tun und die Folgen auf sich nehmen! Aber es war kein Unrecht, es konnte kein Unrecht sein, da sie so empfanden!

Und die ganze Zeit, während er sie demütig und ungestüm anflehte, forschten und suchten seine Augen in ihrem Gesicht. Doch von ihr kam nur ein »Ich weiß nicht – ich kann dir's nicht sagen – wenn ich es nur wüßte!« Da schwieg er, im Tiefsten getroffen, bis er auf einen Blick oder eine leise Berührung von ihr aufs neue ausbrach: »Du liebst mich doch – du tust es; worauf sonst kommt es an?«

Und so ging es weiter den ganzen Sommernachmittag in dem verlassenen Raum, der für so ganz anderes gedacht war und den kein anderer betrat, weil die beiden Franzosen zu mitfühlend dazu waren und der alte Wächter zu schläfrig. Dann drängte sich alles in die eine wilde, beharrliche Frage zusammen:

»Was ist es – wovor hast du Angst?«

Aber auch darauf erhielt er nur die eine traurige Antwort, die lähmend war in ihrer schicksalsschweren Eintönigkeit:

»Ich weiß nicht – ich kann dir's nicht sagen!«

Es war furchtbar, immer wieder gegen diesen unheimlichen, dunklen, schattenhaften Widerstand zu prallen, diese unwirklichen Zweifel und Ängste, die eben durch ihre Stummheit auch für ihn wirklich wurden. Wenn sie ihm nur hätte sagen können, wovor sie sich fürchtete! Armut konnte es nicht sein, das sah ihr nicht ähnlich, und überdies besaß er genug für sie beide. Es konnte auch nicht der Verlust einer gesellschaftlichen Stellung sein, die ihr nur lästig war. Ganz gewiß war es nicht die Furcht, er könne aufhören, sie zu lieben! Was war es? Um Gottes willen, was?

Morgen, so hatte sie ihm gesagt, sollte sie allein in das Haus am Fluß ziehen. Wollte sie nicht statt dessen jetzt, sofort, noch in diesem Augenblick zu ihm kommen?

Und sie würden miteinander fortfahren, heute abend noch, zurück in den Süden, wo ihre Liebe erblüht war. Aber da war es wieder, dieses: ›Ich kann nicht – ich weiß nicht – ich muß Zeit haben.‹ Und doch leuchteten ihre Augen in dem entrückten Liebesglanz. Wie konnte sie sich so zurückhalten, so schwanken? Aber er war völlig erschöpft und bat nicht weiter, widersprach nicht einmal, als sie sagte: »Du mußt jetzt gehen; laß mich jetzt nach Hause! Ich schreib dir. Vielleicht – weiß ich es bald!« Er bat sie um einen Kuß und berührte ihre Lippen; dann ging er mit schnellen Schritten fort, vorbei an dem alten Aufseher, die Treppen hinauf, hinaus.

15

Er langte in seiner Wohnung sehr ermattet an, jedoch im tiefsten Grunde nicht verzweifelt. Er hatte alles versucht und war gescheitert; dennoch lebte in ihm die unbesiegbare Hoffnung des leidenschaftlich Liebenden ... In einem so Liebenden den Glauben an Erfüllung zu erstikken – ebensogut hätte man versuchen können, mitten im Juni den Herzschlag des Sommers zu ertöten, den Blumen ihre leuchtenden Farben zu verbieten oder dem winzigen Flügelgetier sein schläfriges Gesumm ...

Er ließ sich auf ein Sofa fallen und blieb dort lange Zeit regungslos liegen, die Stirn gegen die Wand gepreßt. Schon begann sich sein Wille langsam wieder zu einem neuen Ansturm zu sammeln. Es war ein Segen, daß sie von Cramier fortging, dorthin, wo er sie in Gedanken hatte Tauben füttern sehen. Kein Gesetz und keine Ängste und nicht einmal ihr Geheiß konnten seine Einbildungskraft hindern, daß er sie bei Tag und bei Nacht vor sich heraufbeschwor. Er brauchte nur die Augen zu schließen, und sie war da.

Wiederholtes Klingeln störte ihn endlich auf, und er ging zur Tür. Sein Besucher war Robert Cramier. Und bei seinem Anblick verflüchtigte sich Lennans Stumpfheit gänzlich und wich einem Gefühl stählerner Spannkraft. Was führte Cramier her? Hatte er seiner Frau nachspioniert? Der alte Drang danach, den Kampf mit den Fäusten auszutragen, überkam ihn. Cramier war vielleicht fünfzehn Jahre älter als er, aber größer, schwerer, stärker. Die Chancen standen also ziemlich gleich.

»Wollen Sie nicht hereinkommen?« sagte er.

»Danke.«

Derselbe Hohn lag in der Stimme wie am Sonntag, und Lennan durchzuckte es, daß Cramier erwartet hatte, seine Frau hier zu finden. War das der Fall, dann verriet er sich nicht, indem er unverblümt Umschau hielt. Er kam mit seinem gemächlichen Schritt herein, leicht und ausgewogen für einen so großen Mann.

»Also hier«, sagte er, »schaffen Sie Ihre Meisterwerke! Schon was Größeres seit Ihrer Rückkehr?«

Lennan hob die Tücher von der halbfertigen Gestalt seines Stiermenschen. Er verspürte dabei bösartiges Vergnügen. Würde sich Cramier wiedererkennen in diesem Geschöpf mit den hörnergleichen Ohren und der hohen, gebuckelten Stirn? Wenn dieser Mann, der ihr Glück unter seinem Absatz zertrat, hergekommen war, um ihn zu verhöhnen, dann sollte er unter allen Umständen zurückkriegen, was er geben wollte. Und Lennan wartete.

»Aha. Sie haben dem armen Tölpel Hörner aufgesetzt!«

Wenn Cramier es wahrgenommen hatte, dann hatte er eine Probe von zynischem Humor geliefert, wie er dem Bildhauer selber niemals in den Sinn gekommen war. Und eben das rief in dem jungen Mann eine Art bewundernder Zerknirschung hervor.

»Das sind keine Hörner«, sagte er sanft, »sondern Ohren.«

Cramier hob die Hand und berührte den Rand seines eigenen.

»Nicht ganz so wie die. Sind das – menschliche Ohren? Aber vermutlich würden Sie das hier als symbolisch bezeichnen. Darf ich fragen, was Sie damit ausdrücken wollen?«

Lennans Sanftheit verflog ganz und gar.

»Wenn Sie das nicht dem Anblick entnehmen, muß die Sache mißraten sein.«

»Aber durchaus nicht. Wenn ich recht sehe, brauchen Sie, um die Wirkung richtig herauszuholen, noch etwas, das er zertrampelt?«

Lennan berührte das Fundament des Tons.

»Die gebrochene Biegung hier –«, er verstummte in plötzlichem Ekel über diese Spiegelfechterei. Weswegen war der Mann gekommen? Er mußte etwas wollen. Und wie zur Antwort sagte Cramier:

»Um zu einem andern Thema überzugehen – Sie sind recht viel mit meiner Frau zusammen. Ich wollte Ihnen lieber sagen, daß mir das nicht besonders gefällt. Es ist besser, ganz offen zu sein, glaube ich.«

Lennan verbeugte sich.

»Ist das nicht vielleicht eine Angelegenheit«, sagte er, »die eher *sie* entscheiden sollte?«

Diese schwere Gestalt – diese drohenden Augen! Das Ganze glich einem Wirklichkeit gewordenen Traum.

»Ich denke, nein. Ich gehöre nicht zu den Leuten, die den Dingen ihren Lauf lassen. Bitte verstehen Sie mich recht. Wenn Sie zwischen uns treten, dann auf Ihre eigne Gefahr.«

Lennan schwieg einen Augenblick und sagte dann ruhig:

»Kann man zwischen zwei Menschen treten, die nichts mehr miteinander gemein haben?«

Die Adern auf Cramiers Stirn sprangen dick hervor, sein Gesicht und sein Hals waren feuerrot angelaufen. Und Lennan dachte mit seltsamem Hochgefühl: ›Gleich schlägt er mich!‹ Kaum konnte er seine Hände beherrschen, daß sie nicht, noch eh der andre sich rührte, vorschnellten und diesen dicken, starken Hals packten. Könnte er ihn doch erwürgen und für immer mit ihm fertig sein!

Aber Cramier machte jäh auf dem Absatz kehrt. »Ich hab Sie gewarnt«, sagte er und ging.

Lennan holte tief Atem. So! Das war vorüber, und nun wußte er also, wohin er gelangt war. Wenn Cramier zugeschlagen hätte, dann hätte er ihn um den Hals gepackt und den Griff nicht wieder gelockert, bis das Leben erloschen war. Nichts hätte ihn abschütteln können. In Gedanken sah er sich, schwankend, sich windend, herumgewirbelt, halb zerschmettert von diesen schweren Fäusten, aber immer mit den Händen um diesen dicken Hals, dem er das Leben auspreßte. Er konnte fühlen, tatsächlich fühlen, wie sich der massige Leib noch einmal drehte, dann taumelnd, krachend zu Boden schlug, ihn im Sturz mitriß und dann auf dem Rücken liegenblieb, regungslos. Lennan bedeckte die Augen mit den Händen. Gott sei gedankt! Der Kerl hatte nicht zugeschlagen!

Er ging zur Tür, öffnete sie und blieb, gegen den Türpfosten gelehnt, stehen. Die stille alte Gasse draußen lag in schläfriger Ruhe. Keine Menschenseele zu sehen! Welche Lautlosigkeit für London. Nur die Vögel. In einem benachbarten Atelier spielte jemand Chopin. Wunderlich. Er hatte fast vergessen, daß es so etwas wie Chopin gab. Eine Mazurka! Wirbelnd, schwirrend wie ein Kreisel, weiter, immer weiter – unheimliche kleine Melodie –! So, und was nun? Gewiß war nur eines: eher das Leben aufgeben als sie. Viel eher das Leben. Sie lieben, sie erringen – oder alles aufgeben, verlöschen beim endlosen traurigen Gedudel dieses kleinen, hüpfenden Grablieds für den Sommer!

16

Oft stand Olive vor ihrem Haus am Fluß.

Was lag unter all diesem hellen Wasser – welches unbekannte, tiefe, schaukelnde Leben, so weit unter dem Windgekräusel und unter dem Schatten der Weiden? Gab es dort unten auch Liebe? Liebe zwischen empfindungsfähigen Wesen, wo es fast dunkel war; oder war alle Leidenschaft aufgestiegen, um mit den Binsen zu rauschen und mit den Wasserblumen im Sonnenlicht zu schwimmen? Gab es dort Farbe, oder war die Farbe ertrunken? Kein Duft, keine Musik; aber Bewegung gab es, denn all die undeutlich wahrnehmbaren, tastenden Wesen richteten sich mit der Strömung – Bewegung, genau wie bei den Espenblättern, die nie ganz stillhielten, und bei den geflügelten Wolkenherden. Und wenn es dort unten dunkel war – dunkel war es auch über dem Wasserspiegel; Herzen taten weh, und Augen suchten nach dem, was nie kam.

Zusehen, wie es immerfort vorüberfloß, dem Meer zu; wie es nie zurückkehrte und nie nach hier oder dort abwich, wie es vorübertrieb, still wie das Schicksal selber, dunkel oder funkelnd vom Sonnen- und Mondlicht dieser schönen Tage und Nächte, da jede Blume in ihrem Garten, auf den Feldern und am Flußufer voll süßen Lebens war und Wildrosen die Heckenwege besternten und das Farnkraut im Walde fast einen Fuß hoch stand.

Sie war nicht allein, obwohl ihr das viel lieber gewesen wäre. Zwei Tage nach ihrem Aufbruch in London hatten Onkel und Tante sich bei ihr eingefunden. Cramier war es, der die beiden eingeladen hatte. Er selber war noch nicht dagewesen.

Jeden Abend, wenn sie sich von Mrs. Ercott verabschiedet hatte und die breiten, flachen Treppenstufen hinauf in ihr Zimmer gegangen war, setzte sie sich ans Fenster, um Lennan zu schreiben, neben sich eine Kerze – eine blasse Flamme, die ihr Gesellschaft leistete wie vielleicht unsichtbar er selber. Jeden Abend verströmte sie vor ihm ihre Gedanken, und immer lautete der Schluß: ›Hab Geduld!‹ Sie wartete noch immer auf den Mut, sich durch die dunkle Hecke aus ungreifbaren Zweifeln und Ängsten und Gewissensbissen und einem Grauen durchzuschlagen, das sie nicht einmal vor sich selbst in Worte fassen konnte. Wenn sie dann fertig war, lehnte sie sich in die Nacht hinaus. Der Oberst, zum Schutz vor dem Tau in einen Mantel gemummt, eine schwarze Gestalt, pflegte auf dem Rasen auf und ab zu schreiten mit seiner Gutenachtzigarre, deren glühendes Ende sie eben noch erkennen konnte; weiter hinten lag schattenhaft ihr Taubenhaus und noch ferner der Fluß, ruhelos. Dann verschränkte sie die Arme fest um sich, denn sie scheute sich, sie auszubreiten – man hätte sie sehen können.

Jeden Morgen stand sie zeitig auf, kleidete sich an und stahl sich fort ins Dorf, um ihren Brief in den Kasten zu werfen. Aus dem Wald jenseits des Flusses klang Wildtaubenruf, geradeso, als mahne die Liebe selber sie Tag für Tag neu. Sie war rechtzeitig vor dem Frühstück wieder zurück, so daß sie in ihr Zimmer hinaufgehen und wieder herunterkommen konnte, als sei es zum erstenmal. Wenn der Oberst ihr dann auf der Treppe oder in der Halle begegnete, dann sagte er: »Ah, mein Liebes! Hab ich dich um eine Nasenlänge geschlagen! Gut geschlafen?« Und während sie mit den Lippen seine dargeneigte Wange berührte, in Ohrnähe, wie es sich bei einem Onkel geziemt, dachte er nicht im entferntesten daran, daß sie schon drei Meilen weit durch den Frühtau gewandert war.

Nun, in den Qualen einer Unentschlossenheit, die, gleichviel wie, nur furchtbar enden konnte, nun, da sie mitten in diesem Strudel steckte, ließ sie sich nicht das geringste Anzeichen durchgehen. Der Oberst und sogar seine Frau erlagen der Täuschung und glaubten, am Ende sei doch kein größeres Unheil geschehn. Sie waren dankbar deswegen, denn wenn sie an ihr Hüteramt in Monte Carlo dachten, konnten sie es nicht gerade für ihre positive Bilanz verbuchen. Die warmen, schläfrigen Tage verliefen recht angenehm: ein bißchen Krockett und ein bißchen Paddeln auf dem Fluß; und im übrigen saßen sie im Garten; dann las der Oberst Tennyson vor. Falls Mrs. Ercott es nicht war – er zumindest war besonders glücklich darüber, in ›dieser verdammt stickigen Jahreszeit‹ aus der Stadt heraus zu sein. Und so gingen die frühen Junitage dahin, einer schöner als der andere.

Und dann kam unangekündigt an einem Freitagabend Cramier. Es sei heiß in London ... die Sitzungsperiode stumpfsinnig ... Durch das Jubiläum gehe alles drunter und drüber ... Sie hätten es gut hier, weit weg von der Stadt!

Es wurde ein schweigsames Abendessen.

Mrs. Ercott vermerkte, daß er Wein wie Wasser in sich hineinschüttete und einmal minutenlang die Augen unter schweren hängenden Lidern wie nach einer Nacht ohne Schlaf nicht auf das Gesicht seiner Frau gerichtet hielt, sondern auf ihren Hals. Wenn Olive ihn wirklich haßte und fürchtete, wie John behauptete, so verbarg sie ihre Gefühle ausgezeichnet! So blaß sie sonst war, heute abend sah sie blendend aus. Vielleicht hatten ihre Wangen durch die Sonne ein bißchen Farbe bekommen. Und das schwarze, tief ausgeschnittene Kleid mit der alten Mailänder Spitze, die so gut zu ihrem Teint paßte, stand ihr vorzüglich; dazu die eine tiefrote Nelke an der Brust. Ihre Augen sahen manchmal tatsächlich aus wie schwarzer Samt. Blassen Frauen standen solche Augen gut zu Gesicht, die bei Nacht so schwarz wurden. Sie sprach und lachte auch mehr als sonst. Man konnte wirklich meinen: eine Frau, die sich herzlich freut, ihren Mann wieder dazuhaben. Und doch lag da irgend etwas in der Luft – irgendwas war zu spüren – wie unheimlich starr der Mensch blickte! – oder es braute sich ein Gewitter zusammen, nach dieser Hitze! Die Nacht war wirklich unnatürlich still und düster, kaum ein Lüftchen regte sich, und so viele Falter flatterten dort draußen herum und durch den Lichtstreifen – wie kleine blasse Gespenster, die einen Fluß überquerten! Mrs. Ercott lächelte, das Bild gefiel ihr. Falter! Männer waren wie die Falter; es gab Frauen, von denen sie sich nicht fernhalten konnten. Ja, Olive hatte so etwas an sich, das die Männer anzog. Nicht etwa dirnenhaft – o nein, nicht die Spur, es wäre höchst ungerecht gewesen, das zu behaupten –, aber irgend etwas Sanftes und – Verhängnisvolles, wie die Kerzenflammen für die armen Falter. Johns Augen sahen immer ein bißchen anders aus als sonst, wenn er Olive anschaute, und Robert Cramiers Augen – was für einen sonderbaren, betäubten Ausdruck sie hatten! Und was den armen jungen Menschen betraf – sie hatte sein Gesicht bei der Begegnung im Park nicht wieder vergessen.

Und als sie nach dem Essen auf der Veranda saßen, waren sie alle noch schweigsamer und beobachteten scheinbar nur den Rauch ihrer Zigaretten, wie er pfeilgerade aufstieg, ganz so, als sei aller Wind aus der Welt abberufen. Zweimal versuchte der Oberst, über den Mond zu reden: Er müsse doch jetzt schon aufgegangen sein! Es sei nahezu Vollmond!

Und dann sagte Cramier: »Nimm dir den Schal um, Olive, und komm mit mir in den Garten.«

Jetzt gab Mrs. Ercott im stillen zu, daß der Oberst recht hatte mit seiner Behauptung. Nur ein blitzender, rascher Blick nach rechts und links, so wie ein Vogel nach einem Fluchtweg schaut, dann hatte sie sich erhoben und ging ruhig neben ihm den Pfad hinunter, bis ihre stillen Gestalten den Blicken entschwunden waren.

Bis ins Innerste verstört, stand Mrs. Ercott auf und trat neben den Sessel ihres Mannes. Er starrte stirnrunzelnd seinen Lackschuh an, den er über dem großen Zeh balancierte. Er blickte zu ihr auf und streckte die Hand aus. Mrs. Ercott drückte sie heftig; es verlangte sie nach Trost.

Der Oberst sagte: »Es ist schwül heut abend, Dolly. Die Atmosphäre gefällt mir nicht.«

17

Wortlos waren sie an Lorbeer- und Schneeballsträuchern vorbei zum Fluß hinuntergegangen; dann hatte er sich nach rechts gewandt und war am Ufer entlanggeschritten, unterhalb des Taubenhauses hinüber zu den Eiben. Dort, im undurchdringlichen Dunkel der Hecke, war er stehengeblieben. Ihr schien die Stille ringsum fürchterlich. Hätte nur das leiseste Lüftchen geweht, hätten die

Binsen am Wasser noch so schwach gerauscht, hätte ein einziger Vogel Laut gegeben; aber nichts, nichts außer seinen tiefen, unregelmäßigen, zitternden Atemzügen. Wozu hatte er sie hierhergeführt? Um ihr zu zeigen, wie ganz und gar sie sein Eigentum war? Wollte er denn nicht endlich reden, ihr sagen, was er ihr zu sagen beabsichtigte? Wenn er sie nur nicht anrührte!

Dann regte er sich, und ein Stein löste sich vom Ufer und fiel aufklatschend ins Wasser. Sie konnte ein scharfes Luftholen nicht unterdrücken. Wie schwarz der Fluß aussah! Aber langsam stahl sich ein Lichtstrahl hinter den verschwommenen Umrissen der riesigen Pappel hervor und drang von jenseits des Flusses durch die Schwärze herüber – und nun konnte sie den Mond selber sehen; leuchtend wie eine goldene Münze stieg er über dem Wald auf. Ihr Herz schlug dem warmen Licht entgegen. Einen freundlichen Bewohner dieser Finsternis gab es jedenfalls.

Plötzlich fühlte sie seine Hände an ihrer Taille. Sie rührte sich nicht, ihr Herz klopfte zu wild; aber eine Art Stoßgebet flatterte von da zu ihren Lippen. Welche Gewalt lag im bebenden Griff dieser schweren Hände!

Seine Stimme klang belegt und fremd: »Olive, so kann das nicht weitergehn. Ich leide. Mein Gott! Ich leide!«

Ein Stich durchzuckte sie, etwas wie Überraschung. Leiden! Vielleicht wünschte sie, daß er tot wäre, aber daß er litt, wollte sie nicht, bei Gott. Und doch, in der Umklammerung dieser Hände konnte sie nicht sagen: Verzeih mir!

Er stieß einen Laut aus, der fast ein Stöhnen war, und fiel auf die Knie. Sie fühlte sich festgehalten und suchte seine Stirn von sich wegzuschieben. Die war glühend heiß, und sie hörte ihn murmeln: »Sei barmherzig! Hab mich ein bißchen lieb!« Aber seine gierigen Hände, die rastlos über die dünne Seide ihres Kleides glitten, verursachten ihr Übelkeit. Sie suchte sich loszuwinden, es gelang ihr nicht; sie stand wieder still, und schließlich gehorchte ihr die Stimme:

»Barmherzig? Kann ich denn machen, daß ich dich liebe? Das hat noch nie jemand gekonnt, solang es die Welt gibt. Steh auf, bitte. Laß mich los!«

Aber er zerrte sie zu sich nieder, so daß sie gezwungen war, sich ins Gras zu knien, ihr Gesicht dicht an seinem. Ein tiefes Stöhnen entrang sich ihm. Es war grauenvoll – so grauenvoll. Und er flehte weiter, immer weiter, in wirren Worten, ohne ihr ins Gesicht zu sehen. Ihr schien, das Ganze würde nie wieder aufhören, nie wieder würde sie aus dieser Umklammerung freikommen, fort von dieser stammelnden, flüsternden Stimme. Instinktiv hielt sie ganz still und schloß die Augen. Da fühlte sie zum erstenmal an diesem Abend seinen Blick auf ihrem Gesicht und begriff, daß er sie erst jetzt anzusehen wagte – er hatte gefürchtet, in ihren Augen zu lesen, was darin stand. Sehr sanft sagte sie:

»Bitte laß mich los. Ich glaube, ich werde ohnmächtig.«

Er löste die Klammer seiner Arme; sie sank um und blieb regungslos im Gras liegen. Es war so völlig still, daß sie kaum wußte, ob er noch neben ihr war oder nicht; dann fühlte sie auf ihrer nackten Schulter seine heiße Hand. Sollte nun alles noch einmal anfangen? Sie drückte sich noch tiefer ins Gras, ein kleines Stöhnen entfuhr ihr. Jäh ließ er sie los, und als sie endlich aufblickte, war er verschwunden.

Zitternd raffte sie sich auf und lief hastig von der Eibenhecke fort. Sie versuchte zu denken, suchte genau zu begreifen, was dies bedeutete, für sie, für ihn, für ihren Liebsten. Aber sie vermochte es nicht. Rings um ihre Gedanken stand die gleiche atembeklemmende Dunkelheit, die schwer über der Nacht lag. Ach! Aber die Nacht hatte den blaßgoldenen Mondschimmer empfangen, sie selber nichts, nicht den leisesten Lichtschein; ebensogut hätte sie versuchen können, die dunkle Wasserfläche zu durchdringen.

Sie fuhr sich mit den Händen über Gesicht und Haar und Kleid. Wie lange hatte das gedauert? Wie lange waren sie hier draußen gewesen? Langsam trat sie den Rückweg nach dem Haus an. Gottlob! Sie hatte nicht der Furcht oder dem Mitleid nachgegeben, nichts Falsches gesagt und Verrat an ihrem Herzen geübt, nicht vorgespiegelt, sie könne ihn lieben. Das wäre von allem das Schlimmste gewesen, unerträglich für die Erinnerung. Lange blieb sie stehen und starrte zu Boden, als wolle sie die Zukunft in ihren kaum noch erkennbaren Blumenbeeten lesen; dann riß sie sich zusammen und eilte ins Haus. Niemand war auf der Veranda, niemand im Salon. Sie schaute auf die Uhr. Fast elf. Sie klingelte nach dem Mädchen, damit es die Fenster schloß, und stahl sich zu ihrem Zimmer hinauf. War ihr Mann ebenso wieder gegangen, wie er gekommen war? Oder würde sie bald diesem Grauen wieder Auge in Auge gegenüberstehen, das sie nun unaufhörlich peinigte, wenn er in der Nähe war – dem Grauen vor der Nacht. Sie beschloß, nicht zu Bett zu gehen, sondern hüllte sich in den Morgenrock, schob sich einen Lehnstuhl ans Fenster und streckte sich darin aus.

Die Blume von ihrem Kleid war wie durch ein Wunder in den schlimmen Minuten auf dem Rasen heil geblieben; sie stand in einem Wasserglas neben ihr auf dem Fensterbrett – Marks Lieblingsblume, das hatte er ihr einmal gesagt; sie war ihr ein Trost mit ihrem Duft und ihrer Farbe, eine Erinnerung an ihn.

Seltsam, soviel Gesichter sie in ihrem Leben gesehen, soviel Leute sie kennengelernt hatte, Liebe hatte sie nicht erfahren, bis sie Lennan begegnet war. Sie war sogar überzeugt gewesen, daß die Liebe niemals zu ihr kommen werde. Es hatte sie auch nicht danach verlangt, nicht sehr wenigstens, sondern sie hatte gemeint, sie könne recht gut leben und am Ende auch sterben, ohne je einen erfüllten Sommer zu haben oder auch nur herbeizuwünschen. Nun hatte sich die Liebe an ihr gerächt für all die verschmähte, die ihr früher entgegengebracht worden war, und für die verhaßte, die heut abend vor ihr gekniet hatte. Es hieß, einmal überkäme sie jeden

Mann und jede Frau, diese Behexung, dieses dunkle, süße Gefühl, wer wußte schon, wie und wodurch es entsprang? Sie hatte nicht daran geglaubt, aber nun kannte sie es. Und was immer noch kommen mochte, sie wünschte es sich nicht anders. Da alle Dinge sich wandelten, mußte auch sie sich verändern und alt werden und konnte nicht immer hübsch bleiben, eine Augenweide für ihn, aber das, was sie in sich spürte, konnte sich nicht verändern. Das wußte sie genau. Es war, als spräche etwas: Dies ist für immer, über Leben und Tod hinaus, dies ist für immer! Er wird Staub sein und du auch, aber eure Liebe wird leben! Irgendwo – im Wald, bei den Blumen oder unten im dunklen Wasser wird sie sein! Nur für sie habt ihr gelebt! ... Dann merkte sie, daß sich ein schmales Insekt mit silbrigen Flügeln auf ihrem Morgenrock niedergelassen hatte, dicht am Hals; es sah anders aus als alle Falter, die sie je gesehen hatte. Es schien zu schlummern, wie es so zerbrechlich und matt da saß, hereingeflüchtet aus der schwülen Dunkelheit draußen, vielleicht hatte es ihren weißen Schlafrock für Licht gehalten. Woran erinnerte sie das nur? An etwas, das mit ihm zusammenhing, etwas, das er getan hatte, bei Dunkelheit, in einer Nacht wie dieser. Ach ja! Der Abend nach Gorbio, der kleine eulenhafte Nachtfalter auf ihrem Knie! Er hatte sie berührt, als er ihr dies zutrauliche, blasse, samtäugige Ding abgenommen hatte!

Sie lehnte sich hinaus und holte tief Luft. Was für eine Nacht! Ihre Sterne waren in lauter schwerer Wärme verborgen, und selbst ihr kleiner, runder, goldener Mond konnte das Dunkel nicht durchdringen. Eine Nacht wie ein schwarzes Stiefmütterchen mit einem kleinen goldenen Herzen. Und still! Denn von den Bäumen, die bei Nacht sonst so viel wisperten, kam kein Laut, nicht einmal von den Espen. Sie fühlte die reglose Luft an den Wangen wie etwas Greifbares, Leibhaftiges. Doch in all der Stille wieviel Empfindung, wieviel Leidenschaft – wie in ihr selbst. Konnte sie ihn nicht zu sich ziehen aus dem Wald dort drüben, von dem dunklen schimmernden Fluß her, von den Blumen, den Bäumen und dem leidenschaftsschweren Himmel – ihn her zu sich ziehen, die hier wartete, so daß sie nicht mehr dies sehnsuchtskranke Geschöpf war, sondern eins mit ihm und der Nacht! Und sie ließ den Kopf auf die Hände sinken.

Sie blieb die ganze Nacht dort am Fenster. Manchmal glitt sie in ihrem Stuhl in leichten Schlummer, einmal fuhr sie daraus auf, denn sie bildete sich ein, ihr Mann beuge sich über sie. War er dagewesen – und hatte sich wieder fortgestohlen? Und die Dämmerung zog herauf, taugrau, verschleiert und sehnsüchtig, wob sich um jeden schwarzen Baum und das weiße Taubenhaus und legte sich als Schärpe auf den Fluß. Und in den noch unsichtbaren Blättern klang Vogelgezwitscher auf.

Da schlief sie ein.

18

Als sie abermals erwachte, bei hellem Tag und lächelnd, stand Cramier neben ihrem Sessel. Sein finsteres, verbittertes Gesicht war gedunsen von Übermüdung.

»So!« sagte er, »offenbar vertreibt dir's die Träume nicht, wenn du auf die Art schläfst. Laß dich darin von mir nicht stören. Ich will gerade wieder zurück zur Stadt.«

Sie saß regungslos wie ein verängstigter Vogel und starrte seinen Rücken an, während er sich aus dem Fenster beugte. Endlich wendete er sich wieder zu ihr und sagte:

»Aber denk daran: Was ich nicht haben kann, bekommt auch niemand sonst! Verstehst du? Niemand sonst!« Und er beugte sich dicht zu ihr herab und wiederholte: »Verstehst du wohl – du schlechte Frau!«

Vier Jahre Sichfügen vor einer Berührung, bei der ihr schauderte; eine ununterbrochene Anstrengung, den Schauder zu überwinden! Schlechte Frau! Mochte er sie umbringen; sie gab ihm nun keine Antwort mehr.

»Hörst du wohl?« sagte er wieder. »Richte dich drauf ein! Ich meine es ernst.«

Er hatte die Armlehnen gepackt; sie konnte fühlen, wie der Sessel unter ihr bebte. Sie brachte es fertig weiterzulächeln – würde er ihr die Faust ins Gesicht stoßen? Aber es trat nur ein Ausdruck in seine Augen, den sie nicht deuten konnte.

»Gut«, sagte er, »jetzt weißt du's!« Und er schritt schwerfällig zur Tür.

Im selben Moment, da er hinausgegangen war, sprang sie auf. Ja, sie war eine schlechte Frau! Eine Frau, die am Ende ihrer Kraft angelangt war. Eine Frau, die haßte, anstatt zu lieben. Eine Frau im Kerker! Schlechte Frau. Denn Märtyrertum für ein Vertrauen, das schon verloren war, das konnte nur Schwachsinn sein. Wenn sie ihm schlecht und treulos erschien, dann gab es keinen Grund mehr, so zu tun, als sei sie etwas anderes. Sie würde nicht länger tun, wie es in dem alten Liede hieß: »Saß und seufzte – zupfte Farne, zupfte Farne.‹ Sie würde nicht mehr darben, weil ihr die Liebe fehlte, nicht mehr die Nächte voll Zittern und Schmerz durchwachen, wie die letzte, die sie gepeinigt und geschlagen hatte mit nicht zu stillender Leidenschaft.

Und während sie sich ankleidete, staunte sie darüber, daß sie nicht müde aussah. Nur schnell hinauskommen! Ihrem Liebsten Nachricht geben, daß er zu ihr eilte, sofort, solange sie noch sicher waren – ihm sagen, daß sie zu ihm kam, ausbrach aus ihrem Gefängnis! Sie würde ihm telegrafieren, daß er am Abend mit einem Boot kommen und gegenüber der hohen Pappel anlegen sollte. Sie war mit Onkel und Tante im Pfarrhaus zum Abendessen eingeladen, aber sie würde im letzten Augenblick Kopfweh vorschützen. Wenn dann die Ercotts fort waren, würde sie sich hinausstehlen, und er würde sie beide zum Wald hinüberrudern, dort würden sie zwei glückselige Stunden lang beieinander sein. Und sie mußten auch einen klaren Plan fassen – denn von morgen an sollte ihr gemeinsames Leben beginnen.

Aber es war zu gefährlich, diese Botschaft vom Dorf aus abzuschicken; sie mußte flußabwärts gehen, über die Brücke und ins Postbüro auf der andern Seite, wo die Leute sie nicht kannten. Aber nicht vor dem Frühstück, es war schon zu spät. Besser danach, sowie sie unbemerkt entkommen konnte und wenn sie ganz sicher wußte, daß ihr Mann abgefahren war. Dann war immer noch Zeit für ihr Telegramm – Lennan verließ nie die Wohnung vor der Mittagspost, die ihre Briefe brachte.

Sie zog sich fertig an, und weil sie wußte, daß sie keine Spur von Aufregung zeigen durfte, saß sie noch ein paar Minuten ganz still und zwang sich in einen Zustand von Mattigkeit hinein. Dann stieg sie treppab. Ihr Mann hatte gefrühstückt und war fort. Jetzt lächelte sie bei allem, was sie tat, bei jedem Wort, das sie sprach, in einer Art Staunen, als schaue sie einem Ich zu, das sie abgelegt hatte wie ein altes Kleid und das zu ihrem Zeitvertreib Komödie spielte. Selbst der Gedanke an den Kummer, den sie dem guten Obersten antun würde, bereitete ihr keine Gewissensbisse. Sie hatte ihn lieb – aber das war gleichgültig. Über all das war sie hinaus. Nichts zählte, nichts auf der Welt! Sie amüsierte sich bei dem Gedanken, daß Onkel und Tante den nächtlichen Spaziergang gestern und ihre heitere Mattigkeit jetzt mißdeuteten. Und bei der ersten besten Gelegenheit flüchtete sie nach draußen und in die Deckung der Eiben am Fluß. Als sie an der Stelle vorüberschritt, wo ihr Mann sie zu sich heruntergezogen, wo sie im Gras gekniet hatte, spürte sie etwas wie Staunen, daß sie sich so sehr gefürchtet hatte. Was war er schon? Vergangenheit – ein Nichts. Und sie rannte leichtfüßig weiter. Sorgfältig prüfte sie das Flußufer gegenüber der großen Pappel. Es würde ganz leicht sein, von dort ins Boot hinunterzugelangen. Aber sie würden nicht in dem düsteren Seitenarm bleiben. Sie würden ans andere Ufer rudern, zu dem Wald, über dem gestern nacht der Mond aufgestiegen war, dem Wald, aus dem jeden Morgen die Tauben sie verspotteten, dem Wald, der so voller Sommer war. Wenn sie zurückkamen, würde niemand sie landen sehen, denn in dem Seitenarm herrschte pechschwarze Finsternis. Und während sie dahineilte, schaute sie über die Schulter zurück und merkte sich, wo das hereinströmende Wasser aufhörte zu funkeln. Eine Libelle streifte ihre Wange; sie sah sie dort verschwinden, wo das Sonnenlicht erloschen war. Wie jäh sich ihre frohe Flugbahn in dem dunklen Schatten dort verlor, gleich einer Kerzenflamme, die jemand ausblies. Die Bäume standen zu dicht dort, die Aststrünke und Baumstümpfe sahen sonderbar und unheimlich aus, wie Ungeheuer, deren Augen zu ihr hinausspähten. Sie schauerte zusammen. Diese Ungeheuer mit den spähenden Augen hatte sie schon einmal irgendwo gesehen. Ach! Ihr Traum von Monte Carlo: Der Stierkopf, der vom Ufer herüberstarrte, während sie, unfähig zu schreien, vorbeitrieb. Nein! Der Seitenarm dort war kein glücklicher Ort, keine Minute lang würden sie sich dort aufhalten. Und noch schneller lief sie den Pfad hinunter. Bald war sie über die Brücke gehastet, hatte ihre Nachricht abgeschickt und kehrte zurück. Nun beeilte sie sich nicht mehr, denn bis es acht Uhr war, lagen noch zehn Stunden vor ihr. Diesen Sommertag wollte sie allein verbringen, ihn verträumen, bis er kam; diesen Tag, für den ihr ganzes bisheriges Leben sie geformt und bereitet hatte – den Tag der Liebe. Wunderlich ging das Schicksal mit ihr um! Wenn sie früher schon einmal geliebt, wenn sie in ihrer Ehe Freude gekannt hätte – nie wäre es dann möglich gewesen, daß sie so empfand wie jetzt, so, wie sie nie wieder empfinden konnte; das wußte sie genau. Sie schritt über eine frischgemähte Wiese, und als sie an einen Hang kam, auf dem das Gras noch stand, warf sie sich rücklings hinein. Weit weg am andern Wiesenende schwangen Männer ihre Sensen. Schön war das alles – die dahintreibenden sanften Wolken, die Kleestengel, die sich an ihre Handflächen drängten, und die langen Queckenhalme, die kühl an ihren Wangen lagen; kleine blaue Schmetterlinge; eine unsichtbare Lerche; der Duft des reifen Heus und die goldenen Elfenpfeile der Sonne auf ihrem Gesicht und ihren

Gliedern. Dem Sommer entgegenwachsen – das mußte alles Lebendige! Das war der Lebenssinn. Sie hatte keine Zweifel und Ängste mehr. Keine Furcht mehr und keine Bitterkeit und kein böses Gewissen um dessentwillen, was sie im Begriff war zu tun. Sie tat es, weil sie mußte ... Konnte denn das Gras zu reifen aufhören, damit es nicht geschnitten wurde? Jetzt hatte sie das Gefühl von etwas Geheiligtem und Erhebendem. Gleichviel, welche Macht es war, die ihr Herz erschaffen hatte; sie hatte diese Liebe hineingesenkt. Gleich, was das war, wer das war – er konnte ihr nicht zürnen!

Eine Biene ließ sich auf ihrem Arm nieder, und sie hob ihn zwischen sich und die Sonne, um sich an dem dunklen Schimmer des kleinen Tiers zu freuen. Es würde sie nicht stechen – nicht heute! Und auch die kleinen blauen Schmetterlinge ließen sich immer wieder auf ihr nieder, da sie so still lag. Und die Liebeslieder der Ringeltauben verstummten keinen Augenblick, sowenig wie das leise Zischen der Sense.

Schließlich erhob sie sich, um den Heimweg anzutreten. Ein Telegramm war eingetroffen, es enthielt nur ein schlichtes ›Ja‹. Sie las es mit unbewegtem Gesicht, denn sie hatte nun wieder zu ihrer Maske von Mattigkeit gegriffen. Um die Teezeit bekannte sie, Kopfweh zu haben, und sagte, sie wolle sich hinlegen. Oben in ihrem Zimmer verbrachte sie diese drei Stunden, indem sie schrieb – aufschrieb, so gut sie nur irgend konnte, was sie in Gedanken und Empfindungen durchlebt hatte, bevor sie ihren Entschluß faßte. Ihr schien, sie schulde es sich selber, daß sie ihrem Liebsten sagte, wie sie dazu gekommen war zu tun, was zu tun sie nie vorgehabt hatte. Sie schob die beschriebenen Blätter in einen Umschlag und versiegelte ihn. Das wollte sie ihm geben, damit er las und begriff, wenn sie ihm ohne Rückhalt gezeigt hatte, wie sehr sie ihn liebte. Es würde ihm helfen, die Zeit bis morgen zu überstehen – bis sie miteinander in ihr neues Leben aufbrechen würden. Denn heute abend wollten sie planen und morgen beginnen.

Um halb acht ließ sie ausrichten, daß ihre Kopfschmerzen zu stark seien, als daß sie ausgehen könnte. Das bewirkte einen Besuch von Mrs. Ercott: Der Oberst und sie seien sehr betrübt, aber vielleicht sei es das gescheiteste, wenn Olive sich schonte. Und bald ließ sich auch der Oberst selber kummervoll durch die Tür vernehmen: Wirklich so schlimm, daß sie nicht mitkommen konnte? Machte keinen Spaß ohne sie! Aber sie solle sich auf keinen Fall anstrengen – ja nicht!

Das gab ihr einen Stich ins Herz. Er war immer so gut zu ihr.

Schließlich sah sie aus dem Korridorfenster, wie die beiden die Auffahrt hinuntermarschierten, der Oberst einen Viertelschritt voran, in der Hand den Beutel mit den Abendschuhen seiner Frau. Wie hübsch er aussah mit dem braunen Gesicht und dem grauen Schnurrbart! So aufrecht, und so verantwortungsbewußt bei der Sache!

Jetzt zeigte sie keine Spur von Mattigkeit mehr. Sie hatte sich ein weißes Kleid angezogen und einen langen, blauen Seidenmantel mit einer Kapuze, und dann ergriff sie die Blume, die wunderbarerweise die Strapazen des gestrigen Abends überstanden hatte, und steckte sie sich an die Brust. Dann, nachdem sie sich vergewissert hatte, daß keines von den Mädchen in der Nähe war, huschte sie treppab und hinaus. Es war gerade acht Uhr, und das Taubenhaus leuchtete unter den letzten Sonnenstrahlen. Sie schlug einen Bogen darum, damit die Vögel nicht zu ihr herangeflattert kamen und sie durch ihr Gurren verrieten. Als sie schon fast am Treidelpfad angelangt war, blieb sie erschrocken stehen. Bestimmt hatte sich da etwas gerührt, etwas Schweres, es hatte geklungen, als ob Zweige zerknickten. War das nur wieder die Erinnerung an gestern nacht, oder verbarg sich wirklich jemand dort? Sie wich ein paar Schritte zurück. Unsinnige Angst! Auf der Wiese drüben rieb sich eine Kuh an der Hecke. Und nachdem sie sich am Wiesenrand entlanggestohlen hatte, hinüber zum Treidelpfad, eilte sie zu der Pappel.

19

Hundertmal während ihrer Abwesenheit hatte Lennan auf dem Sprung gestanden, gegen ihren Befehl zu ihr zu fahren, nur einfach am Haus vorüberzurudern, sie in Reichweite zu fühlen, sie vielleicht von fern einen Augenblick zu sehen. Und wenngleich sein Körper in London umging, so befand sich doch sein Geist dort unten an dem Fluß, wo er schon einmal dahingetrieben war und das Terrain erkundet hatte. Hundertmal, bei Tag in Wachträumen, des nachts im Schlaf, zog er sich wieder heimlich an den Ästen den düsteren Seitenarm entlang, bis die dunklen Eiben und das weiße Taubenhaus vor ihm auftauchten.

Er dachte nur noch an die Erfüllung. Sie verzehrte sich grausam! Warum sollte er sie dort lassen, wo sie war! Und zulassen, daß sie sich und ihr Frauentum herabwürdigte in den Armen des Mannes, den sie haßte?

Und als er an jenem Tag in der Junimitte ihr Telegramm empfing, war ihm, als halte er den Schlüssel zum Paradies in den Händen.

Würde sie – konnte sie beabsichtigen, schon an ebendiesem Abend mit ihm fortzugehen? Auf alle Fälle würde er Vorbereitungen dafür treffen. Er hatte in Gedanken so oft an diesem Wendepunkt gestanden, hatte alles so genau durchdacht, daß er nun nur noch das Geplante in die Tat umzusetzen brauchte. Er packte, versorgte sich reichlich mit Geld und schrieb einen langen Brief an seinen Vormund. Es würde dem alten Mann weh tun – Gordy war nun über siebzig –, aber das ließ sich nicht vermeiden. Er würde den Brief nicht abschikken, bevor er seiner Sache sicher war.

Nachdem er geschildert hatte, wie alles entstanden war, fuhr er folgendermaßen fort: ›Ich weiß, viele Leute werden es für sehr unrecht halten, vielleicht auch Du, Gordy. Aber für mich ist es kein Unrecht, und das ist die schlichte Wahrheit. Jeder hat wohl über solche Sachen seine eigenen Ansichten; und da ich – bei meiner Ehre,

Gordy – nie eine Frau, die mich nicht liebt, festgehalten habe, festhalten würde oder auch nur festzuhalten wünschte, nicht in einer Ehe und auch nicht außerhalb einer Ehe, so denke ich, daß ich einfach handle, wie ich es keinem andern mir gegenüber verübeln würde, wenn ich diese Frau, für die ich jederzeit mein Leben hingäbe, einem solchen Elend entreiße. Das soll nicht etwa bedeuten, daß da Mitleid irgendeine Rolle spielt – zuerst habe ich das geglaubt, aber jetzt weiß ich, daß alles das aufgegangen ist in dem stärksten Gefühl, das ich je gehabt habe, je haben werde. Ich hege nicht die geringsten Skrupel. Wenn Gott die weltumfassende Wahrheit ist, dann kann er uns nicht verdammen, weil wir wahrhaftig gegen uns selber sind. Und was die Leute anlangt, so werden wir ihnen einfach gerade und aufrecht entgegentreten; ich denke, im allgemeinen nehmen sie einen für das, wofür man selber sich hält. Aber wie dem auch sei, die Gesellschaft bedeutet uns nicht viel. Wir werden keinen Wert auf die legen, die auf uns keinen legen, da kannst Du sicher sein. Ich hoffe, er wird sich schnell von ihr scheiden lassen – außer Dir und Cis wird das kaum jemandem Kummer bereiten –; tut er es aber nicht, dann ist es nicht zu ändern. Ich glaube nicht, daß sie über irgendwelche Mittel verfügt; aber mit meinen jährlichen sechshundert und dem, was ich verdienen kann, kommen wir zurecht, selbst wenn wir im Ausland leben müssen. Du bist zu mir immer schrecklich gut gewesen, Gordy, und es ist mir ein großer Schmerz, daß ich Dir weh tue, und noch trauriger bin ich, wenn Du mich für undankbar hältst. Aber wenn einer so fühlt wie ich, mit Seele und Geist und Leib, dann hat er keine Wahl, und wenn der Tod selber sich ihm in den Weg stellte. Wenn Du diesen Brief erhältst, werden wir schon fort sein; ich schreibe Dir, sobald wir unsere Zelte aufgeschlagen haben, wo immer das sein wird, und natürlich schreibe ich auch an Cicely. Aber bitte unterrichte Du Mrs. Doone und Sylvia und sag ihnen meine Grüße, wenn sie sie noch nehmen mögen. Leb wohl, lieber Gordy. Ich glaube, wenn Du an meiner Stelle gewesen wärest, hättest Du dasselbe getan. Immer Dein Mark.‹

Bei all diesen Vorbereitungen vergaß er nichts und nutzte in einer Art methodischer Ekstase jede Minute der paar Stunden. Als letztes, bevor er die Wohnung verließ, nahm er noch die feuchten Tücher von seinem ›Stiermenschen‹ ab. In das Gesicht des Ungeheuers war seit kurzem ein hungriger, sehnsüchtiger Ausdruck getreten. Der Künstler in Lennan hatte unbewußt seinem Werk so Gerechtigkeit widerfahren lassen und wider Willen die Wahrheit festgehalten. Und während er sich fragte, ob er je daran weiterarbeiten würde, feuchtete er die Tücher neu an und hüllte die Gestalt sorgfältig ein.

Er fuhr nicht in ihr Dorf, sondern in eines, das fünf oder sechs Meilen weiter flußabwärts lag – das war sicherer, und das Rudern würde ihn ruhig machen. Er mietete sich ein Boot und ruderte stromauf, sehr langsam, denn er wünschte die Zeit totzuschlagen, und ganz dicht am jenseitigen Ufer. Und wie er so ruderte, war ihm, als sei ihm das Herz vor Unruhe ausgedörrt. War er wirklich auf dem Weg zu ihr, oder spielte ihm nur das Schicksal irgendeinen grotesken Streich, narrte ihn mit einem Traum, aus dem er erwachen würde, um sich wieder allein zu finden? Schließlich glitt er an dem Taubenhaus vorüber und weiter, bis er in den Seitenarm einbiegen und sich von Zweigen gedeckt, unsichtbar zur Pappel hinziehen konnte. Er langte ein paar Minuten vor acht Uhr an, wendete das Boot und wartete dicht unterhalb des Ufers, wobei er sich, die Hand an einem Ast, so ins Boot stellte, daß er den Pfad überblickte. Wenn ein Mensch vor Sehnsucht und Bangnis sterben könnte, Lennan hätte in diesen Minuten gewiß sterben müssen.

Der Wind hatte sich gelegt, und der Tag war in einen wunderbar stillen Abend gemündet. In den spärlichen Sonnenstreifen, die schräg über das dunkle Wasser fielen, jetzt, da die Sonne tief stand, tanzten die Mücken. Von den Wiesen, die nun verlassen lagen, drang Heuduft und das schwere Aroma von Mädesüß herüber; sie mischten sich mit dem moschushaften, durchdringenden Geruch des stehenden Wassers zu einem brütenden Dunst. Niemand kam vorüber. Nur selten und von fern drang ein Laut zu dem sehnsüchtigen Lauscher; denn Vögel sangen dort nicht. Wie still und warm die Luft war; und doch schien ihm, daß er sie an den Wangen vibrieren fühle, als stehe sie im Begriff, sich zu entzünden. Die Vorstellung überkam ihn ganz deutlich, während er stand und wartete – brodelnde Hitze, aus der kleine, blaßrote Flammen züngelten. Im dichten Schilf saßen noch ein paar große, träge, dunkle Fliegen und fraßen, und ein paar Yards entfernt plätscherte ab und zu leise ein Teichhuhn oder stieß einen schrillen, scharfen Laut aus. Wenn sie kam – ach, wenn sie nur kam! –, dann würden sie nicht hierbleiben in diesem schwarzen, dumpfen Schlammwasser; er würde sie hinüberrudern auf die andere Seite, fort, in den Wald. Aber die Minuten verstrichen, und der Mut sank ihm. Doch plötzlich tat sein Herz einen Sprung: Dort kam jemand, in Weiß, ohne Hut und mit etwas Blauem oder Schwarzem über dem Arm. Das war sie! Niemand anders hatte diesen Gang! Sie schritt sehr schnell dahin, und er bemerkte, daß ihr Haar zu beiden Seiten der Stirn kleinen Flügeln glich, so als wäre ihr Gesicht ein weißer Vogel mit dunklen Schwingen, der auf die Liebe zu flog. Jetzt war sie nah, so nah, daß er deutlich ihre geöffneten Lippen und ihre strahlenden, schimmernden Augen sah – so leuchtete nichts auf der Welt, nur die Dunkelheit, wenn sie entflammt war von Tau und Sternen. Er streckte die Arme aus und hob sie zu sich ins Boot herab, und der Duft einer Blume, die sich gegen sein Gesicht preßte, durchdrang ihn bis in die Tiefe und weckte die Erinnerung an irgend etwas Vergangenes, Vergessenes. Dann griff er in die Zweige, zerknickte sie in seiner Hast und zog das Boot vorwärts durch das trägfließende Wasser, während ihm die Mücken ins Gesicht tanzten. Sie schien zu wissen, wohin er sie brachte; und keins von ihnen sprach ein Wort, während er ins Freie hinaus und nach drüben ans andere Ufer ruderte.

Nur ein einziges Feld lag zwischen ihnen und dem Wald – ein Feld mit jungem Weizen, von einer Hecke aus Weißdorn und Erlen umgeben. Und dicht an dieser Hecke traten sie Hand in Hand ihren Weg an. Noch immer blieben sie stumm – so wie Kinder sich etwas Köstliches aufsparen. Olive hatte den Mantel übergezogen, um ihr Kleid zu verbergen; leise rauschend streifte die Seide an den silbrigen Weizenhalmen hin. Weshalb trug sie gerade diesen blauen Mantel? Blau: Himmel und Blumen und Vogelschwingen und das glühende Schwarzblau der Nacht. Die Farbe alles Heiligen. Wie still es in diesen letzten Sonnenstrahlen war! Nicht der leiseste Laut von Vogel oder Baum, nicht einmal Bienengesumm. Und auch nicht viel Farbe – nur der Schierling mit seinen weißen Blütensternen und die Trollblume und der schwebende Glanz des letzten warmen Lichts über dem Weizen.

20

... Nun senkte sich schnell der Abend über Wald und Fluß. Die Schwalben, die doch taten, als wollten sie gar nicht aufhören zu jagen, gaben als erste auf; und das Licht, das über der Welt gestanden hatte wie für alle Ewigkeit, sank trotz seines letzten Aufflammens flügellahm ins Dunkel.

Der Mond würde nicht vor zehn aufgehen. Und alles ringsum harrte. Die Nachttiere zögerten nach dem langen, strahlenden Sommertag, sich hervorzuwagen, und warteten darauf, daß die Baumschatten noch tiefer ins Wasser sanken, das nun kalkweiß war; sie warteten darauf, daß der Himmel die Samtmaske vor das kalkweiße Antlitz nahm. Selbst die schwarzgefiederten Bäume schienen voller Spannung auf das dunkle Violett der Nacht zu warten. In dieser Stunde des schwindenden Tages starrten alle Dinge fahl und gottverlassen aus schwermütigen Augen vor sich hin. In diesen Augenblikken war jeder Glanz erstorben, so daß es war, als sei die Seele von der Erde gewichen. Doch nicht lange. Auf den Flügeln der Dunkelheit glitt sie wieder herab; nicht dieselbe, die entflohen war, sondern ein hexenhafter, unheilbrütender Geist, der in den schwarzen Zweigen hockte, zwischen den hohen, dunklen Binsenspeeren und auf den grimmigen Baumstümpfen, die am Ufer lauerten. Dann kamen die Eulen heraus und das übrige fliegende Nachtgetier. Und eine grausame Vogeltragödie begann im Wald – eine schattenhafte Verfolgungsjagd im Zwielicht über den Farnen; das durchdringende Kreischen eines Geschöpfs, in das Klauen immer wieder einschlugen, und mit dem Kreischen vermischt heisere, rasende Triumphschreie. Viele Minuten lang dauerten sie an, diese Geräusche der Nacht, Lautzeichen für all die Grausamkeit im Herzen der Natur – bis endlich der Tod diese Grausamkeit stillte. Und wer immer dort draußen mit den Flüchtigen litt, durfte wieder lauschen, ohne zu zittern.

Dann fing eine Nachtigall an, ihre langen, schmelzenden Schluchzer zu verströmen, und im jungen Weizen schnarrte ein Wachtelkönig. Wieder brütete die Nacht in den schweigenden Baumwipfeln, in den noch schweigsameren Wassertiefen. In langen Zwischenräumen stieß sie einen Seufzer aus, ließ ein Murmeln hören, ein winziges, flüchtiges Plätschern, den Jagdschrei einer Eule. Und ihr Atem war immer noch heiß und düfteschwer, denn es fiel kein Tau …

21

Es war nach zehn, als sie wieder aus dem Wald herauskamen. Sie hatte warten wollen, bis der Mond aufging, keine Goldmünze wie in der vergangenen Nacht, sondern elfenbeinblaß und strahlend. Sein Schimmer breitete sich über die Farne und schwebte unten um die Äste wie eine Wolke weißer Blütenblätter.

Sie traten wieder durch das Pförtchen und schritten an

dem mondfarbenen Weizen entlang, der nun einer andern Welt anzugehören schien als jener, durch die sie anderthalb Stunden zuvor gekommen waren.

Und Lennan verspürte in sich, was ein Mann nur einmal in seinem Leben so empfinden kann: demütige Dankbarkeit und Lobpreisung und Anbetung für sie, die sich ihm ganz geschenkt hatte. Für sie sollte es von nun an nichts mehr geben als Glück, so wie die Seligkeit dieser letzten Stunde. Nie sollte sie weniger glücklich sein! Und indem er vor ihr am Wasserrand niederkniete, küßte er ihr Kleid und ihre Füße und Hände, die ihm morgen für immer gehören würden.

Dann stiegen sie ins Boot.

Das lächelnde Mondlicht glitt über jedes Wellchen und über die Binsen und die geschlossenen Wasserlilien, über ihr Gesicht und das gelöste Haar, von dem die Kapuze zurückgefallen war, über die Hand, die sie vom Wasser umspülen ließ, und die andere, die die Blüte an ihrer Brust berührte; sie sagte – kaum lauter als ein Hauch:

»Rudere, mein Liebster; es ist spät!«

Er tauchte die Ruder ein und gab dem Boot einen Schwung, daß es rasch in die Schwärze des Seitenarms glitt.

Was dann geschah, wußte er in all den Jahren danach niemals ganz deutlich. Er sah ihre weiße Gestalt vor sich, sah, daß sie aufgesprungen war und stand, geduckt wie ein in die Enge getriebenes Tier, das nicht weiß, in welche Richtung es springen soll; ein krachender Stoß, etwas schlug hart gegen seinen Kopf. Besinnungsloses Nichts. Und dann – ein furchtbarer, grauenvoller Kampf mit Wurzeln und Gestrüpp und Schlamm, verzweifeltes, qualvolles Tappen durch diese undurchdringliche Finsternis, zwischen Baumstümpfen im stehenden Wasser, das keinen Grund zu haben schien – er und der andere, der sich im Dunkel aus seinem Boot wie ein mörderisches Raubtier über sie geworfen hatte ; eine alptraumhafte Suche, schrecklicher, als Worte sagen können, bis sie sie am Ufer in einem Streifen Mondlicht niederlegten, sie, die sich trotz aller verzweifelten Mühen nicht mehr regte ... Weiß lag sie da, und die beiden kauerten ihr zu Häupten und zu Füßen wie finstere Wald- oder Wassergeschöpfe, die sich über ihre Jagdbeute bückten.

Er wußte nicht, wie lange sie dort geblieben waren ohne einen einzigen Blick hinüber zum andern, ohne ein einziges Wort und ohne nur einmal die Hände von der Toten zu lösen. Wie lange in dieser Sommernacht mit ihrem Mondlicht und ihren zitternden Schatten ringsum und dem Nachtwind, der im Schilf wisperte.

Und dann hatte sich in ihm wieder das haltbarste aller empfindungsfähigen Dinge geregt; er fühlte wieder ... Nie wieder diese Augen sehen, die ihn mit ihrem Leuchten geliebkost hatten! Nie wieder diese Lippen küssen! Kalt wie das Mondlicht an der Erde, und die Blume noch an der Brust. Ans Ufer geworfen wie eine abgerissene Wasserlilie. Tot? ... Nein, nein! Nicht tot! Für ihn lebte sie noch, lebte weiter, irgendwo in der Nacht. Nicht an diesem düsteren Ufer, in diesem scheußlichen, stehenden Wasser, bei dem finsteren, stummen Menschen dort, der sie getötet hatte. Dort draußen auf dem Fluß – im Wald, wo sie selig gewesen waren – irgendwo lebte sie weiter. Und taumelnd stand er auf, schleppte sich an Cramier, der sich nicht rührte, vorbei in sein Boot und ruderte wie ein Wahnsinniger der Flußmitte zu.

Aber sowie er die Strömung erreicht hatte und darin trieb, sank er in sich zusammen und blieb regungslos über den Riemen liegen ...

Und das Mondlicht umspülte sein dunkles Boot, während es weitertrieb. Und das Mondlicht verwischte die Kräuselwellen des Wassers, das ihre Seele weggestohlen hatte. Ihr Geist war nun verschmolzen mit der weißen Schönheit und den Schatten, für immer Teil der Stille und der Leidenschaft einer Sommernacht; schwebend und strömend, lauschend auf Binsenrauschen und Waldgeflüster; eins mit dem unendlichen Traum – der Geist, der hinübergegangen war, so wie sich alle wünschen möchten hinüberzugehn, in der glückseligsten Stunde.

III
HERBST

I

Als sich Lennan in dieser Novembernacht an die offene Tür seines Ankleidezimmers stahl, stehenblieb und seine schlafende Frau betrachtete, wartete das Schicksal noch auf Antwort.

Ein kleines Feuer brannte im Kamin – eins von denen, die ringsum blasse Schatten verstreuen und ab und zu auflodern, so daß irgendein Gegenstand sekundenlang in hellem Licht steht, irgendein Umriß scharf hervortritt. Die Vorhänge waren nicht ganz zugezogen, und draußen im Wind bewegte sich dunkel und noch belaubt ein Platanenast – er hatte ihnen, seit sie hier wohnten, all die fünfzehn Jahre über Gesellschaft geleistet; jetzt berührte er die Scheibe mit einem zarten Tappen, als bäte er den, der so viele Stunden in diesem Wind herumgestreift war, um Einlaß. Stets verläßliche Kameraden, die Londoner Platanen!

Er hatte nicht drauf zu hoffen gewagt, daß Sylvia schlafen würde. Es war ein Segen, daß sie es tat, wie auch immer die Entscheidung ausfiel – diese grausame Entscheidung! Ihr Gesicht war dem Feuer zugewandt, und die eine Hand lag unter der Wange. So schlief sie oft. Selbst wenn das ganze Leben ungewiß, weglos, windbrüchig geworden war, gehorchte man noch der Gewohnheit. Armes weichherziges Ding – sie hatte nicht geschlafen, seit er es ihr vor achtundvierzig Stunden gesagt hatte; die schienen ebensoviel Jahre. Wie sie da lag, mit ihrem Flachshaar und ihrer rührenden Redlichkeit selbst noch im Schlaf, sah sie aus wie ein Mädchen, nicht viel anders als damals in Hayle, in dem Sommer, als Cicely geheiratet hatte. In all den achtundzwanzig Jahren war ihr Gesicht nicht alt geworden. Bis jetzt hatte es auch keinen rechten Grund zum Altern gegeben. Gesichter verwandelten sich durch Denken, durch starke Gefühle, durch Leid. Sylvia hatte nie sehr angestrengt nachgedacht und nie sehr stark gelitten – bis jetzt. Und nun sollte er, der sie so sorgfältig behütet hatte – ja, sorgfältig trotz seiner Männerselbstsucht und obwohl sie seine innerste Welt nie begriffen hatte –, jetzt sollte ausgerechnet er es sein, der sie schwer verwundete, ihr Kummerspuren ins Gesicht zeichnete, sie möglicherweise ganz zerbrach!

Er schlich sich ein Stück weiter hinein und ließ sich in dem Armstuhl vor dem Feuer nieder. Was für Erinnerungen ein Feuer doch heraufbeschwor mit seiner flockigen Asche, seinen blättergleichen Flämmchen und diesem stillen Glühen und Flackern! Was für Geschichten leidenschaftlicher Liebe! Und wie sehr ein Menschenherz dem Feuer glich! Die ersten jugendlich launenhaften Stichflammen, die plötzliche, wilde, überwältigende Hitze, das lange, stetige, gelassene Brennen und dann – das letzte Aufflammen, gieriges Haschen nach der eigenen entschwundenen Jugend, das letzte ungestüme Lodern, bevor es unter Asche erstarb. Bilder und Erinnerungen sah er da unten im Feuer, so wie sie nur einer sieht, dem nach langem, qualvollem Kampf das Herz bloßliegt und bei jeder Berührung zusammenbebt. Liebe! Eine sonderbare, zufällige Angelegenheit war das, Verzückung und Folter miteinander verzwirnt. Heimtückisch, verantwortungslos, zu allem fähig. Eine flüchtige Süße, stärker als irgend etwas sonst auf der Welt, und unbegreiflicher nach Ursprung und Bestimmung. Ohne Ursache und ohne Zusammenhang. Die Liebe im Leben eines Menschen – welche Gewalt hatte er darüber, wie sie kam und ging? Nicht mehr als über den Herbstflug der Vögel, die herabstießen, aufstiegen hier und dort, weiterzogen. Die Lieben, die einer hinter sich ließ – auch wenn er gar kein Gefühlsvagabund gewesen war wie die meisten andern. Die Liebe, die gemeint hatte, Tirols Himmel müsse einstürzen, wenn er nicht für eine gewisse Dame das Wichtigste sei. Die Liebe, deren Stern sich in Sylvias Haar gefangen hatte, Sylvias, die nun hier lag und schlief. Eine sogenannte Liebe, dies schäbige kleine Blendwerk von einem Freudenmahl, das offenbar auch der empfindsamste Knabe irgendwann einmal mit irgendeinem Schätzchen verzehren muß – flüchtige Erfahrung, bedeutsam, solang sie bevorsteht, und ohne eine andere Spur als Ernüchterung über sich selber und Bedauern für die Gefährtin. Und dann die Liebe, deren Erinnerung er auch nach zwanzig Jahren nicht zu ertragen vermochte; die alles verzehrende Sommerleidenschaft, die in einer einzigen Nacht alles gewonnen und alles furchtbar verloren hatte. Eine nie ganz zu heilende Wunde war in seiner Seele zurückgeblieben. Er war innerlich ein wenig einsam geworden, immer verfolgt von dem Gefühl, was hätte sein können. Niemand hatte auch nur von ferne geahnt, wie er an der Tragödie dieser Nacht teilgehabt hatte – dem ›entsetzlichen Unglück auf der Themse‹. Und dann war allmählich die langwährende Verzweiflung gewichen, dieser scheinbar endgültige Tod der Liebe, und es war doch noch eine andere Liebe geboren worden oder, besser gesagt, wiedergeboren, blaß, nüchtern, aber ganz wirklich; das Wiederaufkeimen eines lang vergessenen Gefühls, jener fürsorglichen Zuneigung aus seiner Jungenzeit. Er sah noch Sylvias Miene vor sich, als er sie zufällig auf der Oxford Street getroffen hatte, bald nach der Heimkehr von seinem vierjährigen Exil im Orient und in Rom. Dieser Blick, gespannt und zugleich vorwurfsvoll und im nächsten Moment gleichmütig ironisch, als wolle sie sagen: ›Ach nein! Nachdem du mich vier Jahre und länger vergessen hast, kannst du dich unmöglich jetzt auf mich besinnen!‹ Und dann, als er sie anredete, die noch rührendere Freude auf ihrem Gesicht. Und dann Monate der Ungewißheit mit dem Vorgefühl davon, wie das ausgehen mußte; und dann die Heirat. Durchaus glücklich – auf sanfte Art, nicht sehr vital, auch ohne tiefe geistige Vertrautheit; seine Arbeit war ihr im Grunde immer noch genauso fremd wie damals, als sie gedacht hatte, sie bereite ihm eine Freude, indem sie seinen Tieren Jasminblüten auf die Köpfe legte. Eine ruhige, gute Verbindung, die ihm nicht übermäßig viel bedeutete und ihr auch nicht – so hatte er geglaubt, bis er ihr's vor achtundvierzig Stunden gesagt hatte; und sie war zurückgewichen und mit einem Male welk und schlaff geworden und ganz zusammengebrochen. Und was hatte er ihr gesagt?

Das war eine lange Geschichte.

Und während er da am Feuer saß, noch ohne zu einer Entscheidung gekommen zu sein, konnte er das Ganze von Beginn an und in aller teuflischen, heiklen Kompliziertheit überblicken, die raffinierte, schleichende Behexung, die viel eher aus ihm selber entsprungen war, aus seiner eigenen Seelen- und Körperverfassung, als dadurch, daß jemand ihn bezaubert hätte. Es war, als habe eine verhängnisvolle Kraft lange in ihm geschlummert und sei nun wieder erwacht, um jene dunkle Blüte zu treiben ...

2

Ja, vor mehr als einem Jahr hatte es bei ihm angefangen mit einer seltsamen, unglücklichen Ruhelosigkeit, dem Gefühl, daß das Leben entglitt, daß es vor ihm zurückwich und daß er doch niemals die Arme ausstreckte, um es festzuhalten. Es hatte mit einer Art fortwährenden Verlangens begonnen, das nur dann schwieg, wenn er schwer arbeitete – ein Verlangen, er wußte nicht wonach, eine Qual, die immer am schlimmsten war, wenn ein sanfter Wind wehte.

Es hieß, daß die Jahre um die Fünfundvierzig für den Mann ein gefährliches Alter seien – zumal für einen Künstler. Den ganzen Herbst des vergangenen Jahres über hatte er diesen unbestimmten Schmerz ziemlich arg gespürt. Im Dezember und im Januar, während er so angestrengt an seiner Löwengruppe arbeitete, hatte er Ruhe davor; aber in dem Augenblick, wo sie fertig war, fühlte er sich wieder in seinen Klauen. Er erinnerte sich noch genau, wie er gegen Ende Januar Tag für Tag in den Park gewandert war und versucht hatte, davon freizukommen. Eine milde Witterung, und im Wind ein Duft! Mit welcher Begierde hatte er den spielenden Kindern zugesehen, die vorzeitigen Knospen an den Sträuchern betrachtet, alles, was da jung war! Und mit welchem Schmerz hatte er gespürt: überall um ihn her Leben, eine Vielfalt von Liebe, und er ausgesperrt, unfähig, sie zu erfahren, sie zu greifen, an sich zu ziehen; und immerfort rieselte der Sand aus seinem Stundenglas. Ein höchst lächerliches und unvernünftiges Gefühl für einen Mann, der alles besaß, was er sich wünschte, seine Arbeit liebte, genug Geld hatte und eine so gute Frau wie Sylvia – ein Gefühl, mit dem sich kein kerngesunder Engländer von sechsundvierzig auch nur einen Augenblick lang hätte herumschlagen dürfen. Tatsächlich ein Gefühl, wie kein Engländer es je eingestand, so daß bis jetzt auch noch kein Verein zu seiner Unterdrückung existierte. Denn was war dies beunruhigende Gefühl schon anderes als die Empfindung, daß seine Zeit vorbei war und daß er nie wieder die Erregung und bange Freude der Verliebtheit fühlen würde, sondern nur noch Verlangen nach dem, was vergangen und verloren war! Gab es für einen verheirateten Mann überhaupt etwas Sträflicheres?

Es war – ja, der letzte Januartag, als er von einem dieser rastlosen Streifzüge durch den Hyde Park zurückkehrte und Dromore traf. Komisch, daß man einen Mann wiedererkannte, den man seit der Schulzeit kaum gesehen hatte. Und doch war es unverkennbar Johnny Dromore, der da am Green-Park-Geländer entlang Piccadilly hinunterschritt, immer noch mit diesen dünnen Reiterbeinen und diesem leicht schlingernden Gang, den superelaganten Hut ein wenig schräg auf dem Kopf, und mit diesen merkwürdigen, spöttischen Stielaugen, diesem Blick, als schließe er gerade eine Wette ab. Ja – derselbe frotzelnde, bald trübsinnige, bald unbekümmerte und immer verschmitzte Johnny Dromore mit dem guten Herzen unter einer Außenseite, die es zu verleugnen schien. Wahrhaftig, das Schulzimmer miteinander geteilt und gemeinsam das College besucht zu haben, das bildete rätselhaft unzerstörbare Bande.

»Mark Lennan! Heiliger Strohsack! Dich hab ich doch

eine Ewigkeit nicht getroffen! Nicht seitdem du dich zum richtiggehenden – Dingsbums – gemausert hast! Freue mich riesig, dich zu sehn, alter Junge!«

Also hier stand wirklich Vergangenheit vor ihm, eine längst aus Gefühlen und Gedanken und allem verschwundene; und Lennan schwirrte der Kopf, während er versuchte, irgend etwas zu finden, wofür er und dieser jagende, rennreitende Lebemann sich gemeinsam interessierten.

Johnny Dromore leibhaftig – er, schon zu der Zeit, da er ungefähr zweiundzwanzig war, fertig geprägt mit dem Stempel verschmitzter Einfalt und von da an in Denken und Fühlen unverändert geblieben – Johnny Dromore, der nie über die Philosophie hinauskommen würde, daß alles fragwürdig und verrückt war, was nicht mit Pferden zu tun hatte oder mit Frauen, Wein, Zigarren, Späßen, Gutmütigkeit, und über dieses ewige Wetten; Johnny Dromore, der irgendwo in sich eine versteckte Tiefe hatte, eine Sehnsucht, die eigentlich nicht zu ihm paßte.

Wie wunderlich dies sprunghafte Geschwätz klang!

»Irgendwann den guten Fookes mal wieder gesehn? Überhaupt mal zum Rennen gewesen? Lebst in der Stadt? Erinnerst du dich noch an den braven alten Blenker?« Und dann Schweigen, und ein neuer Anlauf: »Kommst du manchmal ins Bambury? Und zu den Rennen? ... Komm mit auf meine Bude. Du hast doch sowieso nichts vor.« Unmöglich, Johnny Dromore beizubringen, daß ein ›Dingsbums‹ irgend etwas zu tun haben könnte. »Komm schon, alter Junge. Ich hab 'n Moralischen. Macht dieser verdammte Ostwind.«

Er hatte ihn noch gut in Erinnerung von damals, als sie bei Bambury ein Zimmer miteinander teilten – Johnny Dromores ›Moralischen‹, der ihn nach irgendeinem leichtsinnigen Bummel oder nach einem groben Studentenspaß befiel.

Also war er mitgegangen, die enge Nebenstraße der Piccadilly hinunter, in die ›Bude‹ im ersten Stock hinauf, mit der kleinen dunklen Diele, der Zeichnung von van

Beer und den Karikaturen zum ›Jahrmarkt der Eitelkeit‹, den Stahlstichen von Rennpferden und vom alten ›Nachthemd-Hindernisrennen‹; mit den großen Sesseln und all dem Drum und Dran von Rennsport-Handbüchern und Feldstechern, Fuchsschädeln und Gehörnen und Reitgerten. Und doch fiel ihm vom ersten Augenblick an auf, daß ein paar Dinge nicht recht herpaßten, das Bild störten – Bücher, die hier und da verstreut lagen, eine Vase mit Blumen, ein graues Kätzchen.

»Setz dich, alter Junge. Was willst du trinken?«

Versunken in der Tiefe eines phantastisch bequemen gelbbraunen Ledersessels mit mächtigen Armlehnen, lauschte und sprach er träge. Bambury, Oxford, Gordys Klubs – der liebe alte Gordy, nun schon tot! –, längst vergangene Dinge; sie schienen ihn jetzt noch einmal zu umgeben. Und doch immer dieses undeutliche Gefühl; es durchdrang diese Wiederbelebung der Vergangenheit, wand sich durch den Rauch ihrer Zigarren und durch Johnny Dromores fragmentarische Sätze, dies Gefühl von etwas, das nicht ganz am Platz war. Vielleicht die Sepiazeichnung dort drüben über dem ›Tantalus‹ auf dem Eichenbüfett – das Porträt einer Frau, die mit großen Augen ins Zimmer starrte? Allem andern rätselhaft fern – außer den Blumen und dem Kätzchen, das ihm den kleinen Pelzkopf in die Hand schob. Sonderbar, wie manchmal ein einziger Gegenstand von einem Raum Besitz ergriff, so fremd er seinem Geist auch war! Es war, als lange ein Schatten über Dromores ausgestreckte Gliedmaßen und über sein verwittertes, langnasiges Gesicht hinter der riesigen Zigarre, über die sonderbaren, ernsten, spöttischen Augen, in deren Tiefe etwas Grüblerisches lag.

»Kriegst du auch manchmal 'n Moralischen? Ziemlich ekelhaft, nicht? Kommt vom Altwerden. Weißt du, Lenny, wir sind schon verflixt alt!« Ach! Seit zwanzig Jahren hatte ihn kein Mensch mehr Lenny genannt. Und es stimmte; sie waren unaussprechlich alt.

»Wenn einer anfängt, sich alt zu fühlen, weißt du,

dann wird's Zeit, man nimmt seinen Hut oder so. Bringt nichts, bloß dazusitzen und drüber nachzudenken. Komm mit mir nach Monte!«

›Monte‹! Bei dem Wort begann die alte, nie ganz verheilte Wunde zu brennen, so daß er kaum herausbrachte: »Nein, ich mach mir nichts aus Monte.«

Und sofort sah er Dromores Augen prüfend, fragend auf sich gerichtet.

»Geheiratet?«

»Ja.«

»Nie gedacht, daß du geheiratet hättest!«

Also Dromore dachte an ihn. Sonderbar! Er dachte nie an Johnny Dromore.

»Ziemlich scheußlich, der Winter, außer du reitest gerade Jagden. Hast dich mächtig verändert; fast nicht wiederzuerkennen. Als ich dich letztes Mal traf, warst du gerade von Rom oder so zurück. Wie ist das, wenn man ein – Bildhauer ist? Hab mal was von dir gesehn. Machst du manchmal auch Pferde?«

Ja; er hatte erst im vergangenen Jahr ein Ponyrelief gemacht.

»Und Frauen sicher auch?«

»Nicht sehr oft.«

Dromore machte Stielaugen. Merkwürdig, dies ruchlose Interesse! Wie Schuljungen, diese Johnny Dromores – ganz gleich, auf welche Art das Leben mit ihnen umsprang, erwachsen wurden sie nie. Wenn Dromore ebenso wie einst im Bambury freiweg von der Leber spräche, dann würde er sagen: »Da sitzt du an der Quelle. Hast bestimmt 'ne Masse Spaß.« Das war's, was sie daran interessierte; haargenau dasselbe Gefühl vor der Kunst wie die frommen Spießer mit den bedauernd hochgezogenen Augenbrauen und ihrem ›Gefahr für die Seele‹ – bloß mit umgekehrtem Vorzeichen. Harmlose Gemüter allesamt! Keine blasse Ahnung davon, was Kunst bedeutete – von ihren Mühen und Schmerzen!

»Verdienst du damit?«

»O ja!«

Wieder die anerkennenden Stielaugen, so als wolle er sagen: »Ach, sieh da! An der Sache ist mehr dran, als ich dachte!«

Dann folgte ein langes Schweigen in der Dämmerung, die von draußen violett durch die Fenster schimmerte, während vor ihnen das Feuer flackerte und das graue Kätzchen an seinem Hals schnurrte, und der Rauch aus ihren Zigarren stieg zur Decke hinauf; Lennan verspürte ein sonderbares, schläfriges Ruhegefühl wie seit vielen Tagen nicht mehr. Und dann – plötzlich war da etwas, war jemand an der Tür, drüben neben dem Büfett. Und Dromore sagte mit seltsamer Stimme:

»Komm rein, Nell! Darf ich dir meine Tochter vorstellen?«

Eine Hand ergriff die Lennans, eine Hand, die zu zaudern schien zwischen dem Selbstbewußtsein einer Dame von Welt und der impulsiven Herzlichkeit eines Kindes. Und eine Stimme, jung, klar, etwas abgehackt, sagte:

»Freue mich ... Süß, meine kleine Katze, nicht?«

Dann drehte Dromore das Licht an. Eine ziemlich große Gestalt in einem raffiniert gut geschnittenen grauen Reitkostüm, ein Gesicht, nicht ganz so rund wie das eines Kindes, aber auch noch nicht so geformt wie das einer Frau, leicht errötet, sehr ruhig; krauses, hellbraunes Haar, mit schwarzem Band zurückgebunden, darüber ein adretter Hut; und Augen so wie die von Gainsboroughs ›Perdita‹ – träge, grau, faszinierend, mit langen, aufwärts gebogenen Wimpern; verführerische Augen, doch noch unschuldige.

Er war im Begriff zu sagen: »Ich hab schon geglaubt, Sie seien aus dem Bild dort herausgetreten«, – da sah er Dromores Gesicht und murmelte statt dessen:

»Also Ihr Kätzchen ist das?«

»Ja. Sie geht zu jedem hin. Mögen Sie Perserkatzen? Wirklich nichts als Fell. Fühlen Sie mal!«

Er versenkte die Finger in den Katzenpelz und sagte dabei: »Katzen ohne Fell sind was Sonderbares.«

»Haben Sie denn schon mal eine ohne gesehn?«

»Aber sicher! In meinem Beruf müssen wir unter den Pelz gehen – ich bin Bildhauer.«

»Das muß schrecklich interessant sein.«

Was für eine gewandte junge Dame! Aber welch ein Kind auch! Und nun konnte er sehen, daß das Gesicht auf der Sepiazeichnung im ganzen älter war – die Lippen nicht so voll, der Blick nicht so unschuldig, die Wangen nicht so rund, und über allem etwas Trauriges und Hoffnungsloses – ein Gesicht, das vom Leben rauh berührt worden war. Aber die gleichen Augen hatte es – und wieviel Zauber, trotz aller Ernüchterung, trotz der Vergangenheit, die aus ihm sprach. Dann bemerkte er über dem Rahmen an einem dünnen Stab einen staubfarbenen Vorhang, der zur Seite gezogen war. Und die selbstbewußte junge Stimme erhob sich wieder:

»Würden Sie sich wohl meine Zeichnungen mal anschauen? Das wäre furchtbar nett von Ihnen! Sie können mir sagen, was dran ist.« Und zu seiner Bestürzung sah er, wie sie eine Mappe öffnete. Während er diese Schulmädchenzeichnungen prüfte, konnte er spüren, daß sie ihn ansah, so wie es Tiere tun, wenn sie bei sich entscheiden, ob sie jemanden leiden können oder nicht; dann kam sie zu ihm her und blieb so dicht neben ihm stehen, daß ihr Arm seinen drückte. Er verdoppelte seine Anstrengungen, etwas Gutes an den Zeichnungen zu finden. Aber in Wirklichkeit war da nichts Gutes. Und wenn er auch in andern Sachen ganz leidlich lügen konnte, um die Leute zu schonen, so konnte er das doch nie, wo es um Kunst ging; also sagte er nur:

»Wissen Sie, Ihnen fehlt der Unterricht.«

»Wollen Sie mir welchen geben?«

Aber noch ehe er antworten konnte, löschte sie diese naive Frage auf ihre beste Erwachsenenmanier wieder aus.

»Das hätte ich natürlich nicht fragen dürfen. Es würde Ihnen furchtbar lästig sein.«

Undeutlich erinnerte er sich, daß danach Dromore gefragt hatte, ob er manchmal im Hyde Park reite, und wie sie ihm mit diesen sonderbaren Augen folgte und wie er einen zweiten kindlichen Händedruck empfing. Dann schritt er die trübe beleuchtete Treppe hinab, vorbei an einer endlosen Reihe von Jahrmarkt-der-Eitelkeit-Karikaturen, hinaus in den Ostwind.

3

War er ruheloser oder weniger ruhelos als zuvor, während er auf dem Heimweg durch den Green Park wanderte? Schwer zu sagen. Vielleicht ein bißchen geschmeichelt, ein bißchen erwärmt, aber doch gleichzeitig gereizt wie immer, wenn er mit Leuten in Berührung kam, für die Kunst etwas so heiter Unwirkliches war. Die Idee, daß er versuchen sollte, dem Kind das Zeichnen beizubringen – diesem Flederwisch mit seinem Reiten und seinem Kätzchen und seinen Perdita-Augen! Eigenartig, wie sie sich sofort mit ihm angefreundet hatte. Vielleicht stach er ein bißchen von dem ab, woran sie sonst so gewöhnt war. Und wie gewählt sie sich ausdrückte! Ein merkwürdig anziehendes, eigentlich sogar allerliebstes Geschöpf! Sicher nicht älter als siebzehn – und – Johnny Dromores Tochter!

Der Wind blies scharf, und die Lampen strahlten zwischen den kahlen Bäumen. Immer wieder schön, das nächtliche London, selbst im Januar, selbst bei Ostwind – von einer Schönheit, deren er niemals müde wurde. Die großen, dunklen, klaren Umrisse, die schimmernden Lichter wie Schwärme fliegender Sterne, die sich auf der Erde niedergelassen haben, und alles erwärmt von pulsendem, sich regendem, unübersehbar vielgestaltigem Leben – diesem Leben, das zu kennen, an dem teilzuhaben er sich so schmerzhaft brennend wünschte.

Er berichtete Sylvia von der Begegnung. Dromore! Der Name fiel ihr auf. Sie hatte unter ihren Liedern ein altes irisches Lied, ›Schloß Dromore‹, mit einem wunderlichen Refrain, der einen lange verfolgte.

Die ganze Woche über herrschte scharfer Frost, und Lennan fing eine lebensgroße Gruppe ihrer beiden Schäferhunde an. Dann setzte Tauwetter ein, zugleich mit diesem ersten Südwestwind, der in jeden Februar Frühlingsstimmung trägt, wie sie so später nie noch einmal kommt und in der die Menschen mit ihren Gefühlen umhertaumeln wie schläfrige Bienen in der Sonne. Heftiger als zuvor erwachte in ihm wieder der Durst zu leben, zu erleben, zu lieben – das brennende Verlangen nach etwas Neuem. Natürlich führte ihn nicht das in Dromores Wohnung zurück; o nein! Nur freundschaftliche Gesinnung; er hatte nämlich seinem alten Zimmergenossen nicht einmal gesagt, wo er wohnte und daß seine Frau sich freuen würde, ihn kennenzulernen, wenn er Lust hätte, mal vorbeizukommen. Denn Johnny Dromore wirkte ganz gewiß nicht gerade glücklich unter seiner zähen Schale. Ja! Es war nur Freundespflicht, wieder hinzugehen.

Dromore saß in seinem bequemen Armsessel, eine Zigarre zwischen den Lippen, einen Bleistift in der Hand, einen Turfalmanach auf den Knien; neben ihm lag ein großes, grünes Buch. Er hatte etwas festlich Fröhliches an sich, sehr anders als die sprunghafte Düsterkeit vom letztenmal, und murmelte, ohne aufzustehen:

»Hallo, mein Alter! Schön, dich zu sehn. Nimm Platz. Sag mal – Agapemone – von wem soll ich sie decken lassen, von San Diavolo oder von Ponte Canet? Seit St. Paul nicht mehr als viermal eingekreuzt. Diesmal muß sie mir ein wirkliches Klassefohlen bringen!«

Und er, der diese geheiligten Namen noch niemals vernommen hatte, antwortete:

»Oh! Natürlich von Ponte Canet. Wenn du gerade arbeitest, komm ich ein andermal wieder.«

»Himmel, nein! Nimm dir eine Zigarre. Ich will bloß noch die Stammbäume zu Ende durchsehn – und gieß dir ’nen Schluck ein.«

Also ließ sich Lennan nieder und verfolgte die Forschertätigkeit, die hinter einem Kräuselschleier von Zigarrenrauch stattfand und von gemurmelten Flüchen unterbrochen wurde. Kein Zweifel, sie war so geheiligt und nahm Dromore genauso ausschließlich in Anspruch wie ihn selber die Schöpfermühe mit dem Ton; denn vor Dromores innerem Auge stand jetzt die Vision des vollkommenen Rennpferdes – auch er war am Erschaffen. Hier handelte es sich nicht bloß um das Mittel zum Geldverdienen, sondern um einen Prozeß, der geheiligt war von dem eigentümlichen Gefühl, das man beim Reiben der Handflächen empfand, dem Gefühl, das alle Schöpfertaten begleitete. Dromore unterbrach sich nur ein einziges Mal, um den Kopf herüberzuwenden und zu sagen:

»Elend schwierig, die richtigen Stammeltern zusammenzustellen!«

Echte Kunst! Wie gut ein Künstler dies verzweifelte Suchen nach dem Schwerpunkt kannte, nach der Mittelachse, die gefunden werden mußte, bevor Leben in eine Gestalt kam ... Und er stellte fest, daß es heute kein Kätzchen hier gab und keine Blumen und keine Spur von einem Gefühl der Unstimmigkeit im Zimmer – selbst die Zeichnung war verhüllt. War das Mädchen bloß ein Traum gewesen, ein von seiner Gier nach Jugend heraufbeschworenes Trugbild?

Dann sah er, daß Dromore das große, grüne Buch beiseite gelegt hatte und vor dem Feuer stand.

»Nell hat neulich ihr Herz für dich entdeckt. Aber du warst ja immer ein Liebling der Damen. Weißt du noch, das Mädel bei Coaster?«

Coasters Teestube, in die er jeden Nachmittag gegangen war, wenn er Geld hatte, nur dem Vergnügen zuliebe, mit schüchternen Blicken ein Gesicht zu betrachten. Etwas Schönes anzusehen – weiter nichts. Johnny Dromore würde das heute sowenig begreifen wie damals im Bambury. Völlig sinnlos, ihm das erklären zu wollen. Er schaute zu ihm auf, sah die Stielaugen, hörte die frotzelnde Stimme:

»Hör mal – du wirst ja grau! Wir sind ganz schön alt, Lenny! Wenn der Mensch heiratet, wird er alt!«

Und er antwortete: »Nebenbei gesagt, ich wußte gar nicht, daß du geheiratet hattest.«

Dromores schalkhafte Miene verlosch wie eine Kerzenflamme, die ausgeblasen wird, und Kupferrot breitete sich über sein Gesicht. Ein paar Sekunden blieb er stumm, dann ruckte er mit dem Kopf in Richtung des Bildes und murmelte unwirsch:

»Da war nichts mit Heiraten. Nell ist illegitim.«

Eine Art Zorn schoß in Lennan auf: Warum sprach Dromore das Wort so aus, als schäme er sich seiner eigenen Tochter? Das paßte zu der Sorte: niemand engstirniger als ein Lebemann! Treibgut auf Ebbe und Flut von andrer Leute Meinung; arme Teufel, umhergeworfen ohne Ankerplatz, den einzig wahren, den Halt in sich selbst! Und ungewiß darüber, ob Dromore angenehm berührt sein oder ihn für überspannt halten oder sogar seine Moral anzweifeln würde, sagte er:

»Was das betrifft, so wäre es für jeden anständigen Menschen nur ein Grund mehr, besonders nett zu ihr zu sein. Wann soll's mit dem Zeichenunterricht losgehen?«

Dromore ging durch das Zimmer, zog den Vorhang vor dem Bild beiseite und sagte mit erstickter Stimme:

»Mein Gott, Lenny! Das Leben ist ungerecht. Nells Geburt hat ihre Mutter getötet. Ehrlich, ich wär lieber selbst draufgegangen. Die Frauen sind arm dran.«

Lennan erhob sich aus seinem bequemen Sessel; denn, aus der Vergangenheit aufgescheucht, stand plötzlich die Erinnerung an jene Sommernacht vor ihm, in der noch eine andere Frau arm dran gewesen war, und überschwemmte sein Herz mit verzweifeltem, unaustilgbarem Gram. Er sagte ruhig:

»Das Vergangne ist vergangen, mein Alter.«

Dromore zog den Vorhang wieder vor das Bild und kam ans Feuer zurück. Und eine ganze Minute lang starrte er hinein.

»Was soll ich mit Nell anfangen? Sie wächst allmählich heran.«

»Was hast du bis jetzt mit ihr angefangen?«

»Sie war auf der Schule. Im Sommer geht sie nach Irland – da hab ich eine alte Klitsche. Im Juli wird sie achtzehn. Ich werd sie bei Damen einführen müssen, der ganze Zinnober. Verflixte Geschichte. Wie? Bei wem?«

Lennan konnte nur murmeln: »Zunächst mal bei meiner Frau.«

Bald danach verabschiedete er sich. Johnny Dromore! Ein grotesker Hüter für dies Kind! Ein sonderbares Leben mußte sie in der Junggesellenhöhle da führen, umgeben von Turfalmanachen! Was würde wohl aus ihr werden? Von irgendeinem flotten Lebejüngling aufgegabelt; natürlich Heirat; ihr Vater würde schon dafür sorgen, daß da alles seine Ordnung hatte, offensichtlich hegte er in bezug auf Respektabilität strenge Ansichten! Und dann – vielleicht derselbe Weg wie bei ihrer Mutter, dem armen Ding auf dem Bild mit dem lockenden, verzweifelten Gesicht. Schön, es war nicht seine Sache.

4

Nicht seine Sache! Aber nach dieser Enthüllung gebot es ihm das pure Kameradschaftsgefühl, noch einmal zu Dromore zu gehen, ihm zu beweisen, daß das Wort ›illegitim‹ nur in der Einbildung seines Freundes etwas besagte, und ihm abermals zu versichern, Sylvia werde sich über den Besuch des Kindes sehr freuen, wann immer es Lust habe zu kommen.

Als er ihr erzählt hatte, wie es sich mit Nells Geburt verhielt, war sie für eine Weile ganz verstummt, hatte ihn nur angesehen und dann gesagt: »Das arme Kind! Ob sie es wohl weiß? Die Leute sind so häßlich, selbst heute noch.« Er konnte sich nicht vorstellen, daß ein Mensch von so etwas Notiz nahm, höchstens um netter zu dem Mädchen zu sein; aber in solchen Dingen verfügte Sylvia über das bessere Urteil, denn sie kam mehr mit den Durchschnittsmeinungen in Berührung. Sie lernte Leute kennen, mit denen er keinen Umgang hatte – Normaltypen.

Es war ziemlich spät, als er zu diesem dritten Besuch in Dromores Bude eintraf.

»Mr. Dromore, Sir«, sagte der Diener – er hatte das diskret wissende Gesicht, mit dem eine weise Vorsehung die Diener in der Gegend von Piccadilly ausgestattet hat –, »Mr. Dromore, Sir, ist nicht zu Hause. Aber er wird aller Wahrscheinlichkeit nach zum Umkleiden nach Hause kommen. Miss Nell ist zu Hause, Sir.«

Und da war sie, saß am Tisch und klebte Fotos in ein Album – ein verlassenes junges Geschöpf in dieser Behausung eines leicht angejahrten Mannsbilds! Unbemerkt von ihr, stand Lennan da und starrte auf ihren Hinterkopf mit dem dichten, krausen braunen Haar, das zurückgebunden auf ihr dunkelrotes Kleid fiel. Und zum sanften »Mr. Lennan, Miss« des Diskreten fügte er noch sanfter hinzu:

»Darf ich eintreten?«

Sie legte mit äußerster Gelassenheit ihre Hand in seine.

»O ja, bitte! Wenn Sie sich nicht an dem Durcheinander hier stören!« Und indem sie seine Fingerspitzen leicht drückte, fügte sie hinzu: »Wär's Ihnen wohl sehr langweilig, sich meine Fotos anzuschauen?«

Und so ließen sie sich nebeneinander vor den Fotografien nieder, Schnappschüssen von Leuten mit Gewehren oder Angeln, Grüppchen von Schulmädels, junge Katzen, Dromore und sie selber zu Pferde. Mehrmals tauchte ein junger Mann mit einem breiten, kühnen, recht hübschen Gesicht auf. »Das ist Oliver – Oliver Dromore – Vaters Vetter zweiten Grades. Recht nett, nicht? Gefällt Ihnen sein Gesichtsausdruck?«

Lennan war sich nicht sicher. Nicht ihr Vetter, sondern der ihres Vaters! Und wieder flammte in ihm dieses unvernünftige, empörte Mitleid auf.

»Und was ist mit dem Zeichnen? Sie sind noch nicht zum Unterricht erschienen.«

Sie wurde fast so rot wie ihr Kleid.

»Ich hab gedacht, Sie sagen es nur aus Höflichkeit. Ich hätte nicht drum bitten sollen. Natürlich wünsch ich mir's furchtbar – nur, ich weiß doch, daß Sie sich dabei langweilen.«

»Keine Spur.«

Daraufhin hob sie den Blick. Was für eigentümlich tiefe Augen sie hatte!

»Soll ich also morgen kommen?«

»Wann Sie wollen, immer zwischen halb und um eins.«

»Und wohin?«

Er nahm seine Visitenkarte heraus.

»Mark Lennan – ja – ich mag Ihren Namen. Er hat mir schon neulich gefallen. Er ist richtig hübsch!«

Was war schon an einem Namen, daß man jemanden deswegen gern haben konnte? Sein Bildhauerruhm, soweit davon die Rede sein konnte, hatte nichts damit zu tun, denn von dem hatte sie bestimmt keine Ahnung. Ach! Aber für Kinder lag ja viel in einem Namen. Welchen Zauber hatten für ihn in der Kindheit die Wörter Makrone und Kreole und Karneol und Aldebaran und Mr. McCrae gehabt! Eine volle Woche lang hatte die ganze Welt Mr. McCrae geheißen – wie ein höchst alltäglicher Freund Gordys.

Welcher Zauber es auch sein mochte, sie plauderte jetzt ganz unbefangen: Von ihrer Schule; vom Reiten und Autofahren – offenbar liebte sie die Geschwindigkeit; von Newmarket (das ›einfach Klasse‹ war); vom Theater – Stücken des Typs, wie Johnny Dromore ihn vermutlich schätzte; diese, dazu ›Hamlet‹ und ›König Lear‹ waren alles, was sie gesehen hatte. Das Mädchen war von der Kunst, von allem Geistigen so gänzlich unberührt, dabei aber durchaus nicht dumm; offenbar besaß sei einen gewissen angeborenen Geschmack, nur war der überhaupt nicht geschult. Wie hätte er es auch sein sollen – Johnny Dromore duce, et auspice Johnny Dromore! Immerhin war sie in ihrer Schulzeit in die Nationalgalerie geführt worden. Und Lennan hatte die Vision von acht oder zehn jungen Mädchen, die, einem alten Mädchen am Rockzipfel hängend, durch die Säle geschleift wurden, Landseers Hunde bewunderten, über Botticellis Engel leise kicherten und die Augen aufrissen und raschelten und schwätzten wie junge Vögel im Gebüsch.

Aber trotz ihrer Umgebung war dies Kind aus dem Johnny-Dromore-Reich bis jetzt unschuldiger als kultivierte Mädchen des gleichen Alters. Wenn sie ihm mit ihren großen, magnetischen Augen überallhin folgte, dann tat sie das unverhohlen und unbewußt. Kokett war sie nicht – noch nicht.

Eine Stunde verging, und Dromore tauchte nicht auf. Und die Einsamkeit dieses jungen Geschöpfes in der unangemessenen Umgebung fing an, Lennans Gleichmut zuzusetzen.

Wie verbrachte sie ihre Abende?

»Manchmal geh ich mit Paps ins Theater, meist bleib ich zu Hause.«

»Und dann?«

»Oh! Ich lese eben, oder ich rede französisch.«

»Was? Mit sich selber?«

»Ja; oder manchmal auch mit Oliver, wenn er kommt.«

Also Oliver kam!

»Wie lange kennen Sie Oliver schon?«

»Oh! Den hab ich schon als Kind gekannt.«

Am liebsten hätte er gesagt: Und wie lange ist das her? Aber er bremste sich noch rechtzeitig und stand auf. Sie faßte ihn beim Ärmel und sagte:

»Sie sollen noch nicht gehn!« Und indem sie das sagte, sah sie aus wie ein Hund, der im Begriff ist, aus Spaß zuzuschnappen: Die Oberlippe zog sich von den kleinen, fest auf die Unterlippe gebissenen Zähnen zurück, und das Kinn hatte sich ein wenig vorgeschoben. Da entpuppte sich ein eigensinniger Geist! Er murmelte lächelnd:

»Aber schauen Sie, ich muß doch!«

Sofort gewann sie ihre guten Manieren zurück und sagte nur noch ziemlich traurig:

»Sie nennen mich überhaupt nicht bei meinem Namen. Können Sie ihn nicht leiden?«

»Nell?«

»Ja. Eigentlich heiß ich natürlich Eleanor. Mögen Sie ihn wirklich nicht?«

Und wenn er den Namen verabscheut hätte, er hätte nicht anders antworten können: »Aber sehr mag ich ihn!«

»Das freut mich schrecklich! Auf Wiedersehen!«

Als er auf die Straße hinaustrat, war ihm ganz so zumute, als habe sie ihn nicht am Ärmel gezupft, sondern am Herzen. Und dies warme, verwirrte Gefühl hielt den ganzen Heimweg über an.

Als er sich zum Essen umkleidete, betrachtete er sich mit ungewohnter Aufmerksamkeit. Ja, sein dunkles Haar wuchs noch dicht, aber es zeigte deutlich Grau; um seine Augen zogen sich viele Linien, und die Augen selber, immer noch eifrig, wenn sie lächelten, lagen auffallend tief, als seien sie vor dem Leben zurückgesunken. Die Backenknochen traten nun stark hervor, die Wangen waren sehr schmal und dunkel, und das Kinn wirkte eigenwillig und hart unter dem fast schwarzen Schnurrbart. Alles in allem ein Gesicht, das vom Leben ziemlich hergenommen war; er konnte nichts darin entdecken, woran ein Kind Gefallen haben und womit es sich befreunden konnte.

Sylvia kam herein, während er so bei sich selber Inventur machte, und brachte ihm eine neu geöffnete Eau-de-Cologne-Flasche. Immer brachte sie ihm irgendwas – kein Mensch konnte liebevoller aufmerksam sein. In diesem tiefausgeschnittenen grauen Kleid, in ihrer durchsichtig zarten, stillen Anmut, mit dem blaßgoldenen Haar, von der Zeit kaum berührt, war sie beinahe schön, nur fehlte es ihr eben an Tiefe und Lebendigkeit, genauso wie es ihrem Geist irgendwie an Gedankenschärfe gebrach. Nicht um die Welt hätte er sie je spüren lassen, daß er diesen Mangel empfand. Wenn einer nicht imstande war zu verbergen, daß er kleine Unvollkommenheiten an jemand so Gutem und Demütigem und Zärtlichem sah, dann taugte er nicht zum Leben.

Sie sang an diesem Abend wieder das ›Schloß Dromore‹ mit der sonderbaren, zäh haftenden Melodie. Und als sie hinaufgegangen war und er am Feuer saß und rauchte, schien es ihm, als sei das Mädchen im dunkelroten Kleid gekommen, es saß ihm gegenüber, blickte ihm in die Augen, genau wie vorhin, als sie miteinander gesprochen hatten. Dunkelrot paßte gut zu ihr! Paßte zu der Miene, mit der sie gesagt hatte: »Sie sollen nicht gehn!« Wäre ja auch ein Wunder gewesen, bei diesem Ursprung, wenn sie nicht einiges Temperament in sich gehabt hätte!

5

Am nächsten Tag war er aus dem Atelier gerufen worden, um ein seltsames Phänomen zu besichtigen: Johnny Dromore, tipptopp in Schale, wie er, sorgsam seine Stielaugen hinter gesenkten Lidern verschleiernd, mit ungeheuerlicher Sanftheit auf Sylvia einsprach. Mrs. Lennan ritten doch gewiß? Ach! Natürlich, keine Zeit. Halfen sicher Lennan bei seiner – äh –. Nein! Ach, wirklich? Aber lasen doch bestimmt eine Masse? Er selber hatte nie Zeit zum Lesen. Furchtbar blöd, wenn einem immer die Zeit zum Lesen fehlte. Und Sylvia hörte zu und lächelte sehr still und gewinnend.

Weswegen war Dromore gekommen? Um das Terrain zu erkunden, festzustellen, warum Lennan und seine Frau sich bei dem Wort ›illegitim‹ weiter nichts dachten, und ob ihr Haus auch wirklich respektabel war? Solche ›Dingsbums‹ sah man sich lieber zweimal an, selbst wenn sie auf der Schule das Zimmer mit einem geteilt hatten! ... Immerhin mußte man es Johnny hoch anrechnen, daß er der Fürsorge für seine Tochter Zeit opferte, die er dringend für die Erschaffung des vollkommenen

Reitpferdes benötigte. Im ganzen schien er zu dem Schluß zu kommen, daß sie Nell demnächst nützlich sein könnten in der ungemütlichen Zeit, wenn sie herumgereicht werden mußte. Anscheinend erlag er sogar dem Zauber von Sylvias offenkundiger Güte, gab seine gewohnte Wachsamkeit auf, fürchtete einmal nicht, in der unaufhörlichen Wette des Lebens hereingelegt zu werden, verschanzte sich nicht mehr hinter witzelndem Geschwätz. Tatsächlich fast erlösend, zu sehen, wie sich, kaum daß sie Sylvia verlassen hatten, sofort wieder die vertraute, unheilige Neugier in seine Augen stahl – als erwarteten die, allen väterlichen Hoffnungen zuwider, irgendwo hier in diesem Mekka der Amusements – dem Atelier eines ›Dingsbums‹ – etwas Unterhaltsames zu finden. Köstlich, den Widerstreit zwischen Erleichterung und Enttäuschung zu beobachten. Ach! Kein Modell, nicht einmal die Statue einer Hüllenlosen; nichts als Porträtköpfe, Tierbronzen und derlei unsensationelles Zeug. Absolut nichts, was einem jungen Mädchen das Rot in die Wangen treiben und eines Johnny Dromore Augen zum Funkeln bringen konnte. Wunderlich, wie er schweigend die Gruppe der Schäferhunde immer wieder umkreiste und sie mit seiner langen, krausgezogenen Nase gleichsam beschnüffelte. Wunderlich, wie unvermittelt er sagte: »Verdammt gut! Sag mal, würdest du mir wohl Nell zu Pferde machen?« Und wie zweifelnd und gespannt er auf Antwort wartete!

»Vielleicht könnte ich eine Statuette von ihr machen; dann könntest du einen Bronzeguß bekommen.«

Kam er sich irgendwie überlistet vor? Tatsächlich verharrte er ein paar Sekunden lang in einer Art von Trance, bevor er murmelte, als besiegele er eine Wette: »Abgemacht! Und wenn du mit ihr reiten willst, um die Sache in den Griff zu kriegen, – ich kann dir jederzeit ein Pferd zur Verfügung stellen.«

Als er gegangen war, starrte Lennan immer noch in der sinkenden Dämmerung auf seine unvollendeten

Schäferhunde. Wieder das Gefühl der Gereiztheit bei der Berührung mit etwas Fremdartigem, Feindlichem, Verständnislosem! Warum diese Dromores so in sein Leben hereinlassen? Er schloß das Atelier zu und ging in den Salon zurück. Sylvia hockte vor dem Kamingitter und starrte ins Feuer; nun rückte sie heran, um sich gegen seine Knie zu lehnen. Auf ihrem Schreibtisch brannte eine Kerze, der Schimmer fiel ihr auf Haar, Wangen und Kinn, denen die Jahre so wenig angetan hatten. Sie gab ein hübsches Bild ab im flackernden Schein nur dieser einen langsam herunterbrennenden Kerze – von allen leblosen Dingen waren Kerzenflammen die lebendigsten, am geisterhaftesten, so mild und unbestimmt, kaum zu glauben, daß sie überhaupt Feuer waren. Ein Windzug ließ das Flämmchen hin und her flackern. Lennan stand auf, um das Fenster zu schließen; und als er zurückkam, sagte Sylvia:

»Ich kann Mr. Dromore gut leiden. Mir scheint, er ist netter, als er aussieht.«

»Er hat mich gebeten, eine Statuette von seiner Tochter zu Pferd zu machen.«

»Und machst du's?«

»Weiß noch nicht.«

»Wenn sie wirklich so hübsch ist, solltest du.«

»Hübsch trifft es kaum – aber ungewöhnlich ist sie.«

Sie drehte sich um und blickte zu ihm auf, und instinktiv fühlte er, daß sie jetzt gleich eine schwierige Frage stellen würde.

»Mark.«

»Ja.«

»Ich wollte dich fragen – bist du jetzt eigentlich richtig glücklich?«

»Gewiß. Wieso nicht?«

Was sollte er sonst sagen? Von diesen Empfindungen der letzten Monate reden – diesen Empfindungen, die jedem, der sie nicht hatte, so lächerlich waren? Das würde sie nur furchtbar verstören.

Und nachdem Sylvia ihre Antwort empfangen hatte,

wandte sie sich wieder dem Feuer zu und lehnte sich still gegen seine Knie ...

Drei Tage später fuhren die Schäferhunde plötzlich aus der Haltung auf, in die er sie mit soviel Mühe gelockt hatte, und stürzten auf die Ateliertür los. Da auf der Straße war Nell Dromore; sie saß auf einem kleinen, schwarzen Pferd mit weißer Blesse, einem weißen Fuß und teuflischen kleinen Ziegenohren, wachsam aufgerichteten, die Spitzen sehr dicht beieinander.

»Paps hat gesagt, ich soll lieber bei Ihnen vorbeireiten und Ihnen Elster zeigen. Er steht nicht sehr gern. Sind das Ihre Hunde? Sind die aber lieb!«

Schon hatte sie das Knie über den Sattelknopf gehoben und ließ sich nun herabgleiten; die Schäferhunde standen sofort auf den Hinterbeinen und sprangen sie an. Lennan hielt das schwarze Pferd – ein exzentrisches kleines Tier, ganz Feuer und Venen, mit einer Haut wie Satin, glänzenden Augen, sehr geraden Sprunggelenken und einem dünnen, gestutzten Schweif, der bis zu ihnen herabreichte. Das kleine Geschöpf hatte nichts von der Durchschnittshübschheit an sich, die auf Künstler so entmutigend wirkt.

Er hatte die Reiterin ganz vergessen; da schaute sie von den Hunden auf und fragte: »Gefällt er Ihnen? Es ist nett, daß Sie eine Statuette von uns machen wollen.«

Als sie davongeritten war – bis zur Ecke hatte sie dabei zurückgeblickt –, versuchte er, die beiden Hunde wieder in die alte Stellung zu locken. Aber sie wollten nicht mehr sitzen bleiben, sondern liefen in einem fort zur Tür, lauschten und schnupperten, und alles schien aufgescheucht und ganz aus dem Häuschen.

Am selben Nachmittag statteten Sylvia und er den Dromores einen Besuch ab; das war Sylvias Vorschlag gewesen.

Während sie hineingeführt wurden, hörte er eine ziemlich hohe Männerstimme; jemand redete in irgendeiner Sprache, die nicht seine war; und dann das Mädchen.

»Nein, nein, Oliver. ›Dans l'amour il y a toujours un qui aime, et l'autre qui se laisse aimer.‹«

Sie saß in ihres Vaters Sessel, und auf dem Fenstersims rekelte sich, wie sie sahen, ein junger Mann, der sich erhob und stocksteif stehen blieb mit einem nahezu unverschämten Ausdruck auf dem breiten, hübschen Gesicht. Lennan betrachtete ihn mit Interesse. Er mochte ungefähr vierundzwanzig sein; ziemlich geckenhaft, glattrasiert, mit krausem, dunklem Haar, weit auseinanderstehenden, haselnußbraunen Augen und, wie auf seiner Fotografie, einem seltsam kühnen Blick. Seine Stimme klang, als er sich zu einer Begrüßung herbeiließ, ziemlich hoch, nicht unangenehm; er sprach lässig und leicht gedehnt.

Sie blieben nur ein paar Minuten; und als sie die trüb beleuchtete Treppe wieder hinunterstiegen, bemerkte Sylvia:

»Wie hübsch sie auf Wiedersehn gesagt hat – fast als hielte sie einem das Gesicht zum Küssen hin! Ich finde sie süß. Der junge Mann offenbar auch. Sie passen zueinander!«

Ziemlich kurz angebunden antwortete Lennan:

»Vermutlich.«

6

Danach kam sie oft zu ihnen, manchmal allein, zweimal mit Johnny Dromore, manchmal mit dem jungen Oliver, der unter Sylvias Zauber bald seine Unnahbarkeit aufgab. Und die Statuette wurde begonnen. Danach kam wirklich der Frühling und damit auch die eigentliche Lebensaufgabe Johnny Dromores, er ließ seine Pferde in den Flachrennen laufen, wo sein Genius nicht mehr durch die unkalkulierbaren Risiken des Springens behindert wurde. Am Tag vor dem ersten Newmarket-Rennen kam er zum Abendessen zu ihnen. Er hatte eine Schwäche für Sylvia und sagte jedesmal beim Fortgehn zu Lennan: »Einfach entzückend, deine Frau!« Und sie hatte auch eine Schwäche für ihn, denn sie durchschaute nun, auf was für unsicheren Füßen die Weisheit dieses Weltmannes stand, und fand ihn rührend.

Nachdem er an diesem Abend gegangen war, sagte sie:

»Ob wir Nell zu uns einladen, solange du noch mit ihr zu tun hast? Sie muß sich jetzt sehr einsam fühlen, wenn ihr Vater immerzu unterwegs ist.«

Das war ganz Sylvia, daran zu denken. Aber würde es ein Vergnügen oder eine Plage sein, dies Kind mit seiner drolligen Erwachsenenmanier, seiner Zutraulichkeit und den Perdita-Augen im Hause zu haben? Er wußte es wirklich nicht.

Sie kam mit rührendem Eifer – sehr ähnlich einem Hund, den die Familie nicht mit auf die Reise genommen, sondern daheimgelassen hat und der sich sofort an die anschließt, die sich mit ihm abgeben.

Und sie bedeutete keine Last – dazu war sie viel zu sehr gewöhnt, sich allein zu unterhalten. Und immer wieder wunderlich und erheiternd war es, sie bei ihren beständigen Umschwüngen vom Kind zur Dame von Welt zu beobachten. Ein junges Wesen im Haus – das war ein ganz neues Gefühl. Er wie Sylvia hatten sich Kinder gewünscht, doch vergebens. Zweimal war eine Krankheit dazwischengekommen. War es vielleicht gerade dieser kleine Mangel an ihr – dieser Mangel an Lebenskraft, der sie daran gehindert hatte, Mutter zu werden? Sie war selber ein Einzelkind und besaß weder Nichten noch Neffen; Cicelys Jungen waren immer im Internat gewesen und waren nun ausgeflogen in alle Welt. Ja; es war ein neues Gefühl und eines, in dem sich Lennans Rastlosigkeit aufzulösen schien.

Außerhalb der Stunden, in denen Nell ihm saß, sah er absichtlich nur wenig von ihr und überließ es ihr, sich unter Sylvias Fittiche zu kuscheln; und das tat sie, als wünsche sie sich nicht im mindesten, je wieder darunter hervorzukommen. So erhielt er sich das Vergnügen an ihren wunderlichen Anwandlungen von Herzlichkeit oder Temperament und ihrer noch wunderlicheren Gelassenheit, bewahrte sich die ästhetische Freude daran, sie zu beobachten, ihren seltsamen, halb schläfrigen, halb faszinierenden Blick, in dem eine Art verträumter, rührender Zärtlichkeit lag, als wäre sie bis zum Überfließen erfüllt von Liebe, für die es kein Ventil gab.

Jeden Morgen nach dem ›Sitzen‹ blieb sie eine Stunde im Atelier, über die eignen Zeichnungen gebeugt, die praktisch keinerlei Fortschritt erkennen ließen; und oft ertappte er sie dabei, daß sie mit ihren großen, grauen Augen seine Bewegungen verfolgte, während die Schäferhunde regungslos und greulich zwinkernd zu ihren Füßen lagen, eine solche Anziehungskraft übte sie aus. Auch seine Vögel, eine Dohle und eine Eule, die frei im Atelier herumflogen, duldeten sie wie sonst kein anderes weibliches Wesen außer der Haushälterin. Die Dohle pflegte sich auf ihrer Schulter niederzulassen und an ihrem Kleid herumzupicken; aber die Eule forderte sie nur zu Streitkämpfen im magnetischen Anstarren heraus, Augenschlachten, aus denen keins von beiden je als Sieger hervorging.

Nun, da sie bei ihnen wohnte, fing Oliver Dromore an, häufig im Haus aufzutauchen, zu jeder Zeit und unter allen möglichen fadenscheinigen Vorwänden. Sie benahm sich ihm gegenüber höchst kapriziös, indem sie manchmal kaum ein Wort redete und ihn dann wieder wie einen Bruder behandelte; und trotz all dieser Lässigkeit saß dann der arme Junge nur finster blickend da oder starrte sie hingebungsvoll an, so wie es ihrer Laune entsprach.

An einen dieser Juliabende erinnerte sich Lennan besonders deutlich. Er war nach einem harten Tagewerk aus seinem Atelier in den Hofgarten hinausgetreten, um eine Zigarette zu rauchen und sich die Sonne ins Gesicht scheinen zu lassen, bevor sie hinter die Mauer sank. In der Ferne plagte sich ein Leierkastenmann mit einem Walzer ab; und Lennan ließ sich unter dem Salonfenster auf dem Rand eines Hortensienkübels nieder, um zu lauschen. Von hier aus sah man nichts als nur den Flecken reinblauen Himmels und eine weiche, fiedrige Rauchfahne, die aus seinem eigenen Küchenschornstein aufstieg; nichts war zu hören außer der Melodie und dem nie verstummenden leisen Straßengeräusch. Zweimal flogen Vögel quer durch den Hof – Stare. Es war sehr friedvoll, und seine Gedanken zogen gemächlich wie der Rauch seiner Zigarette dahin, um wer weiß welche andern Gedanken zu treffen – denn kein Zweifel, Gedanken führten ein flüchtiges Eigenleben; sie begehrten, suchten sich ihre Partner, verschmolzen sorglos mit ihnen und setzten Sprößlinge in die Welt. Warum nicht? In diesem Wunderhaus von Welt war alles möglich. Sogar diese Walzermelodie, die dahinströmte, würde irgendeine andere Melodie treffen und sich mit ihr verheiraten und verflechten und einen neuen Akkord hervorbringen, der vielleicht seinerseits dahinflog und das Summen einer Mücke oder Fliege einfing und mit ihr weiterzeugte. Sonderbar – wie alles strebte, sich mit einem zweiten zu vereinen! Auf einer der rosafarbenen Blüten der Hortensie saß eine Biene – ausgerechnet hier in diesem versteckten Garten aus Steinplatten und Kies und Kübelpflanzen. Das kleine, pelzige, einsame Geschöpf saß schläfrig da, als habe es vergessen, weswegen es hergekommen war – vielleicht so wie er selber von der Arbeit weggelockt durch diese letzten Sonnenstrahlen. Seine eng angelegten Flügel glitzerten; die Augen hielt es wohl geschlossen. Und die Drehorgel spielte weiter, eine Melodie voll Sehnsucht, voll Warten, voll Sehnsucht …

Dann hörte er durch das Fenster über seinem Kopf Oliver Dromore – die Stimme war jederzeit unverkennbar, hoch und mit dem leicht gedehnten Klang –; bittend, sehr sanft zuerst, dann beharrlich, drängend; und plötzlich Nells Antwort:

»Ich will nicht, Oliver! Ich will nicht! Ich will nicht!«

Er erhob sich, um außer Hörweite zu gehn. Dann wurde eine Tür zugeknallt, und er sah sie über sich am Fenster, ihre Taille in gleicher Höhe mit seinem Kopf, das Gesicht gerötet, die grauen Augen bedrohlich funkelnd, die vollen Lippen geöffnet. Und er sagte:

»Was ist los, Nell?«

Sie beugte sich aus dem Fenster und haschte seine Hand; ihre fühlte sich glühheiß an.

»Er hat mich geküßt! Ich will das nicht haben! Ich will ihn nicht küssen!«

Ihm zogen in buntem Gemisch alle möglichen Redensarten durch den Kopf, mit denen man Kinder beschwichtigt, wenn sie sich weh getan haben; aber er fühlte sich unsicher, nicht er selbst. Und plötzlich kniete sie sich hin und drückte ihm die heiße Stirn gegen die Lippen.

Es war, als sei sie wirklich ein kleines Kind und wünsche, daß man ihm einen Kuß auf die schlimme Stelle gab, um sie wieder heil zu machen.

7

Nach diesem seltsamen Ausbruch überlegte Lennan lange, ob er mit Oliver reden sollte. Aber was konnte er schon sagen und von welchem Standpunkt aus und – mit was für Gefühlen? Oder sollte er mit Dromore sprechen? Nicht ganz einfach, ein solches Thema mit jemandem zu erörtern, bei dem alle diffizilen Seelenangelegenheiten ständig Platzverbot hatten. Und ebensowenig brachte er es fertig, Sylvia davon zu berichten. Es hätte einen Vertrauensbruch bedeutet, wenn er ihr die zornige Erregung des Kindes geschildert hätte und den bewegten Augenblick, da sie niedergekniet war und trostsuchend ihre Stirn an seine Lippen gedrückt hatte. Das konnte nur Nell selber erzählen, falls sie es wünschte.

Und dann löste der junge Oliver das Problem, indem er am nächsten Tag selber zu ihm ins Atelier kam. Er trat mit der Dromoreschen Gelassenheit ein, höchst elegant gekleidet, in Zylinder und schwarzem Cutaway und mit berückenden zitronenfarbenen Handschuhen; was der junge Mann eigentlich machte, abgesehen davon, daß er zur Klasse der wohlhabenden und unabhängigen Landbesitzer gehörte und den ganzen Winter durch jagte, wußte offenbar niemand als er selber. Er entschuldigte sich nicht dafür, daß er Lennan störte, und saß eine Zeitlang stumm da, rauchte eine Zigarette und zog die Hunde an den Ohren. Und Lennan arbeitete weiter; er wartete ab. Der junge Mann mit dem breiten, hübschen Gesicht, dem krausen, dunklen Haar und der fast unverschämten Wohlgelauntheit – jetzt so überschattet – hatte für ihn immer etwas Fesselndes.

Schließlich stand Oliver auf und trat an das noch unvollendete ›Mädchen auf ‚Elster'‹ heran. Er stellte sich so hin, daß Lennan sein Gesicht nicht sehen konnte, und sagte:

»Sie und Mrs. Lennan sind riesig nett zu mir gewesen. Ich hab mich gestern ziemlich unmanierlich aufgeführt, ich dachte, ich sag's Ihnen lieber. Die Sache ist nämlich die, ich hab vor, Nell zu heiraten.«

Lennan war froh, daß der junge Mann sein Gesicht so sorgfältig abgewendet hielt. Er ließ die Hände auf der Statue ruhen, an der er gerade arbeitete, und sagte: »Sie ist ja noch ein Kind, Oliver.« Dann sah er, wie seine Finger eine unsinnige Bewegung in dem Ton machten, und war über sich selbst betroffen.

»Diesen Monat wird sie achtzehn«, hörte er Oliver sagen. »Wenn sie erst mal rauskommt – unter die Leute –, dann weiß ich nicht, was ich machen soll. Der alte Johnny taugt wirklich nicht dazu, auf sie aufzupassen.«

Der junge Mann war sehr rot geworden; jetzt vergaß er, das zu verbergen. Gleich darauf erblaßte er und sagte mit zusammengebissenen Zähnen: »Sie macht mich verrückt! Ich weiß nicht, wie ich es – Wenn ich sie nicht kriege, erschieß ich mich! Wissen Sie, ich tu's wirklich. Ich bin einer von der Sorte. Es sind ihre Augen. Sie bringen einen vollkommen außer sich – und lassen einen ...« Und die Zigarettenkippe fiel ihm aus der behandschuhten Hand auf den Fußboden. »Es heißt, ihre Mutter ist genauso gewesen. Armer alter Johnny! Glauben Sie, ich hab eine Chance, Mr. Lennan? Ich meine, nicht jetzt gleich, in dieser Minute; ich weiß ja, daß sie noch zu jung ist!«

Lennan zwang sich zu antworten.

»Aber sicher, mein Junge, aber sicher. Haben Sie mit meiner Frau geredet?«

Oliver schüttelte den Kopf.

»Sie ist so gut. Ich glaube, sie könnte die Art Gefühl nicht so richtig verstehen.«

Ein sonderbares kleines Lächeln stahl sich auf Lennans Lippen.

»Na schön!« sagte er. »Sie müssen dem Kind Zeit lassen. Vielleicht, wenn sie nach dem Sommer aus Irland zurückkommt.«

Der junge Mann erwiderte mürrisch:

»Jawohl. Ich kann dort aus- und eingehn wie ich will, wissen Sie. Und ich werd nicht fertigbringen wegzubleiben.« Er nahm seinen Hut. »Vermutlich hätt ich nicht herkommen und Sie damit behelligen sollen; aber bei Nell stehen Sie derart hoch im Kurs; und da Sie nicht so sind wie die meisten andern Leute – ich dachte, Sie nehmen's nicht übel.« Er wandte sich wieder zur Tür. »Was ich eben gesagt habe – davon, wenn ich sie nicht kriege –, das war nicht bloß so dahergeredet. Manche quatschen bloß drüber, aber bei mir ist's Ernst.«

Er setzte den schimmernden Hut auf und ging.

Und Lennan stand und starrte auf die Statuette. Sieh da! Also auch die Festung des Dromoretums fiel unter dem Ansturm der Leidenschaft. Leidenschaft! Sonderbare Herzen suchte sie sich aus, um darin Blüten zu treiben.

›Anders als die meisten andern Leute – ich dachte, Sie nehmen's nicht übel.‹ Woher wußte dieser Jüngling, daß Sylvia keine solche unbändige Leidenschaft wie diese verstehen würde? Und wieso war es ihm klar, daß er,

Lennan, es tat? Las man es ihm vom Gesicht ab? Offenbar ja! Selbst Johnny Dromore – der verschwiegenste aller Mitmenschen – hatte ihm diese eine Stunde seiner verschmitzten Existenz anvertraut, da er vom Wind aufs offene Meer hinausgetrieben worden war!

Ja! Und die Statuette hier würde nie etwas Ordentliches werden, er konnte sich mühen, wie er wollte. Oliver hatte recht: es waren ihre Augen. Wie sie in ihrem Kinderzorn gequalmt hatten, sofern man von Augen sagen konnte, daß sie qualmten, und wie sie gelockt und gefleht hatten, als sie ihr Gesicht an seines legte in ihrer noch kindlicheren flehentlichen Bitte! Wenn sie schon heute so waren, wie würden sie sein, wenn die Frau in ihr erwachte? Lieber nicht zuviel an sie denken! Lieber arbeiten und wohl im Sinne behalten, daß er bald siebenundvierzig sein würde! Gut, daß sie nächste Woche nach Irland abreiste!

Und am letzten Abend vor ihrer Abreise nahmen sie sie mit in die Oper zu ›Carmen‹. Er wußte noch, daß sie ein kaum ausgeschnittenes weißes Kleid getragen hatte und in dem Band, das ihr immer noch lose herabfallendes krauses Haar zurücknahm, eine dunkle Nelke. Wie wunderbar entzückt hatte sie dagesessen, trunken von dieser Oper, die er aus unzähligen Aufführungen kannte; wie sie bald seinen Arm, bald den Sylvias berührt hatte und dazu Fragen flüsterte: »Wer ist das?« – »Was kommt jetzt?« Die Carmen riß sie zu stürmischer Bewunderung hin, aber Don José war ›zu fett in seinem komischen Uniformröckchen‹, bis er in der rasenden Eifersucht des letzten Aktes über sich selber hinauswuchs. Da packte sie, in ihrer Erregung alles vergessend, Lennans Arm; und als Carmen endlich tot zusammensank, stieß sie einen keuchenden Laut aus, daß alle Nachbarn in die Höhe fuhren. Ihr Gefühlsaufruhr war viel rührender als der auf der Bühne; es verlangte ihn heftig, sie zu streicheln und zu trösten und zu sagen: ›Komm, komm, mein Herz, es ist doch alles bloß Schwindel!‹ Und als es vorüber war und die vortreffliche umgebrachte Dame und ihr armer fetter kleiner Liebhaber vor dem Vorhang erschienen, vergaß sie endgültig, daß sie eine Dame von Welt war, und reckte sich auf ihrem Sitz weit vor und klatschte wie besessen. Ein Glück, daß Johnny Dromore nicht dabei war und es mit ansah! Aber alles hört schließlich einmal auf, sie mußten sich von den Plätzen erheben und gehen. Und als sie sich den Weg nach draußen in das Foyer bahnten, spürte Lennan, wie sich ein kleiner, heißer Finger in den seinen hakte, als müsse sie einfach etwas zum Drücken haben. Er wußte wirklich nicht, was er mit dem Finger anfangen sollte. Offenbar fühlte sie seine Halbherzigkeit und ließ ihn bald wieder los. Den ganzen Heimweg über in der Droschke schwieg sie. Ebenso geistesabwesend aß sie ihre Butterbrote, trank ihre Limonade und empfing Sylvias Kuß; darauf verwandelte sie sich in die Dame von Welt zurück und bat darum, sie möchten morgen früh nicht aufstehen, um sie zur Bahn zu bringen – denn sie mußte schon um sieben aufbrechen, um den Zug in Richtung Irland zu erreichen. Und dann streckte sie Lennan die Hand hin und sagte feierlich:

»Vielen, vielen Dank, daß Sie mich heut abend mitgenommen haben. Adieu!«

Er blieb eine gute halbe Stunde rauchend am Fenster stehen. Es schien hier keine Straßenlampe, und die Nacht stand samtschwarz über den Platanen. Endlich schloß er das Fenster mit einem Seufzer und ging auf den Zehen durch die Dunkelheit treppauf. Da schien sich auf dem Flur plötzlich die weiße Wand auf ihn zu zu bewegen. Etwas Warmes, Duftendes, ein Laut wie ein winziger Seufzer, und etwas Weiches, das ihm in die Hand gedrückt wurde. Dann wich die Wand wieder zurück, und er stand und lauschte – kein Laut mehr, nichts! Aber in seinem Ankleidezimmer beschaute er das weiche Etwas in seiner Hand, es war die Nelke aus ihrem Haar. Was war in das Kind gefahren, daß sie ihm die gab? Carmen! Ah ja – Carmen. Er starrte die Blume an und hielt sie mit einer Art Entsetzen von sich ab;

aber der Duft stieg zu ihm auf. Und mit einer jähen, heftigen Bewegung hob er sie in die Kerzenflamme, so frisch sie war, und hielt sie, bis sie brannte und sich samtschwarz zusammenkrümmte. Und es gab ihm einen Stich durchs Herz, weil er etwas so Grausames getan hatte. Die Blume war noch immer schön, doch ihr Duft war geschwunden. Er wandte sich zum Fenster und warf sie weit hinaus in die Finsternis.

8

Seltsam, wie wenig sie von ihr sprachen, nun, da sie fort war; und sie hatten sie doch eine ganze Weile bei sich gehabt. Und auch von ihr kam nur ein einziger Brief, an Sylvia gerichtet, sehr bald nach der Abreise; er schloß: ›Paps sendet seine schönsten Empfehlungen und ich viele herzliche Grüße an Sie und Mr. Lennan und alle Tiere! Nell.

Nächste Woche kommt Oliver her. Wir wollen zusammen zu ein paar Rennen gehn.‹

Natürlich war es nach der Episode mit der Blume schwierig, von ihr zu reden – die Sache war zu phantastisch, um sie zu erzählen; Sylvia würde ihr unverhältnismäßig viel Gewicht beilegen – wie im Grunde vielleicht jede Frau. Ja – und was war es in Wirklichkeit anderes gewesen als die unkontrollierte plötzliche Eingebung eines empfindsamen Kindes mit dem Drang, Gefühle auszudrücken, die durch die Erregung jener Oper in ihr erwacht waren? Was weiter als die federleichte Schwärmerei eines Kindes, ein flüchtiger, verstohlener Späherblick nach dem Mysterium Leidenschaft, so wie die jungen Dinger ihn eben mal taten? Er konnte diesen rührenden Unfug nicht preisgeben. Und weil er ihn nicht preisgeben wollte, war er Sylvia gegenüber liebevoller als gewöhnlich.

Sie hatten für die Ferien noch nichts geplant, und er ging begierig auf ihren Vorschlag ein, nach Hayle zu fahren. Wenn irgendwo, dann würde dort diese sonderbare

Rastlosigkeit von ihm weichen. Sie waren viele Jahre nicht mehr in dem alten Haus gewesen – seit Gordys Tod war es meist vermietet.

Sie fuhren Ende August aus London ab. Der Tag neigte sich, als sie anlangten. Die Geißblattranken waren schon seit langem vom Bahnsteigzaun abgerissen, an dem er vor neunundzwanzig Jahren gelehnt hatte, als er zusah, wie der Zug Anna Stormer davontrug. In der Mietdroschke preßte sich Sylvia fest an ihn und hielt unter der uralten Staubschutzdecke seine Hand umklammert. Sie fühlten beide die gleiche Erregung darüber, das alte Zuhause wiederzusehen. Keine Menschenseele aus der alten Zeit würde nun noch dasein – nur das Haus und die Bäume, die Eulen und die Sterne; der Fluß, der Park und der Schaukelstein. Es war dunkel, als sie ankamen; nur ihr Schlafzimmer und zwei Wohnräume waren hergerichtet worden; Feuer brannte in den Kaminen, obwohl noch Hochsommer war. Die nämlichen alten, abscheulichen Heatherleys starrten vom alten Eichengetäfel herab. Der nämliche Apfel- und Mäusegeruch haftete hier und dort in den alten Korridoren mit ihren unvermuteten Treppen. Das alles war sonderbar unverändert, wie das bei alten Häusern so ist, wenn man sie möbliert vermietet.

In der Nacht wachte er einmal auf. Die Vorhänge waren von den weitgeöffneten Fenstern weggezogen, und draußen wimmelte die Nacht nur so von Sternen; schwärmeweis schwebten und zitterten sie dort oben, und in der Ferne stieß eine Eule ihren melancholischen, samtenen Schrei aus.

Dicht neben ihm sagte Sylvia: »Mark – die Nacht, als sich dein Stern in meinem Haar verfing, weißt du noch?«

Ja, er wußte noch. Und in seinem schläfrigen, eben erst aus Träumen aufgescheuchten Geist formte sich in beharrlicher Wiederkehr der verrückte, unsinnige Satz: ›Ich werde Mr. Micawber nie – nie verlassen!‹

Es wurde ein freundlicher Monat; sie lasen und durchstreiften die Umgebung mit den Hunden; oder sie lagen stundenlang draußen zwischen den Felsen oder am Flußufer und beobachteten Tiere und Vögel.

Das kleine, alte Gewächshaus stand noch, der Tempel seiner frühen Meisterwerke; jetzt diente er als Aufbewahrungsort für Gießkannen. Aber es kam ihm hier unten auch nicht die Spur von Arbeitstrieb. Er lebte in der Schwebe, nicht ruhelos, nicht voller Langerweile, wartete nur – aber worauf, das ahnte er nicht. Und Sylvia jedenfalls war glücklich, blühte auf zwischen den alten Lieblingsplätzen, verlor in der Sonne ihre durchscheinende Blässe, griff sogar wieder zum Sonnenhut, unter dem sie unglaublich jung aussah. Die Forellen, denen der arme alte Gordy so unbarmherzig nachgestellt hatte, blieben ungestört. Kein Schuß fiel; Kaninchen, Tauben, sogar die paar Rebhühner genossen diese ersten Herbsttage in Frieden. Die Farne und die Blätter an den Bäumen verfärbten sich sehr früh, so daß der Park im dunstgefärbten Septembersonnenlicht fast golden aussah. Eine sanfte Gelassenheit lag über dem ganzen Urlaub. Und aus Irland kamen keine weiteren Nachrichten, nur eine Ansichtskarte mit den Worten: ›Das ist unser Haus – Nell.‹

In der letzten Septemberwoche fuhren sie nach London zurück. Und dort begann in ihm sofort wieder dieser ruhelose, unvernünftige Schmerz – dies Gefühl, umgetrieben zu werden, fort von sich selber, so daß er aufs neue damit begann, stundenlang in den Parks herumzulaufen, über Gras, das nun schon mit Blättern bedeckt war, und immerfort wartend, sich sehnend – worauf, wonach?

In Dromores Wohnung wußte der diskret Vertrauliche nicht zu sagen, wann sein Herr zurückkäme; er war nach dem St.-Leger-Rennen mit Miss Nell nach Schottland gefahren. War Lennan enttäuscht? Eigentlich nicht – eher erleichtert. Aber sein Schmerz war da, immerzu, genährt von Heimlichkeit und Einsamkeit, denn mitteilen konnte er es niemandem, dieses Gefühl. Warum bloß hatte er nicht schon längst begriffen, daß die Jugend vorbei war, daß Leidenschaft ihn nichts mehr anging, daß der Herbst über ihm stand? Wieso hatte er nie die Tatsache erfaßt, daß die Zeit entflieht? Und wieder gab es keine andere Zuflucht als Arbeit. Die Schäferhunde und das ›Mädchen auf ‚Elster'‹ waren fertig. Er begann ein phantastisches Relief – eine Nymphe, die hinter einem Felsen hervorlugt, und ein wildäugiger Mann, der durch Binsen auf sie zu schleicht. Wenn er ins Antlitz der Nymphe etwas von dieser Lockung legen konnte, die an ihm zerrte, Jugend, Leben, Liebe, und in das Gesicht des Mannes etwas von seiner eigenen Gemütsverfassung, dann gab ihm das vielleicht endlich Ruhe. Es sich von der Seele arbeiten! Und er plagte sich den ganzen Oktober hindurch wild und verbissen ab, ohne groß voranzukommen ... Was konnte er auch erwarten, wenn die ganze Zeit über das Leben mit diesem gedämpften Tappen an seine Tür pochte?

Es war am Dienstag nach dem Schluß des letzten Newmarket-Rennens, eben zu Beginn der Dämmerung, als das Leben die Tür öffnete und hereinspazierte. Sie trug ein dunkelrotes Kleid, ein neues, und kein Zweifel, ihr Gesicht, ihre Figur waren ganz anders, als er sie in Erinnerung hatte! Sie war lebhafter und reizvoller geworden. Soviel stand auf den ersten Blick fest: das war kein Kind mehr. Wangen, Mund, Hals, Taille – alles schien feiner und entschiedener geformt. Das hellbraune, krause Haar war nun aufgesteckt und von einer Samtkappe bedeckt; nur die großen grauen Augen schienen noch ganz dieselben. Und bei ihrem Anblick blieb ihm fast das Herz stehen, aber gleich darauf schlug es um so heftiger, als hätten all seine undeutlichen und sehnsüchtigen Gefühle ihr Ziel gefunden.

Dann wurde ihm in plötzlicher Erschütterung bewußt, daß sein letzter Augenblick mit diesem Mädchen, nun kein Kind mehr, ein Augenblick heimlichen leidenschaftlichen Überschwangs gewesen war; einer, der vielleicht für sie etwas bedeutet, etwas in ihr hervorgerufen hatte, wovon er nichts ahnte. Er versuchte, das ungestüme Auf und Ab seines Herzens außer acht zu lassen, streckte ihr die Hand entgegen und murmelte:

»Ach, Nell! Endlich wieder zurück! Sie sind groß geworden!«

Dann – und es war ihm dabei, als überkäme ihn Schwäche in allen Gliedern – fühlte er ihre Arme um seinen Hals, fühlte, wie sie sich an ihn preßte. Sekundenlang durchzuckte ihn noch der Gedanke: ›Das ist entsetzlich!‹ Er drückte sie kurz, krampfhaft an sich – wenigstens das –, brachte es dann eben noch über sich, sie sanft von sich zu schieben, und versuchte mit aller Kraft zu denken: ›Sie ist ein Kind! Es ist nicht anders als nach Carmen! Sie hat keine Ahnung von dem, was ich fühle!‹ Aber er war sich des tollwütigen Verlangens bewußt, sie an sich zu reißen. Ihre Berührung hatte allen Nebel vertrieben, ihm die Lage nur zu deutlich gezeigt, hatte ihn hell entflammt.

Unsicher sagte er: »Kommen Sie ans Feuer, Kind, und erzählen Sie mir alles.«

Wenn er sich nicht an die Vorstellung klammerte, daß sie ein Kind war, mußte er die Besinnung verlieren. Perdita – ›die Verlorene‹! Wahrhaftig ein guter Name für sie, wie sie da stand, die Augen leuchtend vom Widerschein des Feuers, magnetischer denn je zuvor! Und um der Lockung dieser Augen zu entkommen, bückte er sich nieder, stocherte im Kamin und sagte dabei:

»Haben Sie Sylvia schon gesehen?« Aber er wußte, daß sie nicht bei Sylvia gewesen war, noch bevor er ihr ungeduldiges Achselzucken sah. Dann riß er sich zusammen und sagte:

»Was ist mit Ihnen passiert, Kind?«

»Ich bin kein Kind.«

»Nein. Wir sind beide älter geworden. Ich grad siebenundvierzig.«

Sie haschte seine Hand – mein Gott! wie geschmeidig sie war! – und murmelte:

»Du bist kein bißchen alt; du bist noch ganz jung.«

Ratlos, mit ungestüm klopfendem Herzen, doch immer noch von ihr abgewendetem Blick, sagte er: »Wo ist Oliver?«

Sie ließ seine Hand fallen.

»Oliver? Ich hasse ihn!«

Aus Angst vor ihrer Nähe hatte er begonnen, auf und ab zu gehen. Und sie stand da und folgte ihm mit ihrem Blick; der Feuerschein spielte auf ihrem roten Kleid. Welche seltsame Ruhe! Welche Macht hatte sie in diesen paar Monaten gewonnen! Hatte er ihr verraten, daß er diese Macht empfand? Und war all dies aus dem einen Augenblick auf dem dunklen Korridor entsprungen, aus einer hastig ihm in die Hand gedrückten Blume? Warum hatte er da nicht ein rauhes Wort gesprochen, ihr gesagt, daß sie ein romantisches Schäfchen war? Gott allein wußte, von was für Vorstellungen sie seither gezehrt hatte. Aber wer hätte ahnen können – wer hätte sich träumen lassen –? Und wieder versteifte er sich auf den Gedanken: ›Sie ist doch ein Kind – bloß ein Kind!‹

»Nun kommen Sie!« sagte er, »erzählen Sie mir von Irland!«

»Ach – es war bloß langweilig – alles ist langweilig, wo du nicht bist.«

Es kam ohne Zögern und ohne Scham heraus, und er konnte nur murmeln: »Ach! Sie haben das Zeichnen vermißt!«

»Ja. Darf ich morgen kommen?«

Das war der Augenblick, um zu sagen: Nein! Sie sind ein dummes Kind und ich ein angejahrter Idiot! Aber er hatte weder den Mut dazu noch genügend klare Besinnung – noch den Wunsch. Und ohne zu antworten, ging er zur Tür und drehte das Licht an.

»Ach nein, bitte nicht! Es war gerade schön so.«

Der schattige Raum, die blaue Dämmerung hinter allen Fenstern, das Flackerfeuer, die blaß oder dunkel verschwimmenden Gipsabdrücke und Bronzen und dort vor dem Kamin die rotleuchtende Gestalt! Und wieder ihre Stimme, ein bißchen kläglich:

»Freust du dich nicht, daß ich wieder da bin? Ich kann dich dort unten gar nicht richtig sehen.«

Er trat in den Feuerschein zurück, und sie stieß einen kleinen, zufriedenen Seufzer aus. Dann sagte sie mit ihrer ruhigen, jungen Stimme sehr deutlich:

»Oliver verlangt, daß ich ihn heirate, und ich will es nicht, natürlich nicht.«

Er wagte nicht zu fragen: Warum nicht? Er wagte überhaupt nichts zu sagen. Es war zu gefährlich. Und dann folgten die erstaunlichen Worte: »Du weißt warum, nicht wahr? Natürlich weißt du es!«

Es war lächerlich, fast schändlich, ihre Bedeutung zu begreifen. Und er stand und starrte ohne ein Wort vor sich hin; Demut, Bestürzung, Stolz und eine Art wildes Frohlocken, sie alle vermengten sich brodelnd in ihm zum seltsamsten Gefühlsgebräu. Aber er sagte nur:

»Komm, mein Kind. Wir sind heute abend alle beide ein bißchen durcheinander. Laß uns hinübergehn in den Salon.«

9

Als sie wieder fort war, ging er in die Dunkelheit und Einsamkeit seines Ateliers zurück und setzte sich vor den Kamin, aufgewühlt bis ins Innerste. Warum war er nicht einfach ein gewöhnliches Mannstier, das sich an dem erfreuen konnte, was Götter ihm bescherten? Es war, als habe jemand an einem Novembertag die nüchterngrauen Himmelsvorhänge beiseite gerafft und in der Spalte stünde der April-Blütenschnee, eine Purpurwolke, ein Regenbogen, lebendiges, leuchtend grünes Gras, flackerndes Licht, ungewiß woher, und über allem eine bebende Lebenslust, daß ihm der Herzschlag stockte. Also dies war das wunderbare, bezaubernde, das irrsinnige Ende dieses Jahres der Unrast und Sehnsucht! Dies Stück Frühling, das ihm plötzlich mitten im Herbst geschenkt wurde. Ihre Lippen, ihre Augen, ihr Haar; ihr rührendes Vertrauen; und vor allem – ganz unfaßbar – ihre Liebe. Vielleicht keine wirkliche Liebe; nur kindliche Einbildung. Aber auf den Flügeln der Einbildungskraft würde dies Kind weit fliegen, zu weit – sie, die ganz Sehnsucht und Leidenschaft war unter dieser dünnen Tünche einer absurden Gelassenheit.

Wieder leben – zurücktauchen in Jugend und Schönheit – noch einmal den Frühling spüren – nicht mehr wissen, daß alles vorüber war außer dem gesetzten Trott häuslichen Glücks; Verzückung wieder erfahren, in der Liebe eines Mädchens all das aufs neue entdecken, wonach Jugend verlangt und was sie fühlt und hofft und fürchtet und liebt. Eine Aussicht, vor der selbst ein rechtschaffener Mann den Kopf verlieren konnte.

Er brauchte nur die Augen zu schließen, dann sah er sie dort stehen, den Feuerschein auf dem roten Kleid, spürte wieder den köstlichen Schauer wie in dem ersten Augenblick, als sie hereingekommen war und sich an ihn gepreßt hatte, halb unschuldsvoll, halb verführerisch; und er fühlte wieder, wie ihre Augen ihn anzogen – immerfort, unablässig. Sie war eine Hexe, eine grauäugige, braunhaarige Hexe – bis hin zu ihrer Vorliebe für Rot. Sie hatte die Hexenmacht, Fieber in den Adern zu entzünden. Und er wunderte sich über sich selber, daß er nicht niedergekniet war, die Arme um sie gelegt, das Gesicht an ihre Taille gepreßt hatte, wie sie da im Feuerschein gestanden hatte. Warum nur? Aber er wollte nicht denken; er wußte, in dem Augenblick, wo das Denken begann, würde er hin und her gerissen sein, schwanken zwischen Vernunft und Begehren, Mitleid und Leidenschaft. Er strebte mit allen Sinnen danach, die Wärme, den Rausch festzuhalten, die ihn umfingen, seit er entdeckt hatte, daß er, tief im Herbst, Frühlingsliebe erweckt hatte. Es war unbegreiflich, daß sie so fühlen konnte, aber es war kein Irrtum. Sie hatte sich Sylvia gegenüber gerade eben bedenklich anders als sonst verhalten; in ihrem Blick hatte eine seltsame kalte Ungeduld gelegen, erschreckend bei jemandem, der vor drei Monaten so liebevoll gewesen war. Und im Weggehen hatte sie ihm zugeflüstert und ihm dabei wie früher mit rascher Bewegung das Gesicht entgegengehoben, als ob sie es ihm zum Kuß böte: »Ich darf kommen, nicht wahr? Und bitte sei mir nicht bös, ich kann nicht anders.« Eine Ungeheuerlichkeit in seinem Alter, zuzulassen, daß ein junges Mädchen ihn liebte – ihre Zukunft aufs Spiel setzte! Eine Ungeheuerlichkeit nach allen Grundregeln von Anstand und guter Sitte. Und doch – was für eine Zukunft? Mit dieser Natur – diesen Augen – mit diesem Vater und diesem Zuhause? Aber er wollte nicht – er durfte einfach nicht nachdenken!

Nichtsdestoweniger trug er die Spuren des Nachdenkens, und zwar schlimm; denn nach dem Abendessen legte ihm Sylvia die Hand auf die Stirn und sagte:

»Du arbeitest zuviel. Du kommst nicht genug an die Luft.«

Er hielt ihre Finger fest. Sylvia! Nein, wahrhaftig, er durfte nicht nachdenken! Aber er machte sich ihre Worte zunutze und sagte, er würde noch etwas hinausgehn und sich durchlüften lassen.

Er lief mit schnellen Schritten dahin, um die Gedanken zu verdrängen, bis er dicht bei Westminster die Themse erreichte. Einer plötzlichen Regung folgend und vielleicht auch dem Wunsch nach einem Gegengift, bog er in die Gasse an der großen Wren-Kirche ein, wo er nicht mehr gewesen war seit jener Sommernacht, in der er verloren hatte, was ihm damals mehr bedeutete als das Leben. Hier hatte sie gewohnt; da stand das Haus – die Fenster, an denen er sich vorbeigeschlichen hatte und zu denen er mit soviel qualvoller Sehnsucht hinaufgestarrt hatte. Wer mochte jetzt dort wohnen? Noch einmal schien das Antlitz aus der Vergangenheit hervorzutauchen, dunkles Haar, sanfte, dunkle Augen, milder Ernst; und kein Vorwurf lag darin. Denn dies neue Gefühl war keine Liebe wie die vergangene. Nur ein einziges Mal konnte ein Mann die Liebe fühlen, die Berge versetzte, die Liebe, vor der die Welt nichts war als ein Funken im Wind; die Liebe, die allein Friede und Glück und Ehre in sich trug, gleichviel, was sie an Schande,

Kummer und Unrast bringen mochte. Das Schicksal hatte ihm diese Liebe entrissen, hatte sie abgeknickt wie ein scharfer Windstoß eine makellos schöne Blume. Dies neue Gefühl war nichts als ein Fieber, ein Phantasiegebilde der Leidenschaft, letzter, gieriger Griff nach Jugend und Begeisterung. O ja! Doch es war wirklich genug! Und in einem jener Augenblicke, da der Mensch aus sich selbst heraustritt, gleichsam emporgehoben und auf den Strudel des eigenen Lebens herabsehend, hatte Lennan die Vision eines Schattens, der hin und her getrieben wurde, eines um und um wirbelnden Strohhalms, einer Mücke im wütenden Wind. Wo war das Ursprungsreich dieses mächtigen, unerforschlichen Gefühls, das einen so jäh aus dem Dunkel ansprang und bei der Kehle packte? Warum kam es eben jetzt und nicht irgendwann sonst, warum bei dieser und nicht bei jener? Was wußte der Mensch darüber, außer daß es ihn wirr und schwindlig und taumelig machte wie einen lichttrunkenen Falter oder eine Biene vor irgendeiner süßen dunklen Blume; außer daß es ihn als verstörte, demütige, begierige Marionette tanzen ließ! Hatte es ihn nicht schon einmal fast in den Tod getrieben? Und mußte es nun wieder über ihn kommen mit seinem süßen Wahnsinn, seinem berauschenden Duft? Was war es? Warum war es? Warum diese leidenschaftlichen Besessenheiten, die auf gebührliche Art nicht zu stillen waren? Hatte die Zivilisation den Menschen so überholt, daß er seine Natur nun in zu kleine Schuhe zwängte, so wie die Füße der Chinesenfrauen? Was war es? Warum war es?

Und noch hastiger eilte er weiter.

Pall Mall brachte ihn in die Wirklichkeit zurück – in eine Talmi-Wirklichkeit. Dort, in der St. James's Street, war Johnny Dromores Klub; und abermals von einer plötzlichen Regung getrieben, stieß er die Pendeltür auf. Überflüssig zu fragen, denn da ging Johnny eben durch die Halle, auf dem Weg vom Speise- zum Spielzimmer. Das blanke Rötlichbraun von strammem Training und gutem Leben lag auf seinen Backen dick wie geronnene Milch. Seine Augen hatten den eigentümlichen Schimmer von überschüssiger Kraft; eine gewisse festliche Gehobenheit in Gesicht und Stimme und Bewegungen ließ darauf schließen, daß er im Begriff war, sich eine vergnügte Nacht zu machen. Und Lennan durchzuckte der hämische Gedanke: ›Wie, wenn ich's ihm sagen würde?‹

»Hallo, alter Junge! Freue mich riesig, dich zu sehen! Was machst du so? Immer bei der Arbeit? Wie geht's deiner Frau? Fortgewesen? Was Großes zustande gebracht?« Und dann kam sie, die Frage, die Gelegenheit für ihn, grausam zu sein, wenn es ihn danach gelüstet hätte:

»Nell gesehn?«

»Ja, sie ist heute nachmittag vorbeigekommen.«

»Was hältst du von ihr? Hat sich ganz nett rausgemacht, was?«

Die alte unsichere Frage, halb heimlichtuerisch, halb stolz, als wolle er sagen: ›Ich weiß, sie steht nicht im Zuchtbuch, aber, verdammt noch mal, sie stammt von mir ab!‹ Und dann die alte, jähe Verdüsterung, die nur eine Sekunde anhielt und dann wieder dem Gespöttel wich.

Lennan blieb nicht länger als ein paar Minuten. Nie hatte er sich dem alten Schulkameraden so fremd gefühlt.

Nein. Was auch geschah, Johnny Dromore mußte dabei ausgelassen werden. Mit seinen Stielaugen und seiner verschmitzten Philosophie hatte er sich diesen Standort verdient; er sollte ihm unbenommen bleiben.

Er ging am Zaun des Green Park dahin. Ein leichter Nebel hing in der kalten Luft dieser letzten Oktobernacht, dazu der beißende Geruch von brennenden Laubhaufen. Woran lag es, daß ihn der Geruch der Laubfeuer immer so anrührte? Das Zeichen des Abschieds – des Traurigsten auf der Welt. Denn was würde selbst der Tod anderes sein als Abschied! Süßer langer Schlaf oder neues Abenteuer. Aber wenn man andere liebte – sie verlassen oder von ihnen verlassen werden! Ach, nicht nur der Tod brachte Abschiede!

Er kam an die Mündung der Straße, in der Dromore wohnte. Sie würde zu Hause sein, in dem großen Sessel vor dem Feuer sitzen, mit ihrem Kätzchen spielen, sinnend, träumend und – allein. Er lief in einem solchen Tempo vorüber, daß die Leute ihm nachschauten, bis er, schon dicht beim eigenen Haus, um die letzte Ecke bog und dabei Oliver Dromore fast in die Arme rannte.

Der junge Mann schlenderte eigenartig unentschlossen dahin, den Pelzmantel offen, den Klapphut auf dem lockigen Haar zurückgeschoben. Mit dunklen Schatten unter den Augen sah er ganz und gar nicht so strahlend aus, wie es sich für einen Dromore in dieser Jahreszeit gehörte.

»Mr. Lennan! Ich bin gerade bei Ihnen gewesen.«

Und Lennan erwiderte verwirrt: »Wollen Sie mit hereinkommen, oder soll ich Sie ein Stück begleiten?«

»Lieber hier draußen, wenn es Ihnen nichts ausmacht.«

So schritten sie schweigend zurück zum Platz.

Und Oliver sagte: »Wir wollen drüben am Zaun langgehen.«

Sie gingen zum Geländer der finsteren Anlagen hinüber, wo niemand mehr vorbeikam. Und mit jedem Schritt wuchs Lennans Demütigung. Es war unaufrichtig und würdelos, daß er jetzt mit dem jungen Mann hier ging, der ihn einst in seiner Liebe zu Nell zum Beichtvater gemacht hatte. Und plötzlich wurde ihm bewußt, daß sie den Platz mit den Anlagen einmal vollständig umrundet hatten, ohne ein einziges Wort zu sprechen.

»Ja?« sagte er.

Oliver wandte das Gesicht ab.

»Sie erinnern sich, was ich Ihnen im Sommer gesagt habe. Also, jetzt ist es noch schlimmer. Ich hab in letzter Zeit auf alle mögliche Art herumgelumpt, bloß um auf andre Gedanken zu kommen. Aber es nützt alles nichts. Ich komm von ihr nicht los.«

Und Lennan dachte: ›Da bist du nicht der einzige!‹ Aber er blieb stumm. Seine stärkste Sorge war, er könne etwas sagen, was er später als Judasworte in der Erinnerung behalten würde.

Dann brach Oliver plötzlich aus: »Warum kann sie sich nichts aus mir machen? Vermutlich ist nicht viel an mir dran, aber sie hat mich ihr ganzes Leben lang gekannt, und sie hat mich sonst gemocht. Irgendwas ist da – ich komm nicht dahinter. Könnten Sie bei ihr irgendwas für mich tun?«

Lennan deutete auf die Straße.

»Oliver«, sagte er, »in jedem zweiten Haus dort sitzt vermutlich irgendein Geschöpf, das nicht dahinterkommt, warum ein andres Geschöpf sich nichts aus ihm macht. Die Liebe kommt, wie sie will, geht, wie sie will, und wir armen Teufel müssen dabei stillhalten.«

»Also was raten Sie mir?«

Lennan spürte fast überwältigend den Drang, auf dem Absatz kehrtzumachen und den jungen Mann hier stehenzulassen. Aber er zwang sich, ihm ins Gesicht zu blicken, das sogar jetzt noch anziehend wirkte – vielleicht mehr als sonst, so blaß und verzweifelt es auch war. Und er sagte langsam, jedes Wort abwägend:

»Ich bin nicht imstande, Ihnen einen Rat zu geben. Das einzige, was ich sagen könnte, ist das: Man drängt sich nicht auf, wo man nicht erwünscht ist; trotz alledem – wer weiß? Solange sie das Gefühl hat, Sie sind da und warten, ist es jeden Augenblick möglich, daß sie sich Ihnen zuwendet. Je ritterlicher Sie sind, Oliver, je geduldiger Sie warten, desto eher haben Sie eine Chance.«

Oliver nahm die wenig tröstlichen Worte hin, ohne mit der Wimper zu zucken. »Verstehe«, sagte er. »Ich danke Ihnen. Aber, mein Gott! Es ist schwer. Ich habe noch nie warten können.« Und mit diesem Epigramm auf sich selber streckte er Lennan die Hand hin und schritt davon.

Langsam ging Lennan heim; er mühte sich, genau abzuwägen, wie ihn jemand, der von allem wüßte, beurteilen würde. Es war schon etwas schwierig, in dieser Angelegenheit eine Spur von Würde zu bewahren.

Sylvia war noch nicht hinaufgegangen; er sah, daß sie ihn besorgt betrachtete. Bei alledem fand er nur den einen seltsamen Trost: daß wenigstens sein Gefühl ihr gegenüber sich nicht verändert hatte. Es schien eher tiefer geworden – wirklicher.

Wie hätte er schlafen sollen in dieser Nacht? Wie die Gedanken verscheuchen? Lange lag er so und starrte ins Dunkel.

Als ob Nachdenken das Fieber aus den Adern vertreiben konnte.

10

Leidenschaft kennt keine Spielregeln. Auf alle Fälle ist sie frei von Selbstbewußtsein und Stolz; von Würde, Gelassenheit, Gewissensbissen, Heuchelei, Moral; von Scheinheiligkeit und Weisheit und Angst ums Geld und um die Stellung in dieser Welt und der künftigen. Die alten Maler haben sehr recht daran getan, sie als Pfeil oder als Wind zu konterfeien! Wär sie nicht so geschwind, so pfeilschnell, längst triebe die Erde unbewohnt durch den Raum – zu vermieten …

Nach der fieberischen Nacht ging Lennan zur gewohnten Zeit ins Atelier; und natürlich rührte er dort keinen Finger. Er war sogar gezwungen, sein Modell fortzuschicken. Der Bursche war sein Friseur gewesen, dann erkrankt und ins Unglück geraten; und so war er eines Morgens im Atelier aufgetaucht, um mit offensichtlicher Scham zu fragen, ob sein Kopf zu etwas tauge. Lennan hatte geprüft, wieweit er imstande war stillzustehn, hatte ihm dann ein paar Empfehlungen geschrieben und schließlich notiert: ›Fünf Fuß neun, Haar gut, Gesicht mager, etwas Gequältes, Rührendes. Wenn irgend möglich, an ihn denken.‹ Die Möglichkeit hatte sich ergeben, und nun stand der arme Mann in mühseliger Haltung da und sprach, wann immer es ihm erlaubt war, über seine widrigen Umstände und über die Wonnen des Haareschneidens. Diesen Morgen nahm er seine Verabschiedung entgegen mit der schlichten Freude eines, der vollen Lohn für nicht geleistete Dienste erhält.

Und so schritt der Bildhauer auf und ab, auf und ab und wartete auf Nells Klopfen. Wie sollte es nun weitergehn? Nichts war durch das Nachdenken klarer geworden. Hier bot sich ihm, was jeder heißblütige Mann, der über den Frühling hinaus war, begehrte: Jugend und Schönheit, und mit der Jugend die Wiederkehr seiner eigenen; alle Männer außer Heuchlern und Engländern würden sogar zugestehn, daß sie das ersehnten. Und es bot sich einem, der weder religiöse noch moralische Skrupel hatte, jedenfalls nicht das, was man gewöhnlich darunter verstand. Theoretisch konnte er annehmen. In der Praxis wußte er noch nicht, was er tun konnte. Nur eins hatte er bei seinen nächtlichen Grübeleien entdeckt: Die Verächter des Freiheitsprinzips irrten gewaltig in der Annahme, Freiheit sei deswegen gefährlich, weil sie aus ihren Anhängern Wüstlinge mache. Für den, der nur einen Funken Anstand in sich hatte, war der Glaube an die Freiheit die stärkste Fessel. Es war leicht genug, von andern auferlegte Ketten zu sprengen, über die Stränge zu schlagen, zu schreien, und sei es auch nur für Augenblicke: Ich bin fessellos, frei! Aber schwer war es, dasselbe seinem eigenen, ungefesselten Ich zu sagen. Ja, sein eigenes Ich saß auf dem Richterstuhl; nach seinem eigenen Urteilsspruch und Beschluß mußte er standhalten. Und obwohl er sich nach ihrem Anblick verzehrte und sein Wille gelähmt schien, hatte er doch viele Male gedacht: ›Es geht nicht an! Gott steh mir bei!‹

Dann war es zwölf Uhr geworden, und sie war nicht gekommen. Würde ›Mädchen auf ‚Elster'‹ alles sein, was er heute von ihr zu sehen bekam – diese unbefriedigende Arbeit, so kalt, so bar aller Zauberkraft? Lieber hätte er versuchen sollen, sie zu malen – mit einer roten Blume im Haar, die Lippen schmollend aufgeworfen, die

Augen unheilvoll oder sehnsüchtig. Goya hätte sie malen können!

Und dann, gerade als er das Warten aufgegeben hatte, kam sie.

Nur ein Blick auf sein Gesicht, und sie schlüpfte herein, ganz Haueninstinkt selbst dieses Halbkindes ... Keine Spur von ihrer gestrigen Verführungsmacht; kein Anzeichen davon, daß es überhaupt ein Gestern gegeben hatte – nichts als töchterliches Vertrauen. Sie saß da und erzählte ihm von Irland, zeigte ihm einen kleinen Stoß Zeichnungen, die sie dort angefertigt hatte. Hatte sie die mitgebracht, weil sie wußte, sie würden sein Mitleid erregen? Wie hätte jemand harmloser sein, mehr an das Beschützende, das Väterliche in ihm appellieren können als sie heut morgen? Es schien, als wünsche sie sich nur, was ihr Vater und ihr Zuhause ihr nicht geben konnten – verlange nichts, als ihm eine Art Tochter zu sein!

Sie ging, gesetzt, zurückhaltend, wie sie gekommen war, lehnte ab, zum Essen zu bleiben; offensichtlich mied sie Sylvia. Und erst da begriff er, daß sie über den Ausdruck angespannter Beherrschung in seinem Gesicht erschrocken sein und befürchtet haben mußte, er würde sie wegschicken; begriff, daß sie ihn mit ihrem Appell an seinen Beschützerinstinkt fester an sich gebunden, es ihm schwerer gemacht hatte, sich loszureißen und ihr weh zu tun. Und die fieberische quälende Sehnsucht begann, schlimmer denn je, von neuem im Augenblick, da sie seinen Augen entschwunden war. Und mehr denn je fühlte er sich im Griff von etwas, das zu mächtig war, als daß er dagegen angehen konnte; etwas, das, ganz gleich, wie er sich zur Seite und rückwärts werfen und sich losreißen mochte, über ihm bleiben und fertigbringen würde, ihm Hände und Füße wieder zu binden.

Am Nachmittag brachte Dromores vertraulich Diskreter ihm ein Briefchen. Es schien Lennan, als sage der Mensch mit den niedergeschlagenen Augen und dem sorgfältig gescheitelten Haar zu ihm: ›Ja, Sir – vollkommen natürlich, daß sie das Billett so unterderhand entgegennehmen, Sir. Aber ich weiß Bescheid. Glücklicherweise besteht kein Grund zur Aufregung – ich bin absolut diskret.‹

Und folgendermaßen lautete der Brief:

›Sie haben versprochen, mal mit mir zu reiten. Versprochen haben Sie es, aber nie getan! Bitte, reiten Sie doch morgen mit mir; dann werden Sie auch sehen, was Ihnen an der Statuette noch fehlt, statt daß Sie sich drüber ärgern. Sie können Paps' Pferd haben – er ist schon wieder nach Newmarket gefahren, und ich bin so allein. Bitte – morgen halb drei – wir reiten von hier los. – Nell.‹

Vor diesen diskreten Augen zu zögern war unmöglich. Er mußte sich für ja oder nein entscheiden; und wenn er nein sagte, würde das nur heißen, daß sie dafür am Morgen kam. Also sagte er:

»Richten Sie nur aus, es ist recht!«

»Sehr wohl, Sir.« Und dann von der Tür her: »Mr. Dromore wird bis Samstag außer Haus sein, Sir.«

Weshalb in aller Welt hatte der Mensch das gesagt? Sonderbar, wie seine eigne geheime, verzweifelte Tollheit ihn dazu brachte, Hintergründiges in diesem Bedienten zu sehen, in Olivers Besuch am vergangnen Abend, überall. Es war schmutzig, dies Mißtrauen! Er konnte fühlen, fast sehen, wie er innerlich bereits zu schrumpfen begann mit diesem versteckten Gefühl in der Seele. Bald würde es ihm an der Stirn geschrieben stehn! Aber was nützte es, wenn er sich deswegen den Kopf zerbrach? Was kommen sollte, kam – so oder so.

Und plötzlich besann er sich mit Schrecken darauf, daß heute der erste November war – Sylvias Geburtstag! Nie zuvor hatte er ihn vergessen. Er war so verstört über die Entdeckung, daß er um ein Haar zu ihr gelaufen wäre und die ganze Geschichte von seiner Gefühlsverwirrung vor ihr ausgeschüttet hätte. Ein reizendes Geburtstagsgeschenk würde das sein! Statt dessen ergriff er seinen Hut und stürzte fort zum nächsten Blumenladen. Er gehörte einer Französin.

Was sie da habe?

Was Monsieur gern hätte? »Des œillets rouges? J'en ai de bien beaux ce soir.«

Nein – die nicht! Weiße Blumen!

»Une belle azalée?«

Ja, das wäre recht – sofort zusenden – sofort!

Nebenan war ein Juweliergeschäft. Er war nie dahintergekommen, ob sich Sylvia etwas aus Juwelen machte, denn eines Tages hatte er beiläufig erklärt, Schmuck sei gewöhnlich. Und nun betrat er den Laden mit dem Gefühl, daß er wirklich weit heruntergekommen sei, wenn er sie mit jämmerlichem Firlefanz dafür zu entschädigen suchte, daß er sie den ganzen Tag über einer andern vergessen hatte. Er kaufte das einzige Schmuckstück, dessen Bestandteile ihm nicht Übelkeit erregten – zwei kleine, birnenförmige schwarze Perlen; sie hingen an den beiden Enden einer zarten Platinkette. Als er damit wieder hinaustrat, bemerkte er über der Straße im klaren Himmel, dessen Blau sich rasch zu Indigo vertiefte, den schmalsten Neumondbogen, wie eine helle Schwalbe, die mit zurückgestreckten Flügeln zur Erde herabsegelte. Das bedeutete gutes Wetter! Hätte nur in seinem Herzen gut Wetter sein können! Und damit zuerst die Azalee anlangen möchte, schritt er den Platz auf und ab, um den er und Oliver in der Nacht zuvor die Runde gemacht hatten.

Als er in den Salon kam, war Sylvia eben dabei, die weiße Azalee im Fenster unterzubringen; er trat leise hinter sie und legte ihr das Kettchen um den Hals. Sie drehte sich um und schlang die Arme um ihn; er konnte spüren, daß sie sehr gerührt war. Und das Gewissen stach ihn ohne Unterlaß, weil er sie mit seinem Kuß betrog.

Aber selbst während er sie küßte, verhärtete sich sein Herz.

II

Am nächsten Tag machte er sich abermals ihren Hinweis auf sein ermüdetes Aussehn und frische Luft zunutze und erklärte, er beabsichtige zu reiten; mit wem, sagte er nicht. Nachdem sie seinen Entschluß freudig begrüßt hatte, schwieg sie ein Weilchen und fragte dann:

»Warum reitest du nicht mit Nell?«

Er hatte seine Würde schon so weit verloren, daß er sich kaum noch seiner Antwort schämte:

»Das wäre ihr vielleicht langweilig!«

»Ach nein, bestimmt nicht!«

Verbarg sich etwas unter ihren Worten? Und mit einem Gefühl, als gebrauche er Ausflüchte vor der eigenen Seele, sagte er:

»Na schön, also ja.«

Er hatte plötzlich gemerkt, daß er seine Frau nicht kannte, und bisher war er doch immer überzeugt gewesen, es sei sie, die von ihm nichts wüßte.

Wenn sie nicht zu Mittag außer Hause gewesen wäre, dann hätte er selber außerhalb gegessen; er traute seinem eigenen Gesicht nicht. Denn bei Kranken steigt das Fieber stetig mit dem Heranrücken einer bestimmten Stunde. Und hätte einer während der Fahrt nach Piccadilly sein Gesicht sehen können, so wäre ihm sicher eher der Gedanke an einen fiebernden Invaliden gekommen als an einen gesunden Bildhauer mittlerer Jahre, der eine Droschke benutzte.

Die Pferde standen schon vor der Tür – ›Elster‹ und eine kastanienbraune Vollblutstute, die aus Dromores Rennstall ausgemustert war. Auch Nell stand bereit, die Wangen sehr rosig, die Augen sehr blank. Sie wartete nicht, daß er sie in den Sattel hob, sondern ließ sich von dem Diskreten hineinhelfen. Wie kam es nur, daß sie mit dem kleinen Pferd so vollkommen schön aussah? War es die Form der Glieder oder etwas Sanftes und Feuriges in ihrer Seele, von dem das kleine Geschöpf wußte?

Sie ritten schweigend an, aber sowie das Hufgetrappel

vom Sägemehl des Hyde-Park-Reitwegs verschluckt wurde, wandte sie sich zu ihm.

»Es ist lieb von dir, daß du gekommen bist. Ich dachte, du hättest Angst – du *hast* Angst vor mir.«

Und Lennan dachte: ›Da hast du recht.‹

»Aber bitte, mach doch nicht so ein Gesicht wie gestern. Es ist ein so wunderschöner Tag. Oh! Ich bin so froh, wenn die Sonne scheint, und so froh, wenn ich reite, und –« Sie brach ab und sah ihn an. ›Warum kannst du nicht ganz einfach nett zu mir sein?‹ schien sie zu sagen, ›und mich so liebhaben, wie es sich gehört?‹ Das war ihre Macht – die Überzeugung, daß er sie liebte und recht daran täte; daß sie ihn lieben mußte und es also tat. Wie einfach das war!

Aber auch das Reiten ist eine unkomplizierte Leidenschaft, und unkomplizierte Leidenschaften lenken einander ab. Es war eine Lust, diese kastanienfarbene Stute zu reiten. Wenn man sich bei jemandem drauf verlassen konnte, daß seine Pferde Spitzenklasse waren, dann bei Johnny Dromore!

Am Ende des Weges rief sie: »Wir reiten weiter nach Richmond, ja?« und trabte auf die Chaussee hinaus, als wisse sie ganz genau, daß sie über ihn verfügen konnte, wie es ihr gefiel. Und während er ihr ergeben folgte, fragte er sich: Warum? Was hatte sie in sich, das ihm alles aufwog, was er im Begriff stand zu verlieren – seine Arbeitskraft, seine Würde, seine Selbstachtung? Was war da? Nichts als diese Augen und Lippen und Haare?

Als ob sie seine Gedanken wüßte, schaute sie sich nach ihm um und lächelte.

So trabten sie weiter über die Themsebrücke und über Barnes Common in den Richmond Park.

Aber im selben Augenblick, da die Hufe Rasen berührten, warf sie ihm noch einen Blick über die Schulter zu; dann war sie auf und davon. Hatte sie die ganze Zeit vorgehabt, ihm dies halsbrecherische Rennen zu liefern – oder war ihr die Schönheit dieses Herbsttags zu Kopfe gestiegen, blauer Himmel und flammendes Kupferrot, die Sonne auf den Farnen, und die Buchen, die Eichen mit ihrem bunten Laub – reine Hochlandfarben, für eine kurze Spanne in den Süden versetzt.

Sowie er im ersten Losstürmen die Schnelligkeit der Stute erprobt hatte, genoß er die Jagd mit hellem Entzücken. Durch Schneisen, über die Stämme gefallener Bäume, bis zu den Fesselgelenken im Farnkraut, wieder heraus über freies Land, vorbei an einem Rudel erstaunter, ernsthafter Rehe, über miserablen Boden, voll von Karnickellöchern, setzte er ihr nach; und dann, als er sie erreicht zu haben glaubte, entschlüpfte sie ihm mit einem jähen Haken um ein paar Bäume. Der verkörperte Mutwille, aber auch etwas Dunkleres als Mutwille. Endlich hatte er sie eingeholt und lehnte sich hinüber, um ihren Zügel zu packen. Mit einer raschen Drehung wich sie ihm aus, ein Gertenhieb verfehlte um Haaresbreite seine Hand, er schoß an ihr vorüber; blitzschnell hatte sie durchpariert, gewendet und war abermals fort wie ein Pfeil, wieder zurück zwischen die Bäume, vornüberliegend auf dem Hals des kleinen Pferdes, unter den Ästen durch. Und dann schoß sie zwischen den Bäumen hervor und bergab. In gestrecktem Galopp jagte sie hinunter, und Lennan, weit zurückgelegt, hinterher; er war bei jedem Sprung darauf gefaßt, daß die Stute stürzte. Das also war ihre Vorstellung von Spaß! Unten angelangt, wendete sie und galoppierte weiter am Fuß des Hügels entlang, und er dachte: ›Nun hab ich sie!‹ Zurück bergauf konnte sie ihm nicht entkommen, und eine gute halbe Meile weit gab es keine andere Deckung. Dann sah er keine dreißig Yards vor ihnen eine alte Sandgrube. Großer Gott! Sie ritt pfeilgerade darauf zu! Wild schreiend lenkte er seine Stute nach außen. Aber sie hob nur die Peitsche, versetzte ›Elster‹ einen Hieb über die Flanke und galoppierte geradeaus weiter. Er sah den kleinen Teufel zum Sprung ansetzen, abwärtsfliegen, abwärts, sah ihn in die Knie brechen, um Halt kämpfen, fallen – und sie, weitergeschleudert, sich überschlagen und auf dem Rücken liegenbleiben. Einen

Augenblick lang fühlte er gar nichts, hatte nur dies Bild vor Augen: den gelben Sand, den blauen Himmel, eine fliegende Krähe und Nells aufwärtsgewandtes Gesicht. Aber als er bei ihr anlangte, war sie schon wieder auf den Füßen und hielt den Zügel ihres betäubten Pferdes. Kaum rührte er sie an, da sank sie nieder. Sie hielt die Augen geschlossen, aber er konnte spüren, daß sie nicht bewußtlos war, und hielt sie nur in den Armen und preßte ihr die Lippen abwechselnd auf Augen und Stirn. Plötzlich ließ sie den Kopf zurückfallen, und ihre Lippen begegneten seinen. Dann schlug sie die Augen auf und sagte: »Ich bin nicht verletzt – nur ein bißchen komisch ist mir. Hat sich Elster die Knie aufgeschlagen?«

Ohne recht zu wissen, was er tat, stand er auf, um nachzusehen. Das kleine Pferd fraß an einem Grasbüschel, heil und unbeschädigt, der Sand und die Farnkräuter hatten seine Knie bewahrt. Hinter ihm sagte sie mit matter Stimme: »Schon gut, du brauchst dich nicht um die Pferde zu kümmern. Sie kommen, wenn ich sie rufe.«

Nun, da er wußte, daß sie nicht verletzt war, stieg der Zorn in ihm auf. Warum hatte sie sich aufgeführt wie eine Wahnsinnige – ihm diesen furchtbaren Schreck bereitet? Aber mit derselben matten Stimme fuhr sie fort: »Sei mir nicht bös. Ich hab zuerst parieren wollen, aber dann hab ich gedacht: ›Wenn ich springe, dann muß er nett zu mir sein.‹ Also bin ich gesprungen. Bitte, hör nicht auf, mich liebzuhaben, weil ich mir nichts getan habe.«

Hilflos erschüttert, setzte er sich neben sie, nahm ihre Hände in seine und sagte:

»Nell! Nell! Das darf doch nicht sein – es ist Wahnsinn!«

»Warum? Denk nicht darüber nach! Du sollst nicht nachdenken – nur mich liebhaben.«

»Kind, du weißt ja gar nicht, was Liebe ist!«

Als Antwort warf sie nur die Arme um seinen Hals;

aber da er sich bezwang und sie nicht küßte, ließ sie sie wieder sinken und sprang auf.

»Na schön. Aber ich liebe dich. Daran kannst du denken. Du kannst mich nicht dran hindern!« Und ohne auf seine Hilfe zu warten, schwang sie sich von dem Sandhaufen aus, wo sie gefallen waren, auf Elsters Rücken.

Der Heimritt verlief sehr bedächtig. Die Pferde schritten, als schämten sie sich ihrer irren Jagd, dicht nebeneinanderher, so daß dann und wann sein Arm ihre Schulter berührte. Einmal fragte er sie, was sie gedacht habe, als sie sprang.

»Nur daran, ob auch bestimmt mein Fuß aus dem Bügel ist. Es war ziemlich gräßlich, zu fallen und dabei an Elsters Knie zu denken«; und während sie die Ziegenohren des kleinen Pferdes berührte, fügte sie leise hinzu: »Armer Schatz! Morgen wird er ganz steif sein.«

Wieder war sie nur das vertrauensvolle, ein wenig schläfrige Kind. Oder hatte der Ungestüm dieser letzten Minuten in ihm das Fühlen abgetötet? Eine fast unwirkliche Stunde – mit der untergehenden Sonne, den Laternen, die eine nach der andern angezündet wurden – und dem süßen Vergessen, das über allem ruhte!

An der Tür, vor der der Reitknecht wartete, wollte Lennan gute Nacht sagen, aber sie flüsterte: »Ach bitte, nein! Jetzt bin ich wirklich müde – hilf mir hinauf, ja?«

Und so stieg er, vorbei an den Karikaturen vom ›Jahrmarkt der Eitelkeit‹, nach oben und trug sie mehr, als daß er sie führte, treppauf und durch den Korridor mit der roten Tapete und den Van-Beer-Zeichnungen in das Zimmer, in dem er sie zuerst gesehen hatte.

Als sie dann in Dromores Lehnstuhl lag und das schnurrende, zusammengerollte Kätzchen am Hals hielt, murmelte sie:

»Ist es nicht hübsch so? Du kannst Tee machen, und wir essen heißen Buttertoast dazu.«

Und Lennan blieb, während der Diskrete Tee und Toast hereintrug, keins von beiden auch nur ein einziges

Mal ansah, aber alles zu wissen schien, was geschehen war, alles, was noch kommen mochte.

Dann waren sie wieder allein, und Lennan sah unverwandt auf sie herunter, wie sie in dem Lehnstuhl lag, und dachte dabei: ›Gott sei Dank, daß ich auch müde bin – an Körper und Seele!‹

Aber plötzlich schaute sie zu ihm auf und deutete auf das Bild, das heute nicht durch den Vorhang verhüllt war, und sagte:

»Was meinst du, bin ich ihr wohl ähnlich? Ich hab Oliver dazu gebracht, daß er mir's erzählt hat – diesen Sommer. Siehst du, deswegen brauchst du dir keine Gedanken zu machen. Es ist gleichgültig, was mit mir wird. Und ich mach mir nichts draus – denn dafür kannst du mich lieben, ohne daß du dich deswegen für schlecht halten mußt. Und nicht wahr, du wirst mich liebhaben?«

Dann, die Augen immer noch auf sein Gesicht gerichtet, fuhr sie schnell fort: »Aber jetzt wollen wir nicht weiter drüber reden, ja? Es ist zu behaglich. Ich bin so schön müde. Rauch doch!«

Aber Lennans Finger zitterten so, daß er kaum die Zigarette anzuzünden vermochte. Sie sah ihm zu und sagte: »Gib mir bitte eine. Paps kann's nicht leiden, wenn ich rauche.«

Johnny Dromores Tugend! Ja! Er ordnete immer andere zur Tugend ab!

»Was meinst du, Nell, was würde er wohl zu diesem Nachmittag sagen, wenn er alles wüßte?«

»Das ist mir gleich.« Und indem sie durch des Kätzchens Fell zu ihm emporäugte, murmelte sie: »Oliver möchte, daß ich Samstag mit ihm zu einem Ball gehe. Ist eine Wohltätigkeitsangelegenheit. Soll ich?«

»Natürlich. Warum denn nicht?«

»Kommst du hin?«

»Ich?«

»Ach bitte, ja! Du mußt! Weißt du, das ist mein allererster Ball. Ich hab noch eine zweite Karte.«

Und seinem Willen, seiner Vernunft, allem zum Trotz antwortete Lennan: »Ja.«

Sie klatschte in die Hände, und das Kätzchen stieg auf ihre Knie herunter.

Als er aufstand, um zu gehen, rührte sie sich nicht, sondern blickte nur zu ihm auf; und wie er weggekommen war, wußte er nachher nicht mehr.

Er hielt die Droschke eine kurze Strecke vor seinem Haus an und rannte dann, denn er fror und fühlte sich steif, schloß sich selber die Tür auf und begab sich geradenwegs in den Salon. Die Tür war angelehnt, und Sylvia stand am Fenster. Er hörte sie seufzen, und es gab ihm einen Stich durchs Herz. Sehr still und schmal und einsam schaute sie dort hinaus; das Licht schien auf ihre hellen Haare, so daß sie fast weiß wirkten. Dann wandte sie sich um und erblickte ihn. Er sah, wie ihre Kehle arbeitete in dem Bemühen, ihn nichts merken zu lassen, und sagte:

»Du hast dir doch nicht etwa Sorgen gemacht! Nell ist ein bißchen gestürzt – ist in eine Sandgrube gesprungen. Manchmal ist sie regelrecht verrückt. Ich bin zum Tee bei ihr geblieben – nur um sicherzugehen, daß sie sich wirklich nichts getan hat.« Doch während er sprach, verabscheute er sich selber; seine Stimme klang so falsch.

Sie antwortete nur: »Schon gut, Lieber«; aber er sah, daß sie die Augen – diese blauen, allzu aufrichtigen Augen – abgewandt hielt, selbst als sie ihn küßte.

Und so begann wieder ein Abend und eine Nacht und ein Morgen mit fiebriger Erregung, Ausflüchten, Auf-der-Hut-Sein, Schmerz. Eine ununterbrochene Folge halb ekstatischer Qualen, und er schien ebensowenig imstande, daraus auszubrechen, wie ein Gefangener die Mauern seiner Zelle durchbrechen kann …

Und sollte sie auch nur einen einzigen Tag in der Sonne leben, die dunkle Blume der Leidenschaft, sollte sie in finsterer Nacht versinken – ihre Stunde kommt doch.

12

Kein Zweifel: Betrügen will gelernt sein. Und Lennan, unbewandert in dieser Kunst, fand es rasch unerträglich, auf Gelegenheiten zu sinnen und sich unter Kontrolle zu halten und die hinters Licht zu führen, die zu ihm aufgeschaut hatte, seit sie beide Kinder gewesen waren. Und doch hatte er die ganze Zeit über das Gefühl, daß er allein die Zusammenhänge seines Falles kenne und daß deswegen allein er das Recht habe, sich zu tadeln oder zu rechtfertigen. Die Moralapostel würden ihn ohne Zögern verdammen, selbstgefällige Spießerdummheit, Pharisäerdummheit, Dummheit von solchen, die nie diesem sinnverwirrenden Zauber erlegen waren – vielleicht, weil sie nicht genug Blut in den Adern hatten!

Am Tag nach dem Ritt war Nell nicht gekommen, und er empfing auch keine Nachricht von ihr. War sie etwa doch verletzt? Sie hatte so apathisch in dem Sessel gelegen! Und Sylvia erkundigte sich kein einziges Mal, ob er wisse, wie es dem Mädchen nach dem Sturz ging; sie bot auch nicht an, hinzuschicken und fragen zu lassen. Wollte sie nicht darüber reden, oder hatte sie ihm die Geschichte – einfach nicht geglaubt? Ihm, der über so vieles nicht sprechen konnte, kam es hart vor, daß gerade das auf Mißtrauen stieß, was zufällig die Wahrheit war. Sie hatte freilich noch durch kein einziges Wort angedeutet, daß sie sich von ihm betrogen wußte – aber im Innersten war er sicher, er konnte sie nicht betrügen. Diese Fühlfäden einer liebenden Frau – kann irgend etwas ihren empfindlichen Spürsinn lähmen?

Gegen Abend wuchs das Verlangen, Nell zu sehen, ins fast Unerträgliche; er meinte zu fühlen, wie sie ihn zu sich rief. Doch nach welchem Vorwand er auch greifen würde, ihm war klar, daß Sylvia wissen würde, wohin er ging. Er saß auf der einen Seite des Kamins, sie auf der andern, und beide lasen sie; das seltsame dabei war nur, daß keiner von ihnen auch nur ein einziges Mal ein Blatt in seinem Buch umwandte. Es war der ›Don Quixote‹, den er las, die Seite mit den Worten: ›Laß Altisidora weinen oder singen, ich gehöre Dulcinea und ihr allein, tot oder lebend, gehorsam und unwandelbar, allen Zaubermächten der Welt zum Trotz.‹ Und so verging der Abend. Als sie hinauf, zu Bett ging, war er nahe daran, sich hinauszustehlen, zu Dromore zu fahren und den Diskreten zu befragen; aber der Gedanke an die Augen des verdammten Kerls war ihm so fürchterlich, daß er widerstand. Er nahm Sylvias Buch auf, Maupassants ›Fort comme la mort‹ – da war eben die Stelle aufgeschlagen, wo die arme Frau entdeckt, daß sie ihren Liebhaber an die eigne Tochter verloren hat. Und während er las, rollten ihm die Tränen über die Wangen. Sylvia! Sylvia! Galten nicht seine alten Lieblingsworte aus seinem alten Lieblingsbuch noch immer? ›Dulcinea del Toboso ist die schönste Dame der Welt, und ich bin der glücklichste Ritter auf Erden. Es wäre ungerecht, sollte solche Vollkommenheit durch meine Schwäche leiden. Nein, Ritter, durchbohrt meinen Leib mit Eurer Lanze und laßt mein Leben mit meiner Ehre zusammen verlöschen ...‹ Warum konnte er sich dies Gefühl nicht aus dem Herzen reißen, dies Mädchen aus seinen Augen verbannen? Warum konnte er nicht der ganz und gar treu sein, die ihm immer ganz und gar treu gewesen war? Furchtbar, diese Willenlosigkeit, Schwäche, dieses Gefühl der Lähmung, als sei er eine Marionette, von grausamer Hand geführt! Und wie schon einmal schien es ihm, das Mädchen sitze in seinem roten Kleid dort auf Sylvias Sessel, die Augen fest auf ihn gerichtet. Unheimlich lebendig, die Vorstellung ... Lange hielt man es in einer solchen Zwickmühle nicht aus, ohne den Verstand zu verlieren!

Der Samstagnachmittag fing an, dämmrig zu werden, als er das unerträgliche Warten aufgab und die Ateliertür öffnete, um zu Nell zu gehen. Es war jetzt gerade zwei Tage her, daß er sie zuletzt gesehen oder von ihr gehört hatte. Sie hatte für eben diesen Abend von einem Ball gesprochen – davon, daß er hinkommen sollte. Ja, sie mußte krank sein!

Aber er war noch keine sechs Schritte gegangen, da sah er sie kommen. Sie trug eine graue Pelzstola, in der sie Kinn und Mund verbarg und die sie viel älter erscheinen ließ. Im selben Augenblick, da die Tür geschlossen war, warf sie die Hülle ab, ging zum Kamin, zog sich einen Hocker heran, streckte die Hände übers Feuer und sagte:

»Hast du über mich nachgedacht?«

Und er antwortete: »Ja, ich habe nachgedacht, aber ich bin nicht weitergekommen.«

»Warum? Niemand braucht ja zu wissen, daß du mich liebst. Und wenn schon, ich kümmre mich nicht darum.«

Wie einfach! Allzu einfach! Wunderbare, egoistische Jugend!

Er konnte mit diesem Kind nicht über Sylvia reden – über seine Ehe, die er bisher so hoch, fast heilig gehalten hatte. Unmöglich. Dann hörte er sie sagen:

»Es kann doch kein Unrecht sein, dich liebzuhaben! Und wenn's eins ist, dann kümmre ich mich nicht drum«, und er merkte, wie ihre Lippen zitterten und ihre Augen plötzlich kläglich und angstvoll blickten, als ob ihr zum erstenmal ein Zweifel an dem Ausgang der Sache käme. Das war eine neue Folter – ein unglückliches Kind vor sich zu sehen! Und was nützte es schon, wenn er ihr genau an der Schwelle zu ihrem Leben erklären wollte, in welchem hoffnungslosen Irrgarten er gefangen war. Wie sollte er ihr begreiflich machen, durch welchen Morast, durch welches Schlingpflanzengewirr er sich schleppen mußte, um sie zu erreichen. ›Keiner braucht es zu wissen!‹ Wie einfach! Und er und seine Frau? Er deutete auf seine neue Arbeit, den ersten Mann, der bezaubert ist von der ersten Nymphe, und sagte:

»Schau dir das an, Nell! Die Nymphe da bist du, und der Mann bin ich.« Sie stand auf und trat heran, um zu sehen. Und während sie schaute, sog er gierig ihre Nähe ein. Was für eine sonderbare Mischung von Unschuld und Verlockung! Wie wunderbar mußte es sein, dies junge Geschöpf in seinen Armen wirklich Liebe erfahren zu lassen! Und er sagte: »Ich möchte, daß du verstehst, was du mir bedeutest – alles, was ich nie wieder erleben werde; das steht im Gesicht dieser Nymphe. O nein! Es ist nicht dein Gesicht. Und dort kämpfe ich mich durch den Schlamm zu dir hin – natürlich ist es auch nicht mein Gesicht.«

Sie sagte: »Armes Gesicht!« Dann bedeckte sie das eigene. War sie im Begriff zu weinen, ihn noch mehr zu quälen? Aber statt dessen murmelte sie nur: »Aber du bist zu mir hergekommen!«, beugte sich zu ihm und drückte die Lippen auf seinen Mund.

Da gab er nach. Sekundenlang entzog sie sich seinem allzu ungestümen Kuß, dann, als sei sie über das eigene Zurückzucken erschrocken, schmiegte sie sich desto enger an ihn. Aber das instinktive Zurückweichen der Unschuld hatte Lennan genügt – er ließ die Arme sinken und sagte:

»Kind, du mußt gehn.«

Wortlos hob sie ihren Pelz auf, legte ihn um und stand vor ihm, wartend, daß er etwas sagte. Da er schwieg, hielt sie ihm etwas Weißes hin. Es war die Karte für den Ball.

»Du hast gesagt, du kommst?«

Und er nickte. Sie lächelte ihn an mit Augen und Lippen; sie öffnete die Tür und ging hinaus, immer noch mit diesem stillen, glücklichen Lächeln ...

Ja, er würde kommen, wo immer sie war, wann immer sie ihn wollte ...

Entflammt und ganz von dem einen Gedanken besessen, dem Glück nachzustürmen, verbrachte Lennan die Stunden vor dem Ball. Er hatte Sylvia gesagt, daß er in seinem Klub essen würde – der bestand aus ein paar Zimmern in Chelsea, die einem kleinen Kreis von Künstlern gehörten. Er hatte so vorgebaut in dem Bewußtsein, daß er nicht Sylvia beim Abendessen gegenübersitzen und dann zu diesem Ball fortgehen konnte – und zu Nell! Er hatte von einem Gast im Klub gesprochen, um den Abendanzug zu begründen – noch eine Lüge, aber kam es darauf noch an? Er log die ganze Zeit, wenn nicht in Worten, dann im Tun – wahrhaftig, er mußte lügen, um ihr Schmerz zu ersparen.

Vor dem Blumenladen der Französin hielt er an.

»Que désirez-vous, monsieur? Des œillets rouges – j'en ai de bien beaux, ce soir.«

Des œillets rouges? Ja, die waren recht heut abend. An diese Adresse! Kein Grün dazu; auch keine Karte.

Wie seltsam, da die Würfel einmal für die Liebe gefallen waren, dieses Gefühl, vorwärts zu stürmen und zuzusehen, wie sein eigentliches Ich hinter ihm zurückblieb.

In der Brompton Road spielte vor einem kleinen Restaurant ein dürrer Mensch auf der Violine. Ach! Und er kannte das Lokal, er würde hier hineingehen, nicht in den Klub, und der Geiger sollte alles bekommen, was er entbehren konnte, dafür, daß er diese Liebeslieder fiedelte. Er trat ein. Hier war er seit zwanzig Jahren nicht mehr gewesen – seit dem Tag vor der Nacht auf dem Fluß. Nie mehr; und doch hatte sich nichts verändert. Dasselbe glanzlos gewordene Gold und der Küchengeruch; die nämlichen Makkaroni in der nämlichen Tomatensoße; die gleichen Chiantiflaschen; dieselben grellen, hellblauen, mit rosa Blütengirlanden bemalten Wände. Nur der Kellner war ein anderer – hohlwangig, dunkeläugig, geduldig. Auch er sollte ein gutes Trinkgeld haben! Und dort die arme Dame mit dem pompösen Hut, die ein kärgliches Mahl verzehrte, die sollte wenigstens einen freundlichen Blick auffangen. Denn in dieser verzweifelten Nacht hatte er ein Herz für alle Verzweifelten. Und plötzlich dachte er an Oliver. Noch ein Verzweifelter! Was sollte er Oliver bei diesem Ball sagen – er, der Siebenundvierzigjährige, der ohne seine Frau dorthin kam! Irgendeine Blödheit, etwa ›beobachten, wie die menschliche Gestalt in der Bewegung etwas Göttliches bekommt‹, ›für die Statuette Nell im Wechsel der Beleuchtung studieren‹ – irgendein scheinheiliges

Gewäsch, ganz gleich was. Der Wein war gezapft, und er mußte trinken!

Es war noch früh, als er das Restaurant verließ – eine trockene Nacht, sehr still, nicht kalt. Wann hatte er zum letztenmal getanzt? Mit Olive Cramier, noch ehe er gewußt hatte, daß er sie liebte. Nein, diese Erinnerung konnte nicht verwischt werden; denn heute abend würde er nicht tanzen. Nur zusehen, ein paar Minuten bei dem Mädchen sitzen, fühlen, wie sie seine Hand festhielt, sehen, wie sie die Augen zu ihm wandte, und – entkommen! Und dann – die Zukunft. Denn der Wein war gezapft! Von einer Platane flatterte ein Blatt herab und blieb an seinem Ärmel hängen. Bald würde der Herbst vorüber sein, und nach dem Herbst – nur noch Winter! Lange, bevor er im Winter war, würde sie ihm den Rücken kehren. Die Natur würde dafür sorgen, daß Jugend sie aufrief und fortriß. Der Lauf der Natur! Aber die Natur betrügen, nur eine kleine Weile! Die Natur betrügen – gab es ein größeres Glück?

Hier war es – rotgestreifte Markise; Wagen, die abfuhren, müßige Gaffer. Mit Herzklopfen trat er ein. Ob er vor ihr da war? Wie würde sie zu diesem ersten Ball erscheinen? Allein mit Oliver – oder hatten sie irgendeine Anstandsdame aufgetrieben? Hätte er sich herbegeben, weil sie – dieses so anmutige ›illegitime‹ Kind – vielleicht einen Beschützer brauchen konnte, so wäre das ein Trost für sein zergrübeltes, zerstörtes Selbstgefühl gewesen. Aber ach! Er wußte, daß er nur deshalb hier war, weil er es nicht fertigbrachte wegzubleiben.

Im Saal oben tanzten sie schon, aber sie war noch nicht dabei; und er stand an die Wand gelehnt dort, wo sie vorüberkommen mußte. Er fühlte sich verlassen und fehl am Platz und so, als müsse jedermann wissen, weshalb er hier war. Die Leute starrten ihn an, und er hörte ein Mädchen fragen: »Wer ist denn das da an der Wand? Der Schwarzschopf mit dem Schnurrbart?« Ihr Partner murmelte eine Antwort, und wieder ihre Stimme: »Ja, der sieht aus, als hätte er gerade die Wüste samt Löwen vor Augen!« Für wen mochten sie ihn halten? Dem Himmel sei Dank! Sie waren allesamt von der üblichen Sorte. Es würde keiner dasein, der ihn kannte. Wenn nun Johnny Dromore selber mit Nell kam? Sie hatten ihn für Sonnabend zurückerwartet! Was konnte er dann sagen? Wie diesen zweifelnden, wissenden Augen standhalten, die überquollen von der durch nichts zu erschütternden Überzeugung, daß ein Mann für eine Frau nur auf eine einzige Art Verwendung hat? Gott! Und es würde stimmen! Einen Augenblick war er drauf und dran, sich Mantel und Hut zu holen und zu verschwinden. Aber das würde bedeuten, daß er sie vor Montag nicht sah; und er hielt seine Stellung. Doch von heute abend an durfte er kein solches Risiko mehr eingehen; ihre Zusammenkünfte mußten weislich vorbedacht werden, mußten im Verborgenen stattfinden. Und dann sah er sie unten an der Treppe in einem perlmuttrosa Kleid, im hellbraunen Haar eine seiner Blumen und die andern an den Griff eines winzigen Fächers gebunden. Wie gelassen sie aussah, ganz als sei dies hier wirklich ihr ureigenes Element. Hals und Arme waren entblößt, die Wangen zeigten ein weiches, tiefes Rosa, sie wandte die Augen flink hin und her. Dann begann sie, die Treppe hinanzusteigen, und entdeckte ihn. Nie hatte jemand so hinreißend ausgesehen wie sie in diesem Moment! Hinter ihr bemerkte er Oliver und ein großes, rothaariges Mädchen, dazu noch einen zweiten jungen Mann. Er trat wohlweislich auf der obersten Stufe zur Seite, an die Wand, damit die hinter ihr bei der Begrüßung ihr Gesicht nicht sehen konnten. Sie hob den kleinen Fächer mit den Blumen an die Lippen; dann streckte sie die Hand aus und sagte hastig, mit gedämpfter Stimme:

»Der vierte; es ist eine Polka; wir werden sitzen bleiben, nicht wahr?«

Und mit einer kleinen Schwenkung, so daß ihr Haar und die Blume darin fast sein Gesicht berührte, ging sie weiter; an ihrer Statt stand Oliver vor ihm.

Lennan hatte einen der alten, anmaßenden Blicke erwartet; aber das Gesicht des jungen Mannes spiegelte nur Eifer und Herzlichkeit.

»Furchtbar nett von Ihnen, Mr. Lennan, daß Sie gekommen sind! Ist Mrs. Lennan –«

Und Lennan murmelte: »Sie war verhindert; sie ist nicht ganz –« und wäre am liebsten in den schimmernden Fußboden versunken. Jugend mit ihrem rührenden Vertrauen, ihrer eifrigen Zuversicht! Und dies war die Art, wie er seine Pflicht der Jugend gegenüber erfüllte!

Als sie in den Ballsaal gelangt waren, trat er wieder an die Wand und nahm die vorige Haltung ein. Der dritte Tanz war eben im Gange; seine Wartezeit näherte sich also ihrem Ende. Von seinem Platz aus konnte er die Tänzer nicht erkennen – warum sollte er zusehen, wie ein anderer sie durch den Saal schwenkte.

Kein richtiger Walzer – irgendein französischer oder spanischer Gassenhauer, im Walzertakt gespielt; bizarr, traurig, wirbelnde Jagd nach dem Glück. Die Jagd nach dem Glück! Ja, trotz allem Köstlichen, das es bot, trotz allen Möglichkeiten hatte das Leben im Grunde doch nichts, das bis ins Letzte befriedigte – nichts außer den flüchtigen Augenblicken der Leidenschaft! Nichts anderes durchdrang einen so stark, daß es den Namen reines Entzücken verdient hätte. Jedenfalls schien es ihm so.

Der Walzer war vorüber. Jetzt konnte er sie sehen; sie saß mit dem andern jungen Mann an der Wand auf einer Polsterbank und blickte immer wieder zu ihm her, als wolle sie sich vergewissern, daß er noch da stehe. Wie fein das noch Späne auf die Flammen schüttete, diese Schmeichelei ihrer unerklärlichen Verehrung – dieser Augen, mit denen sie ihn zu sich rief und ihm gleichzeitig demutsvoll folgte. Fünfmal, während sie dort saß, sah er, wie Oliver oder das rothaarige Mädchen ihr Herren zuführten; er sah, wie ihr Jünglinge Sehnsuchtsblicke zuwarfen, und sah, wie Mädchen sie mit kalter Anerkennung oder mit einem rührenden, unverhohlenen Entzücken betrachteten. Seit dem Augenblick ihres Eintretens war sie, um in ihres Vaters Sprache zu reden, das beste Pferd im Stall. Und all dies konnte sie mißachten und weiter nach ihm verlangen! Unglaublich!

Bei den ersten Tönen der Polka ging er zu ihr. Und sie war es, die eine Zuflucht für sie beide fand – eine kleine Nische hinter zwei Palmen. Aber während sie dort saßen, begriff er mehr denn je zuvor, daß zwischen ihm und diesem Kind keine geistige Gemeinschaft bestand. Sie konnte ihm ihre Kümmernisse oder ihre Freuden berichten; er konnte beschwichtigen oder sich mit freuen; aber nie würde sich die Kluft zwischen ihrem und seinem Charakter, ihrem und seinem Alter überbrücken lassen. Sein Glück bestand nur darin, daß er sie anschaute, anrührte. Aber bei Gott, das war Glück genug – eine fieberhafte, hungrige Seligkeit wie der Durst eines Übermüdeten, der mit dem Trunk, der ihn stillen soll, nur noch wächst. Während er da saß im Duft jener Blumen und eines zarten Parfüms aus ihrem Haar, während ihre Finger auf seinen lagen, ihre Blicke seine Augen suchten, bemühte er sich redlich, nicht an sich selber zu denken, sondern ihre Empfindungen beim ersten Ball zu erfassen und sich einfach mitzufreuen. Aber er konnte nicht – gelähmt, benommen von dem unsinnigen Verlangen, sie in die Arme zu reißen und an sich zu pressen, wie er es vor ein paar Stunden getan hatte. Er konnte sehen, wie sie sich in all diesem Licht, der Bewegung, der berauschenden Bewunderung rings um sie her entfaltete wie eine Blume. Was hatte er in ihrem Leben zu suchen, er mit seinem dunklen Hunger nach heimlichen Stunden; er, eine schon dünngegriffene Münze; nur dazu tüchtig, die Frische und den Schimmer ihrer Jugend und Schönheit zu zerstören!

Da hielt sie die Blumen hoch und sagte:

»Hast du mir die wegen der einen geschenkt, die ich dir gegeben habe?«

»Ja.«

»Was hast du mit ihr getan?«

»Ich hab sie verbrannt.«

»Oh! Aber warum?«

»Weil du eine Hexe bist – und Hexen müssen mitsamt all ihren Blumen verbrannt werden.«

»Willst du mich verbrennen?«

Er legte die Hand auf ihren kühlen Arm.

»Fühl nur! Die Flammen sind schon angezündet.«

»Verbrenn mich doch! Ich mach mir nichts draus!«

Sie nahm seine Hand und legte sie gegen ihre Wange; aber gleichzeitig klopfte sie mit der Schuhspitze den Takt zu der Musik, die wieder begonnen hatte. Und er sagte:

»Du solltest draußen sein und tanzen, Kind.«

»Aber nein! Es ist nur ein Jammer, daß du keine Lust hast.«

»Ja! Verstehst du, daß alles heimlich bleiben muß – im Verborgenen?«

Sie bedeckte seine Lippen mit dem Fächer und sagte: »Du sollst nicht nachdenken; du sollst nicht nachdenken – nie! Wann kann ich kommen?«

»Ich muß sehen, wie ich es am besten einrichte. Morgen nicht. Keiner darf es wissen, Nell – um deinetwillen – um ihretwillen – niemand!«

Sie nickte und wiederholte mit sanfter, rätselhafter Einsicht: »Niemand.« Und dann sagte sie laut: »Da ist Oliver! Es war furchtbar lieb von Ihnen zu kommen. Gute Nacht!«

Und indem sie an Olivers Arm ihrer beider kleines Refugium verließ, schaute sie über die Schulter zurück.

Er zögerte noch – diesen einen Tanz hindurch wollte er sie beobachten. Wie rings um die zwei alle andern Paare verblaßten, verschwanden! Sie hatten beide etwas an sich, das mehr war als bloße Schönheit – nicht, was outré oder exzentrisch gewesen wäre, sondern Intensität und Eigensinn. Sie paßten gut zueinander, die beiden Dromores, sein dunkler Kopf und ihr heller; seine klaren, braunen, kühnen Augen und ihre grauen, sehnsüchtigen, magnetischen. Ach! Junker Oliver war selig, nun, da er sie so nah bei sich hatte. Es war nicht Eifersucht, was Lennan verspürte. Nein – eigentlich nicht. Man war nicht eifersüchtig auf die Jungen. Irgend etwas sehr Tiefverwurzeltes hinderte einen daran – Stolz, Sinn für die Proportion, was immer es sein mochte. Und sie sah auch glücklich aus, so als ob ihre Seele tanzte, mitschwang in Musik und Blumenduft. Er wartete, bis sie ihre Runde durch den Saal vollendet hatten, um ein letztes Mal diesen flüchtigen Blick über die Schulter aufzufangen, dann holte er sich Hut und Mantel und ging.

13

Draußen tat er ein paar Schritte und blieb dann stehen, wandte sich zurück und schaute durch die Bäume hinauf zu den Fenstern des Saals. Die Straßenlaterne warf die Schatten der Stämme als riesigen Fächer auf den Boden. Eine Kirchenuhr schlug elf. Noch stundenlang würde sie dort oben in unermüdlichem Wirbel ihre Runden ziehn, in den Armen junger Leute. Und sein Gesicht würde nie, auch wenn er sich noch so sehr drum mühte, den Ausdruck noch einmal wiedererlangen, den er eben bei Oliver gesehen hatte – den Ausdruck, der Symbol alles dessen war, was er nicht zu geben vermochte. Warum war sie in sein Leben gekommen – zu ihrem und seinem Verderben? Und der bizarre Gedanke überfiel ihn: ›Wenn sie tot wäre, würde es mich wirklich berühren? Wäre ich nicht beinah froh? Wenn sie tot wäre, wär auch ihr Hexenzauber tot, und ich könnte den Kopf wieder heben und den Leuten in die Augen sehen!‹ Was war das für eine Macht, die mit den Männern spielte, sie jäh anfiel, ihnen die Herzen in Stücke riß; diese Macht, die ihr aus den Augen geschaut hatte, als sie den Fächer mit seinen Blumen an die Lippen gehoben hatte?

Das Gehämmer und Gefiedel verstummte; er ging davon.

Es mußte fast zwölf sein, als er zu Hause anlangte. Nun würde sich abermals der ganze grausige Vorgang des Lügens abspielen; zurückzuckende Seele, eiserne Stirn. Es würde erträglicher werden, wenn der ganze unehrliche Handel unwiderruflich begonnen worden war und in seinen geheimen geordneten Bahnen verlief.

Kein Licht war im Salon, nur der Feuerschein. Wenn doch Sylvia schon zu Bett gegangen wäre! Dann sah er sie; regungslos saß sie am Fenster, von dem sie den Vorhang zurückgezogen hatte.

Er ging zu ihr hin und begann seine verhaßte Litanei.

»Tut mir leid, daß du so allein warst. Ich mußte ziemlich lange bleiben. Ein öder Abend.« Und da sie sich nicht rührte und auch nicht antwortete, sondern nur sehr still und weiß sitzenblieb, zwang er sich, dicht heranzutreten, sich niederzubeugen, ihre Wange zu küssen, ja er kniete neben ihr nieder. Da schaute sie sich um; ihr Gesicht war leidlich ruhig, aber die Augen brannten in ungewohnter Heftigkeit. Sie zwang sich ein jämmerliches kleines Lächeln ab, doch dann brach es aus ihr hervor:

»Oh, Mark! Was ist nur – was ist! Lieber alles andre als das!«

Vielleicht war es das Lächeln, vielleicht die Stimme, vielleicht waren es ihre Augen – in Lennan brach plötzlich ein Damm. Verschwiegenheit, Vorsicht wurden weggeschwemmt. Er lehnte den Kopf an ihre Brust und schüttete alles vor ihr aus, während sie sich aneinanderklammerten, aneinanderschmiegten in dem Halbdunkel wie zwei verängstigte Kinder. Und erst als er zu Ende gesprochen hatte, begriff er: Wenn sie ihn von sich gestoßen, sich gegen seine Berührung gewehrt hätte, dann wäre es weit weniger jammervoll gewesen, weit leichter zu ertragen als ihr fahles Gesicht, ihre klammernden Hände und ihre Worte: »Ich hab immer gedacht – du und ich – ach, Mark! Du und ich –« Wieviel Vertrauen auf ihr gemeinsames Leben, auf ihn diese Worte enthüllten! Und doch kein größeres, als er selber verspürt hatte – noch in sich spürte! Sie konnte es nicht begreifen – er hatte gewußt, daß sie es niemals begreifen konnte; das war der Grund, weswegen er die ganze Zeit über qualvoll um Heimlichkeit bemüht gewesen war. Sie nahm es auf, als habe sie nun alles verloren; und wie er es sah, hatte sie gar nichts verloren. Diese Leidenschaft, dieser Hunger nach Jugend und Leben, diese Raserei – wie immer man es nennen wollte –, das stand auf einem andern Blatt; daß er sie liebte und brauchte, hatte damit nichts zu schaffen. Wenn sie ihm das nur glauben wollte! Wieder und wieder beteuerte er es, und wieder und wieder erkannte er, daß sie es nicht fassen konnte. Nur eins stand ihr vor Augen: daß sie seine Liebe an eine andere verloren hatte. Und das war doch nicht so! Plötzlich riß sie sich aus seinen Armen, stieß ihn von sich und schrie: »Dieses Mädchen – wie abscheulich, wie gemein und falsch!« Noch nie hatte er sie so gesehen, mit glühend roten Flecken auf den weißen Wangen, die weichen Lippen und das Kinn waren verzerrt, die blauen Augen flammten, und die Brust hob sich in keuchenden Atemzügen, als ränge die Lunge vergeblich um Luft. Und dann legte sich der Sturm, jäh, wie er sich erhoben hatte. Sie sank auf das Sofa, das Gesicht in den Armen, und wiegte sich vor und zurück. Sie weinte nicht, aber dann und wann stöhnte sie leise. Und jeder dieser Laute war für Lennan wie der Schrei eines Geschöpfes, das er langsam umbrachte. Schließlich erhob er sich, setzte sich neben sie auf das Sofa und sagte:

»Sylvia, Sylvia! Nicht, bitte, nicht!« Und sie schwieg, hielt ein in ihrer wiegenden Bewegung, duldete, daß er sie streichelte und besänftigte. Aber ihr Gesicht hielt sie verborgen, und sie sprach nur ein einziges Mal, so leise, daß er sie kaum hören konnte: »Ich kann dich nicht – ich will dich nicht von ihr zurückhalten.« Und in dem furchtbaren Bewußtsein, daß kein Wort zu ihr drang, um die Kränkung in diesem zärtlichen Herzen zu lindern, blieb ihm nichts, als weiter ihre Hände zu streicheln und zu küssen.

Es war niederträchtig, schrecklich, was er da getan hatte! Gott wußte, daß er nicht danach getrachtet hatte – es war über ihn gekommen. Das mußte sie doch sehen, selbst in ihrem Jammer! Tief unter seinem Kummer und seinem Selbsthaß wußte er, was weder sie noch irgend jemand sonst wissen konnte – daß er sich durch nichts vor diesem Gefühl hätte bewahren können; daß es zurückreichte in eine Zeit, da er das Mädchen noch nicht einmal gesehen hatte, und daß kein Mann imstande gewesen wäre, es zum Schweigen zu bringen. Dieser Hunger, dieses Schweifen war so gut ein Teil von ihm wie seine Augen und Hände, war so übermächtig und ebenso Naturtrieb wie sein Hunger nach Arbeit oder sein Bedürfnis nach dem Frieden, den ihm Sylvia gab und den sie allein ihm geben konnte. Das war das Furchtbare – es wurzelte tief in der innersten Natur des Mannes. Nun, da das Mädchen in ihrer beider Leben gekommen war, brach er seiner Frau in Gedanken die Treue nicht mehr als zuvor. Wenn sie doch nur imstande wäre, in ihn hineinzublicken, ihn genau so zu sehen, wie er war, wie er, ohne das geringste damit zu tun zu haben, nun einmal erschaffen worden war, dann würde sie begreifen, und vielleicht würde sie dann nicht einmal mehr leiden. Aber sie vermochte es nicht, und er würde es nie erklären können. Und eindringlich, verzweifelt, mit dem müden Gefühl, daß alle Worte nutzlos waren, versuchte er es immer weiter. Konnte sie es denn nicht einsehen? Es war etwas, das mit ihm selbst gar nichts zu tun hatte – eine Sucht, eine Jagd nach Schönheit und Leben, nach seiner eigenen Jugend! Bei dem Wort sah sie ihn plötzlich an:

»Und meinst du etwa, daß ich mir meine Jugend nicht auch zurückwünsche?«

Er stockte.

Welches Bewußtsein für eine Frau, daß ihr die Schönheit entglitt – der Glanz von Haaren und Augen, die Anmut und Geschmeidigkeit der Glieder –, ihr selbst und damit dem Mann, den sie liebte! Was war wohl bitterer? Und gab es eine heiligere Pflicht, als die Bitterkeit nicht noch zu vertiefen – die Frau nicht durch Leid ins Alter zu drängen, sondern ihr zu helfen, daß sie sich den Glauben an ihren Stern, an ihren Zauber bewahrte!

Mann und Frau, sie wünschten sich beide die Jugend

zurück; sie, um ihm alles schenken zu können; er, damit sie ihn zu etwas Neuem trüge. Eine Welt lag dazwischen.

Er erhob sich und sagte: »Komm, mein Herz, wir wollen zu schlafen versuchen.«

Er hatte nicht ein einziges Mal gesagt, daß er es aufgeben könnte. Die Worte wollten ihm nicht über die Lippen gehen, obwohl er sich bewußt war, daß sie sie vermissen, daß sie sich nach ihnen sehnen mußte. Alles, was er zu sagen vermochte, war:

»Solange du mich haben willst, wirst du mich nie verlieren.« Und: »Ich will dir nie wieder etwas verheimlichen.«

Oben im Schlafzimmer lag sie Stunde auf Stunde in seinen Armen, ganz ohne Groll, aber auch ganz leblos, und wann immer er ihre Augen mit den Lippen berührte, waren sie naß.

Was war doch das Herz eines Mannes für ein Irrgarten, stets offen, daß er sich unvermittelt darin verlor. Was für verworrene und komplizierte Wendungen und Spiralen; wie geschwind ein Gefühl das andere ablöste; welcher Streit zwischen Mitleid und Leidenschaften; welche Sehnsucht nach Frieden!

Und in seiner fiebrigen Erschöpfung, die schon fast in Schlaf überging, wußte Lennan kaum noch, ob es die Laute der fernen Musik waren oder Sylvias Stöhnen, das er hörte; ob ihr Körper oder Nells in seinen Armen lag ...

Aber das Leben forderte sein Recht; man mußte vor der Welt das Gesicht wahren, seinen Verpflichtungen nachkommen. Und unter der ruhigen Oberfläche eines ganz gewöhnlichen Sonntags lief für sie beide der Alptraum weiter, sie glichen Leuten, die am Rand einer hohen Klippe dahingehn und bei jedem Schritt auf den Absturz gefaßt sein müssen, oder Schwimmern, die versuchen, sich aus einem dunklen Strudel herauszukämpfen.

Am Nachmittag gingen sie zusammen zu einem Konzert, nur um die Zeit auszufüllen, etwas zu haben, das auf ein oder zwei Stunden die Möglichkeit ausschloß, über das einzige Thema zu reden, das es jetzt noch für sie gab. Ihr Schiff war gesunken, und nun klammerten sie sich an alles Beliebige, das sie für den Augenblick über Wasser halten konnte.

Am Abend kamen ein paar Leute zum Essen; ein Schriftsteller, zwei Maler mit ihren Frauen. Ein schlimmer Abend, und am schlimmsten, als sich das Gespräch dem ewigen Thema zuwandte – der geistigen, seelischen, körperlichen Freiheit als notwendiger Voraussetzung für alle, die eine Kunst ausüben. Jedes einzelne schale Argument wurde vorgebracht; auf jedes mußten sie mit unbewegter Miene eingehen. Und soviel sie auch über Freiheit schwatzten – Lennan sah sie vor sich, seine Freunde, wie sie sofort gegen ihn Front machen würden, sobald sie Bescheid wüßten. Ein junges Mädchen verführen – das tat man doch nicht! Weiß der Kukkuck, eine schöne Freiheit, nur das zu tun, was andre Leute für tunlich hielten! Ihr scheinheiliges Gewäsch über den freien Künstlergeist und sein Recht auf alle Erfahrungen würde im selben Augenblick verstummen, da die Freiheit dem guten Ton ins Gehege brach! In Wahrheit dachten sie nicht großzügiger als die Bourgeois mit ihren Konventionen oder die Pfaffen mit ihrem Geschrei von Sünde! Nein, nein! Widerstand gegen die Maximen des guten Tons, gegen die Dogmen von Religion und Moral – sofern Widerstand gegen diese zähe, zerrende Gewalt möglich war –, bot keine Hilfe; nichts bot Hilfe außer einem Gefühl, das stärker war als die Leidenschaft selbst. Sylvias Gesicht mit dem mühsamen Lächeln – das war allerdings ein Grund für sie, ihn zu verdammen! Keine ihrer Freiheitsdoktrinen konnte das wegerklären – das Leid, das Grauen, das in die Seele eines Mannes zog, wenn er einem liebevollen, vertrauenden Wesen Schmerz zufügte.

Aber endlich waren sie gegangen – mit ihrem ›Tausend Dank!‹ und ›Was für ein reizender Abend!‹

Und die beiden waren wieder eine Nacht miteinander allein.

Er wußte, nun begann unweigerlich alles wieder von vorn – nachdem ihnen den ganzen Abend über dieses unglückselige Argument als ein Messer ins Herz gestoßen und unaufhörlich darin herumgedreht worden war.

»Ich will nicht, darf nicht zulassen, daß du verkümmerst und nicht mehr richtig arbeiten kannst. Nicht aus Rücksicht auf mich, Mark! Das kann ich nicht ertragen!«

Und dann ein Zusammenbruch, schlimmer als in der Nacht zuvor. Mit welcher Begabung, wie geradezu genial doch die Natur ihre Geschöpfe zu martern wußte! Hätte ihm jemand auch nur vor einer Woche gesagt, daß er imstande sein würde, Sylvia so leiden zu machen, das Kind mit den großen blauen Augen und der blauen Schleife im Flachshaar, das er auf dem Weg übers Feld vor imaginären Stieren beschützt, Sylvia, in deren Haar sich sein Stern verfangen hatte; Sylvia, die ihm seit fünfzehn Jahren bei Tag und Nacht eine hingebungsvolle Frau war, die er liebte und immer noch bewunderte – hätte ihm jemand das gesagt, er hätte ihn auf der Stelle der Lüge bezichtigt. Es hätte unglaublich, ungeheuerlich, unsinnig geklungen. Mußten alle Eheleute solche Dinge durchmachen? War dies nur eine ganz übliche Wanderung durch die Wüste? Oder war es endgültig Schiffbruch? Tod – unseliger, gewaltsamer Tod in einem Sandsturm?

Wieder eine Nacht voller Elend, und immer noch keine Antwort auf jene Frage.

Er hatte ihr gesagt, er würde Nell nicht wiedersehen, ohne daß sie es zuvor erführe. So schrieb er, als der Morgen kam, einfach die Worte auf: ›Komm heute nicht!‹, zeigte sie Sylvia und schickte sie durch einen Diener zu den Dromores.

Kaum zu beschreiben die Bitterkeit, mit der er an diesem Morgen in sein Atelier trat. Was wurde in diesem ganzen Chaos aus seiner Arbeit? Fand er je wieder die innere Ruhe dazu? Diese Leute gestern abend hatten von der ›Inspiration der Leidenschaft, der Erfahrung‹ geredet. Er selber hatte das Wort gebraucht, als er mit seinen Bitten in sie drang. Und sie – die Ärmste! – hatte sie nur wiederholt, versucht, sie zu ertragen, sie für wahr zu halten. Und waren sie es denn? Wieder keine Antwort, oder gewiß keine, die er zu geben imstande war. Daß ein Springquell hervorgebrochen, daß er kopfüber in Leidenschaft gestürzt war, daß er verzweiflungsvoll fühlte, statt zu stagnieren – wer weiß, vielleicht war er eines Tages dankbar dafür. Vielleicht würde eines Tages jenseits dieser Wüste wieder gutes Land sein, wo er sogar besser als zuvor arbeiten konnte. Aber im Augenblick – ebensogut hätte man Schöpfertum von einem zum Tode Verurteilten erwarten können. Ihm schien, daß er so oder so vernichtet war, gleichviel, ob er Nell aufgab und mit ihr ein für allemal diesen schweifenden, begehrlichen Instinkt, der wahrlich hätte befriedigt werden sollen und es nicht wurde – oder ob er Nell nahm, wohl wissend, daß er damit eine Frau folterte, die ihm teuer war! So sah er die Dinge heute. Wie er sie mit der Zeit sehen würde, das mochte Gott wissen. Aber: ›Freiheit des Geistes!‹ Wahrhaftig, das war eine Phrase voll bitterer Ironie. Und während er zwischen seinen Werken stand wie einer, dem Hände und Füße gefesselt sind, durchfuhr ihn plötzlich eine so erbitterte, rasende Wut, wie er sie nie zuvor verspürt hatte. Frauen! Diese Frauen! Wäre er doch nur von allen beiden befreit, von allen Frauen samt den Leidenschaften, dem Mitleid, das sie erregten, frei, so daß sein Hirn und seine Hände wieder leben und arbeiten konnten! Sie sollten ihn nicht erwürgen, sie sollten ihn nicht zugrunde richten!

Unglücklicherweise war er sich sogar in seiner Wut darüber im klaren, daß keine Flucht ihm helfen konnte. So oder so mußte er die Sache durchstehen. Wäre es wenigstens ein Kampf mit klaren Fronten gewesen, Leidenschaft und Mitleid sauber abgegrenzt! Aber er liebte beide, und mit beiden fühlte er Mitleid. Nichts an alldem war klar und deutlich umrissen, alles war viel zu tief in der menschlichen Natur verwurzelt. Und das schreckliche Gefühl, unaufhörlich zwischen zwei Wänden hin- und herzustürzen, begann wirklich, seinen Verstand anzugreifen.

Wohl hatte er dann und wann ein paar lichte Minuten des Abstands; dann dünkten ihn die eignen Qualen in ihrer Verzwicktheit höchst interessant und seltsam; aber das war nicht eigentlich eine Erleichterung, denn es bedeutete nur, wie etwa bei lang anhaltendem Zahnweh, daß sein Empfindungsvermögen für einen Augenblick ausgesetzt hatte. Wahrhaftig, eine nette kleine Hölle!

Den ganzen Tag über hatte er das Vorgefühl, und es steigerte sich zu Gewißheit, daß Nell über die drei Worte, die er ihr geschickt hatte, in Unruhe geraten und wider sein Geheiß herkommen würde. Und doch, was hätte er anders schreiben können? Nur, was sie noch mehr erschreckt oder ihn noch tiefer hineingerissen hätte. Er glaubte zu spüren, daß sie seinen Stimmungen zu folgen vermochte, daß ihre Augen ihn überall sehen konnten, so wie Katzenaugen das Dunkel durchdrangen. Dies Gefühl hatte ihn seit dem letzten Oktoberabend mehr oder weniger immer begleitet – seit dem Abend, an dem sie von ihrem Sommer zurückgekehrt war – erwachsen. Wie lange war das her? Nur sechs Tage – war das möglich? O ja! Sie spürte es, wenn ihr Zauber verblaßte, wenn der Strom gleichsam neuer Zuflut bedurfte. Und gegen sechs – es war schon dämmerig – vernahm er, nicht im mindesten überrascht, nur mit einer Art gierigem Beben, ihr Klopfen. Hart an der geschlossenen Tür, ihr so nah, wie er konnte, stand er und hielt den Atem an. Er hatte Sylvia sein Wort gegeben – und aus freien Stücken. Durch das dünne Holz der alten Tür konnte er hören, wie sie die Füße leise scharrend ein paar Zoll auf dem Pflaster hin und her rückte, als flehe sie demütig das unerbittliche Schweigen an. Er sah gleichsam ihren im Lauschen ein wenig vorgebeugten Kopf. Dreimal klopfte sie, und jedesmal krümmte sich Lennan vor Qual. Es war so grausam! Mit ihrer Hellsichtigkeit mußte sie wissen, daß er da war, sogar sein Schweigen würde es ihr sagen – denn sein Schweigen hatte eine Stimme, eine jämmerliche, keuchende Stimme. Und dann hörte er ganz deutlich, wie sie seufzte und wie ihre Tritte sich entfernten; er bedeckte das Gesicht mit den Händen und stürmte wie ein Wahnsinniger im Atelier hin und her.

Kein Laut mehr von ihr! Fort! Es war unerträglich; er riß seinen Hut an sich und lief hinaus. Wo entlang? Aufs Geratewohl lief er nach dem Platz zu. Dort war sie, drüben am Geländer; müde und unentschlossen schritt sie nach Hause.

14

Aber nun, da er sie in Reichweite vor sich sah, zauderte er; er hatte sein Wort gegeben – wollte er es brechen? Da wandte sie sich um und entdeckte ihn, jetzt konnte er nicht mehr zurück. Im scharfen Ostwind sah ihr Gesicht klein und verhärmt und durchfroren aus, aber die Augen waren nur desto größer, desto mehr von bannendem Zauber erfüllt; sie beschworen ihn, nicht zu zürnen, sie nicht wegzuschicken.

»Ich mußte einfach kommen, ich bin so erschrocken. Warum hast du mir so schrecklich kurz geschrieben?«

Er versuchte, seiner Stimme einen ruhigen, normalen Klang zu geben.

»Nell, du mußt tapfer sein. Ich hab's ihr sagen müssen.«

Sie packte seinen Arm, dann straffte sie sich und sagte mit ihrer klaren Stimme, nach ihrer Art die Silben verschluckend:

»Oh! Sicher haßt sie mich nun.«

»Sie ist furchtbar unglücklich.«

Eine Minute schritten sie wortlos dahin; ihnen erschien es wie eine Stunde. Sie wanderten nicht um den Platz herum, wie er es mit Oliver getan hatte, sondern fort vom Haus. Schließlich sagte sie mit halbersticktem Ton: »Ich will ja nur ein bißchen von dir!«

Und er antwortete dumpf: »In der Liebe gibt es kein bißchen – kein Stillstehn.«

Da fühlte er plötzlich ihre Hand in seiner, ihre Finger umwanden und umflochten seine rastlos, und wieder hörte er die halberstickte Stimme:

»Aber du wirst mir erlauben, dich manchmal zu sehen! Du mußt!«

Das war von allem das Schwerste: standhaft zu bleiben vor diesem rührenden, sich anklammernden, erschreckten Kind. Und ohne daß er recht wußte, was er sagte, murmelte er:

»Ja, ja – es wird sich alles finden. Sei tapfer, Nell – du mußt tapfer sein. Es wird alles in Ordnung kommen.«

Aber sie erwiderte nur: »Nein, nein! Ich bin nicht tapfer. Ich werd irgendwas tun!«

Ihr Gesicht trug denselben Ausdruck wie bei ihrem Sprung in die Kiesgrube. Liebend, wild, ungezügelt, ohne jeden Rückhalt – wozu war sie nicht fähig? Warum konnte er keinen Schritt tun, ohne die eine oder die andere ins Unglück zu stürzen? Und zwischen diesen beiden, die um seinetwillen so sehr litten, fühlte er sich, als habe er die eigne Existenz verloren. Das war es, was ihm die Suche nach dem Glück gebracht hatte.

Plötzlich sagte sie: »Auf dem Ball am Samstag hat mich Oliver wieder gefragt. Er sagte, du hättest ihm geraten, geduldig zu sein. Ist das wahr?«

»Ja.«

»Warum?«

»Weil er mich gedauert hat.«

Sie ließ seine Hand fahren. »Vielleicht möchtest du, daß ich ihn heirate.«

Greifbar deutlich sah er die beiden vor sich, wie sie zusammen über das glänzende Parkett wirbelten.

»Nell, es wäre besser.«

Sie stieß einen kleinen Laut aus – Zorn oder Entsetzen. »Dann willst du mich in Wirklichkeit gar nicht?«

Da war die Gelegenheit. Aber solange er ihren Arm an seinem spürte, solange ihr Gesicht so blaß und verzweifelt aussah und sie diese sinnverwirrenden Augen auf ihn gerichtet hielt, war er nicht imstande, die Lüge auszusprechen, sondern sagte:

»Doch, ich will dich, weiß Gott!«

Ein Seufzer der Befriedigung entschlüpfte ihr daraufhin, als ob sie sich sagte: ›Wenn er mich will, wird er mich nicht von sich lassen!‹ Sonderbarer kleiner Tribut für ihren Glauben an die Liebe und ihre eigene Jugend.

Irgendwie hatten sie inzwischen Pall Mall erreicht. Und erschrocken, daß er sich so mitten im Jagdgrund der Dromores fand, wandte sich Lennan hastig dem St. James' Park zu; wenn sie ihn durchquerten, konnten sie im Dunkel nach Piccadilly hinübergelangen. Sich so mit der Tochter seines Zimmergenossen von einst in die Büsche zu schlagen – von allen Männern der Welt war er wohl der letzte, der das hätte tun dürfen! Schön, wie er den alten Freund hinterging! Aber das, was die Männer Ehre nannten – was bedeutete es, wenn sie ihn anblickte und ihre Schulter seine berührte?

›Doch, ich will dich‹ – seitdem er diese Worte gesprochen hatte, war sie verstummt; vielleicht fürchtete sie, daß andre Worte ihren Trost wieder zerstören konnten. Aber nahe am Tor von Hyde Park Corner schob sie die Hand wieder in seine und sagte abermals mit ihrer klaren Stimme:

»Ich will niemandem weh tun! Aber du läßt mich manchmal kommen – nicht wahr, ich darf dich sehen, du läßt mich nicht ganz allein, daß ich immer nur denke, ich seh dich nie wieder –?«

Und abermals murmelte Lennan, ohne zu wissen, was er antwortete: »Nein, nein, mein Herz – es wird alles gut – es wird alles gut. Es muß – und wird.«

Und wieder flochten sich ihre Finger wie die eines Kindes um seine. Mit welchem unglaublichen Instinkt sie es fertigbrachte, haargenau das zu sagen und zu tun, was ihn hilflos bleiben ließ! Und sie fuhr fort:

»Ich hab doch nicht vorgehabt, dich zu lieben! Es ist nichts Böses, wenn man jemanden liebt! Es nimmt ihr doch nichts! Ich will ja nur ein klein wenig von deiner Liebe!«

Ein wenig – immer ein wenig! Aber er dachte jetzt an nichts anderes als daran, sie zu trösten. Es war schrecklich, sich vorzustellen, daß sie nun nach Hause ging und dort den ganzen Abend über allein saß, verstört und unglücklich. Und er hielt ihre Finger fest in seiner Hand und murmelte dabei weiter wunschtraumhafte Trostworte.

Dann merkte er, daß sie in Piccadilly waren. Wie weit durfte er wagen, mit ihr am Parkzaun entlangzugehen, bevor er ihr gute Nacht sagte? Ein Mann kam auf sie zu mit leicht schlingerndem Gang, den blanken Zylinder ein bißchen schräg auf dem Kopf; jetzt war er gerade an der Stelle, wo Lennan an diesem ersten verhängnisvollen Nachmittag vor neun Monaten Dromore getroffen hatte. Doch Gott sei Dank! Es war nicht Dromore, nur einer, der ihm ein wenig ähnelte und Nell im Vorübergehen mit vieldeutigem Blick anstarrte. Und Lennan sagte:

»Du mußt jetzt heimgehn, Kind; wir dürfen uns nicht zusammen sehen lassen.«

Einen Augenblick dachte er, sie würde zusammenbrechen, sich weigern, ihn zu verlassen. Dann warf sie den Kopf zurück und blieb eine Sekunde ganz reglos so stehen, während sie ihm ins Gesicht sah. Plötzlich streifte sie den Handschuh ab, schob ihre warme Hand in seine und umklammerte seine Finger. Sie lächelte mühsam, Tränen standen ihr in den Augen. Dann zog sie die Hand wieder zurück und stürzte sich in das Straßengetümmel. Er sah noch, wie sie in ihre Straße einbog und um die Ecke verschwand. Und während die Wärme dieser leidenschaftlichen kleinen Hand noch in seiner brannte, rannte er mehr, als er ging, dem Hyde Park zu.

Ohne auf die Richtung zu achten, tauchte er in die Finsternis. Verlassen lag der Park in dem kalten, unbehausten Wind, der fast lautlos und ohne Duft seine unbarmherzige Straße unter dem grauschwarzen Himmel dahinfuhr.

Das dunkle Firmament und die schneidende kalte Luft paßten zu einem, der durchaus nichts brauchte, was seine Erregung noch verstärkte, sondern vielmehr nur den einen Wunsch empfand, wenn irgend möglich, das furchtbare Gefühl in seinem Kopf loszuwerden, das wunde, zerschlagene Gefühl eines Eingesperrten, der seine Zelle abschreitet, aber nie, nie hinausgelangen wird, nicht da, nicht dort. Gedankenlos, ziellos schritt er aus; er rannte nicht, weil er wußte, daß er dann eher würde einhalten müssen. Welch köstliches Schauspiel für brave Bürger, ein angejahrter Ehemann, der sich von Liebesraserei und Mitleid stundenlang über dürre, dunkle, öde Wiesen jagen läßt, bis er nicht einmal mehr weiß, ob er zu Abend gegessen hat! Aber kein braver Bürger war unterwegs in dieser vom kalten Ostwind durchwehten Herbstnacht. Allein die Bäume waren Zeugen bei diesem verbissenen Spaziermarsch – die Bäume, die sich ergeben von den eisigen Windstößen die verdorrten Blätter wegreißen ließen, und das tote Laub flatterte ihm nach, kaum heller als die Finsternis. Hier und da raschelten seine Füße in den zusammengewehten Blättern, die drauf harrten, in kleinen Freudenfeuern aufzugehen; deren Geruch hing noch in der Luft. Eine verzweiflungsvolle Wanderung hier im Herzen Londons – um und um, auf und nieder, Stunde auf Stunde, und immer im Dunkel; kein Stern am Himmel, kein Mensch da, mit dem man hätte sprechen, den man auch nur deutlich hätte sehen können; kein Vogel, kein anderes Tier; nur sehr fern die glimmenden Lichter und das heisere Rumoren des Straßenverkehrs. Ein Gang, so einsam wie die Wanderung der Menschenseele von der Geburt bis zum Tode; auch sie durch nichts geleitet als durch den Flackerschein des eignen vergänglichen Geistes, dem schwachen Licht, von dem sie nicht weiß, wo es entzündet worden ist …

Endlich trat Lennan wieder aus dem Park, durch dasselbe Tor, zu dem er hineingegangen war, und so müde, daß er kaum noch die Beine zu heben vermochte; aber das furchtbare Gefühl im Kopf hatte sich verflüchtigt; zum erstenmal seit Tagen war er frei davon. Und er ging heimwärts in der Gewißheit, daß heute nacht, so oder so, die Entscheidung fallen mußte.

15

Dies also war es – die lange Zeit des Leidens an Leib und Seele –, woran er zurückdachte, während er im Armstuhl vor dem Kamin saß, über der Glut und Sylvias Erschöpfungsschlaf wachte und darauf horchte, wie die dunklen Platanenblätter im Herbstwind ans Fenster tappten; er saß, wachend und lauschend in der unheimlichen Gewißheit, daß er aus dieser Nacht nicht hervorgehen würde, ohne endlich die Entscheidung zu treffen, von der es kein Zurück mehr gab. Denn sogar Konflikte verschleißen; sogar der jämmerlichen Quälerei der Unentschlossenheit ist eine Grenze gesetzt: Jeder Ausgang ist schließlich besser als die Hölle der Ungewißheit selber. Ein- oder zweimal während der letzten Tage war ihm sogar der Tod als ganz leidliche Lösung erschienen; aber nun, da er wieder einen klaren Kopf, da er Abstand gewonnen hatte, glitt der Tod aus seinen Gedanken wie ein Schatten – Schatten, der er war. Nichts konnte ihm taugen, das so simpel, so überspannt und so sinnlos war. Andre Lösungen standen als Wirklichkeiten vor ihm, nicht der Tod. Sylvia zu verlassen und mit dieser jungen Liebsten auf und davon zu gehen; darin lag Wirklichkeit, aber sie war immer wieder im selben Augenblick verblaßt, da sie Gestalt angenommen hatte; und nun verblich sie abermals. Einer zärtlichen Frau, die er liebte, diese furchtbare öffentliche Kränkung anzutun, sie gleichsam vor den Augen der Welt hinzurichten und dann unter ewigen Gewissensbissen alt zu werden, während das Mädchen noch immer jung war? Das konnte er nicht. Wenn Sylvia ihn nicht geliebt hätte, ja; oder selbst, wenn er sie nicht geliebt hätte; oder auch, wenn sie in der Liebe zu ihm auf ihrem Recht bestanden hätte – in jedem dieser Fälle wäre er dazu imstande gewesen. Aber sie zu verlassen, die er liebte und die so großmütig gesagt hatte: »Ich will dir kein Hemmschuh sein – geh zu ihr –«, das wäre eine unsagbare Scheußlichkeit. Jede einzelne Erinnerung griff mit zahllosen Fangarmen nach ihm, band ihn zu fest an sie mit der unüberwindlichen Kraft zahlloser Fäden, von den ersten zärtlichen Regungen noch halb in der Kinderzeit bis zur verzweifelten Umklammerung in diesen letzten beiden Nächten. Also was dann? Blieb ihm schließlich nichts anderes übrig, als das Mädchen aufzugeben? Und obwohl er so dicht vor dem warmen Feuer saß, überlief ihn ein Schauer. Wie trostlos, wie frevlerisch, welche Vergeudung, Liebe wegzuwerfen, sich abzuwenden vom kostbarsten Geschenk; nicht anders, als ließe er jene Vase dort fallen und zerschellen. Es gab nicht gar soviel Liebe in der Welt, nicht allzuviel Wärme und Schönheit – zumindest nicht für die, deren Tage gezählt waren, deren Blut bald erkalten würde.

Konnte Sylvia ihm nicht beides lassen, ihre Liebe und die des Mädchens? War es ganz unmöglich, daß sie das ertrug? Sie hatte gesagt, sie würde es können, aber ihr Gesicht, ihre Augen, ihre Stimme hatten sie Lügen gestraft, so daß es ihm jedesmal bei ihren Worten vor Mitleid das Herz abgeschnürt hatte. Also dies war die wahre Lösung. Konnte er von ihr ein solches Opfer annehmen, fordern, daß sie tägliches Elend auf sich nahm, zusehen, wie sie darunter welkte und verging? Konnte er das eigene Glück um einen solchen Preis ertragen? Und würde es überhaupt Glück sein? Er stand aus seinem Sessel auf und trat leise zu ihr heran. Wie zerbrechlich zart sie aussah in ihrem Schlaf! Die Schatten unter den geschlossenen Lidern hoben unbarmherzig die allzu helle Haut hervor; und in ihrem flachsfarbenen Haar erblickte er, was er noch nie wahrgenommen hatte – ein paar weiße Strähnen. Ihre sanft geöffneten Lippen wiesen kaum eine Spur von Farbe auf und bebten bei ihren ungleichen Atemzügen, und dann und wann überlief sie ein fieberhaftes Zucken, das vom Herz auszugehen schien. Wie zart und hinfällig! Nicht viel Leben, nicht viel Kraft; Jugend und Schönheit im Entgleiten. Zu denken, daß er, der ihr helfen müßte, Alter und Zeit zu widerstehen, bewirken würde, daß sich jeden Tag eine neue Spur in ihr Gesicht grub, ein neuer Kummer sich ihr ins Herz fraß! Das sollte er tun, da sie doch beide miteinander ihren Weg zu Ende gingen?

Wie er so da stand, den Atem anhaltend, vorgebeugt, um sie zu betrachten, trieb der Herbstwind wieder und wieder den Platanenzweig gegen das Fenster; das Scharren und Tappen schien die ganze Welt zu erfüllen. Dann bewegte sie die Lippen in abgebrochenen, schwachen, hastigen Flüsterlauten, wie Unglückliche sie im Traume ausstoßen, undeutliche, sehnsüchtig sich überstürzende Worte.

Und er dachte: ›Ich, der an Tapferkeit und Güte glaubt; ich, der Grausamkeit verabscheut – wenn ich diese Grausamkeit begehe, wofür soll ich dann noch leben, wie soll ich arbeiten, wie mich ertragen? Wenn ich es tue, bin ich verloren, ein Verworfener nach meinem eigenen Glaubensbekenntnis, ein Abtrünniger von allem, was mir heilig ist.‹

Und während er da kniete dicht vor dem Gesicht, das selbst im Schlaf so traurig und verlassen war, vor dem Herzen, das selbst im Schlaf noch so schwer und unruhig schlug, wußte er plötzlich, daß er es nicht tun konnte – wußte es mit absoluter Gewißheit und in einem jähen Gefühl des Friedens. Vorbei! Vorbei der lange Kampf – endlich vorbei! Jugend zu Jugend, Sommer zu Sommer, welkes Laub zu welkem Laub. Und hinter ihm flackerte das Feuer, und die Platanenblätter tappten eintönig an die Scheibe.

Er stand auf und schlich sich die Treppe hinunter in den Salon und durch die Glastür hinaus in den Hof, in dem er damals auf dem Rand des Hortensienkübels gesessen und der Drehorgel gelauscht hatte. Sehr dunkel und kalt und unheimlich war es da draußen, und er hastete hinüber in sein Atelier. Auch dort war es kalt und finster und unheimlich inmitten der geisterhaften Gipsgeschöpfe, im abgestandenen Zigarettenrauch, vor dem Häufchen Glut, Rest des Feuers, von dem er vor sieben Stunden fortgestürzt war auf der Suche nach Nell.

Er ging zuerst zum Schreibpult, drehte seine Lampe auf, nahm ein paar Blatt Papier heraus und notierte darauf Anweisungen in bezug auf seine verschiedenen Arbeiten, vermerkte, daß Nells Statuette mit seinen besten Grüßen Mr. Dromore überbracht werden sollte. Er schrieb an seinen Bankier und ersuchte ihn, Geld nach Rom zu senden, und seinen Anwalt beauftragte er, das Haus zu vermieten. Er schrieb in hastigen Zügen. Wenn Sylvia erwachte und ihn noch immer nicht bei sich fand, was mußte sie denken? Er nahm ein letztes Blatt. Spielte es eine Rolle, was er ihr schrieb, welche Lüge, wenn sie Nell nur über die erste Verzweiflung hinweghalf?

›Liebe Nell,
ich schreibe dies in Eile und in aller Herrgottsfrühe, um Dir zu sagen, daß meine einzige Schwester sehr krank ist und uns nach Italien zu sich ruft. Wir fahren morgen mit dem ersten Schiff und werden wohl eine Zeitlang wegbleiben. Ich schreib Dir. Gräm Dich nicht, und Gott behüte Dich. M. L.‹

Er sah nur verschwommen, was er schrieb. Armes, liebes, verzweifeltes Kind! Nun wohl, sie besaß Jugend und Kraft, und bald würde sie – Oliver haben! Und er nahm doch noch ein Blatt.

›Lieber Oliver,
meine Frau und ich sind gezwungen, schnellstens nach Italien zu reisen. Ich habe Sie beide neulich auf dem Ball beobachtet. Gehen Sie sehr behutsam mit Nell um – und viel Glück! Aber sagen Sie ihr nicht wieder, daß ich

Ihnen empfohlen habe, Geduld zu üben. Auf die Art werden Sie sie kaum dazu bringen, daß sie Sie liebt.

M. Lennan.‹

›Das war's‹, dachte er – ›ja, das war es.‹ Er drehte die kleine Lampe aus und tastete sich hinüber zum Kamin. Nur eines blieb noch. Abschiednehmen! Abschied von ihr und der Jugend und der Leidenschaft. Abschied vom einzigen Balsam gegen das brennende Sehnen, das der Frühling und die Schönheit weckten, dem Sehnen nach dem Wilden, dem Leidenschaftlichen, dem Neuen, das in keines Mannes Herz jemals ganz erstarb. Nun wohl! Früher oder später mußte jeder Mann davon Abschied nehmen. Jeder – jeder!

Er kauerte sich vor dem Kamin nieder. Die nun schnell erlöschende Glut gab keine Wärme mehr, aber noch glomm sie wie eine dunkelrote Blume. Und solange sie noch nicht erstorben war, blieb er davor hokken, als wäre sie es, von der er Abschied nahm. Und an der Tür hörte er geisterhaft Nells Pochen. Und neben ihm stand sie, ein Geist unter geisterhaften Gestalten. Langsam wurde die Glut schwarz, und endlich verging der letzte Funken.

Da suchte er sich im blassen Schein der Nacht leise, wie er gekommen war, den Weg ins Schlafzimmer zurück.

Sylvia schlummerte noch, und er ließ sich wieder am Feuer nieder, um auf ihr Erwachen zu warten; nur das unablässige zarte Tappen der Herbstblätter und ihre Atemzüge, ab und zu eine Winzigkeit stockend, durchbrachen die Stille. Aber ihr Atem ging jetzt ruhiger als vorhin, da er sich über sie gebeugt hatte, als ob sie im Schlaf um alles wüßte. Er durfte den Augenblick des Erwachens nicht versäumen, mußte neben ihr sein, bevor sie bei vollem Bewußtsein war, um ihr zu sagen: »Komm, mein Herz. Alles ist vorbei, wir beide fahren jetzt gleich fort – noch heute früh!« Sich bereit zu halten zu diesem Trost, schnell, bevor sie noch Zeit hatte, in ihren Kummer zurückzutauchen, das war eine Insel im schwarzen Meer dieser Nacht, der einzige kleine Zufluchtsort für sein beraubtes, nacktes Ich. Etwas zu tun – etwas Bestimmtes, Wirkliches, Gewisses. Und so saß er noch eine ganze lange Stunde, bis sie erwachte, vorgebeugt auf seinem Stuhl, sehnsüchtig, ungeduldig die Augen auf ihr Gesicht richtend und durch sie hindurch auf irgendeine Vision, irgendein blasses, schimmerndes Licht weit drüben – er starrte darauf wie ein Wanderer auf einen Stern.

NACHWORT

»Liebe kennt kein Alter, keine Grenzen und keinen Tod«, sagt Irene zum alten Jolyon Forsyte im ›Nachsommer eines Forsytes‹. Dies könnte als Motto auch über ›Die dunkle Blume‹ stehen, John Galsworthys wohl ausgeprägtestem Liebesroman, wie der ursprüngliche Untertitel ›Das Liebesleben eines Mannes‹ unterstreicht.

John Galsworthy (1867–1933), Träger des Nobelpreises für Literatur 1932, ist heute, ein wenig eingeengt, in erster Linie als Schöpfer der ›Forsyte Saga‹, der kritisch-realistischen Chronik des niedergehenden englischen Großbürgertums um die Jahrhundertwende, bekannt. ›Die dunkle Blume‹, sein achter Roman, zeigt uns den Autor von einer anderen Seite. Nicht die Gestaltung großer gesellschaftlicher Entwicklungsprozesse ist hier sein Gegenstand, sondern das zeitlose Thema der Liebe und Leidenschaft, das die dunkelrote Nelke des Titels symbolisiert.

Das Erscheinungsjahr der ›Dunklen Blume‹ (1913) liegt genau zwischen dem ersten Band der ›Forsyte Saga‹, ›Der Besitzmensch‹ (1906), und dem zweiten, ›In den Schlingen des Gesetzes‹ (1920). Verschiedentlich ist ›Die dunkle Blume‹ als Absage Galsworthys an den sozialen Roman gedeutet worden. Das trifft jedoch nicht zu. Auch in der ›Forsyte Saga‹ steht das Liebesthema an zentraler Stelle und wird zum Kristallisationspunkt, in dem echtes Gefühl, Schönheitssinn, verbunden mit künstlerischen Neigungen, und hohle und erstarrte bürgerliche Konventionen aufeinandertreffen. Bei aller Konzentration auf die Gefühlssphäre führt Galsworthy seine Auseinandersetzung mit der bürgerlichen Ehekonvention, nach der die Frau wie ein Besitzgegenstand des Mannes behandelt wird und in der heuchlerische ›Respektabilität‹ über echte Zuneigung triumphiert, auch in der ›Dunklen Blume‹ fort. Dennoch deutet sich hier jener Wandel in der Haltung Galsworthys von einer scharfen Kritik am Besitzgeist und an der zur Schau gestellten ›Respektabilit‹ des spätviktorianischen Bürgertums im ›Besitzmenschen‹ zu der wachsenden Sympathie für Soames Forsyte, der dieses Bürgertum verkörpert, in den späteren Bänden an, ein Wandel, der stark von den persönlichen Lebensumständen des Autors bestimmt ist.

Eigenes Erleben fand auch in der ›Dunklen Blume‹ seinen Niederschlag. Der mittlere Teil, ›Sommer‹, der zuerst entstand, ist, abgesehen vom Schluß, eine dichterische Umsetzung von Galsworthys Liebe zu Ada, seiner späteren Frau. Er hatte sie, die unglücklich mit seinem Vetter Arthur verheiratet war, 1893 kennengelernt. Während einer Reise nach Monte Carlo 1895, hier in Details getreu wiedergegeben, gestanden sie einander ihre Liebe. Damit begann für beide ein zehnjähriger Kampf gegen Vorurteile und Konventionen, bis Galsworthy allem zum Trotz Ada 1905 schließlich heiraten konnte. In dieser Zeit der persönlichen Anfeindungen und Kämpfe entstanden jene Werke, in denen er besonders heftige Kritik an bürgerlichen Moral- und Lebensauffassungen übte. Erst als nach geraumer Zeit Galsworthys und Adas rebellisches Verhalten in Vergessenheit geriet und sie wieder respektiert wurden, schwächte sich seine Gesellschaftskritik allmählich ab.

Nach der Fertigstellung des ›Sommers‹ beschloß Galsworthy, die Erzählung auszubauen. So ergab sich die episodische Struktur des Romans, dessen drei Teile durch die Zentralgestalt Mark Lennan verbunden sind. Während der erste Teil kaum autobiographische Bezüge aufweist, spiegelt der dritte die Begegnung des Autors mit der jungen Tänzerin Margaret Morris in den Jahren 1911/12 wider.

Die drei Episoden enthalten Variationen des Liebesthemas in verschiedenen Lebensstadien. Im ›Frühling‹

weckt die reife Frau seines Universitätslehrers, Anna Stormer, die ersten zarten und bald übermächtigen Liebesgefühle in dem jungen Studenten. Im ›Sommer‹ führt die leidenschaftliche Liebe des inzwischen zum Bildhauer gewordenen sechsundzwanzigjährigen Mark zu der unglücklich verheirateten Olive zu einem Augenblick glücklicher Erfüllung, dem der Tod der Geliebten unmittelbar folgt. Im ›Herbst‹ wird der sechsundvierzigjährige Mark noch einmal von der Liebe ergriffen, diesmal zu einem jungen Mädchen, der urwüchsig-natürlichen Nell.

In allen drei Teilen spielt der Konflikt zwischen Liebe und Ehe eine wesentliche Rolle. Das für Galsworthy selbst so aufwühlende Thema drängte ihn immer wieder zu neuer Gestaltung. Nur Gewohnheit und erstarrte Konventionen binden Anna noch an Harold Stormer und Olive an Robert Cramier. Anna leidet unter der kalten Ironie ihres Mannes, Olive unter dem brutalen Besitzanspruch Roberts. Für beide Frauen ist die Ehe zum Gefängnis geworden, aus dem ihnen der bürgerliche Sittenkodex kaum eine Möglichkeit des Entkommens bietet. Mit eindringlicher Kraft hat Galsworthy die seelischen Qualen geschildert, die sich aus einer unglücklichen Ehe ergeben. Die dritte Episode wandelt die Situation ab. Jetzt ist Mark der in fünfzehnjähriger glücklicher Ehe Gebundene, wenn Sylvia ihm in seinen künstlerischen Neigungen auch keine völlig ebenbürtige Partnerin ist. Die Übermacht des Gefühls treibt Mark zu Nell, und der Konflikt zwischen Liebe und Ehe setzt sich fort.

Liebe und Leidenschaft wirken wie schicksalhafte, unwiderstehliche Gewalten, die Menschen über die trennenden Schranken der Konvention hinweg zueinander ziehen. Eine Verbindung zum Kosmischen stellt Galsworthy durch die Verknüpfung mit den Jahreszeiten her. Sie wird vertieft durch großartige Naturschilderungen, etwa der Alpenlandschaft im ›Frühling‹, der Szenerie der Liebesnacht im ›Sommer‹ oder während Marks verzweifelter Wanderung durch Kälte, Sturm und Finsternis im Hyde Park nach seiner Trennung von Nell im ›Herbst‹. Mensch, Stimmung und Natur verschmelzen hier zu einer Einheit. Neben der wunderbar einfühlenden Darstellung seelischer Vorgänge und Zustände gehören die Naturschilderungen zu den besonderen Schönheiten dieses Buches. Die psychologische Vertiefung drückt sich in der Darstellungsweise aus, die immer wieder vom Bericht des Erzählers zur direkten Wiedergabe der Empfindungen, Eindrücke und Gedanken aus dem Bewußtsein der Gestalten übergeht.

Galsworthy stellt das natürliche Fühlen und die Lebensfreude der Erstarrung im Konventionellen gegenüber. Anna äußert sich über die Gruppe philisterhafter englischer Touristen in der Berghütte: »Sie haben kein Blut in den Adern, diese Leute! ... Das sind keine Menschen! Sie fühlen nicht!« Seine Forderung nach einer natürlichen Entfaltung des Gefühls geht von einer humanistischen und sozialkritischen Position aus. Er wendet sich gegen eine Gesellschaft, in der menschliches Glück auf dem Altar heuchlerischer ›Respektabilität‹ geopfert wird und in der die Ehe eine Institution zur Unterdrükkung der Frau ist. Bei aller Betonung des Gefühls und der Gewalt der Leidenschaft bleibt Galsworthy auch in der ›Dunklen Blume‹ der Tradition des kritischen Realismus verbunden. Seine Gestalten werden nicht zu bloßen Spielbällen ihrer Triebe. Psychoanalytische Spekulationen stehen ihm fern. Das modernistische, innerlich zerrissene, vom Unterbewußtsein beherrschte Menschenbild, wie es uns in dem ebenfalls 1913 veröffentlichten ersten großen Roman von David Herbert Lawrence, ›Söhne und Liebhaber‹, gezeichnet wird, beeinflußte ihn nicht. Bei Galsworthy bleibt das emotionale Element mit einem rationalen verbunden. Die Leidenschaft ist mächtig, doch nicht allmächtig. Sie ist überwindbar, wenn auch nur unter großem Schmerz. Stärker als sie ist die Achtung vor dem Partner, der Wunsch, ihm keinen Schaden zuzufügen. Dazu kommt die Einsicht in das

Naturgemäße. So legt sich Anna Zurückhaltung auf, um von Mark nicht ›den Tau abzustreifen‹. Schließlich reißt sich Anna von Mark los und Mark dann von Nell, weil sie spüren, daß der beträchtliche Altersunterschied keine gesunde Basis für eine Verbindung darstellt und daß ›Jugend zu Jugend, Sommer zu Sommer, welkes Laub zu welkem Laub‹ gehört. Es bleibt ein Gefühl der Wehmut über die Vergänglichkeit der Leidenschaft im menschlichen Herbst. In kaum einem anderen Roman ist Leidenschaft so mit Zartgefühl verbunden.

Die freimütige Darstellung der außerehelichen Liebesbeziehungen hat Galsworthy, selbst bei Freunden, Kritik eingebracht. Das Buch wurde als Angriff auf die Ehe schlechthin betrachtet und dabei übersehen, daß es Galsworthy um die Stellung der Frau in einer sinnlos gewordenen Ehe ging. Zu denen, die den Roman besonders hoch schätzten, zählte Thomas Mann. In seinem Gruß zum 60. Geburtstag John Galsworthys schrieb er über seinen Besuch in London 1924 als Gast des Internationalen PEN-Klubs, dessen Mitgründer und Präsident Galsworthy war: ›Beim Klubdinner dann, einer Festlichkeit opulenten Stils, der Galsworthy vorsaß, verbrachte ich einen Abend an der Seite des Autors der ‚Forsytes' und jener empfindungsvollen Erzählung, die ich persönlich unter all dem Seinen am meisten liebe: eines der schönsten und freiesten Liebesromane des englischen Sprachbereichs, ‚Die dunkle Blume'.‹ Inzwischen ist Galsworthy in der Freiheit der literarischen Gestaltung der Liebe, wenn auch keineswegs immer zum Vorteil der Literatur, längst übertroffen worden. In bezug auf psychologisch feine Charakterisierung, Empfindungstiefe und Lebenswahrheit aber hat Thomas Manns Wertschätzung noch immer Bestand.

Helmut Findeisen

ANMERKUNGEN

17 *Châlets:* Sennhütten, Schweizerhäuser.
72 *Cave:* lat., Vorsicht, hüte dich.
113 *grande passion:* frz., große Leidenschaft.
119 *Connaisseurs:* frz., Kenner, bes. von Kunst.
120 *dame bien mise:* frz., gutgekleidete Dame.
139 *Wren-Kirche:* eine der zahlreichen von dem englischen Architekten Christopher Wren (1632–1723) nach dem großen Brand von London (1666) errichteten Kirchen.
222 *Dans l'amour ...:* frz., In der Liebe gibt es immer einen, der liebt, und einen, der sich lieben läßt.
232 *Mr. Micawber:* Gestalt aus Dickens' Roman ›David Copperfield‹. Frau Micawber steht ungeachtet zahlloser, oft niederschmetternder Widrigkeiten treu zu ihrem Mann.
248 *Des œillets rouges? ...:* frz., Rote Nelken? Heute abend habe ich besonders schöne da.
Une belle azalée: frz., eine schöne Azalee.
257 *›Fort comme la mort‹:* ›Stark wie der Tod‹; Roman (1889) von Guy de Maupassant (1850–1893).
260 *Que désirez-vous, monsieur? ...:* frz., Was wünschen Sie, mein Herr? Rote Nelken – heute abend habe ich besonders schöne da.
265 *outré:* frz., übertrieben.

INHALT

ISBN 3-378-00014-7

Dritte Auflage
Lizenz Nr. 396/265/22/90 LSV 7321
Gesamtherstellung:
Druckhaus Aufwärts, Leipzig III/18/20 · 2600
Schrift: Garamond-Antiqua
Gestaltung: Angelika Kuhrt
Printed in the German Democratic Republic
Bestell-Nr. 812 081 0
01080